长夜春时

郭传超　著

远方出版社

图书在版编目（CIP）数据

长夜春时 / 郭传超著. -- 呼和浩特 ：远方出版社，2023.12

ISBN 978-7-5555-1940-9

Ⅰ．①长… Ⅱ．①郭… Ⅲ．①长篇小说－中国－当代
Ⅳ．①I247.5

中国国家版本馆 CIP 数据核字(2023)第 214527 号

长夜春时
CHANGYE CHUNSHI

著　　者	郭传超	
责任编辑	王　叶	
责任校对	李　婧	
封面题字	郭传超	
出版发行	远方出版社	
社　　址	呼和浩特市乌兰察布东路 666 号　邮编 010010	
电　　话	（0471）2236473 总编室　2236460 发行部	
经　　销	新华书店	
印　　刷	三河市双升印务有限公司	
开　　本	787 毫米×1092 毫米　1/16	
字　　数	288 千	
印　　张	18.25	
版　　次	2023 年 12 月第 1 版	
印　　次	2023 年 12 月第 1 次印刷	
标准书号	ISBN 978-7-5555-1940-9	
定　　价	68.00 元	

人的一生

仿佛漫漫长夜

在点点滴滴

转瞬即逝的春时里

仰望星空

蓦然回首

青春射出的那支箭

是否落向

梦想的地方

目 录

第一章　你去过舞厅吗

张医生让季石的父亲在外面等候，单独把季石叫了去，季石一脸茫然地跟他进了办公室。

医生关上门后，亲切地示意季石坐下，叮嘱他："别紧张，简单聊几句而已。"

"没关系，我不紧张，您就直说吧。"

"再过半年就满十八岁了吧？"

"是的。"

"你会跳舞吗？或者说你去过舞厅吗？"

季石丈二和尚摸不着头脑，内心满是疑惑：为什么张医生会向自己抛出这个问题呢？这跟我的病有什么关系呢？他百思不得其解，在医生的不停追问下，他只是不停地摇头。

张医生也是非常困惑：自己问一次他摇一下头就行了，为什么要像转拨浪鼓一样摇个不停呢？难道眼前这个未满十八岁、身材高大、眉清目秀的男生，真的如自己推测的那样，经常背着老师和同学去舞厅酒吧等声色场所寻欢作乐吗？还是他压根就没明白自己为何如此提问？抑或他有难言之隐，难于启齿？可能是没理解吧。

于是他换了个角度，意图更清晰明确地问道："那你有女朋友了吗？"

季石的脸一下子红到了脖子根，他越来越纳闷，眼前的这位医生究竟想干吗，尽问些和自己的病情风马牛不相及的问题。这个不靠谱的医生到底能不能治好自己的病，都已经来一个星期了，病情却没有任何起色，甚至还在恶化，眼前的这位张医生，在他内心的地位突然一落千丈，也自然而然地对他的医术产生了怀疑。

他鼓起勇气大声地回答道："我没有女朋友。"他甚至想反唇相讥："您为什么要问这些侮辱我人格的问题呢？"但是他还是克制住了内心的冲动。

父亲就在门外，也许正焦急地等着他出去呢。

张医生还是不死心，似乎对自己的想法要穷究到底。他下意识地看了看左右，压低声音说："别紧张，这里没别人，您如实说吧，我不会告诉您父亲的，女朋友嘛，说白了，就是男女之间的那个事，您有过吗？"

季石对他一会儿用"你"，一会儿又用"您"称呼自己已经很反感了，见他又千方百计地引诱自己进入他的圈套，还自以为是地认为自己居然无法明白他那些近乎低级的提问，在他眼里，自己简直成了低智商的角色，无论如何，在有十五个班的年级里，每次大考，自己都是前三名，可是在这位医生眼里，自己根本就是个白痴！

无论他的初衷如何，都不愿意再在办公室里单独和他在一起了。想到此，季石怒从心起，忽地一下站了起来，连日来的发热，让他的身体明显地虚弱了下去，刚站直身子，他就感到头晕乏力，甚至有些站不稳。

再这样追问下去，连自己都不知道该如何收场了，弄不好还得请孩子的父亲来救场，那就不合适了。见季石怒气冲冲、踉踉跄跄的样子，张医生急忙站起来去搀扶他。季石强忍着泪水，愤怒中带着感激地看了他一眼："谢谢您，张医生，我自己能走。"说完，轻轻挣脱张医生的双手，向门口走去。

这位和蔼善良的张医生，愣在那儿，无所适从。他感到内疚，内心充满了自责，如此英俊正直的少年，怎么可能与那些游手好闲、好吃懒做、四肢文身，成日在大街上"突突突"飙车的问题少年相提并论呢？

可是自己行医三十载，从未见过连续发热一个月，伴腹痛腹泻，用了强有力的抗生素也不起任何作用的病症啊，往艾滋病方向考虑之前的一个初步探索难道有错吗？问了这么多年的病史，这一次怎么就问得如此拙劣粗鄙呢？人家可是马上就要参加高考的人，他决非不明白自己的问题，正如他自己所言，自己在和他沟通的过程中侮辱了他的人格，此次就医，在他甚至还有些稚嫩的心灵深处，投下多么大的一片阴影啊！

这沿海省份靠北边的一个小县城，还没摘掉贫困县的帽子呢，城郊一条省道，往南通向大海，往北是贫困山区，说是省道，其实山路十八弯，崎岖又坎坷。连鸟都不拉屎的地方，哪来的艾滋呢？张医生忽然觉得自己是多么的可笑，甚至是多么的丑陋可耻，漫漫行医路，什么疑难杂症没遇上过呢？万一人家就是那个病呢？唉，这艰难的行医路啊，比在沙漠里行走还难。

他知道父亲就在门外边，兴许他已经听见了他们的谈话，季石还是一如既往地微笑着，他不想让父亲看见自己脆弱的一面，尤其是此时此刻，他只是轻描淡写地对父亲说自己想午睡一小时，还让父亲去医院门口帮他买一份当天的报纸。

张医生也没心思吃午餐了，他见病人侧身睡下了。其实没有人知道季石到底睡着了没有，他弯腰侧身，面朝墙壁，不知是累得睡着了，还是独自黯然神伤。张医生没有出声，而是向季石的父亲招了招手，示意他也去一趟办公室。

"老季啊，吃过午饭了吧？"

接着是双方一阵沉默。

办公室里静悄悄的，只有墙上的挂钟嘀嗒响着，分针已经转了好几圈了，季石的父亲才恍然想起张医生好像问了什么，急忙答道："嗯……"

其实他已经忘了张医生问他什么了。他的脑袋像一团糨糊，黏糊糊的，听不进任何问题，他心乱如麻，隐隐约约觉得孩子可能得了不治之症。

张医生很是同情他，他思索了一会儿，眼前这个和自己年龄相仿的人，饱经风霜，想着沟通起来应该会比较顺畅，应该不会像刚才那样，双方隔了一堵厚厚的高墙。

他直截了当地说："老季啊，凭我这么多年的经验，您儿子的身体里肯定有炎症，只是还不知道是哪里的炎症，是什么炎症。当然，不是炎症，有其他的问题也是可能的。"

说到此，他没再往下说，而是认真看着老季，看他有什么反应。他想着自己不能再重蹈覆辙，一定得一刻不停地盯着他，不能自己说自己的，他想他的。他想什么，自己一定得心中有数，而且得围绕着他的所想展开自己的问题，同时又不能偏离自己的问题太远，这样才能和他有效沟通病情。

老季还是一阵沉默，时间比上一次更长。张医生本想把自己对疾病的看法和盘托出，但是看样子不行，这个年纪还不算老、但长相上却相当苍老的农民一定无法承受，所以他选择了另外一种方法告知其病情。

"老季，都一个多月了，他还在发烧，您看看，是不是应该去市里详细查查？"

这句话，本来是张医生想让老季自己提出来，又担心他不好意思说，虽然自己和他交情不深，毕竟他的一家老小在自己这里看病也快三十年了。虽然老季还是相当信任自己的，可是这次自己也是无能为力了。老季沉默了半天，也是想让张医生自己说出这句话，如今他开门见山地说了，自己又不能立即答应去市里，人家张医生会怎么想呢？但一时又找不到别的办法，只好吞吞吐吐地说道："张医生，我们也很熟了，我一家老小来您这儿也不下百回了，每次都是药到病除，既便宜疗效又好，全县的百姓都对您竖大拇指呢，可这回都七八天了，孩子一天比一天瘦，一天比一天没精神，再过半年，他就要高考了，您说他哪天能好起来呢？"

最关键的话还没说出来，他已泣不成声。

张医生赶紧站起来，坐在老季身旁，把他紧紧搂在怀里，轻轻拍着他不停颤抖的肩膀。许久，老季终于停止了哭泣，这下他清醒了许多，去市里，说得倒轻巧，四个孩子还在上学，妻子卧病在床，还是八十岁的老母亲在照顾她。这可怜的老母亲啊，也是天天在咳嗽，一天比一天咳得厉害，指不定哪天就咳出血来啊，而自己这个唯一能挣点儿生活费的劳动力，身体也是一天不如一天，好不容易打完了零工，工钱也是要等上一年又一年，有时等啊等，却等到人家破产了，领不了一分钱……

见他渐渐安静了下来，张医生回到自己的座位上，对他说："您先回去看看孩子，给他弄点儿有营养的吃，回头大家再一起想办法，不管什么时候，办法总比困难多。"

"谢谢您，张医生，回头我再给您回复。"

老季慢慢站了起来，六神无主地走出办公室。

他一夜无眠，最后决定还是去一趟市里，也只有查出了具体病症，才能对症下药。天亮的时候他才迷迷糊糊睡着。睡梦中，看见整个医院的病人穿着白底浅蓝条纹的衣服，在院子里排队，长长的队伍弯弯曲曲排到了大街上，大家统一左手端着白色洗脸盆，肩上搭着白毛巾，节奏整齐地唱着一支曲调哀伤的老歌。太阳已经升到了半空中，队伍靠前的人还没从院子中央的古井里汲上水，已经就有好些病人昏厥了，横七竖八地躺在潮湿的地上，后面的队伍开始乱作一团，喧闹声不绝于耳。他慌乱地在人群中寻找儿子，大声呼唤着他的乳名，可任凭他喊破了嗓子，也没有从天空中传来一声应答……

老季吓得出了一身冷汗，突然大声叫喊着儿子的名字醒了过来，惊恐地环顾四周，有些难为情地自我解嘲了一番，并悄悄擦去在梦中流下的眼泪。早晨的阳光已经照到窗外的棕树叶子上了。

"阿爸，阿爸，天刚大亮，你喊啥呢？看看人家都被你吵醒啦。"

季石一边拍着父亲的肩膀，一边不好意思地给同病房的人道歉，大家却都反过来安慰父子俩。父亲一骨碌下了床，在床底下找到了绿色的洗脸盆，他下意识地望了望窗外，住院大楼前的空地上并没有长长的白色队伍，也没有什么古井，儿子好端端地坐在床上看书，他心中的一块石头才落了地，也彻底地从梦境中清醒过来，他偷偷地破涕为笑了。

张医生早早地到了办公室，他想去看看季石，了解一下他昨晚的体温状况。到病房门口时，他看见季石斜靠在被子枕头上专心致志地读书，父亲匆匆忙忙收拾着行李。张医生心里明白他已经决定去市里更高一级的医院了，他又折回了办公室，他知道一会儿老季会来道别。

果然，老季收拾停当，第一个就去找张医生了。张医生特地把门开着，他站在窗前，面色凝重，对着天空沉思，听见轻轻的脚步声，他转过身来，微笑着看着老季。

"老季，决定了？"他问道，更像是打招呼。

"张医生，我还是想去市里看看，一会儿就走。谢谢您，对我们家这么照顾，等检查结果出来了，我再把情况告诉您。"

"这样最好，老季啊，你们家人多，又没什么收入，经济上很困难，这是我的一点儿心意，您带上，到了市里总归用得着。"

张医生边说边把门关了起来，从抽屉里取出一个厚实的信封，双手拿着递给老季。

老季这可慌了神，活了大半辈子，他还从没一下子经手过这么厚重的一沓现金，更没有人会送给他这么厚的一沓钞票。他一下子不知如何是好，连说话都开始语无伦次起来。

"张，张……张医师，这，这，这可……可，可……使不，不，不，不……不得……"

张医生明白老季是肯定不会收下的，就认真严肃地说："老季，这钱不是送给您的，是给孩子看病用的。您想想，到了市里，处处得用钱，每走一步都需要钱，不是说只去个一两天或者三五天的，您带那么一点儿钱够吗？再说了，回家向亲朋好友借，年关也到了，大家都在往家里拢钱呢，谁还会再往外借呢？一时半会儿的哪那么容易呢？对不对？来，拿着，别难过，到了市里，好好瞧病，好好听人家医术的……"

张医生一番开导，老季仔细想想也觉得在理儿，就弯着腰，恭恭敬敬地双手接过信封，说话也不结巴了，他两眼泪花闪闪，看着张医生感激地说："张医生，您真是好人，这辈子，我很可能还不上这些钱了。如果有一天我们家富裕了，我一定会来还的！"

说着说着，他就老泪纵横，边说边给张医生跪了下来。

张医生这下子也慌了，急忙躬身双手向上托着老季的左右肘，不让他跪下去。

"也好吧，不要再惦记着这笔钱了，老季，这会儿我得去交班了，您也快点儿走，正好可以赶上第一班中巴车。"

老季不知该说什么，只是拼命点着头，用衣袖迅速擦去眼角的泪珠，默默走回病房。

第二章　病入膏肓

往南走是季石外婆家，在乡下比较靠海的地方，距离大海还有一百多公里。小时候，去过一两次，仅仅一两次而已，家里孩子多，父亲每次最多只能带上一个孩子，而且是身高还未达到需要购票标准的孩子。

一条公路又细又长，挂在山腰上，一边是悬崖峭壁，山脚是一条依山游走的小溪，直线距离不到三百里，却要拐上七八个小时，路上不时会遇见车祸，现场惨烈。同一条路，向北去就是所谓的市里，比去外婆家更遥远，也是一样的崎岖坎坷，险象环生。

出了县城，穿过城郊成片的菜畦，是一大片已经收割了的稻田，灰褐色的稻茬儿整齐地排列着，已经开始发黑腐烂，成群的灰雀落下又飞起，不停换着地方觅食。不远处，几个农夫在田里耙着晒干的稻秆，聚拢成一小堆一小堆，并逐一点燃，一阵风吹过，淡蓝色的烟雾越来越细，孤独地斜向一边。

季石望着窗外的田野，怅然若失，这会儿大家都在教室里上课了吧。这该死的病到底什么时候能好起来呢？昨天张医生反反复复、旁敲侧击地问我会不会跳舞，是不是常去舞厅，有没有女朋友，这跟我生病有啥关系呢？不是风马牛不相及吗？不就是发点儿烧吗？这也要值得大惊小怪吗？难道会要了我的命不成？就是要了我的命又能如何呢？过了片刻，他强迫自己不要再胡思乱想，一切皆有定数，就顺其自然吧。他闭上眼睛，很快冷静了下来，不知不觉就睡着了。

下午，医生快下班时他们终于挂上了号。医生简要问了一下病史，就直接开了一张住院证。在办理住院手续时，那个中年男人一听他们说是 XX 县来的，就警觉地抬起了头，接着问他们是不是 A 和 B 两个乡镇的，父亲急忙点头说了三个响亮的"是"，心想一定是遇到老乡了，说不定还是隔壁村的呢。

中年男人立刻放下手中的钢笔，没有再继续填写病人的相关信息，而是仔细盯着父子俩看了老半天，最后才说需要多交一些押金才能办理，不交的话就不给办。父亲吃了一惊，兴许是儿子的病很严重吧，才需要多交一些押金，那接下来的生活费怎么办呢？他看了一眼儿子，发现他正坐在椅子上，眼睛看着窗外。为了证实自己的想法，老季低声问道，生怕坐在不远处的儿子听见："请问为什么需要多交一些押金呢？是不是孩子的病情很严重？大夫您能告诉我吗？"

他不知道，虽然眼前这个男人也穿着白大褂，但他并不是医生，他只是专门办理出入院手续罢了。在季石父亲的眼里，进了医院，只要穿着白大褂，就都是会给人瞧病的大夫。

人家直接就跟他说："也不是我要故意为难你，你们那一带的人太不讲信用，经常是病快好了就在半夜偷偷溜走，也不来交住院费。"

"哦，原来还有这种事啊！"

季石父亲不禁在心里感叹道。既然如此，还有什么可说的呢？那就按人家要求的数目预交了吧。

整个过程，季石看得明明白白，听得清清楚楚，他的心里五味杂陈，非常难受。到底是这个衣冠楚楚的中年男人欺骗了父亲，还是某些人确确实实给家乡抹了黑，他不得而知。反正他下定决心，只要住院费用完了，他就要光明正大地出院，一定不会赖着不走，更不会见不得人地在半夜偷偷溜走。他强忍着心中的苦楚，可是泪珠还是不争气地涌出了眼眶。

季石看的是消化内科，却被安排在一间有六个床位的大病房里，据说其他病房已经满床了。听医生们查房时的交谈内容，他也听出了一二，确切地说是因为他是属于疑难杂症类型的，因此才被安置在观察室里。里面还有五位病人，第二天查完房时，有两位病人转去其他病房了，床位暂时空了出来，这样就只剩东南西北方向的四个病人。

东床看样子是一个退休的老干部，头发已经全部花白，身材稍显肥胖。他很乐观，每天给还在上幼儿园的孙女讲故事，教她一些简单的英文，似乎是有意在寓教于乐，他每天都有新花样。他跟孙女说，他去东南亚某个国家旅游，下了飞机要买香蕉，香蕉的英文是 banana，然后他就唱起一支自编自导的短小曲子，也是围绕着几个英文字母展开，直到孩子能熟练地掌握运用为止。第二天，孩子放学了，妈妈又把她接过来，他就会问她："我的小咪咪，banana 是什么？"

天使般可爱的小咪咪就会唱着他编的曲子，高兴地说是香蕉，banana，b-a-n-a-n-a。爷爷接着引导她："绿的 banana 放了几天之后会变成什么颜色？"小咪咪不假思索地说是黄色。爷爷继续引导她瞭望更广阔的语言的天空："黄色的英文是 yellow，yellow，y-e-l-l-o-w，我们可以说天空是蓝色的，桃花是粉色的，大地是黄色的，成熟的麦穗也是黄色的。"最后他变换了一种曲调，和孙女一起开心地小声唱起来，同病室的人都被爷孙俩的快乐幸福感染了，一时忘却了住院的压抑和痛苦。

老人身患多种疾病，最严重的就是糖尿病晚期。他的那条糖腿肿得像大象腿一样，不断渗出血水来，发臭腐烂，一个月前已经在这家医院截掉了，才出院一周，又进来了，希望能保住另外一条腿。他已经年过七旬，很多人已经没有什么远大的追求了，唯一的梦想就是能健健康康、平平安安地活着。他则不然。他像孩子一样认真倾听着医生们细心而又复杂的嘱咐，每天吃多少东西，三餐前注射多少胰岛素，每天需要多少运动量，他比护士还清楚，他已经久病成医。不仅如此，他还订了一份关于糖尿病的科普杂志，每天孜孜不倦地学习，查房时他经常提一些已经达到相当专业水准的问题，那些年轻的医生甚至不敢轻易和他交谈，怕一不小心就会被问住。

季石有时想他们在家一定很开心快乐，他们家的客厅一定是爷孙俩的梦想舞台，遗憾的是他已经不能再站起来手舞足蹈了。对于一个永远积极乐观向上的人来说，少了一条腿又如何呢，还不是照样欢笑，照样歌唱，照样仰望星空？

第三天清晨，孙女早早地就和奶奶来了，老爷子才想起来是礼拜六，他拉着孙女暖乎乎的小手乐呵呵地说道："小咪咪，昨天我们唱什么了？"

"爷爷，banana is yellow——yellow。"

"哦，对喽！"

"那香蕉是像胡萝卜一样直，还是像弯弯的月牙儿呢？"

"当然是弯的喽，像天上的月牙儿弯弯的，爷爷。"

"弯弯的，curved，c-u-r-v-e-d，弯弯的月牙儿，curved crescent。"

西床就在他的对面，中间隔着一张空床，看上去他们年龄相仿，面部的皱纹一样多一样深，头发一样的花白，也许经历的沧桑也差不多，人生的阅历也一样的丰富，不同的是西床的老人又高又瘦。完全相反的是他成日唉声叹气，腰痛腿痛腿麻已经折腾了他大半生，中午只要一躺下就会发烧，一起床烧就又退了，夜间躺下倒不会发热，却会出一身冷汗，一年四季天天如此，如今他的双腿已经萎缩了，像两截晒干的树枝，又细又硬，无法站立。

"医生已经治不好我的病了"，早已成了他的口头禅。他特别相信中医，每次查房都要和医生们争论不休，说要中西医结合疗效才会好，有时甚至争得面红耳赤。主任医生就笑着宽慰他、开导他，并表示赞同他的观点，他才能安静下来。医生们刚离开病房，他就开始连连摇头叹息了，头摇累了，就自言自语说着啥时候能出院回家过年。一旁的老太太急忙一边劝慰，一边哄着他喝又黑又苦的中药。她刚揭开熬草药的陶罐，整个病房就弥漫着一股浓烈的苦涩刺鼻的味道。

喝完中药，他就静静地躺在床上，一声不吭，早早就撸起袖子，露出一只像一条风干的鱼的手臂，等着护士来挂瓶。护士来了，亲切地称呼他老伯，他睁着双眼就是不搭理，天天如此。后来人家也不称呼他了，来了就挂上，吊上就直接走了。他对东床邻居似乎有成见，嫌他太闹腾，吵得人家不得安宁，嫌他成天哼哼唧唧，装神弄鬼，卖弄学问。他有时看着爷孙俩其乐融融的样子，爷爷和孙女仿佛是一棵春天里的桃树，一方是叶子，一方是蓓蕾；一方是盛开的桃花，一方是翩翩彩蝶；一方是春意盎然的桃枝，一方则是轻轻拂动的微风。爷孙俩是那么和谐，那么浑然一体，那么令人艳羡。

这时候，西床那张干瘪的脸就会悄悄漾起一缕难得的笑意，却在瞬间消失，他生怕让人发现。他是一个充满矛盾的人：他要健康，疾病不饶；他想长寿，岁月不依；他要快乐，内心不肯。他来住院，却不信任医生；他羡慕东床，又妒忌人家；他想引吭高歌，却只是不停地连声叹息。

下午挂完瓶，季石感到从未有过的烦闷，就下楼去透气。他一个人坐在石凳上，旁边是一棵高大的枫树，叶子已经红透了，几个小学生在开心地挑拣着叶子，小心翼翼夹进笔记本里，准备带回家制成标本，做成美丽的书签。

季石慢慢地被他们感染了，他也挑了一片，仔细地观赏着，阳面深红，阴面是略带绿意的浅红，叶脉清晰可辨，把它放在手心里，凉凉的，甚是舒服。他轻轻地把它立了起来，叶面对着逐渐西斜的阳光，明亮亮的，似乎要沁出血珠来，美极了。季石想着它会落在大地上，化作一抹春泥。

人间多少事，有多少幸福就会有多少悲伤，有多少悲伤就会有多少幸福，有多少欢乐就会有多少痛苦，有多少痛苦就会有多少欢乐，这所有的正反两方面都是相伴而行的，都是相继出现的。昨天不伴随，今天不伴随，明天也会伴随；昨天不出现，今天不出现，后天必会出现。欢乐，繁华，悲伤，离别，凄楚，一切的一切，最后通通都要归零，甚至还不如这一片随风飘落的红叶！

许久未见儿子回来，父亲开始着急了，他一骨碌下了床，顺便抄起床底下的暖瓶，想顺路打点儿开水。他一路小跑，一手迅速滑过扶手，匆匆下了楼，到内科大楼门口时，竟撞上了张医生。只见他白衣白帽，眼圈红红的，一脸的憔悴，鞋面上还缠着白布条，旁边十几个人全是如此装扮。老季感到非常诧异，心里明白了八九分，却不知如何开口。张医生见状，关切地问了问季石的病情。老季急忙让他先走，说要不大家就都走远了，他就要掉队了。他向跟来的一位护士打听，才知道是张医生的母亲去世了，尿毒症晚期，这会儿是要送回家乡安葬。突然间，他手中的暖瓶掉到地板上打碎了，银闪闪的瓶胆碎片落了一地。他这才恍然大悟，原来张医生对自己的援助，是他母亲的救命钱啊！他在原地愣了好久，直到保洁阿姨一连提醒了三次，他才连声跟人家说对不起。

他决定对儿子隐瞒这一切，他太了解儿子的性格了，他要是知道了，一定会吵着出院的，那张医生的好心不是白费了吗？张医生啊张医生，您可是我季家的大恩人啊，我永远不会忘记您的恩情，将来我一定要让子子孙孙、孙孙子子，都永远不要忘记您的大恩大德，永世刻骨铭心！他无心再寻儿子了，而是来到一块空旷的草地上。冬日的阳光暖暖地照着，没有一丝风，草叶已经枯黄，踩在上面，发出清脆的嚓嚓声，他的心一阵阵紧缩，一阵阵疼痛。他一屁股坐在干枯的草上，泪水哗哗地流着，哭自己一辈子软弱无能，一生穷困潦倒，哭张医生仁慈宽厚，哭他悬壶济世，哭他母亲的病痛，哭她的辞世，哭儿子的可怜，哭他命运多舛，哭他已经来日不多，哭苍天马上要招他走……

昨天下午，儿子刚睡着，主治医生悄悄地把他请进了办公室，上回张医生是把儿子单独叫去，这次主治医生却是叫自己来，他预感到事态的严重性，内心忐忑不安。进来已经三周了，一根长长的拇指粗的黑色塑胶管伸进儿子的胃里，他痛苦得直犯恶心、呕吐酸水，好几次管子进了一半又被呕了出来，医生不断叮嘱他要忍住，要像吞面条一样不停地把管子咽下去，最后管子又从他的肛门插入他的小肠里，儿子疼得紧紧咬住下巴，未吭一声。

过了两天，又用一根又粗又长的钢针刺入他的腰椎间隙，抽取脑子里的水化验，没过几天，又从他的脖颈上割了一个花生米大小的疙瘩，送去活检。每次检查，他都在一旁看着，每次他的泪水都往肚里流。儿子的体重越来越轻，一米八的个子不到九十斤，一张脸比墙壁还白，还输了几袋来自不同人身上的血，就是站在眼前，孩子他妈也肯定认不出亲生儿子了，他只剩下可怜的人样，几乎看不出人形了。老季看见医生表情严肃，带着一丝不易察觉的无奈和悲哀，他的心里七上八下，等待着宣判。

他的后面还有几个更为年轻的医生，也是一脸严肃地站着，认真地听着主治医生的谈话，还不时地在本子上记着什么。这位已经两鬓花白的医生客气地让他坐下，耐心仔细地给他讲解着孩子的病情，并尽量用一些通俗易懂的语言，可是还是有好多地方他无法听明白。医生解释了半个时辰，看着他一脸懵懂的样子，也不知他究竟理解了几分，后来他停了下来，静默了两三分钟，问面前这个朴实的农民能否听懂。他呆呆地一连点了好几次头，然后又不停地绝望地摇起了头。

季石沉思遐想了一个多小时，渐渐觉得阵阵寒意不断地从石凳上袭来。从旁边的台阶上，传来阵阵悲痛的哭声，他仔细聆听，那哭声越听越凄惨。原来这个老人的儿媳妇在家难产，送到医院抢救时，已经来不及了，大人小孩全没了，儿媳才二十二岁，怀的还是一对龙凤胎。二十二年，过完了一生，两个胎儿，还未睁开双眼，人生就结束了……季石再也听不下去，他想过去抱抱这个老妇人，安慰安慰她，双腿却像长出了根一样迈不动，他头晕目眩，真想对着天空呐喊，嗓子却干得几乎要冒出火来。

回到病房，天已经完全黑了。室内灯火通明，几只飞蛾在灯管边上来回飞着，快速扇动的翅膀不停地拍打着灯管最亮的地方，有时甚至用头部猛烈地撞击着玻璃灯管，发出刺耳的响声。

北床的女儿，一个三十岁上下的美丽女子，她照样穿着一套浅绿的厚长裙，准时地出现在父亲身边，一到床旁就热切地喊着爸爸。和往常一样，安顿好父亲后，开始为他朗读屠格涅夫的作品，今晚她选择了作家晚年在异国他乡漂泊，非常怀念自己的祖国时写下的《乡村》。初中快毕业时，季石读过这篇文章，当时还读了他的《猎人笔记》和其他几部长篇小说，对屠格涅夫的作品印象深刻。

北床是市属进修学校的校长，年轻时在国外学习了三年，再过一年就要退休了，退下来后，就可颐养天年了。谁承想，真是世事难料、造化弄人啊！平时健健康康的，这次啥征兆没有，就是拉了几天肚子，就形容枯槁了，紧接着没过几天全身浮肿了起来，到了医院竟然查出了晚期肝癌，并且已经全身转移了。

主治医生悄悄地把家属请到办公室，委婉地告之实情，已经来日不多，比他小五岁的妻子当场就晕厥了。护士急忙把她抬上检查桌，一边给她吸氧，一边测着血压。女儿的眼窝里也是泪珠在不停地打着转儿，双唇不停地颤抖着，一时六神无主。仿佛一朵巨大的乌云迅速飘来，停在所有人的头顶上，太阳一下子掉进了万丈深渊，天空瞬间就暗了下来……

一刻钟后母亲苏醒了，女儿也缓过神来，她慢慢接受了残酷的现实，父亲平素烟酒不沾，勤勤恳恳，经常工作到夜深，晚睡早起，终于积劳成疾，被一根轻轻的稻草彻底地压垮了。母女俩竭力隐瞒，校长可是高级知识分子，她们的眼神，她们的目光，她们的一举一动，都已经明白无误地告诉了自己。但他没有悲形于色，而是佯装不知，照例让女儿给他读书念报，有时甚至还会开心地笑一下。

"老人家把左手掌心里那一大块余温犹存的面包递给我，说：'吃吧，随便吃点儿呀，过路的客人！'一只公鸡突然咯咯地大叫起来，还起劲地不停扑扇着翅膀；作为回应，一头关在栏里的小牛犊慢悠悠地拖长了调子'哞'了一声。'啊，这燕麦长得多好呀！'我那马车夫的声音传了过来。哦，自由自在的俄罗斯乡村生活，是多么富庶、安宁、丰饶啊！哦，它是多么的宁静和美满。我不禁想问：皇城圣索菲亚大教堂圆顶上的十字架，还有我们城里人孜孜以求的一切，在这里又算得了什么呢——"

女儿念到这里，放下手中的书本，抬眼看着父亲。令她吃惊的是，父亲的嗓子像被什么东西堵住了似的，他用力地想清嗓，却越清越堵得慌，嘴唇也变得乌青。忽然，从他的喉咙里迸发出相当响亮的啊的一声，一缕鲜红色的细布条从他的口腔飞向了天花板，接着像水龙头一样喷射不停。渐渐地血势变小了，整个地板，白色的棉被，白色的床单，全被染红了。女儿手中的书本上全是鲜血，湿漉漉黏糊糊的，还冒着一丝丝热气。

也许父亲对自己的健康状况早已明了，不过是瞒着家人罢了，他所有的情感，所有的不舍，所有的憧憬，他一生所有的酸甜苦辣，所有的爱恨情仇，没有只语片言，一瞬间全化作了鲜血，喷涌而出……

"爸爸，爸爸——您回答一声啊，爸爸！"

母女俩撕心裂肺地哭了一夜，最亲的人已经离她们越来越遥远了，远在天边，已经再也看不见了。

远处青山隐隐，连绵起伏。季石独自一人伫立窗前。外面淅淅沥沥下着雨，水珠滴落在窗栅上的铁皮上，发出当当当的响声，院里的回廊没有一个人影，檐上的水滴间隔数秒打在碎石上，几只乌鸫鸣叫着斜向下俯冲，最后消失在松针茂密的树上，几丛翠绿的金钟倒挂着零星几朵红花，更低处是已经冻得干枯的葱莲。

病房里空荡荡的，自从北床撒手西去，东床也没有先前的乐观开朗了，西床由开始的唉声叹气，直接升级到破口大骂，也没心思在这个可怕的屋子里待下去了。他们找了一大堆理由，坚决出院了，表示过完年再回来。偌大的一间病房，顿时冷清了下来，医生护士来的次数也明显少了。

他望着眼前的一切，思绪万千，父亲的口袋大概只剩下回家的路费了吧。二十三糖瓜粘，二十四扫房子，二十五磨豆腐。这该死的疾病怎么也没见好呢？这样死不死生不生的，半死不活的样子，还不如一死了之，真是生不如死啊，"我畏惧死亡吗？一点儿也不！可是年迈的双亲，还有年幼的弟弟妹妹，如何是好？我这一死，身后会是如何？这十八年的养育之恩，如何报答，我怎甘心就这样撒手人寰！"他扪心自问，自问自答着，唉！他强迫自己不要再往下想，连日来他都是侧身佯装午睡，其实他哪睡得着呢？医生把父亲叫去谈话，他又何尝不知呢？不用去看也不用去听，他已经知道答案了。唉，有什么办法呢？就顺其自然吧，生死有命，富贵在天，老天要取我性命，谁能阻挡？如果上苍嫌弃我，就是万夫去冲撞，阎罗王也不会开门啊。想到此，他反倒轻松了许多，下定决心明天就回家。

天色渐渐暗了下来，夜幕低垂，不知从什么时候开始，天空升起了白茫茫的雾，群山脚下现出了两三点灯火。已经有大半天了，父亲还没回来，季石急忙打开所有的灯，焦急地等待着，只要父亲一出现，就要告诉他自己的想法。

父亲到一楼大厅时，刻意地照了照镜子，擦干眼角的泪痕，但怎么也掩盖不了大哭过的痕迹，他的眼圈红红的，甚至有些浮肿。他怀着紧张的心情走进病房，在儿子的脸上找不出一丝悲伤痛苦的影子，他感到很是诧异。昨晚他一夜无眠，天快亮的时候，终于决定把儿子送到老家乡村大山里去。看着眼前的儿子像换了个人似的，话到嘴边又咽了回去。季石也发现了父亲的异样，明白他离开这么久，一定是找了个僻静的地方痛哭了一场，也更加印证了自己对疾病的猜测。他突然感到心情坦然了许多，信心十足地对父亲说道："爸爸，明天我们回家吧！我的病已经好多了。"

对儿子的病情，父亲了如指掌，他知道儿子是安慰自己，但又有什么办法呢？连这座大城市里最好的大夫，都劝他带儿子回家。一切听天由命吧，对一个明天的早餐都不知在哪里，只剩下回家的路费的农民来说，他又能如何呢？他就顺着儿子的决定说道："好吧，明天就回家。"

父亲看着儿子满脸的疑惑，送他去山村的事儿，等回家了再找机会慢慢说吧。他知道儿子此刻心里在想什么，就微笑着说："你放心，我们不是偷偷溜走，而是光明正大地走，前几天又补交了一次押金，还没用完呢，我们不能给老家丢脸嘛！"

听到父亲这么说，季石的心情一下子轻快了许多，住了这么多天医院，第一次感觉肚子真的饿了，第一次有了食欲。父亲都看在眼里，冥冥之中，他忽然觉得这一次的决定是英明的，苍天一定不会收走儿子年轻的生命。

车窗外一片漆黑，季石隐隐约约能分辨出到了哪里，公路坑坑洼洼，积着一潭潭不知深浅的黄泥水，上面铺着粗糙的碎石，一阵阵颠簸，遇到明显凸起的地方，车子的后轮就被凌空弹了起来。大片收割过的农田，不停地向后隐退，最低处，一条已经涨满水的小溪，不见了往日的温柔，湍急地向南奔流而去。车窗只开了条细缝，刺骨的寒风呼呼地叫唤着，刮过耳边。宽大的芭蕉叶，被风撕成了一条条，哗啦响着。偶尔从车灯照见的前面，迅速掠过几只黑色的鸟。一道长长的上坡，一段短短的平路，然后是缓缓的下坡，到了坡底，就是家了。

远远地就看见有人打着一把大伞，在路口等着，季石一眼就认出了是阿母。她知道他们今天会回来，路上总是堵车，最长的一次堵了近一个时辰。也不知她在这里站了多久，她一定非常焦急，左等不来，右等不来，真让人担心。季石的心中掠过阵阵酸楚，他把头深深地埋到胸前。车厢里没开灯，父亲坐在他前面一排，他知道父亲看不见自己的脸，他鼻子酸酸的，紧紧咬住下唇，不敢出声，任凭泪水止不住地往下流。

踏出车门的一刹那，他双手紧紧地攥成了拳头，生怕自己会忍不住哭出声来。他个子比母亲高出许多，便一把接过她手中的雨伞，为母亲撑着，佯装无病一身轻地迈起矫健的步子，任凭母亲说什么，他都只是一味地点头。他担心自己一出声，就会情不自禁地变成悲伤的哭泣，这样会让母亲更加难过。他挽着母亲的手臂，快步地向前走去。他要让她感觉到她的儿子是健康的，再休息一段时间就好了。父亲提着为数不多的行李，默默地跟在后面，他为如此懂事的儿子痛心难过，在内心深处不停地叹息。一道亮光跟随着车子渐渐远去，拐了个弯就消失了，母亲打着手电筒，照着季石前面的道路，一家三口艰难地走在风雨中。

除夕，一度好转的病情急转直下。年夜饭多吃了点儿，夜里季石突然腹痛难忍，不停呕吐，肚子鼓得像蛙腹，不久就像孕妇一样明显凸了出来，最后竟像球一样胀得圆滚滚的，还在不停地膨胀着，肚皮亮晶晶的，不断地在变薄，最后薄得像一张苍白的纸，轻轻一吹就可能会破裂，隐隐约约能看见肚子里的红色肠子，也在不停地膨胀着，紫蓝色的血管一团团一簇簇，像成百上千条大小不一的蚯蚓在爬行，在缠绕。季石站着时肚子沉沉地往下坠去，不行；坐着时感觉肚皮要撑破了一样，也不行；躺着时连呼吸一口空气都费力，更是不行，大肠小肠像几股绳子拧扭在一起，撕着，扯着，绞着，扭转着……他痛不欲生，实在无法忍受了，他迫不得已大声呻吟了起来，先是对疼痛的抗议，再是对疼痛的求和，最后竟是对痛苦的妥协求饶，声音越来越凄惨，越来越微弱……

新年的钟声刚刚响起，家家户户早已准备好的爆竹烟花，几乎在同一时刻点燃，四面八方传来或近或远、或脆或闷的鞭炮声，天空不停地绽放着五彩缤纷的烟花。季石家的客厅点着新年的蜡烛，已经燃烧了大半，椭圆形的火苗静静伫立着，偶尔跳起蛇形的舞蹈，火苗的末端升腾起一束细细的黑烟，红色的烛油慢慢顺着烛台边滴落下来。壁龛里的观音像，和蔼地笑着，笑容的背后满是人间的忧伤。沉香忽明忽暗，香屑已经积了半只兽形香炉。

他们家今年破例没有燃放烟花爆竹，没有贴崭新的春联，只在客厅里挂了两个红灯笼，已经使用三年了，前些日子母亲已擦拭过。整个村庄爆竹声声，烟花飞扬，房屋东一座西一座，散落在山脚下、半山腰上、小溪边，除了闪闪的灯火，其他的什么也看不见。

天空下着蒙蒙细雨，父亲硬着头皮请来村里唯一的郎中。郎中听完季石在市里的就医经过，看了一眼在床上不停挣扎呻吟的季石，面露难色，没敢开方子，连诊金也未收取，而是摇摇头走了。父亲送完郎中回来，额头着地，虔诚地跪在菩萨前不停地祈求着。母亲不敢吱声，坐在季石房间的门槛上，面朝外，默默地流泪——天哪，这孩子真的没救了吗？听着儿子在床上不停呻吟翻滚，她束手无策、心如刀割。许久，她突然想起家里有一小瓶风油精，反正他已经没治了，何不死马当活马医呢？母亲开始翻箱倒柜地找了起来，找着后就抖出十几滴，涂抹在儿子的肚脐周围，然后紧紧握着他的双手，在他床旁坐了下来。

一个时辰后，季石渐渐安静了下来，最后一动不动了。母亲顿时大哭起来，一家子来不及脱鞋子袜子，全跑进房间。父亲急忙去抚摸他的双手，然后又抚摸他的双脚，不是冰凉冰凉的，也不是硬邦邦的，而是温乎乎的、软绵绵的，最后他又去仔细触摸他的脉搏，认真地数了一分多钟，又和自己的脉搏对比了一下，发觉儿子的脉搏和自己的差不多。他恍然大悟，破涕为笑，对妻子说："大过年的，别老哭了，他活得好好的。不信你摸摸他的心跳，他准是累得睡着了，明天一早准醒来喝你煮的新年茶。"

妻子半信半疑，她也学着丈夫的样子，从他的手背摸到脚掌，发现儿子浑身上下都是温热的，并没有像平时见到的死人那样，浑身冷冰冰的。她喜出望外，自言自语道："老头子说得对，他是睡着了，明天一早他准会醒来。"她帮他盖好被子，示意大家小点儿声，这里只留下她来照顾，其他人都先去休息。就在这时，从季石的被窝里接连传出噗噗噗的声音。父亲喜上眉梢，他激动地说："老婆子，他住院的时候，有一次也和现在一样，都差点儿要动大手术了，最后也是从他的肛门口发出这种声音。医生说这叫从肛门排气，讲白了就是放屁啦，他一个上午放了十几次，圆滚滚的肚子马上像泄了气的皮球一样，腹痛腹胀一下子就好啦。"

他激动地说着，一边掀开被子，按医生叮嘱的那样，顺时针轻轻揉着儿子的肚子。这时又传出一串噗噗噗的声音，一家子不约而同、情不自禁地扑哧笑了。儿子本来胀鼓鼓、硬邦邦、亮晶晶的肚皮，也渐渐地开始不再晶亮，肚子里的红色肠管看不见了，皮肤也开始出现了细小的皱褶。天快亮的时候，那圆滚滚的肚皮终于渐渐瘪了下去，寂静的房间里响起了均匀的呼吸声。那些起早的人，又意犹未尽地燃放起清脆响亮的爆竹。

逢年过节，人们都要按老祖宗传下来的规矩那样，庄重地在观音像前祈福——天下太平，国泰民安，来年风调雨顺，家人平安健康。父亲并没有去休息，他继续向菩萨祈愿，这一次增加了一项内容，那就是让儿子平安地渡过劫难。他前额着地，手掌紧贴冰冷的地面，跪了大约半个时辰。然后他在妻子坐过的门槛上坐了下来，点上一根自制的土烟，吸了一口就再没吸过，直到被烟头烫着了手指，他才突然抖动起来，狠狠地把它甩了出去。

几百年了，不知何时开始，那些病入膏肓、被郎中判了死刑的人，都会被送到村里去，绝大多数人去了，就再没回来。身患绝症，休学在家，无聊透顶，虚度光阴，母亲的泪水，旁人异样的眼神，同情的目光，若有若无的流言蜚语，儿子肯定无法忍受，无法承受无情的打击，一定会感到万念俱灰，生不如死，果真如此，那连最后的一线希望也荡然无存了。可是，要把他一个人丢在老家乡下吗？那里没有城市的喧嚣，只有高远的蓝天白云，那里空气清新，鸟语花香，湖水波光粼粼，附近还有一些乡邻，可以上山采些草药，煎成药汁，肯定对儿子有益，可是他一个人在那里，万一有个三长两短……

父亲的心里充满了矛盾，他不知该如何向妻子说明，不知如何告诉季石的弟弟妹妹，更不知该如何面对季石，过完年，过了元宵节，就再不能继续拖延下去了，夜长一定会梦多。

大年初一，就有人开始出远门了。初九，天公生日，过完这个重要的节日，父母亲就不再刻意挽留孩子了，过了元宵，村里基本上只剩下老弱病残了，他们的亲人像风中的尘埃一样散落在天南海北。

好几次，父亲欲言又止，母亲努力挤出一丝笑容，却比大声哭泣还让人难受，弟弟妹妹们也安静了下来，不像往日那样总是纠缠着哥哥。季石看在眼里，伤在心里，他佯装出一副对一切无所谓的样子，和从前一样，早睡早起，翻看一些以前想看却没时间看的书，看累了，就在附近的竹林里散散步，呼吸呼吸新鲜空气。其实他也不敢走远，他知道自己体力不支，不大一会儿就会气喘吁吁。他也知道妈妈就在不远处跟着自己，有时是弟弟妹妹。他佯装不知，而是故意四仰八叉地躺在草地上，一会儿吹着口哨，一会儿模仿各种鸟鸣，一会儿又唱着流行歌曲，直到尾随的人悄悄离去，他也没允许自己流下一滴眼泪，绝对不能让家人发觉自己眼角有泪痕。

父亲在想什么，他完全明白，他也是想等过了元宵节，就要平静勇敢地向父亲挑明，自己想去老家乡下休养半年，一切听天由命，顺其自然。只是太早提出来，怕家人难以接受，怕他们悲伤难过，等村里的人渐渐少了，等大家为了生活四处奔波时，他也要背起自己的行囊，向大山深处走去。

第三章　日照山霧

牛车缓缓走着，发出吱呀吱呀有节奏的声音，在潮湿的路面上留下深深的车辙。一只白鹭，独脚立在路旁的田埂上，慢慢地飞上了天空，又轻盈地落在前面的田野里。等牛车赶上来后，它又飞了起来，停在不远处的树梢上，继续等待着这只灰黑色的水牛。

已经过了立春，山区的早晨，空气异常清新，迎面吹来的微风仍然是凉飕飕的，父亲已经接连打了好几个喷嚏。路上没有一个行人，再往前越过田野的尽头，就要进山了，更是人迹罕至了。

父亲坐在前面赶车，不紧不慢，尽量保持平稳，拐弯时提前慢慢减速，路面不平时，就缓缓绕开，不让车子东摇西晃、起伏不定。一段漫长的缓坡，再拐个大大的弯，朝夕相处的村庄就彻底消失在视线里了。

从前离开，是去县城上学，每个周末都可以回家，帮家里干些农活，给弟弟妹妹辅导功课，给他们讲城里有趣的事情。虽然家境贫寒，有时难免伤心难过，但更多的还是幸福欢乐，一家子穿着粗布衣服，围着满满一大桌吃着粗茶淡饭，生活异常艰辛，但大多数时候都是其乐融融，充满了希望，未来也一定会非常的美好……

和从前完全相反，这次离开，不是去努力奋斗，不是去接近梦想，却是回到乡下那座老房子，而乡下那个小山村现在只有几户人家了，年轻人都进城了，留守的都是老人。一阵阵酸楚掠过心头，季石紧紧咬着下唇，不让泪水流下来。"不，不，不，我一定要活着回来。"他双手紧紧攥着拳头，在心里向死神发出强烈的抗议。

除夕的那次死而复生之后，他就开始着手准备进山的物品了，只要一想到什么，他立刻就记在随身携带的小本子上。元宵节的前一天，他就都收拾好了，简单的生活用品，平时喜欢把玩的物件，一台小收音机，一部简易的小望远镜，最多的还是各种各样的书籍，满满两大箱。不管前方迎接自己的将会是什么，是火海，还是刀山，是万丈深渊，还是峭壁悬崖，是虎啸狼嗥，还是毒蛇吐信，他都已经无所畏惧了，告别尘世的一切，抛开为人子，为人学生，为一社会少年所有的责任和义务，所谓的高考，全都见鬼去吧。他要重新开启一段崭新的旅程，是会继续生存，还是要马上毁灭，是让那股无形的力量来控制，还是由自己的意志来决定，只有走着瞧了。

开始缓慢上坡了，"之"字形的山路，渐渐抬高了海拔，树林深处传出奇异的鸟鸣，脸盆粗的松柏笔直地屹立着，低矮的灌木丛翠绿欲滴，蕨类植物密密麻麻贴着地面生长，时不时会看见一只山鸡慌忙遁去。父亲突然清了清嗓子，却欲言又止，一切又重归宁静，只有牛车的吱呀声，从来没有片刻停息。

到了半山腰的时候，起了微薄的白雾，没有太阳，是个阴天，两旁的密林遮蔽着道路，时值正午却像要夜幕降临一般。父亲终于开口了，他直截了当。

"儿子，你怕吗？也许是半年，你一定不要……"

未等他说完，季石直接替父亲说了下半句："阿爸，我一点儿也不害怕，我一定不会像他们那样心灰意冷，最终毁灭了自己。我有坚强的意志和毅力，一定要活着回去和你们团聚。"

山路险峻，父亲全神贯注地赶着牛车，他不敢转过头去看儿子，而是惊异地瞪大了双眼。儿子似乎有些早熟，像他这样的年纪，不应该对许多事情，尤其是在生死抉择上，表现得如此淡定从容。他马上就要一个人在偏远的乡下大山里，独自面对一切困难和恐惧。在内心深处他还是有些担心，儿子说的究竟是不是真心话，还是他只是想安慰自己，只是不想让老父亲太过悲伤，一定不会父亲前脚刚离开，后脚他就投湖自尽了吧。

他强迫自己专心驾车，不要胡思乱想，更不要往可怕的结局多想。季石想说几句宽慰父亲的话，思来想去，却觉得已经没有必要了，如果是母亲在身边，他还是会竭力说服她安心回家，自己一定会好好活着。正月初九那天，他突然有千言万语，想和父亲彻夜长谈，最后还是不动声色地把那些充满深情的文字，一字不落地压回了心底，他想着父亲一定会驾着牛车送自己进山，那时再娓娓道来也不迟。

谁承想，真到了这一天，他表面上轻松自然，内心却非常沉重压抑，此去一别，凶吉未卜，说太多轻松的话语，反倒让父亲起疑心，而诉说一些感伤的情怀，又会在他心中投下难以磨灭的阴影，那就保持沉默，让美丽的大自然去抚慰各自的心灵吧。

大半天的上坡，终于到了一段窄长的平路，牛车发出的吱呀声，也没先前那么响亮了，老水牛似乎也轻松了许多，不再大口大口地喘着粗气。即便如此，父亲还是提议，停下来就地休息半小时，让牛喝点儿水吃些草料，它已经连续走了整整七个小时了。

对这只水牛，父亲一直以来都是怀着复杂的感情，它的父亲在犁田时累垮了，再也没有站起来，母亲在同样的地方生下它后，失血太多，也一命呜呼了。它从小喝着羊奶长大，羊奶不足时，等别家的牛崽子吃饱喝足了，它就悄悄地凑上去蹭一些。时间长了，它也忘记是从哪天开始，就不想再喝乳汁了，看见道路两旁碧绿的青草，它就会自然而然地垂涎欲滴，不知不觉中就断乳了。子承父业，并且它比父亲更早地就学会了耕田，拉起车来也更快速平稳。

父亲非常疼爱这个风雨同舟的异类朋友，除了喂它最鲜嫩的草叶草芽，逢年过节，还会熬煮一大盆菜粥款待它，它的圈舍从来不会是潮湿的，上面铺着厚厚的干草，清爽又舒适。好几次，妻子都打趣地嘲笑他说："你还是和水牛一起生活吧。"他也会笑着回应："为什么不可以呢？"

水牛仿佛知道今天的使命，它一反常态，很快就喝完了水，吃下所有的草料，等着主人一声令下，重新出发。父亲亲切地抚摸着它宽阔平坦的额头，靠近它的耳朵，似乎在认真叮嘱着什么。

季石望着父亲，知道他有很多心里话要对自己说，他耐心地等待着，可是父亲一直没有开口，他只是默默地用眼神、用手势，亲切地和他的朋友交流。眼看山村就快到了，父亲却一言不发，这可是生离死别啊！他终于忍不住了，脱口而出——

"阿爸，您就直说吧！何必要闷在心里呢？您想小声说，还是要大声说，想大声笑着说，还是要大声哭着说，都行！要不您就大声喊出来吧，对着您的好朋友水牛诉说，对着山谷，对着天空，大声呼喊都行，我只管倾听！"

十八年了，儿子第一次用"您"称呼自己，父亲感到非常的惊异和难受，对近在咫尺的儿子，感到从未有过的陌生。两个月来，儿子的变化太大了，简直就是跳跃式地变化着，一天一个样子。在住院期间，他也看到了，人间的多少感伤，多少无奈，多少悲哀，生的快乐，生的悲哀，死的悲剧，死的坦然，死亡的悄悄降临，出其不意地发生，花样百出的形式，他都眼睁睁地看在眼里，他不仅经历着别人的无助和死亡，每时每刻也活生生地感受着自己的绝望和毁灭，还有什么比这更痛苦的呢？此刻，儿子鲜活地坐在牛车上，一步也没离开自己，可自己为什么会越来越清晰地感觉到，儿子正一步一步地离自己远去呢？他要去的那个地方，真的就是另一个世界？

他深深地吸了一口空气，又长长地呼了出来，像是自言自语地对儿子说，语气也是出奇的平静："儿子，还有个把时辰就要到了，等到那边安顿好了再说。"

他的千言万语，他的生离死别，一瞬间全化作两行热泪，在寒风中被慢慢地吹干。父亲有多少泪水要流，儿子也就有多少泪水要流啊！跟他坐得很近，几乎要挨着他的脊背，季石也是热泪滚滚，他只是在不停地无声饮泣，不是为自己，而是为父亲即将要老年丧子悲伤。

水牛一步一个脚印，缓缓前行，寂静的山谷飘荡着吱呀吱呀的回声。

开始慢慢下坡了，往下坡度逐渐变小，拐过一道弧形的大弯，就柳暗花明了，前面突然变得一马平川。远远望去，四周是峻秀的山坡，中间是矮矮的丘陵和盆地。季石的眼前一亮，顿时变得豁然开朗，心里一下子明亮了许多，不像先前那么忧郁黯然，甚至想高声赞叹大自然的无穷美。他很快忘却了此行的目的，让父亲驾得慢一点儿，父亲按他的要求减慢了速度，他又提议再慢一些，他要好好欣赏眼前的美景。

看着儿子突然变了个人似的，心情一下子从地上到了蓝天。连日来，父亲首次喜形于色，但他不敢当着儿子的面，他担心儿子察觉了，会难为情，会在他幸福的天空上，抛下一朵厚厚的乌云，而是在赶车的时候，悄悄地、偷偷地快乐着，冥冥之中，他隐隐约约觉得有什么奇迹即将发生。

山上的夜幕似乎降落得很早，坡上的杉树林已经开始被染黑，不仔细分辨，很难看出它们披着的一身绿装。这时他们回到老家那座老房子门前，杉木做的门板紧闭着，两圈黑色的铁门环静静下垂着，并未上锁，门前是竹篱围起的一个小菜园，里面长满了齐腰深的荒草，被山风吹得倒向一边，已经全部干枯了。

父子俩移开篱笆上的竹扉，在草丛中轻轻踏出一条小路，把刚卸下的行李搬到门口。这时，天色完全暗了下来。季石摸索着从书包里掏出手电筒，慢慢地推开门，才开了一条缝隙，迎面扑来一阵浓烈的霉味，他连打了好几个喷嚏。父亲让他在一边等着，先不着急进去，防止中毒，自己站在门后，把两扇门开到最大，通了一会儿风，等霉气散得差不多了，他们才进去打开所有的门窗。屋子虽简陋，陈设却很齐全，有三间单独的小房间，一个小厅堂。季石挑了东边最宽敞的一间，里面很干净，一张小桌子配着一把小木凳，一张上下两层的木床，铺上床单被褥就可以休息了。

季石把烛心剪得短短的，点燃后插在玻璃瓶子里，火苗如豆，光线却稳定柔和。父亲解下套车，停在篱笆边上，把牛牵进菜园里风吹不到的一角，喂了一些草料，又喂它喝了水，安抚它躺进草丛中，牛的鼻孔里发出沉沉的呼气声，长长的尾巴拍打着脊背，示意主人已经完全准备好了，主人可以安心去歇息了。父子俩就着烛光吃了些干粮，喝了些水，和衣并排躺在下铺上，儿子朝里，父亲朝外。

父亲心事重重地问道："儿子，以后就一个人住在这里，会害怕吗？阿爸阿母会定期来看你的……"说着说着，他开始哽咽了起来。

"阿爸，我都十八岁了，我一定要健健康康、平平安安地回家，我一点儿也不害怕，相反还有些开心呢。"

父亲吃惊地问："有些开心？"

"是的，我要在这里尽情地游山玩水，把它当成一次快乐的享受、一次愉快的旅行。等到暑假，我一定要回去带着弟弟妹妹，和往年一样，到河里捉鳖捞鱼。阿爸，你放心，一个都不会少。"

"这样就好，这样就好！我明天跟村头采草药的老人说下情况，他是远近闻名的郎中，年轻时走南闯北，有妙手回春的能力。你一定要战胜病魔，阿爸相信你一定会战胜病痛的。阿母和弟弟妹妹都在家等着你呢，你一定要像你自己说的健健康康、平平安安地回来，不要有顾虑，不要有负担，我们可以不参加高考，可以不要其他任何东西，阿爸只要你回来，阿爸只要你，儿子……"

季石非常坚强，也非常懂事，他想方设法安慰父亲，父亲还是忍不住泣不成声，老泪纵横。

翌日清晨，季石还在睡梦中，父亲就起床了。他轻轻拉开门闩，眼前的一幕让他大吃一惊。一张多么熟悉的面孔啊，半个世纪过去了，他还是一眼就认出了他。五十年了，他居然没怎么变化，依然是目光炯炯，身板结实硬朗，连脚上的灰色布鞋，似乎还是五十年前的那双，也仿佛跟着他走遍了天涯海角。唯一不同的是，下巴上多了一缕长长的花白胡子，额头上多了几道睿智的皱纹，里面看不见风霜，也找不出岁月的哀伤，老季在心里感叹道。这个老头正是自己准备去找的人！

他站立在竹篱外面，看着套车，听着牛的反刍。老季还在愕然之中，他就先开口了，半是招呼半是询问："是你的儿子吧？"

"大爷，是的。"

老季这一惊非同小可，肯定是昨晚回村时就看见了，这只有几户人家的小山村，有任何风吹草动，都是知道的，只是自己当时没有留意而已。他一下子愣住了，不知该如何回答，过了好一会儿才想起老头的问话，也不管那么多了，就直说了吧。

"大爷，他才十八岁，好多医生说他已经无药可救了，迫不得已，最后我能想到的也只有回到村里来，只有求您帮忙采些草药给他，是死是生，就看他的造化了。"

还没说完，他就深深地跪了下去，额头紧紧地贴在潮湿冰冷的土地上，许久都不肯起来。

"起来吧。我年轻时就走南闯北行医多年，会尽力而为。"老头深深地弯下腰，亲切地把他扶了起来，"不要多想，放在这里，你安心回城里吧。"

说完，老头就转身离去。

听见有人谈话，季石悄悄地爬了起来。透过窗户的缝隙，他看见父亲低低地跪在地上，老头穿着深棕色的布衣，正弯腰去搀扶父亲，屋子里只有自己一人，那一刻，他的心痛得难以自持，泪如雨下。

父亲套上车子，将一筐准备好的草料又抬到了车上，他没有驾车，而是和老牛一起并排走着。晨风渐渐大了起来，不断地撩起车上的篷布，牛车鼓得胀胀的，发出吱呀吱呀的声音，越来越微弱，最后消失在山风里。

等牛车完全消失在视野里，他的泪水也流干了。从今天开始，他就彻底地自由了，老师和同学们并不知情，只知道他生病了，需要休学半年。大家都在忙着准备高考，除了高考，他们的脑子里已经装不下任何东西，地球的另一端发生了战争，发生了地震海啸，南亚某个国家发生火车脱轨……这一切，对于即将参加高考的莘莘学子而言，又算得了什么呢？更何况，在这座千军万马争抢的独木桥上，谁会在意谁掉队了呢？谁能顾及谁失足落水了呢？在村里人眼里，他已经是个死人，上山不过是先去熟悉一下死亡罢了。

昨天别过了母亲，她转过脸去，不忍看最后一眼，而是把一条厚厚的围巾塞进自己手里，就强忍着泪水跑进房间，把脸深深埋进被子里。也别过了弟弟妹妹，他们年纪虽小，内心早已明白，哥哥此去也许将永不再回来，他们小小的脸蛋上挂满了泪珠，只是三人小手拉着小手，站成一排，默默地伫立在寒风中，目送着哥哥远去。早晨别过了父亲，没有长长的拥抱，没有深情的相视，只有父亲低进泥土里的跪求，只有父子无言的永别。不，不，今天是崭新的一天，是离开人世间的一天，我要忘却昨天的一切，分分秒秒过得有意义，不再有人世间的我，只有作为一个原始人的我，不再有社会人的我，只有自然人的我，不再有涂满五颜六色的我，只有一张白纸的我。

想到此，他不再悲伤，也不再难过了，身体里仿佛注入了一股前所未有的力量，这股力量牵引着他向村头老头那座院子走去。

走上近乎垂直的六级台阶，是院子的大门，此刻还敞开着。季石前脚刚要迈进去，突然想起了什么，又缩了回来，立在原地，均匀地敲了三下木门。老头在偏院研墨，面前摆着一摞高高的典籍，正在抄写一些诗文。听见稳健的脚步声，他喜出望外，瞅了一眼门外的年轻人，更坚定了他的信心。眼前的小伙子，除了异常消瘦，一脸的精气神，眉清目秀，淳朴善良，怎么看也不像是一个得了绝症的人啊，我一定要好好照料他，让他重新回到属于他的世界。

他一心一意研着墨，并没有抬头，其实心里已经喜欢上了他，和昨晚一样，他只动了动两片薄薄的嘴唇，季石就听见了清晰的声音："饭在锅里热着呢，自己去吃吧，往后就不必客气了，到点了就来。"

"谢谢大爷，我记住了，请问我能帮您什么呢？"

这么一个热情似火的年轻人，知道自己来日不多，还不忘要帮助别人，老天怎么会忍心收走他的性命呢？老人心里想着，嘴上却答道："后山向北一百米，是一片树林，你可以先去那儿转转，不要走远，来日方长。"

"大爷，我明白，多谢您的指教。"

喝了两大碗红豆粥，又吃了一个白馒头，季石浑身长出了好多力气。他开始沿着一条羊肠小道，向后山走去，翻过一座低矮的小山坡，村庄就消失在密林深处。四周是笔直的灰褐色树干，水平地伸出树枝，像无数只手臂，互相抚摩着、交织着、搀扶着，新枝不停地长出来，老枝掉光了叶子，干枯坚硬，却不舍得脱离树干，直到最后一刻，仍然是折而不断，只是末梢垂了下来，一缕坚韧的纤筋还连在母干上。

向下是齐膝深的蕨类植物，最低处是一层厚厚的苔藓。一只松鼠沿着树干滑了下来，旁若无人，棕红色的尾巴蓬蓬的，像一面鲜艳的旗帜，在蕨丛中摇晃着，它一会儿就迅速地窜上另一棵树干，坐在杉枝上，两只前爪抱着一个坚果子。季石仔细盯了半天，也没看清它是如何携果上树的。这时两只灰色毛发、背部两条白纹的松鼠，突然从季石的脚踝边掠过，着实把他吓了一跳，他不禁连打了几个寒噤。这两只小松鼠居然四肢张开，趴在粗壮的树干上，朝着陌生人探出头来，机警地咕咕叫了起来。很快，周围响起了一片窸窸窣窣的声音，蕨丛蛇形般摇摆着，好多只小松鼠上了树。季石恍然大悟，会心一笑，原来自己不小心侵犯了它们的领地，它们是在警备和抗议呢。明白过来后，他急忙走开，在一块巨石上坐了下来。他想，不知需要多久，自己才能和这些森林的小主人和谐共处。

厚厚的云层里漏下几缕阳光，驱散了累积多日的阴郁和潮湿。山谷深处传来淙淙的水声，尖锐悠长的鸟鸣此起彼伏，不知它们是和松鼠一样在警戒，是雄雌之间在嬉戏，还是父母对飞远的孩子的深情召唤，均不得而知。大自然充满了神奇奥妙，不怀有深深的敬畏，不长期地浸润其中，是不可能了解大自然的，也不可能融入其中，就更别说与之和谐相处了。

坐在坚硬冰凉的石头上，他想起小时候钓鱼时，把一些小鱼放生了；为了保护鸟类，和班上几个专捕雏鸟的同学打架。又想起和阿母上山砍柴的情景，他就在母亲身边采着各种果子，又酸又甜。不管是去了哪座山，也不管是什么季节，都有摘不完的果子，有绿色的野葡萄、红色的甜莓、紫色的当梨子、黄色的野枇杷、棕色的榛子，还有好多叫不出名字的野生浆果。等妈妈捆好柴火，准备回家了，自己也吃饱了。多少童年趣事，想起来是如此的令人难忘，如此的快乐，也是如此的酸楚啊。

来到一个陌生的地方，季石无意走远，他开始往回走，缓缓走下山坡，看来身体还是很虚弱，不经意间就气喘吁吁了。在坡底水洼边的一丛灯心草前，他停了下来，水上漂着零星的浮萍和大藻，立春即尽，雨水将至，这些感知春天的植物，已经绽出新芽，惊蛰过后，这里所有的小水塘，都会覆盖上一层令人心动的绿色，浮游昆虫也会迅速繁殖生长，各种体型微小的鸟也会在水面上盘旋捕食。

休息了一会儿，他不再喘息了。山里的空气很稠厚，对人体无用的成分很少，而氧气的含量非常高。他深深地吸了一口，感觉一下子元气就恢复了不少。他昂起头，闭上双眼，大口张着嘴，贪婪地呼吸着。那一瞬间，他清晰地感觉到舒服多了，双腿又有了力气，快到山村的时候，他突然不想回去了，而是向南边走，漫无目的地走着，边走边欣赏周围的景色。

沿着若有若无的小路，走出一里远，绕过一座小山坡，前面居然是一座湖泊，他惊喜万分，失声叫了起来。他没有再往前走，而是席草而坐。这时吹来一阵山风，脖子冷飕飕的，他把围巾紧了紧，再绕上一圈，脑海里掠过母亲把围巾塞给自己，掩面而泣拼命往回跑的情景，鼻子就酸酸的，泪珠不停地在眼窝里打转。风势渐渐大了，枯黄的草叶席卷着向湖岸跳去，黄绿相间的莎草，被风吹得向地面伏去，湖上泛起的波纹，一波胜过一波，用力向对岸推去。

他不想再待下去了，大爷说得对，来日方长，在以后的日子里，不管是狂风暴雨、电闪雷鸣，不管是风和日丽，还是雨雪风霜，不管是早晨、中午、黄昏，还是深夜、黎明，他都一定会来这里，看看在各种各样的自然条件下，湖泊会呈现出何种样子，是温柔可爱、庄严可敬，还是面目可憎，是风平浪静、浅唱低吟，还是波浪翻腾、咆哮怒吼，或是直接凝成雪白僵硬的冰面。下午躺着读书吧，养精蓄锐，过几天再来，不管你是多情温柔的仙女，还是飞扬跋扈的恶煞，我都要一睹你的庐山真面目！

正午的阳光透过窗纸上的小孔，投射在灰色的墙壁上，状如古币。车声辚辚，由远及近，逐渐清晰。季石侧耳细听，一定是父亲赶着牛车来了，他没有从窗孔上窥视，而是一骨碌跳下床，趿拉着布鞋，边跑着边绕上围巾，拉开门闩，冲出小木屋。

"阿爸，阿爸！"

在一百米之外，父亲就听见了儿子的呼唤，他看见木屋的门被打开了，从里面冲出一个黑色人影，正朝着自己狂奔而来。他的内心一阵激动，幸福的泪水夺眶而出——儿子还活着，活得好好的，比刚进山时健康多了，看他跑得比狼还快！一转眼的工夫儿子就到了跟前。

"阿爸！"

"我的儿啊！"

父子俩紧紧地拥抱在一起，喜极而泣。

"你还好吗？"

"阿爸，我活得好好的，现在我感觉一天比一天好。"

"是吗？苍天有眼啊，儿子。阿爸阿母，还有弟弟妹妹，大家都相信你能平平安安地回家！"

父亲激动地说着，已然分不清是在哭，是在笑，还是两者都有，他一把鼻涕一把眼泪，悲伤又幸福地诉说着。一旁的老牛不停打着响鼻，摇着尾巴，发出长长的哞哞声。拥完父亲，季石转过身，把脸紧紧地贴在老牛的额头上，轻轻抚摸着它的耳廓，对它的忠诚感激不尽。

"告诉阿爸，一个人在这里怕吗？"

"我不是一个人，还有大爷呢！大爷对我可好了，每天都给我熬一碗草药，非常熏人非常苦，我都一滴不剩地全喝下去了。"

"大爷是远近闻名的郎中。儿子，你要永远记住，这几个月来，多少人在帮助我们家，亲戚们、左邻右舍们，他们帮我们干完最后的农活。你一定要坚强，要好起来，你的生命不是你自己的，是阿爸阿母的，是弟弟妹妹的，是所有帮助过我们的人的。你看看，世界上好人这么多，大家都盼着你能早日回家，有朝一日，一定要报答人家，滴水之恩，当涌泉相报。"

"阿爸，我记住了，我一定要健健康康地回家！我现在很喜欢这里呢，这里的风景太美了。我一定要带你好好玩两天，好吗？"

父亲猛然想起牛车上的鸡汤，他一下松开儿子，对他说："阿母早上炖的小母鸡，封在保温瓶里，这会儿应该还热着，得赶紧把它吃掉。"说完就想扶儿子上车，季石一下子闪开了。他摆了一个强健的手势，说他才不用坐车子，他要自己走回去。

从早晨出发开始，老季一路上心情抑郁沉重，脑海里不停闪过儿子的模样，像打开一部冗长的影片，有他刚出生时可爱的小脸蛋，有光着屁股围着红肚兜的婴儿，有一丝不挂在河里捞鱼的孩童，有在绿茵场上奔跑踢球的身影，接着开始急转直下，先是一张张苍白的面孔，憔悴的面孔，浮肿的面孔，接着是一瘸一拐的步态，跛行的步态，蹒跚的步态，双膝着地的跪行，和住院期间的同室病人一样，只有一条腿，最后卧床不起，满目疮痍，虫蛆遍布……

他不愿多想，也强迫自己不要多想，可那些情景偏偏还是像长长的瀑布一样，从高处倾泻而下，一览无遗。从听见儿子呼唤的那一刻起，他就好几次用力地晃头睁眼，一次又一次确认，这是现实，不是在梦中，他知道无法忍住，于是侧过脸去，让泪水痛痛快快地流个不停。

拜谢完大爷后，父子俩回到老房子。揭下保温瓶盖，冒出的热气满是香味。季石把筷子递给父亲，让他也一起享用，可是父亲怎么舍得呢？他坐在儿子对面，打开另一个饭盒。季石把一块鸡胸脯肉夹给父亲说，如果阿爸不吃，他也不吃。父亲看着儿子咧开嘴笑了，季石抿了一点儿汤汁，热乎乎的，好些天没闻到荤味儿了，他垂涎欲滴，胃口大开，猛吃了起来。

看着儿子狼吞虎咽的样子，父亲一阵高兴，可是一想起令人揪心的除夕，他就不寒而栗，便急忙让季石停下来："先别再吃了，留一半给晚上。"这时传来老牛的哞哞叫声，不缓不急，却带着一丝不满。父子俩这才想起来，自己吃饱喝足了，却把老牛晾在一边。他们相视一笑，放下碗筷，准备去喂牛。父亲忽然想起了什么，他伸手去触摸儿子的前额，在他的额头上停了几秒钟，又把手掌用力按在自己的额头上，仔细对比了一下，像发现了新大陆似的，惊诧地喊叫了起来："儿子，快拿体温计来，马上！"

"阿爸，你怎么了？大呼小叫的，老牛在门外抗议呢。"

"儿子，你不发烧了？你几时量的体温？今天量过体温了吗？"

"来这里只量了两天，好像有发烧，但是一天只烧一次，没有以前烧得那么高了，没有吃退烧药，很快就自己退下来了。后来不小心把体温计摔破了，也就没量了。凭我自己感觉，应该有三天没再发热了。喝了大爷配的草药后，前天开始也不再出冷汗了，不像以前一躺下就浑身湿透。"

其实，季石撒了个谎，体温计并没有摔破，而是完好无损地躺在箱子里，只是他已经不想再测了，这里没有护士，也没有医生，测了又怎样，就是发高烧了又能如何，难道得向大爷报告吗？这里只有自己一人，一副躯壳，一颗心，一个灵魂。躯壳是冰凉还是热如烙铁，对有着一颗顽强的心、一个永远向上的灵魂而言，又算得了什么呢？躯壳冰凉了，只要内心是火热的，灵魂是激昂的，躯壳一样会被温暖过来。既然如此，还有什么必要得在深山老林里测量躯壳的体温呢？但他又不能告诉父亲自己的想法，虽然他万般无奈，把儿子送进山里，把一条行将消失的生命毫无保留地交给一座大山，交给一座山村，交给一位不食人间烟火的老人，难道他是和别人一样，是悲观地来逃难的吗？是来躲避人间的所有苦痛的吗？

　　父亲的内心深处，完全不是如此，恰恰相反，他是乐观进取的，他深信儿子在这里，能最大限度地抛开生活琐事，能最大限度地接触自然，调整心态，加上日出而起、日落而息，一定可以病去抽丝，平复如故。

　　"真的？和阿爸分开的这一周，肚子也没再胀过了？"

　　季石惊异地望着父亲，用力地摇了摇头。父亲睁大了双眼，仔细环顾了一遍四周，惊喜地自言自语道："莫非你没有患上绝症？难道是医生误诊了？是大爷的妙方药到病除了？儿子，凭我这大半生的经验，以前村里有过多少次的禽瘟畜疫，死的都是在大小高峰的时候，挺过大高峰，能再熬过一个小高峰的，几乎都会存活下来。依我看，这人的绝症也肯定是如此。儿子，你一定是已经闯过鬼门关了，病来如山倒，病去如抽丝啊！"

　　"爸爸，你说得对，我真的感觉好多了。刚来这里时，我走一百米就会头晕乏力，就要坐下来休息。昨天我一口气走了两里，也没啥感觉。天一亮我就起床了，在外面散步一个时辰，在后山的森林里，一边欣赏着各种小动物，一边呼吸新鲜空气，然后去大爷家吃饭。只要不下雨，我就在野外与大自然为伴。午睡两个小时，然后就读书，或者听收音机，天刚黑下来，我就上床休息了。和古人一样，日出而作，日落而息，只有纯粹的白天和黑夜，我没有任何烦恼，没有任何压力，也没有任何恐惧，内心深处只有一团向上燃烧的火苗，一簇红蓝相间的火焰，它不停地燃烧着，从未熄灭过，像一面迎风飘扬的旗帜，鼓舞着我，激励着我，温暖着我，正如后山的知更鸟，第一个唤醒血红的黎明，它们的每一次报晓，都仿佛是在对我说——半年后回家，半年后回家。"

看着儿子又和从前一样，口若悬河，朝气蓬勃，相比早晨，父亲安心了许多，只是担心他喝了鸡汤之后，会不会像除夕那样，肚子胀得跟皮球一样。一直到天黑，父子俩上床休息后，四周一片寂静，只有儿子均匀的鼻息声，他还是辗转反侧、提心吊胆，并时不时地就去摸摸他的肚子，看看到底是平坦的，是软绵绵的，还是圆滚滚、胀鼓鼓的。摸完了肚子，又去摸他的额头，看看到底是凉的，还是烫的。夜半三更，他确信儿子一切正常，才打了一个长长的哈欠，一下子就响起了沉沉的鼾声。

拂晓时分，儿子还在睡梦中，父亲就悄悄起床了，借着朦胧的光，他仔细端详着熟睡中的儿子，宽宽的额头，浓黑的眉毛，高挺的鼻子，淡淡的唇须，两片薄薄的嘴唇，镶嵌在一张苍白的面孔上。相比上一回，他今天的心情轻松多了。他动作轻柔，尽量不发出声响，也不想立刻喂牛，他没有驾车，而是在前面牵着老牛，缓缓走着。约莫两里地的光景，天空渐渐明亮了，他才停下来，开始舀草料喂牛，一边情不自禁地哼起了歌谣。他想着，该如何向家人交代呢？儿子的病情似乎在好转，但他又不敢过于乐观，这是不是人们常说的回光返照呢？他用力摇了摇头，逼迫自己的脑子安静下来。这时，老牛似乎也明白了他的心思，哞哞叫唤着，不停地晃着两只大耳朵，老季扑哧一声笑了。

清晨的山谷传来老牛那悠长的回声。

第四章　笛声悠悠

山里的春天来得迟了些，暮春三月，芳菲将尽，这里却是草长莺飞，鲜花盛开。各种奇花异草抛开所有的杂念，专心致志，不停地绽放着，不断地往上蹿着，在一年之中最美的季节里，一定要最艳，一定要最美，一定要最高，在一眼望不到边的原野上，竞相开放、争奇斗艳。各种以鲜花为食的鸟类和昆虫，成群地飞来飞去，此起彼伏，嘤嘤嗡嗡，它们吮着，吸着，吞着，咽着，唱着，舞着，蹈着，翻飞着，忙得不亦乐乎。

领头的公牛停了下来，往后面的队伍望去，哞哞唤了两声，似乎在和大家说，就是这儿了。后面的牛群立刻加快脚步，跟了上来，几只半大不小的水牛冲在前面，到了公牛跟前，看了它一眼，就纷纷四散开了，后面的牛群也各自分散开来，分头追赶它们去了，很快整个队伍就化整为零。

韦溱找了一片碧绿鲜嫩的芒草，从牛背上跳了下来，抚摸着它的耳朵，亲切地说："我的小可爱，自己吃草去吧，我就在边上读书，吃饱了就回来找我哟。"牛儿摇着尾巴，边走边哞哞叫着，鼻子凑近芒草芯闻了一下，就开始贪婪地大口嚼起来。

早晨，似一支无形的彩笔，把杉林涂成墨绿色，太阳出来了，又为杉林撒上一层淡淡的金粉，白色的云朵飘过来，一层厚厚的浅绿抹在金粉上，白云走了，杉林又换上碧绿的盛装，树梢点了几笔淡淡的新绿。一行斑鸠，扇形排开，歌唱着飞进密林深处。山坡向下，杜鹃花竞相开放，一丛丛，一簇簇，红彤彤的，像朝霞，像火焰。白色的杜鹃也不甘示弱，展开洁白的锦缎，铺向远方。再往下是丛生的芒草、茅草，最低处的地毯草、钝叶草，不知是爱上了谁，一直跟着走到了天边。草嫩叶肥，青翠欲滴，一两个时辰的工夫，老少牛们就都撑鼓了肚皮，它们有的四脚朝天，在草地上挠蹭着脊背，有的侧躺着闭目养神，有的后脚着地，前脚半跪着，用耳朵扇着接近眼眦的牛蝇，幼崽们含着妈妈的奶头，大口吞咽着乳汁，几只小牛犊时而相互追赶，时而相互堵截，时而用未成熟的短角用力顶推着，像是打架，更像在嬉戏。

韦溱用血风藤和颜色各异的花朵，编了一顶花环，戴在头上，美极了。她在一棵樟树下的草地上，铺了一块塑料布，坐在上面专心地看书。晌午时分，她一边听收音机，一边吃着早晨备好的午餐，困了就靠在树干上打一会儿盹儿。爷爷说，小时候来这里放羊，有时还会撞上老虎豺狼，近三十年来，没有人再遇见过了，这些凶猛却珍稀的动物，在方圆百里已经绝迹。这几年禁猎以来，倒是山猪渐渐多了，有时居然跑进农家圈舍，一些还没有攻击能力的小野猪，就这样被驯化成了家猪。正因如此，爷爷才会放心让孙女独自一人，在深山老林里放牧，再说水牛也是强壮威猛的大型动物，真要打起仗来，这么多头牛围成一圈，野猪绝不敢轻举妄动，甚至还会望而生畏，最多也是井水不犯河水。

一只强壮高大的公牛，从前面缓缓靠近。还有数丈远的距离，那只年轻的母牛明显感觉到了，它突然一扭头跑开了。公牛也迈开前腿迅速狂奔了起来，没跑几步就又停下了，没有再追赶，而是佯装啃着面前的一丛紫色大蓟，不时转头寻找母牛的方位，并向着它的位置悄悄移动。这只小母牛也是一边闻着草叶，一边提防着公牛靠近，等公牛真的近了，它就又闪开了，这样来回反复了几次，公牛似乎也累了，但它还不死心，依然在故伎重演。

阳光渐渐变得炽热，年轻的母牛跨过一丛莎草，向树荫下走去。这只公牛和周边的花草树木一样，体内春潮涌动，它忍无可忍，见机会来了，又开始伺机而动。母牛在树下站着一动不动，大口喘着粗气，公牛接近它的时候，它也不再躲开了。

这一幕正好被韦溱看在眼里。小时候在放学回家的路上，在收割过的田野里，在山坡上，在溪水边，在竹林里，也会偶然看见水牛交配的情景。那时她还小，以为它们是在打架，小伙伴们为了不让公牛欺负自家的母牛，就随地抓起一把碎石，不停地朝公牛掷去，直到它逃开为止。同学们这才一边玩着小游戏，一边走回家去写作业。今天不知怎么了，眼前的景象，竟让她一下子脸红到了脖子根，内心深处也涌起一阵阵莫名的惆怅。她吹了一声长长的口哨，牛儿很快就跑了过来，她背好行李，轻轻一跃，就跨上了牛背，一手拉着缰绳，一手轻轻拍了一下牛背，牛儿就哞哞大声召唤开了。不一会儿，牛群就开始慢慢集中起来，朝回家的方向慢慢走去。

到了一处水塘边，牛群一字排开，开始饮水，领头的公牛喝足了水，迈开前脚往深处走去，其他的牛也纷纷踏入水塘。往日，她会让它们在塘里耍上半个钟头，今天才过了十分钟，她就失去耐心，感到心烦意乱。她拾起一块硬实的土坷垃，狠狠地扔向公牛的后背，想让它快点儿起来，可它却没有马上要起来的意思，只是闭上眼睛，将头埋进水下，又迅速地抬了起来，并不停地甩起了耳朵。韦溱见状，只好不断投掷着土块，公牛眼见旁边水花飞溅，最后迫不得已，不得不站了起来，爬上对岸，带领队伍继续赶路。

前面的道路越来越宽，也越来越平坦。韦溱很不是滋味，一阵烦乱之后，紧接着是一阵忧愁和怀念，最后心里满是悲伤和难过，她再也忍不住，泪水哗哗地流了一脸。她从背包里掏出一支竹笛，忘情地吹了起来，全然忘了自己是骑在牛背上的。笛声哀婉、悠扬，向着大山，傍着小溪，对着层层叠叠的梯田，深情忧郁地诉说着快乐的童年，诉说着对亲人的思念，诉说着沉痛无奈的青春……

她的父亲是一名边防警察，在一次打击毒品犯罪的行动中牺牲了，母亲体弱多病，积劳成疾。两年后韦溱中考得了全乡第一名，被县里唯一的一所重点中学录取了。那天，当她兴高采烈地拿着通知书回家时，发现院子里已经来了好些人，气氛悲伤肃穆，和父亲的灵车回来时的情形一模一样。那一刻，她差点儿晕厥过去，她呆愣在原地，知道大事不好。

记得二更天刚过，母亲就开始剧烈咳嗽，有一阵她咳得实在太厉害了，怕影响女儿休息，她就双手捂着嘴，在被窝里强忍着。其实韦溱就睡在隔壁房间，她哪能安心入睡呢？好几次她下床轻轻走到母亲的门口，说进去帮她拍拍背，倒杯水给她，母亲就是不肯让她进去，还一味地安慰着她，说自己没事，这么咳也不是一天两天了，不会怎样，等秋天到了，病就会自然好起来的，还一再叮嘱她不要开灯，生怕女儿发现自己咯出的鲜血……

　　从星星的伤口，流出血色的黎明。破晓时分，韦溱带了点儿干粮就上路了，她要去六十里外的学校领通知书，她想母亲看了录取通知书，一定会很高兴，兴许病根就彻底消除了。平路和下坡就骑自行车，上坡时就推着车子一路小跑。拿到通知书后，只是扫了一眼封面上烫金的字，打开确认是自己的名字后，她就立刻往回赶了。壶里的水喝光了，干粮却是一口未吃，正午时分她就到家了。哪承想，结局会是这样，自己竟来不及见母亲最后一面。

　　爷爷坐在厅堂里老泪纵横，他哭自己悲剧的一生，哭家庭的凄惨，哭孩子的可怜。他边哭着，边叹息着。儿子很小的时候，老伴儿就去世了，三十年过去了，为了这个家，自己从未想过续弦。唯一的儿子却先自己走了，他是为国捐躯，是家里的骄傲，是整个家族的骄傲，是故乡的骄傲。儿子英年早逝，却是光荣的，是令人自豪的，是不平凡的。儿媳二十三岁入门，艰苦朴素，勤俭持家，任劳任怨，怎么年纪轻轻也撒手西去了呢？苍天啊，你为什么不先收走我这把老骨头呢？为什么不能让母女俩相依为命呢？

　　韦溱冲进房间，在母亲的床前跪了下去，撕心裂肺地喊了一声"阿母"，泪如雨下，泣不成声。过去，现在，将来，所有的一切，千言万语，全都化作了泪水，不停地流淌。

　　此后，韦溱就和年近七旬的爷爷，一道过着艰难的日子。开春的时候，爷爷在搬运柴火时滑了一跤，右大腿骨折，都快三个月了，还躺在床上，上周开始才能勉强拄拐下地。乡亲们已经帮过太多忙了，自己也不能总麻烦人家。在这繁忙的季节，哪家哪户会闲着呢？过了元宵节，村子里基本上也只剩老弱病残了，年轻的劳力全都出远门了，实在出不了远门的，也是那些种了很多地的穷困人家。

　　韦溱已经过早地尝了太多的人间冷暖，虽然还有半年就高中毕业，眼下也只能放弃了，她决定休学一年，等明年把家里的牛卖了，再放手一搏，她深知只有读书这条路，才能走出大山，才能改变自己的命运，也才不会辜负父母的殷切期望。

第五章 善根

父亲每个周末都来看望季石，每次都带着炖好的肉汤，有时是半只鸡，有时是半只鸭子，有时是三四个大猪蹄子，有时则是一条半斤的鲫鱼，佐以当归、枸杞、生姜、茶油、香菇等有营养的辅料。季石知道，父母舍不得吃，剩下的一定是给弟弟妹妹补充营养了。父亲一定要看着他吃下去，好几次，季石喝着鸡汤，却两眼泪汪汪。父亲只好借故走到屋外，故意和老牛大声说话。三个月后，季石似乎已经彻底战胜了病魔，他的脸上有了血色，开始变得红润了，体重也明显增加了，也不再发热了，奔上一里路，也不会气喘吁吁，不再头晕乏力了。

看着儿子生龙活虎的样子，父亲喜上眉梢，他走近儿子，从背后悄悄地把他环抱了起来，一边自说自话。

"阿爸，你这是怎么了？快放我下来。"

"重了不少，我又抱不动喽。儿子，阿爸高兴啊！"

多少年了，从记事起，父亲就没有抱过自己了，今天却突然把自己紧紧地抱了起来，季石一下子还没适应过来，有些难为情，他不知该如何开口。父亲把儿子放了下来，深情地望着他。季石突然明白了什么，张开双臂，父子俩紧紧地热切地相拥在一起。

"阿爸，儿子好好的，和从前一样，健健康康的。"

"儿子，你知道吗？在你住院的一个多月里，我成天提心吊胆，在我心里，你是九死一生啊，除了咱们家人，再没人相信你能活到夏天。就是到了大年除夕，阿爸还在担心你能不能活过元宵节，现在答案出来了，阿爸彻底放心了，一切都是天意，我们的祖祖辈辈，再苦再累再穷，从来不忘行善积德，你能死而复生，这是祖祖辈辈积德的结果。我们家每一代，每一个人，男女老少，不管是娶进来，还是嫁出去，一定要永远心存善念。有了善念，就会善良，善念是一颗种子，在心灵的田野上，会生根发芽，就会形成善根，一人传一人，一代传一代，善根就会长成一棵参天大树。儿子，你要时刻记住我的话。"

"阿爸，在我很小的时候，爷爷，还有你和阿母就天天教导我们，我每时每刻都记着，但是直到今天为止，我才真正感受到善良的力量，以后我一定会更多地行善，谢谢你，阿爸。"

"只有人人有了善根，家族才会兴旺，社会才会祥和，国家才会强盛，天下才会太平。"

季石望着父亲，陷入了深思。父亲的爷爷是清末举人，父亲跟随爷爷从小熟读四书五经。世事沧桑，父亲很小的时候，季石的爷爷就在战乱中去世了，从此，爷孙俩颠沛流离，中华大地上，处处是硝烟弥漫，战火纷飞，父亲也就中断了学业。流离失所中，父亲得了一本名著。他如获至宝，一有空闲，就仔细研读。在食不果腹、衣不蔽体的年代，这本书成了父亲的精神支柱，使他得以撑过年复一年的酷暑严寒，熬过漫长艰辛的岁月，从北到南，从西到东，四处漂泊，直到而立之年才成家。

村里姓氏繁杂，季家却是独门独户。父亲像走钢丝一样，在各姓氏之间平衡游走，靠着小时候爷爷的熏陶教诲、从小熟读的经书、人生阅历的积累，父亲硬是凭一己之力，在村里站稳了脚跟。虽然没有所谓的文凭和学历，在村里也算是个有文化的人，写得一手好字，凡红白喜事，都来请他。父亲从不讨价还价，人家怎么给他就怎么收，有时是一只鸡，有时是一小篮子鸭蛋，有时是一斤五花肉，有时是一小袋大米，富裕人家有时会额外给个小红包，贫穷人家，父亲也是经常不收取报酬的。渐渐地，父亲的名声就传开了，岁月流逝，如今在方圆百里，父亲已经是一个德高望重的人。

季石终于明白了，多少年来，父亲忍气吞声，忍辱负重，小时候，季石身体孱弱，经常被欺负，明明是别人的错，父亲也是先责骂自己，安抚别人，那些孩子简直就是学校里的恶霸，有其父必有其子，在村里横行霸道的也都是他们的父亲。是父亲的善良，是他内心深处所怀的善意，形成的一股无形的力量，团结了村里的大多数人，他们才不敢过分欺负季家。有时季石被那几个孩子拳打脚踢，身上青一块紫一块，父亲看在眼里，虽然心如刀割，却从不怒形于色，而是耐心教导孩子，要学会忍耐，二十年之后且看他，二十年不足，就三十年之后再看他，三十年还不足，那就半个世纪之后再回看他。

善良的老人在方圆数十里的乡村，不仅医术高超，能治疗身体上的疾病，也能治疗内心的"疾病"。季石亲眼见过，一对同室操戈的兄弟，在老人的开导下握手言欢；一桩行将破裂的婚姻，夫妻欢笑着携手回家，和从前一样恩恩爱爱；一个吃喝嫖赌的年轻后生，在老人的劝诫下改邪归正；中年丧子的夫妻，在这里卸去了心中沉重的石头；倾家荡产的人，也在这里重拾生活的勇气。

来这里的三个多月，季石看得太多了，他也一天比一天乐观起来，身体竟神不知鬼不觉地康复了。他经常感叹，老人就是真善美的化身，他的一言一行、一举一动，无不透着善良的气息，他的善根早已长成参天大树，护佑荫蔽过的人不计其数，这棵树根深叶茂，还在不断汲取阳光雨露，不停地茁壮成长着。方圆百里的村庄，民风也越来越善良，越来越淳朴，尔虞我诈、钩心斗角、好吃懒做、鸡鸣狗盗、烧淫抢掠之事，几近绝迹。如今老人虽已年过九旬，他的善良、他的善根，早已像蒲公英的种子随风散播，在精神的荒原上生根发芽，开花结果。

第六章　湖岸是山

大自然中到处是奇迹。没有一种草，没有一种树，是不会开花结果子的。在山谷中，在山坡上，在丘陵盆地里，各种各样的花草树木，都有自己的春天。丛生的青葙，枝叶繁茂，向外伸展蔓延着。苍耳的叶子嫩绿嫩绿的，壮实的茎不断往上蹿着。它们的春天崇尚绿色向上，秋天到来时，它们就会开花结果。粉色柱状如宝塔的青葙花，开得密密的，努力向上。还有那碧绿的苍耳果子，毛茸茸的，只要你从旁边经过，它就会亲昵地吸附在你的裤子上。蔓生的草莓，或含苞，或绽放着白色的小花，枯黄的花瓣裹着豆大的碧果，红彤彤的浆果挂着晶莹的露珠，沉甸甸地垂了下来，人们虽垂涎三尺，却不忍心弯腰去采摘一个。菝葜携着紫色玛瑙般的果子，攀附在低矮的灌木上，一阵风吹来，轻轻摇晃着婀娜动人的身姿，沉沉的果实隐藏进了灌木丛中。哦，如此美妙的花木乐章，古往今来，有谁能真正把它们完整地诠释和表现出来？

春风这只纤巧细腻的手，轻轻翻动着大自然精美的画册，翻过碧草连天，翻过潺潺的溪水，翻过鸟鸣啾啾的杉林，翻过风吹草低的山坡，翻过鲜花盛开的原野。季石戴着自己编织的草帽，躺在草地上，头枕着木荷的树荫，胸部以下的身体暴露在阳光下。茅草花白茫茫一片，风吹过，舞向一边，比白茅更高更茂盛的芒草，随风起伏，发出呼呼的声音。向湖边走近，是齐腰深的木贼，密密麻麻，鲜嫩无比，地面也渐渐湿润，人走过去，脚印里立刻就蓄满了水，不小心还会深深地陷进去。

季石拔了一根木贼闻了闻，衔在嘴里，找到一处裸露的地面，仔细辨认着若有若无的足迹，小心翼翼地向前走去。眼前的景色太迷人了。不久前，第一次邂逅它，自己还非常的难过悲伤，哭泣着离去，竟在一夜之间忘却了附近还有一处湖泊。而今日的心情却是舒畅无比，他怀着一股敬畏往前探索着。绿草如茵，一直延伸到岸边，芦苇刚刚冒出水面，倔强地向上蹿着，一天比一天高。几对蜻蜓上下翻飞，时而停在芦苇尖上，时而落在草地上。一只小虾机警地躲在水草丛中，伸出一条细如丝的长腿。一只中等大小的螃蟹悄悄靠近它，正要发起最后的攻击时，突然水草叶上扬起一缕淡淡的尘烟，小虾倏然消失。螃蟹在原处愣了一会儿，才慢慢甩着脚丫悻悻离去，去寻找下一个猎物。一群小鱼，摇头摆尾，一会儿快速地狂奔，一会儿又停下来静止不动，一只较大的鱼，突然迅速侧身，水中闪过一道亮晶晶的银光，雪白的肚皮露出两条平行的黑色斑纹。季石想留住这绝美的一刻，却是转瞬即逝。

湖泊不大，也可以说是很小，水面大约一平方公里，东西狭长，南北逐渐变窄，从山坡上俯视，像弯弯的月牙儿。对岸的景色也是层次分明，绿油油的地毯草，渐渐地移行至高高的芒草丛，乳白色的茅花里时不时飞出长尾巴的山鸡，高声鸣叫着飞进圆球状的灌木深处。再往南是墨绿色的杉林，半山腰的树林中开始露出方形、条形的巨石，有的连成一片，成了陡峭的石崖，一直到峰顶。

哦，翻过那方圆百里最高的山峰，对面是什么地方呢？是一条河，一座湖泊，一座村庄，还是一样的丘陵盆地？季石不由自主地想象着、揣度着。一只老鹰用力地展开又宽又长的翅膀，就能滑翔好长一段距离，再伸缩两三下翅膀，就消失在山峰的另一边。一朵白云，横跨山峰，这边是雪白的，另一边却明显暗淡。难道另一边也有一座水更深的湖泊吗？一定得绕过湖岸到对面去，爬上这座山峰，一定要看看大山的那一边。季石下定了决心。

翌日清晨，天刚蒙蒙亮，季石就出发了。在大山深处住了三个多月，他的"不治之症"来势汹汹，却又悄悄消失得无影无踪，他的体力也已经完全恢复了，随着运动量的增加，食欲也明显增加了，体重甚至快超过生病前了，四肢的肌肉也明显地隆起，他又成了一个英俊的少年。不同的是，由于长时间没有剃须理发，他的头发已经长到了后肩，下巴上也出现了一撮山羊胡子，脸庞白净，目光炯炯，饱含正直和善良，这一点可能是遗传自父亲。再穿上老人送的布鞋，绑上绑腿，这样看上去，他不但不显得肮脏邋遢，还透着一股浓浓的英气，让人忍不住想多看几眼。

按照老人的指点，他沿着湖岸朝着东边一直走，终于走到了对岸。这一边人迹罕至，奇花异草种类繁多，近岸湿地的风车草丛有一人多高，叶如伞，再过一段时间，就会开出像风车一样的花了。再往里较干燥的沙土中，长着一小丛一小丛碧绿的萱草，有的已经开始擎起高高的茎秆，末端挂着豆大的花苞，性急的已经露出橙色的梭形蓓蕾，只等一阵凉爽的风，就能一下子吹开橘红色的花朵。

真是太激动人心了！季石居然发现了一片茂密的兰花草，举着一个个紫色的小喇叭，随风摇曳着，仿佛热情地打着招呼："您好，您好。"又仿佛在热切奔放地说着："太美了，太美了！"季石陶醉其中，流连忘返，竟舍不得再往前迈出一步。

许久，他找来一根光滑的细枯枝，把各种唤不出名字的小草，轻轻地拨向一边，小心翼翼地走过去。到了低矮的灌木丛时，依稀可辨一条一尺见宽的小路，大概是附近的山民采药打猎的痕迹吧。经历了几场春雨，路面上又冒出了尖尖的嫩芽，季石不忍心踩踏它们，缓慢地蛇行着，速度很慢。开始缓缓上坡了，路面也渐渐干燥，泥土中夹杂着碎石子，嫩芽也渐渐地稀了，季石才又加快了脚步，最后开始慢跑起来。

晌午时分他就到了半山腰，一条逼仄的道路就嵌在石崖壁上。他细看才发现，原来并不是一条真正的道路，而是崖壁上的一条天然裂缝，大大小小的裂缝数十条，就这一条最粗最直，它一裂到底，没有中断过，人和动物走得多了，也就成了一条艰险的路。抬眼望去，一人多高的松柏散生在陡峭的岩缝中，树干虽小，根系却发达，四处蔓延，深深扎进了岩缝深处，树皮斑驳坚韧，也不知它们已经存在几个世纪了。

季石不由自主地停了下来，山风吹来，呼呼地响着，他感觉凉飕飕的。岩壁上纵横交错地攀附着野藤，藤条粗细不一，向下垂着。他仔细辨认，道路右边的石崖上有密密麻麻的掌印，千百年来，人们就是面朝绝壁，双手紧紧扶按着崖壁，同时用力攥紧一把藤条，一步紧挨着一步翻过大山的。左边是万丈深渊，为了获取点滴阳光，底下的树只顾向上生长，树干细长，没有分枝，只在最末梢才分出伞状的枝叶，让面积达到最大，尽量多地接受日光照射。

季石望而却步，他没有勇气踏上石崖。这时，一朵厚厚的白云慢慢飘了过来，遮住了阳光，一只巨大的老鹰伸展着翅膀，在云朵下面来回盘旋着，间隔五六分钟就发出一声鸣叫，带着试探，也带着挑衅，声音也渐渐密集起来，间隔两三分钟它就要叫唤一下，飞得也越来越低，有一次居然对着他俯冲了下来，在距离他头顶二十米远的空中，又开始向上拉升，盘旋着离去，这是要发起攻击的前奏啊！那朵厚厚的白云也盖住了整座山峰，天空一下子暗了下来。显然是受到了惊吓，他的后背直冒冷汗，不敢再逗留，急忙转身下山，他没命地跑着，一直到了湖岸，还心有余悸。

晚餐时，他把当天的经历告诉了老人。老人一听就笑了，还鼓励他明天可以继续翻过大山，不会有任何危险，只是严肃地交代他说倘若遇见老鹰的巢穴，千万不可损毁，不能触碰鹰卵，更不能伤害雏鹰，只要慢慢绕开就行，否则老鹰绝不放过破坏它老巢的人。季石恍然大悟，原来老鹰只是要警告进入它领地的人，不要靠近它的家，不能伤害它的家人。既然如此，连老人也赞成，那明天就继续吧。

和前一天一样，季石一早就出发。出门时，他看见老人就立在外面，手里拿着一个圆乎乎的东西。他大吃一惊：老人怎么会知道自己此时要出门呢？他微笑着说道："来，把这个带着，过石崖的时候，把它戴在头上，老鹰就伤不到你的头和眼睛了。"季石接过来仔细一看，原来是一顶改装过的安全帽，帽子的前边加了一块状如眼镜的厚厚的塑胶，塑胶上只留下两个细小的孔，这样既不会影响视线，又能防止眼睛被老鹰啄伤。季石在内心感叹，老人真的是非常细心周到，三个多月来，对自己也是关怀备至。想着想着，泪水就涌了出来，他哽咽地说着谢谢。

"放心地去吧，你不会后悔的。"

老人对他的病情了如指掌。他看在眼里，乐在心里，他知道季石已经完全摆脱了肉体的病魔，正是最需要精神食粮的时候，大自然的洗礼将会使他更加坚韧，更加刚毅，更加仁厚。说是大自然的洗礼也好，说是大自然的馈赠也罢，无论如何，在以后的人生道路上，遇到挫折坎坷的时候，他都不会忘记今天的经历，也会从今日的历练中吸取教训，从而找出解决困难的办法。以后，他会更加热爱生活，更加珍惜生命，更加严于律己，更加宽恕他人。

说完这句话，老人用鼓励的眼神望着他。季石理解他的深刻用意，以自信的口吻回答道："您放心，不管遇到什么困难，无论如何，我今天一定要翻越这座山峰，去看看对面的世界，而且晚上一定会完好无损地回来。"

老人微笑着点了点头，转身朝山村的方向走去。季石目送着他离开。道路两旁的迎春花欢畅地盛开着，密集的花朵争先恐后相拥相偎着，端庄典雅，气质非凡。生长在贫瘠的土地上，却开出如此圣洁高贵的花朵，真是世间奇迹啊！老人拐了个弯儿，轻轻摆动的衣衫渐渐消失在金黄色的花丛中。一缕淡淡的橙红色的朝霞，落在山墙的一角，在这没有时空概念的深山里，阳光不仅仅是照耀，它还蕴含着敬畏、和平、仁爱。

季石感慨万千，但有一股强大的力量不容他多耽搁一分钟。他沿着昨天走过的道路，重新走过，依然不伤一草一木，不同的是，他没有再流连忘返，而是加速前行，直奔石崖。鸟儿们早已吃饱喝足，在枝头上叽叽喳喳地叫着、跳着，从这棵树飞到那棵树。露水很浓，到石崖的时候，膝盖以下的裤腿已经湿透了。他抬头看了看天空，巡视了一遍四周，没有发现老鹰。他重新整理了一下行装，扎紧背包，水壶和干粮挂在胸前，戴上老人给的安全帽，戴上又摘下，这样反复了三次，确信帽子已经把头顶和下巴箍得紧紧的了，才按照老人的吩咐，憋足了劲儿大声呼喊了起来："对面有人要过来吗？如果没有，我就先上岩喽！"

呼喊完，他连续数了五秒：一，二，三，四，五。这样重复喊了三次，也重复数了三次五秒钟。

没有红绿灯，没有指挥，也没有哨声，只有简单朴素的呼喊和数数。如果双方同时到达，就通报目的地和人数，路途较远的先上；如果双方人数相差悬殊，就人多的一方先；如果人多的一方路途较近，也是不能先走的。岩缝两端并没有明文标识，却是约定俗成的，是这里的交通规则，神圣不可侵犯，千百年来，没有人违反过，更没有人破坏过。

确定没有回应后，他就踏上岩缝了。此时脑海里闪过一个可笑的念头：老鹰的巢穴是不是就筑在岩缝里呢？随即他就否定了这个想法，并嘲笑自己过于敏感——世界上哪有一种动物把家安在路上呢？这条绝壁上的缝隙，不光有人走，四条腿的，没有腿的，各种各样的动物，只要能容得下身子的，一定也会从这里经过。那么问题来了：万一和毒蛇猛兽狭路相逢呢？虽然腰上别了一把锋利的砍柴刀，要在这样的绝壁上和一条眼镜蛇搏斗，也没有多少胜算啊。他强迫自己冷静下来，不要自己吓唬自己，天下也不会有如此凑巧倒霉的事情，一股脑儿全让自己碰上。再说了，那么多医生都给自己判了死刑了，到今天自己不也还是直挺挺地站着吗？大难不死，必有后福，这是天意，就算真的遇上了，区区一条蛇也是奈何不了我的。想到这里，他的额头不再冒冷汗了，也不心慌了，而是专心致志地，手里紧紧攥着一把粗藤，一小步一小步往前挪着——遇上什么猛禽走兽，藤条突然断掉，踩空坠崖，峰顶上滚下巨石砸中自己，就听天由命吧。

攀过一半的时候，他停了下来，向身后看去。天哪，他几乎头晕目眩、四肢瘫软，浑身哆嗦不止，细小的沙石也开始从高处滑落，发出哗啦啦的响声，有几粒竟然直接就敲打在帽子上，急迫的声音让他觉得已经穿透了帽子。真是命悬一线啊！如果没有老人准备的安全帽，他可能早就一命呜呼了，已经成为那只老鹰的盘中餐了。他急忙向前移了几步，后面深不见底，如果坠落下去，他将会体无完肤，尸骨无存。好不容易才重新冷静下来，也慢慢悟出了攀越岩缝的窍门，他越走越顺，渐渐加快了速度，很快就到达山峰的另一侧，途中还算顺利，并未遇到飞禽走兽的攻击。他回首攀越过的崖壁，也就百来米长，居然耗去了一个时辰。

季石摘下帽子，倚在路边的一棵杉树干上，又想哭又想笑，持续了几分钟后才继续赶路。渐渐地开始下坡了，四周是茂密的树林，阴森森凉乎乎的，气温似乎也下降了好几摄氏度。到了一处山脊，终于可以看清山峰的另一侧了。这里坡度较大，空气异常清新，山谷中只见翠绿的树梢，碧绿的叶子反射着太阳的光辉，最低处一定有一条清澈的山涧。往外坡度逐渐缓和，过渡到一块巨大的盆地，远处青山隐隐，一层薄薄的雾气笼罩着山顶。

路边凸出一块灰黑色的岩石，恰似一座天然的观景台。季石爬了上去，才发现上面非常的平坦，像有人特意抛光过。时间刚过正午，他决定今天就到此为止。阳光暖洋洋的，他从背包里掏出一架简易望远镜，一边吃着干粮，一边欣赏着远处的景色。他仔细搜寻着，希望能发现点儿什么，哦，果然有东西，一人多高的草丛中露出一条长长的尾巴，左右甩动着，会是什么呢？接着出现一截弯弯的角，很快走出来一头牛。这荒山野岭的怎么会有牛呢？难道是野牛？他有些激动，又更加仔细地观察着，不止一头呢，像一朵朵蘑菇散落在草原上，怎么不见人影呢？看累了他就坐下来休息几分钟，接着继续仔细辨认着，他观察了大半个时辰也没发现有人出没，兴许有人躺在阳光下睡着了吧。他再往更远一些的地方寻找着，没有袅袅炊烟，没有鸡犬相闻，没有阡陌交通，树林深处也没露出褐黑瓦片的屋檐，只隐隐约约有一条淡淡的羊肠小道，渐渐消失在远方。

这么大的一块地盘，哪是一时半会儿就能搜遍的？来日方长，还是回去吧。可是石崖都攀越过来了，走进盆地还会更艰难吗？他一边急忙赶路，一边不停思索着，很快就到了绝壁的边缘。他整理好装备，开始认真严肃地呼喊和计时，和早晨一样，依然没有任何回应。山里静悄悄的，没有一丝风，传到耳畔的是藤蔓绷紧的声音，他甚至听见了自己咚咚的心跳声。这一次，他轻而易举地抛开所有的杂念，迈开的步子也更大了，很快就结束了短短的攀岩之旅。比起第一次足足省了半个时辰。下山就更快了，脚下呼呼生风，像装上了两块滑板。太阳还在西边的天空上高高挂着，他就回到房屋了。

第七章　望远镜里的女子

　　接下来的几天，季石早早出发，很快就到了观景石。在那里，他用望远镜眺望着目所能及的一切。他仔细搜索着，不放过任何一样有价值的东西，尤其是天空中飞翔的、地上奔跑的。在那一片水草丰美的盆地中心，他不放过观察任何一头牛。他详细数了三天，数了几十遍，最后确定大大小小共有十八头。牧牛人只有一个，连续好几天都只能看见背面和侧面，从步态、姿势上看，应该是个年轻的女子。她穿着一条灰蓝色的牛仔裤，一件淡粉色花边领的上衣，外面套一件海蓝色的马甲。她有时倚在树干上沉思，双眼望着远方；有时坐在树荫下看书，一个时辰都不挪动一步；有时拿着一根细细的枝条，鞭打不好好吃草的公牛；有时骑在牛背上吹奏竹笛，头戴自编的花环，五彩缤纷的花边低垂着，遮住了脸庞，颇像隐居深山的美丽女子，婀娜多姿，侠骨柔肠，身怀绝技。季石好想一睹庐山真面目，可惜离得太远了，连她笛子横在唇边的时候，这里也是无声无息的。他不禁在心里叹道——蒹葭苍苍，白露为霜；所谓伊人，在水一方。他目测了一下，直线距离至少也有两公里，何况是弯弯曲曲的羊肠小道呢？甚至有没有路可走还不清楚呢。

　　牛群很准时，十点过一刻，浩浩荡荡的队伍就会出现在青草茂盛的地方。如果这个牧牛的女子，在早晨八点出发，估算一下，方圆十五里之内，一定有一座村庄，里面也一定有女子的家。看时间还早，他决定一探究竟。为了加快速度，也为了提高安全性，他找了一根光滑轻巧的枯枝，需要的时候可以当拐杖，遇到杂草丛生的地方，可以拨开一条缝隙，碰上猛兽时还可以防身。山谷中还真有一条山涧，流水淙淙，窄的地方不到两米，水面齐膝，宽的地方有三四米，地势陡峭的地方，落差很大，水面像台阶一样，一级一级流向深谷，有些地方巨大的岩石下是深绿色的水潭。季石找了一处水浅且清澈见底的地方，拄着枯枝，小心地蹚过去。水冰凉冰凉的，直凉进了骨头里。一只受了惊吓的山鸡，拖着长长的尾羽，呼的一声腾空飞起，着实把他吓了一大跳。一瞬间，他的脑海里闪现着一条长长的竹叶青，那是小时候见过的倒挂在树枝上的爬行动物，通体翠绿，眼珠银黄，尾巴焦红，却是有很强攻击性的毒蛇。想想他都不寒而栗，真有些后悔跋山涉水至此，究竟为了什么呢？究竟要探求什么呢？难道就为了满足一下好奇心吗？难道是被那位美丽的女子摄走了心魄？他扪心自问，却又不停地否认，真是沮丧极了。

季石只能硬着头皮往前走，一直走，不敢停下歇息片刻，连中午的干粮都忘了吃。不知什么时候开始，阴森森的树林渐渐变得明亮了，阳光透过枝叶的缝隙洒了进来，像形状各异的古币，又像大小不一的蝴蝶，停在树叶上，落在地上，嵌在岩石上。

渐渐地高大的乔木少了，低矮的灌木多了，再往前走，灌木也少了，碧绿的草毯铺展开来，五颜六色的花朵举着，擎着，唱着，舞着，摇着，美不胜收。"哇！"季石惊叫了起来，简直太美了，他张开双臂，想深情地拥抱这大自然馈赠的一切。太神奇了，没有见过一幅画，没有听过一首歌，更没有读过一本书，就能如此深刻逼真地描绘出丘陵盆地的美。不远处传来两只渡鸦的鸣叫，一只蓝喉歌鸲向下俯冲着，突然降落在芒草宽大的叶片上。叶片摇晃着向下低垂，显然支撑不住它的重量。它双脚向下用力一蹬，张开翅膀，又弹向了空中。季石看着它飞远，直到消失在视线中。

一不小心他踩在一坨牛粪上，还热乎乎的。他的脚突然痉挛了一下，还以为是踩到什么软体动物了。发现是牛粪，他放声大笑了起来，一半是自嘲，一半是兴奋——那美丽女子一定就在附近了。他来到水塘边，牛群刚在里面打闹嬉戏过，水还是一片浑浊，他边清洗那只沾满牛粪的鞋，边四处张望，侧耳细听。除了远近可闻、忽高忽低的鸟鸣，没有牛群啃食青草的声音，更没有哞哞的牛唤声，它们似乎已经远去。他急忙跑上一处地势较高的坡地，举起望远镜快速搜寻着，从左到右，偌大的一个半圆，竟没有发现牛群的踪影。他的心变得有些焦虑，这时候再打道回府，不要说迷路了，要在天黑前赶到石崖都已经不可能了。怎么办呢？只能跟上牛群了，只能在那座村庄里找一户人家借宿了。他换了个角度，大范围搜索着，没有，仍是一点儿蛛丝马迹也没有。他的额头上开始沁出细密的汗珠，汇成一股，向下流着，流进了他的眼窝，咸咸的，涩涩的。

牛粪都是热乎乎的，难道它们还能走远？难道它们蒸发了不成？想起小时候看过的《聊斋志异》，他的心里涌起一阵恐惧感，如果天空突然黑了下来，如果突然吹来一阵狂风，如果四周忽然升起白茫茫的雾……他越想越觉得可怕。虽然他完全不相信鬼神的存在，也从没见过传说中的鬼怪，可就是被一种莫名的恐惧笼罩着。他抬眼望了望天空，太阳已经开始向西边斜去。哦，天哪，那只大老鹰怎么也出现了呢？它在阳光直射的方向盘旋着，时近时远，有时竟然投下一片巨大的阴影。一群乌鸦也来凑热闹，它们呱呱叫着，声音又粗又哑，居然不约而至，散落在附近的灌木丛中，叫声不断，让人心烦意乱。这时隐隐飘来一阵轻柔悠扬的笛声，他差点儿激动得跳起来，她虽已踏上归途，肯定还没走远。他侧耳聆听，确定笛声在东南方向，可是他觉得有些不对劲啊，自己就是从东南方向来的，那里是茂密的丛林、山涧、绝壁啊，思来想去，才恍然大悟，自己经过的是那座最高最雄伟的山，旁边连着一座只有它一半高的山，坡度缓和，一直延展到盆地边缘。老人所说的姊妹山，原来就是这里呀。难怪在望远镜里搜寻了两个大半圆，没有任何发现，原来它们顺着山脚绕到另一边去了，连日来自己倾力找寻的村庄，肯定就在另一边的山脚下，他为自己的发现欣喜若狂。

他又来到水塘边，在牛饮水的地方，找到密密麻麻的脚印，像一朵朵开在地上的莲花，中央积着逐渐清澈的水，旁边高高的苇叶上挂着一顶美丽的花环。牛们从草丛中出来，经过这里，喝足了水，再蹚过去，从另一侧上去，踏出了一条清晰潮湿的道路。顺着这些痕迹，他一路追踪着。笛声由依稀可辨，渐渐地清晰了，饱含哀婉和忧伤，又透出丝丝缕缕的坚韧和刚强。足迹越来越模糊，路迹却越来越明显，也越来越宽敞，走的人多了，走的频次高了，已然成了一条通往深山的道路。他跑得气喘吁吁，在前面两百米远的地方，终于发现了牛群，公牛在前面开路，母牛断后，牛崽们在中间。摘下花环的少女，在队伍的最后面，她骑在牛背上，面朝远处的群山，深情地吹着感伤的曲子。

　　季石突然停了下来，闪进路边的树丛中。他生怕吓到人家，万一她从牛背上落下来，摔折了腿，那自己岂不成了罪人？这样想着，计上心来，他清了清嗓子，开始唱了起来：

　　　　春风啊春风你把我吹绿
　　　　阳光啊阳光你把我照耀
　　　　河流啊山川你哺育了我
　　　　大地啊母亲把我紧紧拥抱

　　他的声音由低到高，由沙哑到清晰，人也从树丛里走到了路中间，一边唱着，一边慢慢向前走，像小时候老师让他在课堂上唱的一样，一字不落，既紧张又自信，边唱边思索着下一句歌词。除了一群牛，只有一位陌生的听者，而这位听者没有要求他唱，他竟也唱得面红耳赤，唱得心慌意乱，只希望姑娘能一眼就看到自己。

　　韦溱骑在牛背上，正全神贯注地吹着《渴望》：

　　　　悲欢离合
　　　　都曾经有过
　　　　过去未来共斟酌
　　　　漫漫人生路上下求索

　　虽然她还未满十八岁，却经历了太多人间的酸甜苦辣，父亲牺牲不久，母亲也撒手人寰，自己和爷爷相依为命。有一次，学校附近的一家音像店里飘出了这首歌，她正好路过，她被那忧伤深沉的曲调打动了，不自觉地停了下来，驻足倾听。脑海里掠过许多心酸的画面，她没法继续聆听下去，而是跑到一棵大树下，躲在树干后面，任凭泪水哗哗地流淌。

整个中学时代，几乎是那些充满感伤的歌曲伴随着她成长。难过的时候，痛苦的时候，甚至绝望的时候，她就找一处僻静的地方，尽情地歌唱，策马扬鞭，在伤痛的荒原上，任意驰骋，直到泪水流干，忧伤散尽，化悲痛为一股继续勇往直前的力量。

今天她却不是难过，只是想把熟悉的曲子，一首一首认真地吹奏下来，吹给大山听，吹给森林听，吹给小溪听，吹给身边的牛听。她要把每个音符、每个节拍都精准深情地演奏出来。她聚精会神地吹着，仿佛骑的不是牛，而是踏着一叶小舟，在徐徐南风的吹拂下，在满布五线谱的海面上，在波峰谷底起伏滑行。她并没有发觉队伍已经停了下来，七八只强壮的公牛已经掉转方向，把主人和弱小的同伴们围在中间，它们尾巴朝里，牛角朝外，保持警戒状态，随时准备投入战斗，它们已经意识到近处的危险了。

"哞——"

"哞哞哞——"

随着领头的公牛发出一声怒吼般的鸣叫，外围的公牛们也跟着一起叫了起来。韦溱发现势头不对，立刻停止了吹奏。她紧握笛子，将它竖在眼前，环顾了一下四周，示意牛群保持安静。公牛们立即停止了叫唤，等待主人发号施令。

笛声消失了，季石也停止了歌唱，但他没有停下脚步，而是缓缓地向前移动着。小时候，他也是在牛群中长大的，深知这些公牛的脾气，明白如何引导安抚它们，如何讨好取悦它们。如果没有实质性的威胁，没有来自牛背上指挥者的一声命令，它们是不会发起攻击的。近了一米，又近了一米，一米又一米，渐渐地可以看到双方的轮廓了。

韦溱把笛子插进背包里，双手交叉在胸前，两腿紧紧夹着牛肋，稳稳当当地坐着，眼睛注视着前方。方才隐隐约约听见有人唱歌，唱的是《小草》，也是自己小时候经常吟唱的歌曲，只是自己没注意，原来此人就在眼前，他似乎来者不善。也没关系，不过是一个人而已，就是来了十个强盗也不怕，这么多头牛来回冲两趟，叫他们有来无回。可是她定睛一看，仔细辨认着，竟是如此熟悉的一个身影。她睁大双眼望着，差点儿惊叫出声。怎么可能，他怎么会突然出现在深山老林里？而且是独自一人。她不敢相信自己的眼睛，她拼命摇头，睁眼又闭眼，闭上眼睛又睁开，从头到脚，又从脚到头把他看了一遍又一遍。这时，他离自己更近了。

在还有三十米远的地方，季石停了下来，他没有胆量再往前试探了，一不小心，公牛是会舍命向前冲的。让他非常吃惊的是，眼前的姑娘怎么越看越像她呢？再怎么说她也应该是坐在教室里复习功课啊，怎么会旷野骑牛，横笛抒怀呢？可是谁又能说清无常世事呢？就像自己正值青春年少，此时此刻，应该在学校里纵横球场，可不也是出现在这个陌生的地方吗？不管三七二十一，先打个招呼吧，如果对方真是自己心中的那个人，她一定会热烈回应的。

"韦溱，是你吗？"

听见对方呼喊自己的名字，韦溱差点儿从牛背上落下来，她惊喜得几乎要放声大笑起来。是他，是他，是季石！

"季石，我是韦溱。"

接着他们不约而同地询问对方——

"你怎么会在这里？"

公牛们面面相觑，开始放松了警惕，并走回原来的位置，牛崽们早等不及了，它们四下乱窜，相互追逐嬉戏。季石快速地奔跑过来，一道优美的弧线在空中闪了一下，韦溱就跳下了牛背。

"季石。"

"韦溱。"

面对面，近在咫尺，他们没有热情相拥，他们都突然意识到自己还是中学生，他们既激动又腼腆。最后还是季石先开口。

"一言难尽，想说的话有如奔腾不息的长江水啊。"

"我也是啊。"

他们相视大笑，笑声越过了小溪，跑进了树林，飞到了山的另一边。牛群停下来望着他们，它们也充满了好奇。韦溱打了三个响指，一头温顺的母牛就缓缓走了过来。她纵身一跃跳上牛背，横起笛子吹出明快的歌曲。季石骑上另一头牛，一边跟着她慢慢向前走，一边惬意地欣赏着她的表演。

韦溱吹毕一曲，望着季石会心一笑，顺手把笛子递了过去。

"你也来一曲。"

季石接过笛子，欢畅地吹开了，接连吹了好几支曲子才停下来。

太阳渐渐西斜，照着他们回家的路，几只棕背伯劳忽高忽低，画着大大的半圆，鸣叫着从他们的上空飞过。

第八章　深山偶遇

韦溱的家和季石的家相隔一百多里，得先去镇上搭坐中巴车至县城，再从县城转车才能到季石家的村子。这是往远了说，其实就隔了三座大山而已，几条公路依山而行，山有多陡，路就有多弯，山有多折，路就有多长。

一路上，他们天马行空地畅所欲言着，就是没有谈到落下的功课，也没有深究为何在非常时刻，会在这样的深山里相逢。他们心有灵犀，都怕触及对方内心深处的伤痛。夕阳的余晖洒在大地上，显得格外美丽。季石跳下牛背，在路边采了一束五颜六色的花朵，用白芒叶轻轻地扎了起来，双手握着放在胸前，恭恭敬敬地来到韦溱面前，笑着说："今天我们不谈感伤的事情，来日方长，我身边没有带什么可以赠送给你的物件，就送你一束鲜花吧。请笑纳！还恳请你同意今晚能在你家借宿。"

韦溱正想旁敲侧击问他要去何方，太阳很快就会从西山落下，今晚他将住哪里，没想到他居然看出了自己的心思，还用自己欣赏的方式给出了答案。

"行啊，就是请不要嫌弃粗茶和陋室。"

"韦溱，我是那样的人吗？斯是陋室，惟汝德馨。"

她一听就笑了。脑海里掠过他们第一次认识的情景。

那是高中入学军训的最后一天，大雨倾盆，同学们纷纷跑去躲避了。不知是不是没听见教官的呼唤，他一直傻傻地站在操场上淋雨，同学们都笑话他是"落汤鸡"，那时她听见好多人喊他，才知道他的名字。半个月后他成了隔壁班的班长，而自己也当了班长。据传，好多同学喜欢他，仰慕他，尤其是女生，都说他是德智体美劳的典范。但他佯装不知，一心一意扑在学习上，周末准时回家，帮爸爸妈妈干繁重的农活，还得给弟弟妹妹辅导功课。自己对他也是爱慕已久，只是隐藏在内心的最深处，不敢轻易表露。平时也多有接触，但仅限于交流学习，从没有掺杂私人情感。有时她也会莫名其妙地想，一定会有那么一天，但无论如何也得先考上大学吧。

密林深处，渐渐露出黑瓦白墙，依山而建，向外一百米是一条小溪，流水潺潺。夏天一到，村里的孩子不分男女，都光着屁股在河里戏水捉鱼。不远处炊烟袅袅，鸡犬相闻，他们已经走进了村子。在一排黄泥墙分隔开的圈舍里，牛们居然一户一户走进自己的家，牛父牛母和牛崽们没有一头会走错门。沿着山脚绕个弯儿，继续走一百米，就是韦溱的家，一座上下两层的杉木房子，共有八间房。

房子是爷爷建的，已经有三十多年了，瓦片乌黑乌黑的，屋檐上倒垂着几株青草，白色的墙根下长出一丛丛绿色的苔藓，宽敞的院子四周，围着一米多高的泥墙，上面也盖了黑色的瓦片，墙脚摆着一排常见的花，有月季、凤仙、鸡冠、山茶、茉莉、兰花，还种了几棵葱蒜和芹菜。在房子的东边，紧靠厨房的一侧留了小亭，亭上的两个檐角高高翘起。亭门对开，门环乌黑锃亮，横梁上筑着几窝泥巢，几只乳燕探出头来，欢快地呢喃着，它们也闻到客人的气息了吧。

亭门平时是紧闭着的，今天却早早打开了。都已经晚了一个多小时了，韦溱还没回来，爷爷有些担心了。他拄着拐杖，来到亭门外，不断往牛棚的方向观望着。竹林里传来说话的声音，女声是韦溱，男声却很陌生，不像是附近人家的孩子。他侧耳细听，越发好奇，正想往外走几步，声音却更清晰了，已经能听见轻盈的脚步声了。他明知故问："阿溱，是你吗？"

"爷爷，我回来了，今天我们家有客人来，是我同学。"

同学？她的同学不都应该在准备高考了吗？难道是已经辍学在家的老同学？咋还是个男生呢？他这样想着，越来越后悔，自己摔折腿时就应该当机立断，把牛全部卖了，请人来照顾一段时间，等自己的腿好利索了，再赎回几头小牛，这样就不会耽误孩子的学业了。真是屋漏偏逢连夜雨啊，儿子刚上小学，他的母亲就过世了。多么优秀的儿子啊，年纪轻轻就牺牲了。谁知没多久，韦溱的母亲也撒手归西，剩自己这把老骨头活这么长有什么用呢？苍天啊，你为什么不留下他们，为什么不把我先收走啊？我宁愿用我的生命换取他们仨啊。

好了，好了，胡思乱想什么呢？你这该死的老头，这不争气的眼泪啊，千万别流下来，今天可是有客人来啊！老人一边想着，一边自言自语，同时用袖子拭去眼角的泪花。这时他们已经来到他面前。眼前的小伙子，不修边幅，颇显清瘦，朴实无华，很是讨人喜欢。一看他的装束，就知道是从姊妹山的另一边过来的。退伍后，自己也经常进山采药打猎，也是这身装扮，不同的是他的腰上别着一个望远镜，不过比自己在部队时见过的差远啦。令自己不解的是，他年纪轻轻，怎么下巴就留了一撮山羊胡子呢？难道他也是在人间被判了死刑，在生命的最后一程，被送进山村里去过渡的吗？可是怎么看他也不像是病入膏肓呀，难道他是一个无家可归之人？可他竟是阿溱的同学，难道孙女是在撒谎吗？不可能啊，完全不可能，阿溱可不是这样的姑娘。不要胡思乱想啦，还是进屋再说吧，这样想着，他的脸上露出笑容。

他们一左一右搀扶着老人进门，坐在院子里的藤椅上，韦溱急忙去准备晚餐了。

老人客气地请季石坐在对面，和蔼地问了几个问题。季石为了打消他的顾虑，就把自己近半年来的遭遇，一五一十地和盘托出。最后他说决定参加今年的高考，刚说完，连他自己都感到十分惊异，对面的老人也愣住了。

韦溱真是聪明能干，手脚麻利，很快餐桌上就摆得满满的了。按照当地的风俗，一定得有一对酒糟红蛋、一盘肉炒米粉、两样青菜。家里没有新鲜的肉，韦溱就用腌制的咸肉代替，配上蒜叶和芹菜，味道好极了，再加上一道西红柿蛋汤、一盘菠菜、一盘四季豆，热乎乎、香喷喷。季石好久没有吃到如此美味可口的饭菜了，他胃口大开，很快就把桌上的食物扫了个精光。韦溱坐在爷爷身边，他们已经吃饱喝足，放下碗筷，看着季石狼吞虎咽的样子，她不禁笑出了声。听见韦溱在笑，季石的脸一下子红了，他连忙解释道："不好意思，不是你饭菜做得不够，而是确实太好吃了，看我撑得连话都快说不出来了，嘿嘿！"

"好吃就多留几天呗，我天天做给你吃。"

韦溱边说边看着爷爷，希望他能同意季石多住几天，爷爷慈祥地微笑着点了点头。韦溱想了一下午的事情终于开口问了："季石，你为什么会一个人出现在林子里？这会儿不是该带领你的班级向终点冲刺吗？"

他犹豫了一会儿，正要开口，老爷爷就详细地帮他回答了。他慢慢铺垫，渐渐引出他内心深处的话。他希望季石能多留几日，可以陪孙女说说话。这孩子太苦了，太不容易了，可她又是那么的刚毅坚韧，但他又担心年轻的异性在一起，会产生恋情，从而耽误了学业，这是他不愿意看到的。不过，虽然初次谋面，但他已阅人无数，眼前的这个年轻人，他那宽阔的额头、深邃的目光、高高隆起的鼻子、大而沉的双耳、光滑圆润的下巴，无不在告诉人们，他是一个集智慧、理性、善良、勇敢、坚毅于一身的男子汉。韦溱就是和他两情相悦，又有何不可呢？在他的脑海里，左手的盾和右手的矛，举起又放下，放下又高高举起，最后还是平静收归。

他望着两个年轻人，认真又不失严肃地说："古人说，福祸相依。季石这次磨难，也并不完全是坏事，在以后的人生道路上，他会更加热爱生活，热爱自己，会更加珍惜光阴，对生命也会有更深刻的思考，将来遇到挫折坎坷，也会更坚强，更百折不挠。刚才他说决定参加今年的高考。如果拖到明年，也许可以考一所更理想的大学，对一个有志青年而言，就像一棵健康的小白杨，不管是种在什么样的土壤里，只要有阳光，有雨露，有空气，就能茁壮成长，我非常欣赏和支持他的想法。我也希望阿溱能尽快回到课堂，那里才是你们的天地。即使今年名落孙山，也可以为明年的再一次出击，积累宝贵的经验。我也决定了，半个月后就把牛全卖了，韦溱，你就安心读书吧。只有这样，爷爷才能安心度日，才不会愧对你九泉之下的父母啊！"

韦溱先是惊叹季石的遭遇，继而惋惜他的才华，假如没有这场劫难，假如不用休学，假如没有被送进深山里来……可是生活有假如吗？岁月能假设吗？它只是沿着自己的轨道，不停地向前延伸，你要偏离，你要拐上岔道，你要停滞不前，你要向后退去，那都是你自己的事情。生活会在乎吗？时光会在意吗？它们满不在乎地高歌猛进，哪怕你哭着跪着喊破了嗓子央求，它依然只是笑着从你身边迅速地飘逝。想想自己的身世，小时候，有着多么幸福美满的家庭啊！虽然每年难得和阿爸相聚，但他常常给自己写信，赞美自己，夸奖自己，激励自己，有时候也在信中批评自己。奶奶对自己疼爱有加，还有最爱自己的阿母，只要阿爸一来信，她就会打开和自己一起深情地阅读，春天到了她就带自己到山坡上采摘鲜花，和自己一起制作蝴蝶标本……怎么一转眼他们都不在了呢？他们都去哪儿了？门前的老树又绿了，墙根下的小草又冒出了花骨朵儿，竹林里的新笋已经长到一人高了，阿爸阿母啊，你们却没有回来，你们在哪里？她鼻子发酸，泪花闪闪，没法再听下去，只好双手掩面跑到院子里。她强忍着不让自己哭出声，她知道自己已经不再是孩子，不能一想起阿爸阿母就哭鼻子，虽然内心悲痛酸楚，在以后的日子里，都要默默忍受，让这份悲痛不断激励自己向前看。

看见韦溱掩面而泣，跑出餐厅，季石不知道发生了什么事，他也跟着站了起来，想追出去。老人摆了摆手，示意他坐下。老人长长地叹了口气，说道："不用出去，我太了解她了，她也非常不容易，你看她哭得很伤心，但她的内心是非常坚强的，她只是想起奶奶，想起阿爸阿母了。让她哭一会儿就好了，她会越来越刚强的。"

从高一开始他们就认识了，彼此相互爱慕，却从未表露。好几次，季石看见她和同学们谈笑风生，她是那么乐观，那么开朗，那么善良，那么博学，又是那么优雅。从没有察觉她的内心深处，隐藏着浸入骨髓的悲伤。她的生活一定也充满了艰辛和苦楚。他已经猜到了八九分，但他不敢言语，只是静静地倾听着，内心一阵阵感动。听到心酸处，他竟想起自己的家庭，想起为了自己成日忧心忡忡的父母，想起成天盼着自己回家的弟弟妹妹。当得知韦溱的父亲年纪轻轻就为国捐躯，他肃然起敬，对面前的老人也充满了敬意。

韦溱的爷爷没有接着说下去，他望着季石，停了半晌，忽然想起了什么，告诉他明天不用急着回村，山高路远，充满了艰险，而且经常有毒蛇出没，隔壁人家明天正好进山采药，可以帮忙给老人捎个信儿。

季石听说有人要进山采药，心想这个人一定会很早出门，是不是可以和他搭伴同行，既可以见到老人，又可以在天黑前赶回韦溱牧牛的地方，再和她一起骑牛归来。他把自己的想法和韦溙的爷爷说了，却不敢说出另外一部分——他想留下来和韦溙在一起，可以一边放牛，一边温习功课，互相帮助。两个人一起思考，那些难啃的题目一定可以迎刃而解。他看着对面的老人，虽头发花白，却一脸的沉着与坚毅，他欲言又止。韦溙的爷爷似乎早已看穿他的心思，慈祥地说："这样也好，留下来和阿溙一起学习，我尽快把牛处理了，到时你可以从镇上搭车回家，再和你父亲一起去山村道谢老人。他是个好人，方圆百里，没有人不崇敬啊！"

季石感激地望着他，拼命点头表示感谢。韦溙也破涕为笑，她搂着爷爷的肩膀，郑重地对爷爷说，她一定考出好成绩，一定不会辜负爷爷和阿爸阿母的殷切期望。

竹林边的水塘里，荷叶田田，蛙声此起彼伏。月光轻拂嫩叶，发出轻盈的回响。哦，今晚的夜色真美。

第九章　南台静坐一炉香

日上山岗的时候，他们攀过了石崖，采药人并没有和季石一起下山，而是沿着另一条更险峻的小道走去。刚才和采药人一起攀岩时，他身手不凡，和飞檐走壁的猴子一样，相当敏捷，还不断地照顾着自己，看他和自己年龄相仿，还稚气未脱，季石既感激又惭愧。季石多么想和他多待一会儿啊，多么想和他说几句推心置腹的话，而他却始终一言不发，只顾不停赶路。望着他单薄的背影，却能迈出如此矫健的步伐，季石感慨万千——人啊，真是神奇的物种。等同伴彻底消失在视线里，他才依依不舍地转身离去。他还不知道，父亲已经像热锅上的蚂蚁，在他的小屋子里焦急地转个不停。

昨天上午，他开始攀越石崖时，父亲也凑巧到了木屋。他太了解儿子了，他一向早睡早起，从来没有睡懒觉的习惯。儿子不在屋子里，他就先把一大袋茶油米面给老人送去，道了谢后就在附近转悠。晚饭的时候，儿子还没现身，等天黑透了，也不见他的踪影。这时他开始有些沉不住气了，又不便去打扰老人，只好躺在床上胡思乱想，后来就迷迷糊糊睡着了。三更天时，他被一阵阵咣当咣当的声音惊醒了，慌乱中竟跌下床来。他屏息静听，原来是山风吹来，门自开自关，他才想起来，自己忘闩门了。他打开手电筒，每间屋子都仔细看了一遍，并未发现有什么异样，儿子还是没有回来。他睡意全消，在屋子里点燃一支蜡烛，刻意剪短了灯芯，一时火苗如豆。

蜡烛燃尽时，儿子还未回来。他开始变得焦虑不安，只希望老天快点儿放亮，好让自己进山搜寻。晨曦微露，他用冰凉的水洗了把脸就出门了，他在门外转了几圈，却茫然无绪，最终还是决定询问一下老人，兴许他能给自己一个惊喜。他转身朝村头的方向走去，却发现老人在西南角的菩提树下静坐，他的眉毛和胡子雪白雪白的，仿佛初春的早晨凝结在大地上的白霜。他眼睛微闭，把全身的重心落在一个点上，以最节省体力的方式趺坐着。老人年轻的时候走南闯北，从祖国的最南端带回这棵菩提树苗，小时候他和父亲曾回到这个山村，也没特别在意，它伴随着日升日落，悄悄生长着，半个多世纪过去了，已经长成参天大树，枝繁叶茂，荫蔽一方了。

老季慢慢走过去，他轻手轻脚，尽量不发出声响，生怕惊扰了老人。还有十米远的距离，他停了下来，不知该如何是好。让他惊奇的是，老人居然开口说话了——

"你回去等等吧，很快就会见到他了。"

老人说完这句话便不再言语，也没有睁开双眼，更没有转过头来看他，依然是面朝东方。菩提的树冠圆圆的，枝叶非常浓密，树干四周十米之内的草地并没有被露水打湿，透着一股暖流，而树冠外围的花草上都凝着晶莹的露珠，走过去，凉飕飕的，由下往上袭来一阵阵寒意，裤脚也湿了一大片。

老季不敢多问，轻轻地往回走，记得不远处有一座湖泊，他想去那里看看，脑海里隐隐约约掠过几丝不祥的预感，儿子不会投湖自尽了吧？难道他旧病复发了吗？还是他承受不了疾病的折磨？或是另有隐情？

"瞎想个啥呢？"他一边嘲笑着自己，同时又控制不了自己往坏处想，一幅幅可怕的影像，从季石流满泪水的脸庞，从他绝望的表情，从他肝胆俱裂的呐喊，从他失去理智的狂奔，到他纵身一跃跳进湖里……一遍遍，不停地冲刷着老季的大脑，尤其是最后那幅，湖面上漂着一具全身浮肿、被浸泡得面目全非的尸体。天哪！他闭上双眼，四肢不由自主地颤抖着。他仰望天空，深吸一口气，努力让自己安静下来，片刻后，他逐渐恢复了理智，开始大步流星，向湖泊的方向走去。

到湖边时，太阳已经悄悄露出东边的山峰，橘色的阳光斜照在水面上，仿佛一大桶油彩沿着湖面泼出去，从近至远，先浓后淡，色彩斑斓，美极了。他从东到西，沿着湖岸绕了一大圈，边走边搜寻，水面上不同颜色的鸟来回盘旋着，偶尔发出几声怪异的鸣叫，忽然就全部消失在了芦苇丛中。湖水清冷澄澈，湖面如镜，反射着太阳的光辉，是那么干净，那么宁静。他突然放声大笑起来，觉得自己太天真幼稚了，太精神紧张了！这如森林的眼睛一般的湖泊，怎么忍心收纳一个善良的年轻人呢？儿子一定是背着自己回学校了，想到这里，他的心里顿时明亮了许多，忽然想起爷爷教给自己的一首诗，看看四周无人，他便自谱自唱，引吭高歌起来："南台静坐一炉香，终日凝然万虑亡。不是息心除妄想，只缘无事可思量。"

四句诗，他也不按顺序，下一句，上一句，来回唱着，胡乱唱着，颠三倒四地唱着，时而是开心的旋律，时而又用哀伤的曲调，嗓门一会儿高一会儿低，高的时候像在怒吼，低的时候又像在抽泣，宛如一个醉酒的人，只差没有提着酒壶东倒西歪了。他忘乎所以地唱着，唱得正欢，听见似乎有人在喊："阿爸，阿爸！唱得这么投入，你是喝醉了吗？"

他抬头定睛一看，跟跄了一下，差点儿晕厥过去，简直不敢相信自己的眼睛，真是踏破铁鞋无觅处，得来全不费工夫。站在二十米之外的这个小伙子，不就是自己魂牵梦绕的那个人吗？看他披肩的长发、山羊胡子、绑腿和草鞋，不像和尚，不像道士，不像村夫，如果破烂的衣服上沾满了草屑，那儿子看起来就像一个以山果充饥的野人了。除了不修边幅，他脸色红润，身体已经完好如初。

"儿子啊，你是从地底下钻出来的吗？这荒山野岭的，你昨晚难道和猫头鹰住在树上吗？"

"阿爸，你看，湖的对岸，是不是有一座很高的山，连着一座矮得多的山？它们是姊妹山。另一面的山脚下有个村庄，我有个同学正好也休学，昨晚我住在她家里。"

"你是说翻过姊妹山吗？长辈们说那是要经过一道险峻的石崖，难道你也翻越过去了吗？"

"是的，阿爸，我翻过好几遍了，刚开始的确是心惊胆战，冷汗直冒，现在已经没这种感觉了，和平常走路没啥两样。等见过大爷，我下午还要赶回去呢，要不要带你老人家也穿越一次？"

"什么？你已经翻了很多次了？没有摔着吧？"

突然他意识到自己说错话了，儿子怎么会在攀越石崖时摔着了呢？这也太不吉利了，太可怕了。他急忙换了个话题，接着问道："你下午还要去那个村庄吗？不跟阿爸在一起了？"

父亲有些意想不到啊，在山里待久了，真的是与世隔绝，儿子已经非常不注重仪容了，除了这副外表让人无法接受，不知他的内心是不是也完全被洗礼了。那种不懈奋斗的进取精神，不知是不是也已经荡然无存？连说话的语气都和天外来客一样，令人难以适应。不行，不能再在山里待下去了，他已经完全康复了，干脆今天就把儿子领回家吧，但是又不知道该怎么跟他说。

父亲的内心剧烈翻腾着，季石却压根没看出来，为了尽快赶回山村，他并没有停下匆匆的脚步，而是边走边说，父亲跟在后面小跑着。他非常纳闷，儿子这是怎么了？半月不见，居然变得如此冷漠无情，这半个月他到底和谁在一起了？难道是魔鬼附身吗？他突然反应过来：他常常去姊妹山的石崖，难道是去那个村庄吗？

季石走得太快了，他正要开口说话，却发现父亲已经被远远地抛在了后面。他不得不停下来，等父亲赶上来了，他就焦急地说："阿爸，能不能快点儿，我都快等不及了，有件事，我必须现在就说，我不想待在山里了，我已经不再是病人，我是一个健健康康的正常人，你看看我现在的样子。我想回去复习功课，我要参加今年的高考。"

父亲满脸惊诧，儿子这是唱的哪一出？天哪！自己没听错吧，儿子要参加今年的高考？这和五分钟前相比，简直就是大壤之别，刚刚自己还以为儿子在精神上已经成了一只病猫，没想到他仍然是一匹充满野心的荒原狼。这不正是自己所希望的吗？好了，其他还有什么好说的呢？好开心啊，这世界怎么了，一会儿让他哭，一会儿让他笑的，一会儿让他窒息，一会儿又要他疯狂啊！

"不是息心除妄想，只缘无事可思量。"

老季又情不自禁地大声唱开了，而且再也没有落下，紧紧跟在了儿子身后。他想听听儿子还会说什么，果然他又开始说了："阿爸，一会儿一起去感谢大爷，今天就把行李运回去，等我考完试了，不管考得如何，我都会再次回来感谢他的。下午我得去我同学家，和她一起复习功课，大概半个月后再回家，到时就直接回学校了。"

这几句话，父亲听得心花怒放，儿子比自己还着急呢，只要能离开这里，只要他能过上正常的日子，管他是去哪里呢？在家复习，在同学家复习，在学校复习，有什么区别呢？看他都焦虑成什么样子了，走起路来都呼呼生风，巴不得下午就进考场呢。

他们经过菩提树时，老人已经不再打坐了，而是站在树下望着房屋的斗拱飞檐。父子俩走上前来，老人笑眯眯地看着他们，慈祥地说："小伙子归心似箭啊，鱼儿长了，就要往深处游；鸟儿大了，就要向高空飞。"说完就转身离去。

季石不知所措，急忙大声说："大爷，谢谢您！等考完试，我还会专程来道谢的。"

老人没有回答，仿佛什么事也没发生，旁若无人，径直向寺门走去。想起早上的一幕，父亲有些难为情，他在心里默默地责备自己，天苍苍，野茫茫，人间有什么事值得去操碎一颗脆弱的心呢？这大半年过来，自己真是心力交瘁，就是到了早上，自己还像一只热锅上的蚂蚁，而现在，儿子不是活生生地站在自己眼前吗？相比老人的泰然，自己是多么的可悲可笑啊！

父子俩对着老人房屋的方向，深深鞠了三个躬，转身走向木屋，开始收拾行李。

第十章　大学是一扇门

碧空如洗，天边却隐隐有雷声滚过。分手的时候，儿子紧紧拥抱了一下父亲，就大踏步离开，父亲很想带他一起回家，也只能在心里默默为他祈祷。一直到儿子消失在树林中，父亲才驾着牛车迅速离去。按他多年的经验，今天肯定会有暴雨，只是不知在什么时候。他一边说服自己不必去担心儿子，他比自己年轻的时候优秀多了，一边不时往雷声传来的方向看去。"这会儿，他已经翻过绝壁了吧？"

到石崖时，恰巧飘来一朵厚厚的乌云，天空突然暗了下来，慢慢地刮起了北风，风势渐渐大了起来。季石有些犹豫，这样恶劣的天气还是第一回碰到，一定得赶在暴雨之前过了石崖。他咬了咬牙，小心翼翼地跨了上去。那朵乌云走得比自己还慢，似乎停滞不前，风也慢慢变小了，他全神贯注，丝毫不敢有半点儿分心。非常值得庆幸的是，他成功地跑赢了那场暴雨。开始下山了，他一路狂奔，一定得在暴雨肆虐之前蹚过小溪，如果水位猛涨，遇上山洪暴发，那就危险了，就过不去了。

他没命地奔跑着，估摸父亲已经走完最陡峭的那一段了，只要走上平坦的马路就安全了。这时，风势又慢慢大了起来，那朵乌云也不停地尾随着他，在天空低垂着，似乎随时都会砸向大地。他分秒必争，和时间赛跑着，一连跑了十里，上气不接下气，终于穿过小溪。他大口喘着粗气，望着淙淙流走的溪水，开怀大笑，那两道最大的坎已被远远甩在了身后。走出黑乎乎的森林，他的眼前顿时豁然开朗，越往前走，地势也越平坦，不远处就是韦溱放牧的地方了。这时豆大的雨点，稀稀拉拉地落了下来，一分钟不到的时间里，竟变成倾盆大雨，风挥舞着一面面雨旗，不停地扑向大地，低洼的地方，很快就积满了雨水。雨帘越来越密，让人睁不开眼睛，季石艰难地前行着，他一手紧紧拉着斗笠的绳子，一手抓着胸前的塑料斗篷。还是父亲了解山里的天气，临走时他硬是把这一套雨具塞给自己，也不知这会儿他到哪里了。一股股细流从他的斗笠上不停地流下来。

"季石，季石，快过来，快来这儿避雨。"

一棵古老的枫树旁，有一个山洞，据说是战争年代留下的防空洞，现在成了过路人歇脚的地方。韦溱就在洞中呼喊他。雨太大了，他根本无法听见。

"季石，季石！"

等他听见有人呼唤时，差不多已经快到洞口了，他也听清了是韦溱的声音，但他不知道附近还有个山洞，他只是不断地快步向前走着，因为不停地有雷声传来，他不敢轻易在树下、巨石旁躲雨，害怕遭遇雷击。

任凭韦溱喊破了嗓子，他东张西望，偏偏没有往山洞这边看。她急得团团转，眼看就要错过了，她索性直接跑出来拉他。

"韦溱，我这裹得严严实实的，你怎么知道是我？你就不怕是坏人？"

"附近才几户人家，我都认识，都是善良的庄稼人。再说了，坏人跑到这深山老林里干什么呢？"

进了山洞，他们不敢往里走太深，越往里越黑，跟黑夜一样。季石摘下斗笠、斗篷，才发现只有膝盖以下是湿的。韦溱心疼地说："天气突然变得这么恶劣，你可以先不来嘛，太危险了！万一遇到山洪可怎么办？我好担心。"

"运气好，下雨的时候我已经越过小溪了，你没被吓着吧？"

"这点儿毛毛雨，怎么可能吓到我呢？不过一个人在山洞里确实有点儿恐怖，我知道你肯定会来。"

说完，韦溱的脸就红了，她像犯错的孩子一样看着地面。

"韦溱——"

"季石——"

他们俩的手紧紧握在一起，除了父亲母亲，这是他们第一次和异性这样接触。时间像凝固了一样，他们感受到了彼此热烈狂乱的心跳，四周突然寂静下来，只有洞外哗哗的雨声，响个不停。

最后理智战胜了冲动，季石突然松开了韦溱，激动地说："韦溱，我们今年一定要去参加高考，我们两个学霸在一起复习功课，一定可以事半功倍，一定可以取得骄人的成绩，你说呢？"

"真是英雄所见略同，我也这么认为，如果不是爷爷骨折了，我决不会回家的，现在爷爷已经恢复得差不多了，我不想就这样浪费一年时光。你知道吗？我对大学可憧憬了，我今年一定要考上大学，而且要考上医科大学，这也是家父的期望。"

"医科大学？你这么想的？我也想考医科大学，半年来，时常困扰我的是我究竟得了什么病，为什么严重得差点儿要了我的小命，市里的专家已经给我判了死刑，可现在你看我像个病人吗？我完好无损，比以前更健康了，精力更充沛了。将来我毕业当上医生了，就回去调出我的病历资料，重新深入研究一次，吸取教训，更好地为病人服务，我的梦想是成为一名医学家。"

"你的梦想是医学家，我的理想是成为一名科学家，一名造福人类的科学家。季石，你说我是不是很狂妄，是不是充满了空想？"

"只要不懈地努力，只要敢于尝试，假以时日，就一定会梦想成真，到时我们报考同一所医科大学，我们一起加油吧。"

啪啪一声，两只手掌响亮地击在一起。

雨停了。

韦溱吹了一声口哨，她的牛就飞奔跑了过来，原来它就在附近待命，在为年轻的女主人站岗放哨呢。

它拖着长长的鼻音，哞哞叫了几声，不一会儿，大大小小的水牛，从四面八方的灌木丛中走了出来，它们伸直颈项，用力摇摆着头，甩去头面部的水珠。

初夏的天气说变就变，像婴儿的脸，一会儿是哭相，一会儿又变成笑脸。所有的乌云都变成了雨水，倾泻在大地上，天空湛蓝湛蓝的，明亮如镜，太阳又跑出来了，阳光照在湿漉漉的草叶上，熠熠生辉。

他们跨上牛背，边走边快乐地畅谈着。

季石很想知道韦溱父亲的事迹，又担心会勾起她伤心的回忆，不知该从何谈起，正踌躇不决，韦溱却先开口了。她说："我父亲是村里的第一位大学生，他上的是军校，在我还在读小学的时候，他就因公牺牲了，留给我几大箱书籍和一沓珍贵的信件。"

季石悄悄注视着她的表情，从她的脸上他读出了坚韧和刚毅，仔细观察，在她的眼神深处蕴含着思念和悲伤。他认真地倾听着。

"韦溱，你有一位出色的、令人羡慕的父亲，我要以他为榜样，严格要求自己，做一个对社会对国家有用的人。"

"父亲在一封信里对我说，一定要努力读书，只有通过读书，才能改变自己，将来才有希望考上大学。那时我还小，还不懂得大学是什么意思，那封信写得很长，有五六页呢，是妈妈一边念一边解释给我听的。我上了中学之后，每年都会读一读父亲的信，每次重读，都会给我留下深刻的印象，我也渐渐明白了大学的意义。他在信中说，大学是一扇门，进门增长智慧，出门报效国家。季石，你心中的大学是什么样子的呢？"

"在我心中，大学应该是像一座宫殿，里面有百万藏书，大家争先借阅，刻苦钻研。大学里应该也会有丰富多彩的生活吧，大学时代，就像中学时代一样，是一段刻骨铭心的青春，令人难以忘怀。"

回家的路再遥远，再崎岖坎坷，走起来也是很快的。虽然因为下雨耽搁了两个小时，回到村里的时候，太阳还没落山，夕照把山坡、屋顶、竹林染成赭红色。袅袅炊烟，漾着轻盈的舞姿，带着梦想，慢慢地升上天空。排列成巨大椭圆形的归鸟，密密麻麻，在半空中悠然地来回盘旋。乡村的傍晚，让人心生眷念，多少年后，想起这一幕，季石依然热泪盈眶。

"再过几天，爷爷就要把它们全卖了，我真是非常舍不得，非常放不下，尤其是陪伴我、保护我、珍爱我的这头牛，还有那一群可爱的牛崽子，我好想和它们终生为伴啊，就像现在这样，早上和它们一起出门，中午在美丽的原野上奔跑欢腾，黄昏再慢悠悠地一起回家。多么平凡，多么宁静，多么祥和啊！再过几天，就要和这美好的一切告别了，就要和这群真挚可爱的伙伴告别了，再也见不到我的牛了，再也看不到这群还嗷嗷待哺的牛崽了。"

到竹林时，韦溱再也忍不住了，她跳下牛背，蹲下来，一手抱着牛角，一手轻轻抚摸着牛耳，心里有千言万语想对它倾诉，却一句也说不出，泪水扑簌簌打在衣襟上。往常经过这片干净清新的竹林时，每头牛都要加快脚步，谁要是在此地排泄粪便，就会挨韦溱沉沉的鞭子，而鞭子就是打了之后又痛又痒却伤不到筋骨的细竹枝。今天，主人却允许它们停留在林子里。牛们似乎明白了她的心思，理解了她的感伤，都安静地站着，牛儿温顺地把头贴紧韦溱的脸颊，睁得大大的眼睛里，泪光闪闪。

"哞——"

领头的公牛发出一声长长的低低的叫声，声音里充满了悲伤和难过。它抬起沉重的左腿，带领队伍缓缓向牛圈走去。和平时一样，各家各户，找到自己的家门。

爷爷拄着拐杖，斜倚毛竹，就在五十米开外的地方，这令人动容的一幕，他都看在眼里。

"韦溱和这群牛啊，真是情深义重，我又怎么忍心把它们全赶走呢？到了牛贩子手里，它们还有活路吗？"爷爷怜惜地摇着头，一步三叹地走了。

季石也从牛背上跳了下来，他不知该如何去安慰韦溱，只是站在原地不知所措。他想出几个办法，一一斟酌，最后他拿定主意，小声说道："韦溱，你看这样行不行？这头小牛，就留下来和爷爷做伴，一头牛不用去山里吃草，在家附近就能填饱肚皮，爷爷也不会辛苦。其他的也不要卖给牛贩子，就卖给周围村庄的农家，养在家里帮忙干活。像我家一样，也是一头公牛、一头母牛和一只小牛崽，公牛拉车，母牛有时帮忙拉车，有时也帮忙耕地，牛犊就在田边玩耍，不知不觉间，也长大了。"

韦溱抬起被泪水润湿的脸庞，用手帕擦干眼泪，无奈地说道："眼下也只能如此了，只是一时半会儿，哪能找到那么多的农家买牛呢？等回家再和爷爷商量吧。"

等走近牛棚时，他们发现牛们早已经在自己的圈舍里了。

公牛用又粗又长的尾巴甩打着母牛的胸背，帮它赶走正要吸血的牛蝇，多么和睦快乐的一家！

第十一章　嫁牛

晚饭后，韦溱向爷爷提出了季石的办法。他非常惊讶，眼前这个乳臭未干的小伙子，居然和自己想的一模一样，但他不露声色。他的忧虑也正是韦溱所担心的。春耕已经结束，很多人都去沿海地区打工，村里的许多地早已无人耕种了，而且同时要买一头公牛、一头母牛、一头小牛，有几户人家能一下子凑出那么多的现钱呢？难道要买公牛同时附赠母牛和小牛吗？这也太不可思议了，找找看吧，也只能走一步看一步，找到一家是一家了。

如果有人去牛市场蹲守，再请人帮忙打听，应该是个更可行的办法。每个方案逐一比较后，爷爷最后决定采用这个办法试一试。可是自己腿脚还没好利索，去城里不太方便，韦溱又得放牛，这可怎么办呢？这么多年来，左邻右舍已经帮了太多忙了，不敢再麻烦人家了。唉，自己真是不中用啊。韦溱知道爷爷的难处，她很善解人意，感叹道："爷爷，可是我们找不到人帮忙寻找啊？"

季石看着韦溱，急忙说："初夏时节，我阿爸可能会有时间，我想请求他帮忙四处打听打听，他认识的人也多，爷爷您看这样可好？"

爷孙俩异口同声地说道："那怎么行呢？你阿爸也不容易，再说了，他也希望你能早日重返课堂，这样一天天耽搁下去，他真的会心急如焚啊。"

"可是帮不上这个忙，我也没心思复习功课啊。"

爷孙俩看着季石憨厚可爱的样子，都忍不住笑了。

"我明日一早就赶回去，在我小时候，阿爸就常常跟我说，遇到挫折时不能灰心丧气，要相信办法总比困难多，尤其是这大半年来，我对这句话的体会更深刻了。我们也一定能成功克服这个困难，你们说呢？"

听他这么一说，爷爷也赞同道："办法总比困难多，说得多好啊！从明天开始，我们就分头行动吧，我这把老骨头也不能闲着。"

"我阿爸一定会帮忙的，也会拜托亲戚朋友四处打听，只是不知爷爷有什么要求，毕竟这些牛已经跟您很多年了，就跟家人一样，感情深厚，要一下子都弃之不顾，一定十分的不舍，也于心不忍啊。"听了这一席话，老韦难过惭愧地低下头，沉思良久，他无奈地叹息道："有什么办法呢！事到如今，也只能这样了，等我的腿好利索了，看看能不能再赎一些回来。眼下只有一个要求，就是不能让这些生灵落进牛贩子手里。如果是买回去家养，帮忙干农活，或者是拉车，就按市场价再降一成；如果能带走一家牛，就再降半成，如能同时牵走两家或两家以上，就降两成。确实有困难的可以先付一半，剩下的一半五年内结清。"

老韦一口气说完，又长长地叹了一声。接着难过地说："也只能如此了，只能委屈它们了，韦溱的坐骑小牛就留下来吧，还有那头产后才两个月的母牛一家也一起留下，它们也好有个玩伴，三四头牛，我还是有办法的。"

季石非常敬佩眼前的这位老人，充满了智慧，古稀之年，依然是如此坚强，如此开朗。早年丧妻未续弦，晚年失子又失儿媳，与孙女两个人相依为命，如今断了一条腿，依然对生活充满了信心，憧憬着美好的未来。养三四头牛，他根本不放在眼里。

韦溱一听爷爷要留下她的牛，还会再留下另外一家三头，她又激动又难过。激动的是以后还能与牛为伴，还可以在牛背上吹笛子；难过的是年老体弱的爷爷，要支撑起一个家，还要养育四头牛，真的好担心他会被累垮啊！自己回学校后，爷爷又孤苦伶仃了，头疼脑热了，腿脚不灵便了，甚至遇到更严重的健康问题，可怎么办啊？干脆不再上学了，就留在家里陪爷爷吧。他老人家会同意吗？他含辛茹苦这么多年，不就是为了这个家吗？不就是为了把后辈培养成对国家有用的人吗？留下来不走了，不是违背他的心愿了吗？不是辜负父亲的期望了吗？韦溱的心里充满了矛盾，充满了难过和酸楚。明知下一步该怎么走，却不忍心就如此走下去。生活真的是非常艰难，那就一切顺其自然吧。

附近的一些村子，上了年纪的人都认识韦老爷子，他不幸的家庭，英年早逝的烈士儿子，他的坚韧和宽厚，早已经传遍了十里八乡。大家都知道，他对牛比对家人还好，养的牛都通人性，善解人意，还天生不容易生病，别人家的牛车跑二百里就气喘吁吁，他家的牛跑上三百里还生龙活虎。出乎韦家的意料，放出消息还不到一周，就陆续有外乡人来村里打听了。附近的人听说他要卖牛，要卖整家的牛，不仅可以赊一半的款子，还远远低于市场价，都不约而同地来他们家相牛。几个牛贩子夹杂其中，韦老爷子一眼就从人群里认出了他们，他们买走了牛，无非是要把它们大卸八块，放在砧板上割肉罢了，无论如何，不能让自己辛辛苦苦养的牛成了盘中餐。但来者是客，每个人都一样，都要热茶热水招待。要卖的牛都在圈门上贴了一张红纸，有两处没有贴红纸的，不管是谁来询问都免谈。才三天时间，要卖的牛就被抢购一空。双方商议好，定下个日子，大家一起来迎牛。人们都打趣地说，韦家不是卖牛，而是在嫁牛啊。

韦家卖牛和嫁心爱的女儿一样，也是挑了一个良辰吉日，家里贴了崭新的对联，是韦老爷子亲自书写的，牛舍的大门贴着"山欢水笑，牛喜家欣"。这一天，韦老爷子请了左邻右舍来帮忙，备了两桌薄席，感谢买家继续照顾他的牛，希望大家能一如既往地爱牛护牛，把它们看成是大家庭的一员，是家里的一个劳动力，一定要善待它们，和睦相处，千万不能虐待它们。说完，他端起一碗米酒一饮而尽，眼里闪着泪花。

太阳在头顶正上方的时候，牛开始出门了。新的主人远近不同，都是步行回家，到了村口，也就是到了岔路口，大家就要分别了，东南西北，大路小路七八条，牛群的脚步渐渐慢了下来，它们发出低沉的叫声，依依不舍地踏上各自的道路。

韦溱扶着爷爷，站在竹林的高处，望着和自己相伴多年的牛，一步一步远去。爷爷想起战争结束后，与在硝烟弥漫的战场上浴血奋战的战友们分别的情景，他忍不住泪湿衣衫。一直到队伍走出村口，再也看不见最后那头牛了，他还是站在原地，久久不肯离去。耳畔不断传来剩下的四头牛悲伤难过的叫声。

第十二章　智慧之门

时而在河岸边，时而在田野旁，时而在绵延起伏的群山之间，弯弯曲曲，崎岖坎坷，忽而向上忽又下坡，有时露了一下车头，有时闪了一下车尾，有时只见弯成弓的车身，爬行了近一昼夜，火车渐渐驶入平原地带，速度也明显加快了许多。

季石和韦溱挤在过道里，转个身都困难，处处是人。有人把报纸铺在座椅下，躺在上面睡觉，发出响亮的鼾声；有人脱去鞋子，双腿蜷缩在座位上，靠在椅背上不停地打着盹儿，从早上打到第二天早上，似乎在沉睡，似乎又根本没睡着，白色的袜子黑乎乎的，露在外面。人们吃着各种零食，纸团、果皮、果壳等各种垃圾扔得到处都是，厕所旁边的垃圾桶里早已堆积如山。越往北走，气温越低，疾风越劲，窗户也全都关了起来，每个人身上散发出各种不同的气味，夹杂着各种食物的味道，整个车厢臭气熏天。

经过三个省后，有人下车了，过道里才慢慢宽松下来，他们在两节车厢相连的地方，找了一锥之地，这里稍稍宽敞，可以较平顺地喘口气，可以铺一张塑料布坐下来，靠在墙上休息一会儿。想起挤在过道里的情形，韦溱就浑身起鸡皮疙瘩。她也不知道是怎么过来的，那时学费和生活费分两处缝在衣服里层，手时不时地要去摸一下，硬硬的一沓钱是否还在。眼皮沉得像灌了铅一样，提上去又垂下来，却一刻也不敢睡着，生怕车上有扒手。就这样连续站了一天一夜，饿了就含一块小饼干，渴了就喝一口水，不敢吃喝太多。现在终于可以轮流睡会儿觉了，真舒服啊！

平时最困的夜半三更，今天不知为什么却毫无睡意，韦溱望着窗外，黑魖魖的一片，偶尔掠过遥远的两三灯火，突然从对面开来另一列火车，明亮的玻璃窗上，影影绰绰，又迅速滑过。

虽然复习时间十分紧张，两个人还是安排得满满当当。功夫不负有心人，他们同时考取北方一所著名的医科大学。韦溱想起爷爷的孤苦艰辛，想起那条骨折过的腿留下的跛行，想起他一个人洗衣生火，想起他在深夜里孤零零的咳嗽，想起父亲的教诲。所谓大学，就是大家自己学。大学是一扇门，进门增长智慧，出门报效国家。

"阿爸阿母，我没有辜负你们的期望，我考上大学了，我就在去上学的路上。阿爸阿母，我好想你们，我一走，爷爷就一个人和四头牛做伴了。"韦溱鼻子酸酸的，泪水不由自主地流了下来，她面向车窗，又悄悄地用手帕擦干。

火车穿过一条长长的隧道后，窗外的景色渐渐清晰了起来，整齐的白杨，像卫兵一样庄严地站立着，茂密的树叶在晨风中翻卷，一年一度秋风劲，很快也要叶落归根。火车驶出树林时，鸟群密集，纷纷飞向天空。大地苍茫，两边是田野，绿色的稻穗沉甸甸的，一眼望不到边，几棵笔直的杨树耸立在远处的田间。多么激动人心啊，季石和韦溱都是第一次出远门，第一次乘火车，第一次穿越万水千山，第一次目睹辽阔壮丽的平原。他们想象着北国的冬天，山舞银蛇、原驰蜡象，皑皑白雪高耸山峰，苍鹰舒展双翅，凌空飞过险峻的群山……这趟列车载着他们的梦想，披风戴雨，不断前进，一直开进金色的秋天，开启一段全新的征程。

朝过长江，暮穿黄河，一路北上。凌晨时分，尖锐的汽笛声划破夜空，火车开始减速，在车站的中央画上 个圆满的句号。走出车厢的瞬间，冷风袭来，韦溱打了一阵哆嗦，不禁叹道："前天才饮过南方的山泉，今夜就感受北国的风寒。"

"是啊，今天是崭新的一天，也是全新的我们。加油吧，韦溱。就如令尊所言，大学是一扇门，我们马上就要踏进智慧之门了。"

他们相视而笑，彼此激励着。

第十三章　居里夫人传

刚军训半天，班里就有两个男生和一个女生发生了晕厥。下午开始，教官适当降低了训练强度，还是有两位同学倒在草地上呻吟不止。但对韦溱来说，这算不了什么，就和平常的劳动没什么差别，不过是这里要求动作标准规范，整齐划一，不像在家里干活时，来来去去挥汗如雨。一天下来，她也不像舍友那样，一躺下就像浑身散了架一样，茶饭不思，再也不想爬起来。

季石的班级也出现了类似的情况，但他没什么感觉，就像平时连续打了几场球赛一样。看着身边的同学累得呼爹唤娘的样子，他在内心深处一遍遍地告诫自己，再忙再累，也要坚持锻炼身体，身体素质是多么的重要，没有强健的体魄，一切都是空谈，没有健康的身体，所有的智慧都只是昙花一现。

刚开学，图书馆里却没什么空位了，季石转了一大圈，才在角落里找了个位子。高年级的同学为进一步深造进行最后的冲刺，中年级的抓紧时间学习专业知识，低年级的也已经开始埋头苦读了。季石小心搬开木椅坐了下来，他想拟一张新学期的作息时间表，另外仔细规划一下未来五年的大学生活。临走时，父亲语重心长的话，又萦绕在耳边——五年光阴，看似漫长，其实非常的短暂，就像一滴水珠落进了江河，转眼就不见了，就像一朵向阳的花，前天还是颗蓓蕾，早上迎着甘露盛开，傍晚就对着夕阳枯萎了。你的大学你做主，五年之后，会成为什么样子，你心里最清楚，就像我们家门前的那棵香樟，从飞鸟排泄的粪便里落地生根，被发现的时候，末梢才到你阿母的膝盖，假如没有她的精心培育、辛勤浇灌，二十年之后的今天，它能长成如此一棵参天大树吗？

在回宿舍的路上，季石遇见了韦溱。她从父亲一沓厚厚的家书里挑选了几封带在身上，精心地保存了起来，晚上她又拿出来仔细读了一遍。父亲在信里说，她的一生，无论如何，都要有两个不离不弃的益友：一个是运动，让身体保持健康、生命充满活力；一个是书籍，让心灵有个静谧的港湾。季石听了非常敬佩与感动，他多么羡慕，韦溱有一位如此崇高又充满智慧的父亲，有了这么英明的前辈，年轻人可以少走多少弯路啊，他就像遥远天边的一颗星星，虽然光线微弱，对于一个黑暗中的夜行者而言，却是那么的珍贵，又让人倍感兴奋，备受鼓舞。

"谢谢你的分享，韦溱，站在令尊的肩膀上，将来你一定会非常出色。"

"季石，家父还说，只要不懈地努力，美好的梦想一定会实现的。一日之计在于晨，一年之计在于春。才开学你就仔仔细细规划好未来的五年了，你一定会学有所成的，会成为优秀的人才。"

一轮下弦月形状单薄，挂在北方高高的天空上。虽然在很小的时候，韦溱就相继失去了父亲和母亲，但每个周末都可以回家和爷爷团聚，除了在经济方面，她在生活上已经非常独立了，可还是会时不时想起爷爷。军训时，看见有人晕厥，就想起爷爷一个人拖着病腿，在山坡上放牛的情景；吃饭时，就想起爷爷孤孤单单一个人，不知他的炉膛里生上火了没有；夜阑人静，就想起爷爷孤零零坐在院子里，望着天上的月亮，露水是不是悄悄打湿了他的衣襟？真的好后悔呀，当初为什么不报考省城的医学院呢？虽然也是来去匆匆，至少周末可以回家看一眼爷爷啊，可现在，只能遥望故乡，天边那颗一闪一闪的星星，是不是就在老家院子的上空呢？爷爷看见它了吗？是不是也像她一样，望着天边的星星思念着远方的亲人？

"季石，你想家吗？"

"嗯，我生病的时候，第一次去了市里，也是第一次千里迢迢地离开家乡。那天刚下火车，我就非常想念……非常想念……"

他想说"想念阿爸阿母"，突然意识到韦溱早年就丧失了父母亲，怕凭空增加她的感伤，急忙改口说道："我弟弟妹妹还小，平时我经常帮他们辅导功课，我走的时候，最小的那个还流眼泪，像我想念她一样，她也一定经常想起我吧，特别是在写作业遇到难题的时候。其实我好想回一趟家，但那是不可能的，只有等寒假再说了。当下我们应该化思念为求知的动力，好不好，韦溱？"

"季石，你真的非常善解人意，其实我早已习惯了父母的早逝，我也不会刻意去回避这一现实，快乐的时候，难过的时候，我都会常常想起他们，想起他们曾经对我的严厉，对我的鼓舞，对我的慈祥，对我的珍爱，仿佛他们就在我身边，就像小时候我围着他们开心地转圈儿一样。"

不知不觉，他们已经快走到宿舍门口，韦溱把还没说完的话咽了回去。她想告诉季石，她已经在校外找了一份兼职，周末帮一名高三学生补习英语，这样既能锻炼自己，还可以减轻家里的负担。如果可能，她想再找一份兼职，但她没有说出来，而是改口愉快地说了声"明天见"，就径直地走向女生宿舍楼。

季石望着她的背影，她快速地走着，没有再回头，一直到那棵粗大的核桃树下。他感慨万千，韦溱是一个坚韧不拔的女子，假以时日，她一定会有惊人的成就。他又想起有一次在姊妹山下，他们谈理想、谈未来的情景。韦溱告诉他，她想成为一名科学家，以玛丽·居里为榜样，献身科学事业。

那是小时候，父母亲零星地给韦溱讲了些有关这位伟大的女科学家的故事，从一脸懵懂，到内心深处的仰慕，从小学五年级开始，只要从报纸杂志上看到有关居里夫人的记载，她都一一剪下来，认真地贴在母亲送给她的日记本上。高中毕业后在整理书籍时，一大堆书稿都舍弃了，而那一沓厚厚的关于居里夫人的剪贴本，却被韦溱同父亲的信件珍藏在一起，有一次还十分严肃地对爷爷说，这些都是她的人生瑰宝。她的同学好友，悄悄地在笔记本里粘贴香港明星的各种写真，课后听着各种流行歌曲，甚至有些丧失理智地追星，她却从不为所动，只是朝着心中的梦想，不懈地努力。当她在书店里看到《居里夫人传》的时候，爱不释手，差点儿流下激动的泪水。她立在原地一目十行看了十几页，回到宿舍后就一口气把它读完了。从此以后，当她在学业上遇到困难，特别是在实验课上失败了一次又一次，多少次想放弃的时候，玛丽·居里就出现在她的脑海里，是她百折不挠的精神、永不言弃的恒心与毅力、坚忍不拔的意志和勇气，不断鼓舞着自己、鞭策着自己。她精读着这本书，连每一个标点符号都仔细研究过，并没有像对其他书籍那样，读完了就束之高阁，而是放在枕边时不时反复阅读。

女生宿舍楼前的草坪上，生长着一排梧桐树和一排柳树，其间还有丛生的小灌木被修剪成圆球形，高低不同，错落有致。草坪上还有一棵高大的核桃树，每年秋天，住在六楼的同学，一打开窗户就能摘到核桃。绕过树干的那一刻，韦溱放慢了脚步，她想回首看看季石是否还站在原处。但她咬了咬牙没有回头，又加快了步伐，径直走进大门。

只恨图书馆到宿舍的距离太短，多么想和她再并肩一起走走啊，哪怕相互之间没有只言片语，只是默默地走着，沿着美丽的校园，沿着亭台楼阁，沿着林中小径，那将会是多么美好的感觉啊！你尽胡思乱想些什么呢？季石望着韦溱彻底消失在夜幕中，一边责备着自己，一边怅然离去。

第十四章　第X条校规

医学生的生活是非常枯燥艰苦的，却又充满了神圣庄严。第一次上解剖课，面对那些已经被解剖了数十年的尸体，老师同学们在上课前都要进行默哀，情感复杂——哀悼，敬畏，感恩，忏悔。没有你们默默无私的奉献，人类的医学事业将举步维艰，人类的健康将永无保障。由于尸源紧张，学生毕业了一届又一届，新生也一年比一年多，医科大学一代又一代的老教授，他们的首个遗愿就是遗体捐献。

听着这些动人的故事，好多同学热泪盈眶，在这些千疮百孔的遗体面前，静穆肃立，庄严地默念着医学生誓言——健康所系，性命相托。

从满是福尔马林气味的房间里出来，季石半年时间不愿碰荤腥，加之体力消耗又多，经常是饥肠辘辘，体重也一下子掉了十几斤。直到大一暑假的时候，才慢慢地适应了。他想大学毕业了，可能不太适合从事和手术相关的学科，比如外科学和妇产科学。而缜密思考是自己所长，从事内科学或者儿科学，应该是比较明智的选择。有位文科同学看了他的专业书籍后，着实吃了一惊，医学教材真是又厚又大，像工具书一样，人家是几年精读一本，医学生却是一学期就要读好几本，相比高三年级，课业压力有过之而无不及。

清晨，季石被音乐广播唤醒，匆匆忙忙盥洗，把被子叠成豆腐块状，棱角分明，然后跑步去出操，早餐，上课，做实验整理数据，温习功课。一天下来，筋疲力尽。和中学不同，那时是填鸭式教学，一时半会儿无法理解的，可以死记硬背。到了大学，是自觉研究式学习，要不停地钻研探索，一门学问，得知其然，更要知其所以然，才可能会有创新发现，才可能取得科学成就。像一条小鱼，从江河湖泊里，随着水流，一下子扎进了大海，四周都是未知啊，不是闯出一条出路，就是终其一生，被浩瀚无垠的海洋吞没。盼啊盼啊，终于到了周末，好想躺着不起床啊，一直躺到中午。每当此时，季石的耳畔就响起中学毕业典礼上，老校长语重心长的话：人的一生，无论贫富贵贱，必须要养成两个习惯，一个是运动，一个是阅读，有了这两个良好的习惯，就不会体弱多病，更不会迷失方向。为此，季石每天急急忙忙洗漱完毕，读一个小时的专业英文，参加学生会活动，出去勤工俭学；周日一天自由安排，照例是半天在运动场，半天在图书馆；每个月奖励自己看一部电影。

在南国，冬至过后，大地已经悄悄苏醒了，春的气息从土层深处缓缓地向上升腾。那些向阳的地方，不知何时开始，枯黄的细枝叶片一夜之间稀疏了，突然冒出星星点点的鹅黄新绿，有些常绿乔木去岁的叶子还未落尽，就已经发出粉棕色的新芽了。此时，北国还是冰天雪地，大地深处隐藏着一个春的火球，不停升温，不断膨胀。小寒刚收起翅膀驻立山巅，就蠢蠢欲动了，一会儿摇摇头，一会儿伸伸手，一会儿踢踢腿；大寒飞累了，正想歇会儿脚、喘口气，来自地心的一股巨大的气流就喷薄而出。大寒还未反应过来，就已经被冲到九霄云外了。哦，大地娩出了春天，她用红绳扎着小辫，戴着粉色梅花，穿着深红的肚兜，手执彩带舞出无数的虹，一对富有生机的翅膀轻盈地伸缩着，忽高忽低，不停地摆动着灵巧的尾巴，飞过山川河流，飞过沙漠草原，飞过田野渔场，驻足大地的每一个角落，吻遍每一寸土地，飞进万户千家，潜入每一颗心灵，润泽地球上的一切。

坡上那丛野菊花凋谢的时候，仔细观察，一旁的梅树在向阳的一面，悄悄吐出零星的花苞了。一年之中最冷的时节，冰封大地，红梅凌寒盛开，蔚为壮观。梅最美的时候，是大大小小的蓓蕾浩浩荡荡、相继绽放的时刻，这一刻是很难把握和捕捉的。不同区域的同一种梅，相同区域的同一片梅，就算是同一棵梅，这一刻也是不同的，也许前年是在早上，去年在中午，今年却在凌晨。同一棵梅，向阳和背阴两面，这一刻也是不同的，向阳的一面这一刻来得早，而背阴的一面来得较迟一些。每年刚下第一场雪，季石就计划着一定要捕捉到那美妙的一刻，到时还可以约韦溱一起观赏。

每天下课路过的时候，韦溱都会刻意放慢脚步，多看几眼坡上的梅花。一些摄影爱好者从花开到花谢，在不同时段不同角度反复拍着，以期捕捉美妙、浓烈、华丽、深邃的瞬间。即将毕业的同学相约一个晴好的日子，在梅花丛中合影留念，相片的背面也一定会写上"宝剑锋从磨砺出，梅花香自苦寒来"，相互勉励。韦溱寻思着也和季石一起照张相。平时大家都非常忙，难得在一起的时候，许多话题信手拈来，海阔天空，一起探讨，就是从来没有谈论过爱情。其实他们都读过古今中外的很多书，都明白爱情究竟是怎么一回事，有悲伤的、忧愁的、焦虑的、痛苦的，也有浪漫的、幸福的、快乐的，像《长亭送别》里的——

　　碧云天，黄花地，
　　西风紧，北雁南飞。
　　晓来谁染霜林醉？
　　总是离人泪。

　　美得含蓄，美得感伤，却又美得令人向往。既然爱慕，何不大胆地表达出来？何不像西方人那样，把爱像彩铃一样挂在唇边？什么都谈，就是不谈爱情，双方却都心知肚明，是时机未至，还是刻意避之？是繁重的学业沉沉地压在彼此内心深处爱的种子上，是可恨的世俗观念，还是那第 X 条校规，让可怜的年轻人不敢越雷池一步？

　　梅花一波接着一波，盛开，又凋谢了。

　　最后一朵梅花开始枯萎时，地心深处那股巨大的气流也已经做好了最后的准备，随时要喷涌而出。有生命的都在悄悄地萌动，没有生命的也将染上盎然春意。大海里鱼群产卵，春江水暖鸭先知，天上的飞得更高了，地上的跑得更欢了，草色遥看，一夜春风，柳绿桃红梨白，万物花开，蜜蜂嗡嗡，彩蝶翩翩……那只关在笼子里的老虎，春心荡漾，几欲突破樊篱。每个月都会有那么几天，痛苦难耐，夜半三更，在体内进行着一场又一场一个人的战争，一场人和野兽的战争，一场自己一个人和一只老虎的战争，最后都是理智战胜了野兽，把身体里的那只老虎，狠狠地摁进了社会的笼子里。

　　第 X 条校规像幽灵一样，无处不在，无时不在，在年轻人的心中投下难以拭去的阴影。红杏枝头春意闹，春意闹呀春意闹，多少年了，也未闻过有一枝红杏开出高墙之外。多少爱情的种子被压在巨石之下；多少爱情刚刚萌芽，就被自己扼杀了；多少爱情的火花刚要擦亮，劈头就是一瓢冷水。即使如此，一批又一批爱的种子，依然仿佛飞蛾扑火，前赴后继，发誓一定要把那块巨石顶开，顶开呀顶开！一边是顽强的抗争，一边是不断地被压抑下的人性的扭曲。偷窥女性如厕，偷窃女生内衣，私藏裸体画册，观看淫秽电影，早已司空见惯，而且大有愈演愈烈之势。校方却充耳不闻，视而不见，仍我行我素，只是一味地压制，压制呀压制！那两个红彤彤的像气球一样膨胀的文字，时刻在每个人的脑海上空飘荡着，只要掠过一丝有关爱情的念想，那两个字就会滴下可怕的鲜血来。

心中的恨，不断地累积着，累积着，过了大三的见习阶段，又过了大五的实习期，一夜之间，五年大学时光戛然而止！五年的喜怒哀乐、酸甜苦辣、悲欢离合、爱恨情仇，所有人类的情感，积了整整五年的情感，一夜之间爆发了出来。

毕业证、学位证，每个医学生大学五年的心血，被校方严密地看管着，迟迟不肯发下来，直到所有毕业生离校的最后期限，而且还得以离开的火车票为凭证。可还是有很多人，在领到俩证后，并没有马上离开，因为他们的车票在凌晨之后，他们商量好了，不发泄一通决不罢休。夏季夜短昼长，太阳还高高地挂在西天呢，学校就已经下班了，只剩几个年迈的宿管阿姨和大爷。毕业季的那些事，在他们眼里，早已成了家常便饭，他们跟没事似的，和往常一样，背着双手，提个收音机，在宿舍旁边的草坪上遛弯儿，收音里正播放着京剧名段《空城计》。

宿舍这边的好戏也登场了。好壮观啊，睡了五年的被子、枕头、床单、床垫、凉席；用了五年的暖瓶、水杯；坐了五年的椅子、板凳、马扎；用了五年的废弃书稿、明信片、不重要的信件……一股脑儿全部从窗户上飞了出去。宿舍楼六层高，五栋一字排开，毫无任何征兆，也没有任何组织，没有鸣预备枪，亦无响预备炮，大家自发地，不约而同地。不知先从哪扇窗户飞出了一个暖瓶，砰的一声，炸在一楼的草坪上，就像一颗信号弹一样，紧接着，被子、床单、马扎、水杯、纸片……铺天盖地而来，重的迅速砸向地面，轻的漫天飞舞，噼噼啪啪，哐哐当当，密集地响个不停，整整持续了一个多时辰，一直把地面铺得一米多高。其实这也无伤大雅，一场情绪的发泄而已。学校也没有损失一根寒毛。这些旧的物件，本来就是刚入学时由校方统一购买的，毕业后多数人丢弃不要了，千里迢迢托运回家，还得一大笔费用呢。

夕阳像一方手帕，挂在西边的楼顶一角，缓缓地下沉着，染红了半边天。大爷、阿姨们提着收音机，边说边笑着，走向值班室，日复一日，年复一年，他们已经见怪不怪了。初次遭遇如此恐怖的场面，他们几乎吓得魂不附体，锁死值班室的门，把身体蜷缩在床铺底下，一动不敢动，更不要说大声呼救了，虽然电话就在床旁。等天黑透了，外面又恢复了宁静，他们才胆战心惊地爬出来。等他们从惊恐中醒过来，发现墙上的挂钟依旧嘀嗒地响着，室内的物品依然整齐地摆放着，门外的脚步一如既往的轻盈有序，对面的女生楼灯火通明，人影清晰，和往常一样，有人在看书，有人在阳台晾晒，他们那颗忐忑不安的心终于平静了下来。等他们正要开门瞧个究竟的时候，才发现裤裆湿漉漉的，原来是尿裤子了。

他们无法理解，甚至感到非常的恐惧，担心他们会伤及自己，担心会丢了看似繁重实则轻松的工作。他们也曾认真思考过，年轻人的思想行为真的令人费解，这大概就是人们经常挂在嘴边的"代沟"吧。

熄灯铃响的时候，他们才结伴小心翼翼地巡视了一遍宿舍楼，仔细查看后，发现每个硬件都完好无损，窗框是好的，玻璃没有砸碎，灯泡还是亮的，门板没有卸下来，双层铁床依然牢牢地站立着，飞到窗外的都是一些废弃的物品，都是那些毕业生的私人用品。这一刻，他们一阵阵揪心，几乎流下感动的泪水，苍天啊，多多保佑这群可爱善良的孩子吧！

这下几个宿管大爷、阿姨可高兴坏了，他们心花怒放，这可让他们和保洁阿姨少了很多麻烦，他们也不用爬上爬下了，明天一早，只要打扫一下战场就完了。有位大爷居然调侃地问大家——是不是一出精彩的草船借箭。年年如此，似乎已经成了一种风气、一种传统，无论对母校有多么不满，也只发泄到这一步。太压抑了，心里着实闷得慌，好想来一场刺激的冒险。渐渐地胆大的人也开始多了起来，先是砸碎几扇玻璃窗，没有人在意，于是就有人开始拆门板了，整扇整扇地卸下来。这些开启闭合了数十年的门，早已饱经风霜，每隔几年都会被粉刷一新。这一次不知怎么了，自己没犯啥过错啊，却无缘无故被一群"愤青"给卸了，四脚朝天，全都被抛到窗外。

这次宿管人员全傻眼了，他们没法再提个收音机，再"古今多少事，都付笑谈中"了。校方也非常头疼，难道去全国各地把这些人追回来吗？现在连是谁先拆的都无从知晓，更别说杀一儆百了，家丑又不可外扬，怎么办呢？

接二连三发生的一些事儿，让校方突然有些措手不及。先是附属医院感染科的两个病人，来自和本校只有一墙之隔的另一所大学，也是即将毕业的大学生，在那个还谈"艾"色变的年代，居然被确诊为艾滋病。本校的一名女生，和校外的一个有妇之夫发生了恋情，同居三年，肚子一天比一天隆起，终不堪精神之重负，留书一封，饮恨九泉。另一对师兄师姐相恋五年，终于有了爱的结晶，可纸哪能包得住火呢？那几乎都要把肝胆呕出来的妊娠反应，那日渐隆起的腹部，怎么瞒得了精读过《妇产科学》的同学和老师呢？孩子虽然还在肚子里，可能还很小，可无论如何也是鲜活的生命啊，虽然还没睁开双眸看一眼纷繁复杂的世界，还没发出一声洪亮的啼哭，难道就没有权利继续生活在妈妈的肚子里了吗？双方坚持一定要把孩子生下来，这事可大了。

学校领导连夜开会，讨论激烈。羊派认为大学生都已成年，应当恋爱自由，当然恋爱自由不等同于性自由，也不等同于性开放，女生男生都要培养强烈的性保护意识，尊重自己，热爱他人。虎派认为，在现有的规章制度下，人人都应当严格遵守，既然已经无法挽回，那只能照章办事，将其双双开除学籍。在新的校规还未重新制定之前，不能因为他们即将大学毕业，在行医的道路上已经迈出最关键的一步，而破例网开一面。有了第一次，马上就会有第二次、第三次，那执行了这么多年的校规，岂不是形同虚设了吗？虎派发言也是振振有词，掷地有声。牛派则认为，十月怀胎，一朝分娩，养育成人，千军万马争过独木桥，五载学医路，多少名师教授一路传道授业解惑，尤其是实习的时候，哪个带教老师不是手把手地传授呢？培养两个大学生太不容易了，况且他们没有杀人越货，更不是犯下滔天大罪，就这样把他们开除学籍，他们如何能接受这一残酷的现实？如何回家面对含辛茹苦了大半生的父亲母亲？他们以后的人生道路还很漫长，再过几个月还有一个嗷嗷待哺的婴儿，他们靠什么去抚养孩子？处理不好就可能酿成悲剧，那可是三条人命啊，是不是可以采取一个折中的办法呢？牛派代表说完，看着校长。大家面面相觑，等待校长最后定夺。

会议室静悄悄的，虎牛羊各派听了各方的发言，也都觉得言之有理，大家面露难色，真是一宗棘手的案件啊！

这么多年来，我们的性教育是不是还处于最初级的阶段？保守得让人窒息，但如果一下子撤除所有的屏障，一下子放开，是不是会引发更多问题呢？性，其实一点儿都不神秘，也一点儿不神奇，不过是人作为动物的一种自然本能而已。它就是人体内的一只野兽，这只野兽伴随着人一起成长，到了一定的阶段，它在人体里就待不住了，开始不安分了，开始有意无意地撞击笼子，试图逃跑出来。关笼子的锁，就是一把心锁，就是这个人的心了。假如意志不够坚定，这把心锁可能就会在不该打开、不能打开的时候，不合时宜地打开了，此时如果放任自流，性的洪水猛兽也将随之而来，而如果理性地加以引导，再加上本人理智地节制，把这只野兽重新赶回笼子里，也依然可以重拾健康的生命和美好的心灵。

事实是，我们用一块深色的布，把这只笼子层层紧密地包裹了起来，密封了二十年之后还舍不得打开，里面那只被暗色围帘笼罩压抑了二十年的野兽，终于在有了兽欲的那一刻起，就开始烦躁不安起来，开始张牙舞爪成日撞击坚固的牢笼，通过经年累月撕扯出的孔隙，好奇贪婪地窥探着所有有关性的世界，直到有一天撞破牢笼冲了出来。而这一天会是在什么时候，在什么场合，没人能预知，这只跳出樊笼的猛兽是冲进性的森林，还是冲进社会道德的笼子里，也无人能知晓。想到此，校长的思路也渐渐清晰明朗了，他环视了一周，想再征询一遍大家的意见，也希望能更深入、更详细地重新修订第 X 条校规。

楚良把曲珍送回宿舍后，一个人在会议室的楼下徘徊。会议室在十六层，他就在离大门五十米之外的树林里，他不时抬头看看，都过去两个时辰了，灯还是亮着的，他多么希望它不要熄灭啊。只要灯还亮着，就说明会议还没结束，会场的讨论非常热烈，正方和反方各持己见、激烈交锋，校长也一定是顾虑重重。天边一闪一闪的星星，一定是苍天的眼睛，天下事纷繁复杂，他发现北方一隅有一对相爱又充满忧伤的年轻人了吗？

曲珍的眼圈有些发红，显然是刚刚哭泣过的痕迹，她刚走进楼道里，舍友们就拥了上来，嘘寒问暖，她们把她搀扶进宿舍，坐在床沿上。本来她睡在上铺，发现怀孕后，舍友主动把最好的一床下铺腾出来，对她也倍加关怀，为她烧水，帮她打饭，她也不用再参加值日了，实习时干不完的活儿，大家也抢着帮她做了。同学帮得越多，她就越愧疚，是自己拖累了大家，自己给班级抹了黑，连续四年的"优秀班集体"称号，却在最后一年，和大家失之交臂。眼看肚子里的孩子一天天地长大，毕业离别的时刻也已进入倒计时，自己却在学校里掀起轩然大波，可能会面临被开除学籍、一辈子也无法行医的命运，未来一片渺茫，肚子里的孩子却和自己血肉相连……泪水又一次模糊了她的双眼。

"曲珍，先吃点儿东西，一会儿安心去休息，身体要紧，你放心吧，不会有大事的，整个年级五百多号人都站在你们这一边。"

最好的室友也是班级的生活委员——褚虹担心她经不起折磨和打击，想方设法开导宽慰她。

"虹姐，别的班级都忙着毕业的事，你们却放下手中最重要的事情，成天为我忙碌奔波，我真的非常过意不去，是我错了，我对不起大家，我不知道该如何报答感谢大家。"

褚虹放下手中的活儿，在曲珍身边坐了下来，挽着她的胳膊，鼓励她说："校长那么宽厚仁慈，他怎么忍心开除辛辛苦苦培养了五年的学生呢？不要说整个年级了，就是全校几千名医学生都会站在我们这一边的，听姐的，时间不早了，抓紧去休息。楚良是个成熟稳重的男人，他不会做出失去理智的事，他不会有事的，你尽管放心好了。虹姐非常羡慕你呢，找了个这么好的男人。"说完，褚虹微笑着看着她，她红着脸，羞涩地低下了头。"看你，还腼腆呢，在妇产科实习的时候，老师管你们叫准妈妈呢。来，我的准妈妈，吃点儿葡萄吧，晚上刚买的，已经洗好泡上盐水了，专门为你挑选的大紫葡萄，又大又甜，来，吃吃看。"

褚虹摘下一颗大紫葡萄，剥去一半皮儿，把它挤进曲珍的嘴里，幸福中充满感伤地说道："曲珍，下次再见到你的时候，你的这个宝宝已经好几岁了吧，一定长得非常可爱，到时记得邮张相片给同学啊。"

"虹姐，一定会的。"

"好了，吃完葡萄去休息吧。"

"虹姐，明早你还得去附属医院，你也早点儿休息吧。晚安。"

曲珍毫无睡意，她不敢随便翻身，生怕弄出声响影响大家，只是静静地躺在床上。脑海里满是楚良，不知他是不是还在树林里，也不知会议开得怎么样了，结局是好是坏，就顺其自然吧，再怎么说也是自己违反纪律在先，怨不得学校。泪水哗哗流个不停，湿了脸颊，又湿了枕巾。

"布谷，布谷——"

夏日的夜晚，听见这样的鸣叫，楚良苦笑了一下，他知道鸟子就在附近。果不其然，不远处传来脚踏青草的声音。

"鸟子，杜鹃不会在这时候啼鸣。"

"嘿嘿，会的，我们老家的夏夜就常常听见。"

说完他紧挨着楚良坐了下来。他是云南人，从小在森林里长大，模仿起各种飞禽走兽的鸣叫，真是惟妙惟肖，不是动物科学方面的行家里手，根本无法辨别出来。大学军训刚结束，他就得了"鸟子"这个雅号，这可没有任何嘲贬之意。当年一只凶猛的野猪疯狂地追赶一个偷猎者，眼看猛兽就要把他扑倒在地，獠牙就要扎进他的屁股了，他吓得屁滚尿流，猎枪也掉了。鸟子躲在一棵古枫树上，拼命发出老虎的怒吼，才逐渐逼退野猪。他是学生会的宣传部部长，人善良机灵，乐于助人。

"楚兄，这件事情，学校已经开会讨论三个月了，至今还没有结论，依我看，学校不是犹豫不决，而是于心不忍啊。你不必太过担心，事情一定会朝着有利的方向发展，班主任、系主任、好多教授都会站在我们这一边的，他们之所以迟迟未宣布处理结果，很可能是在重新修定第 X 条校规。建校以来，这条校规害了多少人，整个学校上上下下，早已被它弄得焦头烂额了。现在都是二十世纪末了，学校所有的精英却废寝忘食，在会议室里讨论某一条校规的取舍，我看不是这条校规过时了，就是所有人都累了。"

"鸟子，谢谢你，你是我的好兄弟，今天这个事情连累大家了，大家都回宿舍了吧？"

"楚兄，大家来自五湖四海，平时大家可能有点儿磕磕碰碰，但也都是对事不对人，偶尔拌拌嘴，不也是照样相逢一笑、握手言和吗？再过几日就要各奔东西了，同学一场，这次出了校门，这一辈子不知还能再见几次面。刚才大家都在宿舍里商量对策，班长说了，学校如果开除你们，那我们整个班级就拒绝毕业，拒绝按时离开学校，拒绝去单位报到，下午已经派人把这个决定传达至校长室了。虹姐已经把曲珍安顿好了，楚兄，我们还是回宿舍吧，早点儿休息，明天可以更早地看见太阳。"

"好吧，那走吧。"

两个人正要离开，发现会议室的灯突然灭了。楚良忧心忡忡地说："鸟子，他们已经决定了。"

"班主任就在人群里，他应该会走在队伍后面，一会儿我模仿一阵蝉鸣，他肯定能听出来，到时我们就过去偷偷打听一下消息，你看这样可行？"

"鸟子，这样最好了，可是我好紧张呀，万一只有 O，没有 K，你得做好准备给我人工呼吸。如果我能死去那最好了，学校肯定会收回成命，曲珍就不会被开除，那我就死而无憾了。"

"楚兄，你不要乱想，五分钟后你会开心得想请大家喝啤酒，嘘——安静，他们出来了。"

他们蹲在低矮的灌木丛中，等他们走近了，鸟子开始发出蝉鸣，先是轻柔，渐渐响亮起来。

走在最后的班主任越听越蹊跷，这只鸣叫的蝉难道是有心事吗？一会儿柔和，一会儿疯狂，一会儿急躁，一会儿又哀怨，自然界的蝉可没如此有灵性吧？肯定是班里的那个机灵鬼鸟子，他不会是趴在高高的树干上歌唱吧？他抬头借着月光仔细看了看，夜色朦胧，没有发现目标，便放慢了脚步，等大家都分道走远了，他侧耳倾听，发现声音来自附近的灌木丛。他会心一笑，站在原地不动，等着他们自己出来。

"欧阳老师，您等等。"

他们激动地从花丛中冲了出来，楚良愧疚地低着头，希望老师能严厉地批评自己一顿，或者感叹一番自己的冲动无知。

"欧阳老师，您辛苦了，这么晚了，还在为我的事开会。老师，我错了……"

说完这句话，他不想再多说一个字，一切已成定局，一切已经于事无补。他站在鸟子的身后，仍旧沮丧地低着头。

"欧阳老师……"

鸟子欲言又止，不知接下去该说什么，直截了当地奔主题似乎欠妥，可时候又不早了，老师又非常繁忙。思索了几秒钟，他还是鼓起勇气问道："欧阳老师，楚良的事有结果了吧？"

欧阳老师严肃地看着他俩，想起刚才听到的蝉鸣，真是喜怒哀乐都蕴含其中了，便问楚良："楚良，鸟子的歌声的确非同凡响，如果没有过去五年的相处，没有反复多次耳闻，如果是在野外的树林里，我真的不敢相信这是人发出的声音，他发出了自然动物的声响，却在里面杂糅了各种各样的情感。"

欧阳老师是盯着楚良说这番话的，见他一直低着头，便也停了下来。鸟子紧挨着楚良，他用胳膊肘捅了捅楚良的手臂，楚良就抬起头认真地望着老师。他最想知道的答案，就在老师的最后一句话里。见他终于抬起了头，老师继续说道："鸟子的蝉鸣，有轻盈优美，有幸福快乐，也有忧伤，更是饱含悲怆的旋律，今晚你最渴盼的答案就在他的鸣唤中。"说完就扬长而去。

"楚兄，看来事情有转机啊，明天应该就会通告了，你就等着请大家喝啤酒吧！喝完这一次，大家就各奔前程了。"

鸟子兴奋中带着明显的感伤。

"我心中的石头突然往下掉了一大段，真是有一股难以形容的滋味，欧阳老师神秘兮兮的样子，又让这块石头悬在半空中，还是等明天的结果吧。同窗五载，情深义重，鸟子，让我们拥抱一下吧。"

楚良和鸟子紧紧地拥抱在一起。

"鸟子，真的非常感谢你。"

"楚兄，言重了，一切都已成为过去，风雨之后就是彩虹。我们的友谊，生生世世，永不相忘。"

"鸟子，这苦行僧一般的日子终于结束了，明天我们一定要好好庆祝一下，为美好的未来干杯，我将和曲珍一起同老家的医院上班。"

两个年轻人眼里闪着泪花。大边的一轮明月，发出柔和的光，默默地为大地疗伤。

翌日清晨，宿舍区、餐厅、图书馆门口等醒目的地方，贴出了白纸黑字的通告，楚良和曲珍两位同学保留学籍，延期半年毕业。结局还是有些出人意料，学校采取了折中的办法，既震慑了全校的学生，又保护了两名违规的同学。

大哥大时代，一部有半块砖头大小的手机是只有富豪才会有的奢侈品，在大学里还没有出现过。食堂里的电视，可以观看各种赛事，图书馆里的网络、校外的网吧，对大学生来说，还是相对昂贵的消费。大学新生报到的时候，领床单被子的同时，也领回一部收音机，这就是每个大学生了解天下事的主要工具。只要是在宿舍，大家插着耳机，就随时可以收听各种广播、新闻、音乐、广告、评书，等等，各取所需，互不影响。平时课业繁重，周末的时候，好多同学不吃早餐，一上午就躺在床上收听各种广播，这是医学生最幸福快乐的时光，惬意极了。

一个月后，同窗好友有继续深造的，有走上工作岗位的，有改行从政的，天各一方，像夜空中的星星，在思念的时候，偶尔朝着你眨呀眨的。楚良和曲珍留在附属医院继续实习。那天晚上，当他从收音机里听到避孕套自助机进了上海的一所顶级学府的消息时，他和曲珍激动得相拥而泣。又过了两个多月，避孕套机走进了北京的一所顶尖名校。那年春节临近的时候，学校也在寒假之前废除了第 X 条校规。在学校一些显眼的地方，贴了白纸黑字的公告。那天晚上不是情人节，却远甚那个节日，超市的巧克力，学校附近的花店，服装店里光鲜的领带，化妆品店的护手霜和口红，被抢购一空。好多学生给自己放假一个晚上，相约着去网吧，去逛街，去看电影，去吃美食。同学们可开心了，多少相恋中的情侣，手拉着手，紧紧地相互挽着手臂，昂首挺胸，光明正大地走在校园的每条路上。一年半以后，北京申奥成功。不知从哪一年开始，晚上十点，宿舍就准时熄灯，那天晚上同学们都提前离开教室了，食堂的电视机前、运动场上、图书馆前的草坪上，到处都是人，大家紧张地等待着，有的插着耳塞，有的拔出耳机，把音量调到最大。当收音机里传出萨马兰奇先生温润的声音"Peking"时，整个校园沸腾了。同学们有的摆着各种热情洋溢的姿势庆贺着，有的在电话亭里和昔日同窗共享着这一振奋人心的消息，有的在运动场上高唱着斗志昂扬的歌曲，同学们在宿舍里高谈阔论着，原本就要熄灭的灯，足足延长了一个小时，那些已经毕业即将离校的师兄师姐，那颗深埋五载的种子，终于冲破层层阻力，在那一刻破土而出，他们在宿舍的窗户上，隔空大声喊着："×××，我爱你，永远爱你。""××，我也爱你，这句话我已经憋了整整五年了，憋得我的肚子都快胀裂啦！""你能不能告诉我，永远到底是有多远？""如果一粒沙子代表一年，那永远就是塔克拉玛干沙漠。"这些平时经常被称为"书呆子"的医学生，他们心系祖国，将对祖国满腔的热忱深深地埋在心底，国家有喜事，他们热血沸腾，国家有灾难，他们二话不说就奔赴第一线。远处的烟花凌空绽放，一波比一波灿烂壮丽，连星星都自叹弗如，全都悄悄地躲到天边去了。

第十五章　两颗相知的心

八月，桂花开。

村口的那棵丹桂一定和往年一样，已经芬芳满树了。夕阳像一块金色的手帕，刚挂上树梢，一轮圆月就已经升上了天空。去年暑假回家的时候，季石和韦溱曾一起去大山深处的山村，感谢老人深深的恩情，临走时在菩提树下各自许了心愿。转眼又过了一年，彼此忙忙碌碌，眼看明年就要毕业了，实习的医院每天都有干不完的活儿，急诊有缝不完的伤口，内科有抄不完的处方、查不完的房，产科有接不完的孩子，外科有换不完的药，每个科室都有贴不完的化验单，儿科有安抚不尽的焦虑。一到医院就像上了战场，男生当骡马用，女生当男生用。一天下来，腰酸背痛，精疲力竭，晚上还得挑灯夜战，写毕业论文，忙着继续深造，次日清晨又得早早起床，日复一日，年复一年。这样的日子想想都可怕，也许自己真的不适合医生这个行业，韦溱越来越怀疑自己，也不断地告诫自己，将来一定不能走上行医之路，一定要实现中学时代的梦想，成为一名科学家，在实验室里默默地努力，不懈地钻研，持之以恒。当时她在菩提树下许下一个愿望：学有所成，造福人类。而季石的心愿则是：救死扶伤，天下太平。许完心愿，相视而笑，彼此祝愿心想事成。

季石和韦溱难得同一天休息，他们放下手中的一切，准备一起过中秋节。明年就要毕业了，节日的气氛也愈加浓重。一转眼他们就并肩携手走过了四年大学时光，岁月匆匆，年年岁岁，岁岁年年，秋天接过夏季甩过来的棒子，就一路狂奔，直到白雪皑皑，大地一片寂静，冬天的尽头是春天，但有谁知道时间都去哪儿了？只看见花谢花开，小草黄了又绿了，远处的山峰白了又青了，孩童长高了，母亲的头发白了，屋顶的青苔更浓了，瓦片更黑了——时间到底都去哪儿了？只有碧绿的水无语东流。

他们紧挨着坐在湖边的石凳上，岸上的柳树，婀娜多姿，柳枝纤细，深深地垂弯下来，轻轻抚弄着湖水。月光皎洁，一轮明月静静地铺在湖面上，宛如一块晶莹剔透的玉。不远处，偶尔有一条青鱼跃出水面，啪的一声又落进水里，让湖岸的夜晚显得更加宁静。

"韦溙，如果能顺利保研，你一定会选择科研型的，对吧？"

"那你一定会选择临床型的，是吗？"

韦溙答非所问，对彼此的理想早已心知肚明。

"季石哥，多么美好的夜晚，就像在姊妹山下，完全是另一个世界，我非常怀念那些牧牛的日子。有时是那么孤独，我只能和牛儿说话；有时又是那么的美妙，树林苍翠，花草遍地，鸟鸣啁啾；有时又让人感到如此的和谐静谧，水是水，木是木，花是花，蓝天上白云朵朵，阳光悄悄旋转着；有时却又让人充满了思念，在那里，我常常想起父亲母亲，想起他们九泉之下的岁月，是不是和在世的时候一样，他们之间的爱是永恒的，是刻骨铭心的；还有我们在山上一起奋斗的日子，多么惬意，多么朴实，梦想多么纯真，就像此时此刻，明月几时有！"

"韦溙——"

未等季石再说一个字，韦溙转过头去望着他，那清澈的眼神仿佛在说：一切尽在不言中。像被磁石吸引一般，季石也转过脸来，深情地端详着她，两对掌心紧紧相贴，温情的手指紧紧相扣。八月十五的晚上，大空大地静悄悄的，一对倾心相恋的人，化作春天的一朵花、一棵小草，化作一棵碧树，化作婉转的鸟鸣声声，化作蓝天上的一朵白云，化作一片湖水，融进了大自然之中。在同一片月光照耀下的故乡的那棵丹桂，正香风轻拂，花瓣纷飞。

第十六章　室友何三

　　宿舍里住了七个人，都是来自不同的省份，从北到南，从黑龙江到海南，一字排开。大家性格迥异，却能和睦相处，平时难免有一些小的磕磕碰碰，哪怕上午吵完架，中午又和好了，周末有时也会结伴游玩，放假的时候，大家也会坐下来一起涮火锅，就是在这样的氛围中度过了四年。每个人都有自己的喜怒哀乐，有自己的酸甜苦辣，每个人也都有一本深埋心底的难念的经，生活总是喜忧参半，总是痛苦和快乐并存，汗水和泪水交织，就是在这些矛盾重重的煎熬中，这些医学生才渐渐地成熟起来。大一的时候，发现菜里有一截蚯蚓，都会找食堂管理员理论一番；大二了，就坐在饭桌上发泄几句而已；到了大三，只是悄悄用汤匙把蚯蚓挖到桌上，继续把剩下的饭菜吃完。大学五年级的时候，大家被分到好几个省份的教学医院实习，只有四分之一的人会留在附属医院。在这最艰苦的一年，在医院里，他们深深地体会到世态炎凉，体会到人情冷暖，感受到生活的艰辛和不易，感受到世事人生的变化无常——对一个年仅四十岁，坐拥十亿家财，却身患绝症的人而言，他一息尚存，他的家人就开始像一群秃鹫一样抢夺家产，如此丰富的物质财富于这个家庭，又有何意义？

　　大家勤勤恳恳，发奋苦读，行医可是人命关天的事，能不刻苦吗？虽然说毕业了，有人成了医生，有人成了教师，有人成了科研人员，有人彻底告别了这一行业。但谁又能看清自己的未来呢？现实也只能是把握当下，不断地努力。也有例外，季石的宿舍里就有一个，也是班上三十位同学当中唯一的一个。他是富二代，只是让人费解的是这样的纨绔子弟，怎么会选择苦行僧般的医学生涯呢？原来他的父亲是某家大医院的院长，他想将来在树下乘凉呢。每次考试，他都要作弊，也会有人把答案传给他，每次也都能蒙混过关，到三年级时他的运气似乎大不如前年，居然一下子挂了三门主修课程，按第 Y 条校规，他是要被退学的，据说建校以来史无前例，虽说每年都有不少同学因为各种各样的原因不能如期毕业，但是一学期就挂了三科的"大牛"，那可是破了建校近一百年来的纪录了。他那当院长的爹和当公司总经理的娘，连夜专程飞了过来，又是求情，又是宴请，终于把儿子留下来继续"深造"，前提是留级一年。这位名叫何三的老兄毕业实习的时候，把母校的脸都丢尽了。他被分到省内另一所医科大学的附属医院实习，经常是一问三不知，一旁的同学都对答如流，有时甚至把带教老师问得皱起了眉头。为了逃避老师的目光，他常常半蹲着躲在同学身后。昔日那个一掷千金吹牛大王，常常在众人面前夸夸其谈，而他往日那副高人一等的架势，那副不可一世的样子，在几个初级的医学问题面前荡然无存，颜面尽失。当初刚入学时，不要说整个班级，同一层的三十几间宿舍里，只有一部电脑，而且是当时配置最高的686型，它的主人就是这个何三。军训第一天，他就晕厥了两次，同学们把他抬回宿舍，给他灌了几大杯糖盐水后，他还痛苦地嚷着目眩头晕、浑身无力。军训典礼刚结束，父母就给他置备了一部电脑，就摆在床边，他睡在下铺，这部电脑就成了他的铁杆兄弟、最好的朋友。清晨在校园广播声中醒来，何三第一件事就是唤醒电脑，晚上熄灯铃响过之后，他还强迫电脑不休息，得继续陪他在没有硝烟的战场上攻城拔寨，在游戏的王国里指点江山。他每天也能和大家一样准时到教室，但上课才开始十分钟，最后一排的角落就响起如雷的鼾声，臭不可闻的口水打湿了厚厚的书本。五载光阴，弹指一挥而已，大学毕业了，一起实习的同学都能独立切除阑尾了，他连最表层的皮肤都没缝过，大家对常见的内科疾病和药物，早就背得滚瓜烂熟、了然于胸了，他却连自己的咳嗽也治不好。二十年后，当何三回首那段最宝贵的青春时，不知作何感想。

第十七章　在梅花上咯血

六月荷，八月桂，十月枫，腊月梅。天气像穿梭在时光隧道中的一只小田鼠，往下，不停地往下，直到躲进深深土层下的洞里。大雪压弯松枝的时候，在最严寒的凌晨，小小的蓓蕾悄悄爬上了坡上的梅枝，头上戴着一朵洁白的雪花。正值早春，草色遥看近却无。一天清晨，季石路过坡下的时候，惊喜地发现梅枝上白色雪花下闪烁着点点红意。他拾级而上，凑近树枝细看却找不着了。这株经历了近一个世纪的红梅，和大学的命运紧紧地联系在一起。它几经沉浮，又焕发出勃勃生机，当年被大火肆虐过的伤口，那些被炭化的伤痕，也有了年轮，这么多年过去了，不知它还疼不疼。师兄师姐们每年都会来这里合影留念，那时自己并未在意，总觉得那是即将毕业的事情，谁承想，这一天来得如此突然，来得如此之快！

往年冬季路过梅树坡的时候，总是来去匆匆，偶尔才驻足欣赏一下热烈绽放的梅花，红彤彤的梅花，花瓣像五枚笑容可掬的小脸蛋，金色的花蕊点缀其间，让人流连忘返。今天走过那里的时候，脚上像发芽生根了一样，舍不得离开。梅枝上依稀闪烁的点点朱光，很快就会凌寒盛开，当遥远的天际传来春的跫跫足音时，梅的最后一缕馥郁，最后一丝庄重，最后一息坚韧，最后一抹芳华，都将被一把冷酷无情的利刃削得荡然无存。而这把寒气逼人的利刃就是光阴。

韦溱站在坡下，思绪万千，内心充满了矛盾，充满了孤独，她有千言万语要倾诉，那个可以托付终身、可以促膝倾诉的对象，就在同一座校园里，有时就在自己身边，而自己有多少知心话深藏心底啊！即使在同一所大学里，彼此也是整日忙得焦头烂额，常常是难得见上一面，更别奢望漫步湖边、花前月下了，想到此，泪水不知不觉涌了出来。一阵冷风吹来，她又连续咳嗽了好几声，咳嗽剧烈的时候，胸部就隐隐作痛。入冬以来，气温不是和往年一样平稳下降，而是忽高忽低。那天她给一个高中生补完英文课，骑着单车回学校的路上，正好遇上入冬以来的第一场雪，还下着若有若无的细雨，在路上没什么感觉，到宿舍时上衣已经快湿透了，第二天就发烧了。多少回在大山深处风吹日晒雨淋，自己都没发过烧，这一次竟莫名其妙地一连烧了五天，后来烧是退了，咳嗽却一直不断根，好不容易好转了几天，天气一变又来了，已经反反复复一个多月了。原先说好的秋季就结束，已经换了一大批家庭教师的学生家长万般恳求，说经过韦溙大半年的精心教学，女儿的英文成绩突飞猛进，从班级中下水平，一下子提升到年级中上水平，女儿也非常敬慕她，希望她能再陪伴自己一程，直到高考结束。韦溙多么想拒绝这一诚恳的请求啊，可她于心不忍，微笑着答应了。这个小她四岁的学生一下子把她抱住了，激动得热泪盈眶，不停地说着："姐姐，谢谢您！姐姐，谢谢您！"那一刻她也下定决心，一定要帮面前这个可爱可亲的小妹妹，化解困扰她多年的英文噩梦。

在医院上完通宵夜班，韦溙经常不能及时回宿舍休息，而是冒着雪来回踩十公里单车去给学生上课。一周难得休息一天，名义上是休息，其实处理完医院的一堆琐事，中午能下班就不错了，晚上又常常忙到夜深。她的免疫力迅速下降，空气中的病菌像洪流一样乘虚而入，在敌进我退、我进敌退的状态中，进行着反反复复的拉锯战，韦溙终于支撑不住了，浑身滚烫滚烫的，不断升高的体温足以把鸡蛋烤熟。早上出门时，头就晕乎乎的，当时也没在意，心想大概是睡眠不足吧。这会儿摸了一下额头，又开始发烫了，"唉！"她长长地叹了一口气，这体质也太弱了吧，老天何以降大任于弱不禁风的人啊，她苦笑了一下开始自嘲。一阵寒气袭来，她又猛烈地咳嗽起来。

"韦溙，韦溙——"

听见前面有人剧烈咳嗽，季石停下脚步，多么熟悉的背影啊，就是在百米之外，他也能一眼认出。这么早，天又这么冷，她怎么就一个人站在雪地上咳嗽呢？他一边喊着她的名字，一边快速向前跑去。

"季石，这么早——是要去教——室吧。"

韦溙边咳嗽边费力地说完一句简短的话。

"韦溱，你这是怎么了？一个月不见，居然变得如此憔悴，咳成这样子，连心脏都快咳出来了。"

"季石，其实没你想象得那么严重，昨晚一次也没咳嗽，可能是早上太冷了，有些不太适应而已，一会儿太阳出来就好了。"

"韦溱，我不相信，你的脸色好苍白，一定得上医院看看，一会儿你回宿舍好好待着，我先去帮你请个假。"

一听要请假，韦溱强打起精神，倒安慰起季石来。

"季石，我真的没事，你看我现在就不咳了，等忙过这一阵就好了，现在一起去坡上赏梅吗？你看树梢上已经开始冒出红艳艳的花朵了。"

"可是，坡上风大，还是再等两天，等开得更多了，找个中午阳光暖和的时候来，到时我们一起多拍几张照片。"

韦溱为了证明自己没大毛病，快速拾级而上。季石拗不过她，只好跟在后面。到了坡上，她又剧烈地咳嗽起来，从声门喷涌而出的气流，猛烈地对冲撞击着胸腔，发出的声响仿佛嘶哑的犬吠，她咳得腰都弯成弓形，仿佛气管里有一粒随着呼吸上下浮动的枣核，非把它咳出来不可。突然一股浓烈的血腥味冲破她的喉咙，雪地上开出一朵巨大的暗红色的梅花。

见她咯出一大口鲜血，季石也慌了，但很快他就镇定了下来，他一手扶着她，一手用力拍着她的胸背，血似乎是止住了，没有继续喷涌出来。

"韦溱，你咯血了，怎么咯这么多的血啊，天哪！不行，我得马上送你去医院。"

说完，他蹲了下来，示意她爬上自己的背。韦溱不肯，她知道他不会在这个时候离开自己，如果让他背着上医院，一定会惊动同学，只好说："季石，不用背我，我自己能走着去，先去拍个胸片看看，休息几天应该就可以了，正好帮我去请个假，看看能不能请两周。"

果然季石抢着说道："韦溱，你这样子太危险了，虽说医院就在附近，谁能保证你不会在路上又大咯血？一会儿你到前面的报亭先坐着，我去骑单车来载你。请假的事等中午再说，我今天也正好休息。"

"季石，谢谢你！"

"都什么时候了还有空说'谢谢'！"

季石把她安顿在报亭遮挡冷风的一面，在木凳上铺上坐垫，扶她坐下来。"好好坐着，千万不要站起来，我三分钟之内回来。"叮嘱完毕，季石以百米冲刺的速度跑向车棚。咯完血后，韦溱明显虚弱了下去，脸色苍白如昏黄油灯下的纸，说一句较长的话都费力。季石看着她弱不禁风的模样，心急如焚，他真的好担心，在韦溱初中毕业那一年，她那年轻的母亲就是不停地咯血，随着一阵阵剧烈的咳嗽，身体里的血不停地从喉咙里喷涌出来……他没命地奔跑着，当年自己也一度病入膏肓，父亲背着自己偷偷流下无尽的泪水，那时他是怎样的心情啊，现在自己也是非常难过，非常悲伤，甚至非常绝望。那个自己深深爱着的人儿啊，在那棵饱经风霜的梅树下，咯出的血染红了一大片雪地……泪水几乎涌出这个七尺男儿的眼眶。

他生怕韦溱从自行车上跌落，让她紧紧抱着自己的腰部。路上结着一层薄冰，骑快了容易打滑，季石一边全神贯注地骑着车，一边叮嘱着她。韦溱昏昏沉沉，感觉自己有气无力，太累了，不自觉地把上半身也倚靠着季石。他也感觉到了，担心韦溱是不是昏厥了，急忙唤醒她："韦溱，韦溱，再坚持五分钟，千万不能睡着啊！""我没事，就是太累了，好想眯一会儿。"

"季石，我好想就这样一直坐在你的自行车上啊，多么简单，多么平凡，却让我感到如此幸福。"

"这还不容易，等你咳嗽好了，我骑单车载你回家乡，那才惬意呢。"

"好啊，白天我载你，晚上你载我，或者我们每人骑一辆，这样会轻松一些。"

"这可是一个伟大的梦想哦！一言为定，我期待着呢。"

拍完胸片，呼吸科的老师告诉他们说不是肺痨，但需要住院一周，休息半个月，他们终于松了一口气。

同学们听闻韦溱住院了，都争抢着要来照顾她，最后大家商议了一下，由女生每人轮流一天。这深深的同窗情，令人永生难忘。半年之后，他们都将各奔东西，分散在祖国的天南海北，步入社会之中，那将是一个完全不同的世界，就像刚上幼儿园的孩子们，三天两头要感冒腹泻一样，需要他们重新去适应，绝大多数人随波逐流了，少数人不忘初心，但很难再有如此纯洁的友谊了。

第三天开始，韦溱精神状态就好多了，已经完全能自己照顾自己了。每个人都是又繁忙又辛苦，韦溱劝大家不用来照顾她，吃完晚饭，就把姐妹们哄回宿舍休息了。她一个人躺在病房里，却一直想着两天后的家教英文课，于是她披衣下床，乘电梯到一楼大厅，找了一部 IC 卡电话机通知学生家长，表示非常抱歉这两周不能给孩子上课，寒假一定给她补上。打完电话她如释重负，回病房的路上，她心里空落落的，不知为什么好想哭一场。她哪里知道，第一个夜晚季石半夜来病房探望她，看见她睡着了，他才悄悄离去，第二个夜晚依然如此。病房里住着三个病人，一个老大爷下午出院了，一位老太太病情好转了许多，儿子晚上就接她回家休息，病房里只剩下她一个人。

她打开书本，每个文字像蚂蚁一样四处爬行，她合上书本，关掉电灯，披衣下床，来到窗前。病房在十五层，天上是一轮朦胧缥缈的弦月，照着楼顶苍白的积雪，树影婆娑，光秃秃的枝杈上垂挂着冰凌，发出冷峻的光。偶尔驶过一辆汽车，一辆三轮脚踏车码着高高的货物，艰难地前行着，经过结着冰的路面似乎总是在打滑，摇摇晃晃，随时有侧翻的危险，一个上了年纪的人深深弯着腰，正吃力地踩着。韦溱不忍再看下去，转过身来，病房里黑乎乎的，从另一边的走廊里传来护士推药车的声音，似乎非常的遥远。孤独就像故乡山峰上的雾霭，不停地袭来，愈加浓郁，最终把她里三层外三层厚厚地裹了起来。其实她哪里知道，一连三个晚上，季石都悄悄来这里探望。第一天，她处在昏昏沉沉的状态中，季石和另一位女生一直在床旁守护着；第二天深夜，她睡着的时候，季石就在走廊上默默地为她祈祷；现在，季石就在门外，他快到病房的时候，却发现电灯突然熄灭了，他想韦溱疲劳过度应当充分休息，就没有敲门，而是在门口静静地站了大约一刻钟。

韦溱并没有上床，她背倚着窗帘，伫立在黑暗中。她想起孤苦伶仃的爷爷，想起英年早逝的双亲，想起被迫出售的牛群，想起家里的几头牛，想着和自己并肩作战的牛儿，想起在姊妹山下和季石一起学习的日子，想起他们相识相知相爱的点点滴滴，想起中秋一起在湖边度过的夜晚，泪水悄悄模糊了她的双眼。此时此刻，她多么想见见他，多么想听听他的声音，多么想对他倾诉衷情。可是她又是那么怕见到他，自己对他隐瞒了一件多么重要的事情，也许只有等到毕业的那一天，才可能会告诉他这个秘密。她哪里知道，此时此刻，他的心上人和她只隔着一扇门！季石又怎么会知道，自己深深爱着的人，就在离他五米远的地方独自流泪！一对可怜的恋人啊！

季石来到马路上，忍不住抬头看她的病房，却发现灯是亮着的，透过乳白色的窗帘，一个灰色人影渐渐淡去，他怀疑自己数错了病房，从左到右又从右到左一连数了好几遍，确信是对的。他激动万分，立刻迅速跑了回去。当他抄近道气喘吁吁地来到十五楼，轻手轻脚走近韦溱的病房时，他愣住了——怎么灯又暗了！他凑近门板侧耳细听，房间里静悄悄的，她一定是休息了，可能是起来喝水吧，现在又躺下了。他自嘲地摇了摇头，没有发出声音，无声无息地往回走去。

韦溱打开电灯，擦干泪水，强迫自己上床休息，她熄灯后隐隐约约听见门外有人走过，她屏息聆听，却又没有任何动静，她想可能是幻觉吧。这时门外又传来轻盈的脚步声，渐行渐远。一定是他，一定是他，她一骨碌下了床，摸黑快速走向门口，当她打开房门，走廊里空空荡荡的，没有一个人影。她走到楼道尽头，向下望去，一眼就认出了马路上的那个背影，他边走边回头仰望住院大楼。她多么想冲回病房点亮灯光，季石看见光亮一定还会回来的。韦溱目送着他的背影远去，越来越小，最后变成一个小黑点，融进夜色中。夜阑人静，马路上再没出现第二个人，难道他天天晚上如此吗？每天夜深他都悄悄地来看我吗？一股暖流涌遍全身，韦溱的眼里噙满了幸福的泪水……

第十八章　秘密

北方的四月，柳树已经抽出嫩芽，草色泛绿，让人不忍心从上面踩过。岸边的水草不停地划着水，湖里的睡莲经过寒冷的冬季也苏醒了过来，成群结队的水鸟在湖心上空盘旋。清明时节，一个风和日丽的周末，季石和韦溱相约来到位于郊区的南湖公园。虽说是个公园，它的面积却远远超过了整个市区，当年这里是个矿区，地下被掏空之后，地表开始下沉，有的地方甚至出现大面积塌陷，形成一个巨大的空洞，经过一番种植绿化、蓄水灌溉，逐渐美化成了一个特大的森林公园，里面还有一座美丽的湖泊。

季石和韦溱手拉着手，这在一年前是不敢想象的，自从废除了第 X 条校规，多少情侣由地下转向公开。他们走走停停，停停走走，一边享受着北方的美食，一边观赏着路边的景色，争先喊出花草树木的名字，抢着说出各种爬行昆虫的生活习性，玩成语接龙、古诗传花，一起高声歌唱时下流行的曲子，一起在山坡上放风筝，并肩躺在草地上笑看蓝天，慢数白云朵朵，牵手相依泛舟湖上……他们仿佛又回到了童年时光，天真无邪，无忧无虑，在院子里数着满天的星斗，追逐着闪闪发光的萤火虫；在田野上，在池塘边，追赶着忽高忽低回旋的蜻蜓，在山腰上采食甜如蜜的杜鹃花，在山谷采摘红如玉的草莓……多么让人怀念啊，多么令人难以忘怀啊，多么快乐幸福，只希望今天的太阳永不西斜，今天的白昼有一万年。

华灯初上的时候，他们回到了校园，两个人刚分开，韦溱突然又跑了回来，凑近季石的耳边，神秘地说："我有一个秘密，过几天就告诉你。"说完就跑开了。季石愣在原地，自言自语着："白天没有秘密，天黑了就有秘密了。"他会心一笑，转身离去。

他刚推开宿舍门，一股浓烈刺鼻的烟味扑面而来，他被呛得咳嗽不止。隔壁宿舍的鬼儿在这里抽了一下午烟，两包"黄鹤楼"只剩食指和中指夹着的一截了，此时正冒着一束细直的青烟，脚下是一堆被踩扁的烟头。见季石回来，他迫不及待地站起来，一边致歉，一边打开窗户让清风吹进来。

"季石兄，对不起，非常对不起，我现在就掐灭烟头。"

"一个人抽闷烟呢？至于把自己囚起来吗？"

"季石兄，祝贺您得了状元，全校综合分第一名，位列保研榜第一。"

季石一听这番似乎醉酒才会有的言语，就情不自禁地大笑起来。

"老六啊（鬼儿的另一绰号），都说酒不醉人人自醉，这抽烟也能把人醉成这副样子吗？你别再开玩笑啦。"

见他还蒙在鼓里，老六如数家珍般说出前十名的同学，并断言说他今天一定不在学校里，因为晌午就揭榜了。听他如此一说，季石不再大笑，脸色一下子凝住了，虽然他将信将疑，可他并没有听到韦溱的名字，这不可能啊，她可是学霸中的学霸呀。他不再理会老六，而是急忙找了一把小手电，快速冲了出去，跑向学校的大公告栏。

其实他用不着手电，路灯就已经很亮了，即使如此，他还是打开了手电，从左到右，从上到下，仔细看了两遍，没有，的确没有韦溱的名字。他忽然想起刚才离开时，她所谓的秘密，难道和这个有关？他既失落又失望，刚转身迎面差点儿撞上老六。

"老六，你怎么了，一副魂不守舍的模样？"

见他风风火火的样子，老六欲言又止，觉得自己实在是卑鄙无耻，可是他又急不可耐地想说。他把季石拉向一边，问他："季石兄，韦溱榜上无名，是不是很不可思议？但是我知道为什么。"

季石惊异地望着他，反问道："你怎么可能会知道？！"

放寒假前，老六有一次去办公室，那时已经是下班时间，办公室里只有系主任和韦溱两个人。快到门口的时候他停下脚步，佯装无所事事，实则是在偷听她们的谈话。韦溱申请学校推荐她去另一所大学深造，但未获通过，她依然要参加公开考试，而把母校的保研名额让给其他同学……

老六一五一十地说了出来。季石不解地看着他，充满了疑惑。他深知这个鬼儿绝不是一盏省油的灯，他一定是在打什么如意算盘，但此时自己没心思和他继续纠缠，便轻描淡写地说："老六，谢谢，我还有点儿事先走了，回见。"

老六呆立在原地，悔恨交加，真想给自己一巴掌，他难过极了，便拐上另一条小径，一边不停地叹息："没戏了，没戏了，我的媳妇呀。"

季石没有走远，他就躲在拐弯处围墙的后面，等老六消失在夜幕中，他又来到公示栏，这次他没有打开手电筒，而是借着路灯一字不漏地又看了一遍，公示期一个月，这次他要找的不是韦溱，而是老六和他张口闭口挂在嘴边的媳妇——兰岚。全系有五十位同学在保研榜上，没有老六的名字，他的"媳妇"兰岚在第三十六位。季石似乎明白了什么，他开始后悔自己太粗心大意了，刚才自己应该多多宽慰人家才是，而不是一副漠不关心的样子。

回宿舍途中，他咀嚼着老六的话，回想起高中时代，从那时开始，韦溱就是一个非常脱俗的姑娘，她是一个心怀梦想，并会克服千难万险，努力去实现梦想的人，出生于军人世家，从小受过良好的家庭教育，尤其是"增长智慧，报效国家"从小就植根在她的大脑中，她也把这八个字写在心爱的笔记本上，时时处处激励鞭策着自己。大学三年级的寒假他们结伴重返中学母校，她说她的梦想是毕业后继续去科学院深造，她一直在刻苦努力着，从未停下前进的脚步，离自己的梦想也越来越近。虽然在榜单上位列第一，季石却高兴不起来，似乎跟自己没关系。都四月份了，应该出成绩了吧，韦溱是一个自尊心很强的姑娘，她不想说的话，问一百遍也是白搭，自己太了解她了，就等着她自己说出这个秘密吧，如果她没被科学院录取，他就放弃保研资格，和她一起参加工作。

第十九章　痴情男儿

大家在不同的医院实习，平时难得见上一面，大多数同学住在医院的宿舍，少数人仍住在校园里。半个月后的一天晚上，季石回到宿舍，又看见鬼儿坐在床沿上等他，这次宿舍里没有烟雾缭绕，地上也看不到一个烟蒂。季石有些纳闷：这不是鬼儿的风格呀，他的绰号里就包含着烟鬼的意思啊。他仔细一看，吓了一大跳，天哪，这是怎么了！像遭受过一场自然灾害似的，鬼儿蓬头垢面，脸颊浮肿，人也消瘦了一大圈，往日机灵鬼的样子荡然无存，取而代之的是目光呆滞，从头到脚找不出一丝人的精气。

"他这是受了什么大刺激了？"

季石这样想着，急忙关切地说道："何松（鬼儿的大名），你这是怎么了，有什么困难尽管说出来，大伙能帮忙的都会尽量帮你，才半个月不见，就完全没了人样，像从黑煤窑里逃出来似的。"

何松呆若木鸡，半晌不说话，突然百感交集，一把鼻涕一把眼泪地大声哭泣起来。季石走上前去紧挨着他坐下，把他抱在怀里，让他尽情地哭个够。许久，何松终于安静了下来，从季石的怀里挣脱出来，两眼泪汪汪地望着他。

"何松，别难过，有什么苦楚直接说出来吧，这里不会有人进来，如果你介意，我们就到运动场去吧，那里空旷，没人会听见。"

何松点了点头，立刻站了起来。见他动作灵敏，季石感到一丝欣慰。

他们来到操场一处僻静的角落，何松主动先开口了："季石兄，我知道你是一个胸怀宽广、光明磊落的人，我才一次次厚颜无耻地来找你，请你多多见谅。"

季石默默地点了点头，用眼神鼓励他继续说下去。

"我出生在一个非常优越的家庭，想必你也有所耳闻，从小没有我想得到却得不到的东西，我知道我的媳妇兰岚一直瞧不上我，这五年来我日思夜想的就是她，我为她伤心，为她难过，为她憔悴，为她整个暑假整个暑假地失眠，为她整个寒假整个寒假地茶饭不香，我愿意为她赴汤蹈火，愿意为她上刀山下火海。只要是为了她，我什么都愿意，她却压根对我不理不睬，我给她写了无数封信，她一封也没回，每次我偷偷去图书馆接她，她都不正眼看我一下，我就像她脚边的一只蟑螂，她恨不得一脚就把我踢飞，踢得越远越好。这次她保研了，我却榜上无名，我这个梦再也无法实现了，但只要还能再经常看见她，听见她的声音，就是一辈子一厢情愿，我也心满意足、死而无憾了，我从小相信精诚所至，金石为开，随着岁月的流逝，兰岚一定会被我的一片痴心感动，一定会改变心意的，我相信一定会有这么一天！"

季石一听就笑了，继续鼓励他："老六，你真是个情种啊，不要说感动兰岚了，就是珠穆朗玛峰的千年积雪都会融化的。祝你早日实现梦想！"

季石早有耳闻，何松的母亲是老家的教育局局长，父亲是林业局局长，他除了嗜烟成性，其他方面是无懈可击的，在高手如林的大学里，他每次都能考班级第六名。令人费解的是，他的名次从来不会随着试卷的难易而上下浮动，容易的试卷他得第六，难的卷子他依然是第六，因此同学们送给他一个雅号——千年老六。但是季石还是不清楚何松的心思，他三番五次地来找自己，究竟是为了什么，他有什么难言之隐吗？于是他开门见山地问道："何松，你就直说了吧，是要我出面帮忙吗？说实话，感情上的事儿，女生之间才比较容易沟通，是不是拜托一下韦溱，她和兰岚的关系不错，让她试着问一下兰岚。"

何松一听更焦虑了，他急得直跺脚。

"不是的，不是的，不是这样的，这个忙只有你能帮……她说只要我能保研，她就——"

原来是年前有一次，何松又犯了相思病，他忍无可忍，如坐针毡，站也不是坐也不是，就去图书馆找兰岚。那时她正专心致志地查阅文献，何松在那个固定的位置找到了她。他站在离她一米远的地方，一动不敢动，早就准备好的千言万语又到了九霄云外了，了解底细的同学都望着他笑。许久，他终于鼓起勇气轻手轻脚地走上前，轻轻呼唤了一声"兰岚"，她正看到最关键的地方，不为所动，方寸未乱。见她无动于衷，他又轻唤了一声，她知道是老六又来了，自己已经在私下，甚至当众拒绝他好几次了，哪知他死皮赖脸的，仍然像影子一样追随着自己。这时她听见老六又呼唤自己的名字，正心烦意乱，头也没抬，直接说了半句话——

"等你保了研……"

说完这半句话她就后悔了，应该和以前一样直接合上书本走人，完全不睬他。果然不出所料，何松迅速抓住了机会。他故意放大声音说道："好，等我成功保研了，我们就……我们就……"

他边说边左看右看，那意思再明白不过——大家都听见了吧，大家要给我做证啊！

有人欣赏，有人嗤之以鼻，有人不屑地说道："这里是图书馆。"

何松也感到了难为情，他面红耳赤，意识到自己做错了什么，他急忙俯身向兰岚道歉。

"兰岚，对不起。"

兰岚红着脸，合上书本，迅速走出图书室。

"兰岚，兰岚——"

身后传来何松焦虑难过的呼唤，她没有回头，而是加快了脚步。

何松不敢把这一幕告诉季石，而是把它美化了。

李石一听，丈二和尚摸不着头脑，心里嘀咕着：我能帮他什么忙呢？我能劝兰岚和他发展感情吗？爱情是碰撞出的火花，怎么可能是劝说的结果呢？再说了，他没保上研不是运气不佳，而是实力不足，谁让他是千年老六呢？他怎么就不能做一回老五或者老四呢？

季石茫然地望着他，显得无能为力。

何松见他沉默不语，知道他误会了自己的来意。他像一只狡猾的狐狸，可怜兮兮地继续铺垫。

"季石兄，公示期已经过去半个月了，再过半个月我就永远没有机会了。"

"不会啊，明年可以参加公开考试呀，凭你的实力一定不在话下。"

"话是这么说，可是兰岚愿意跟下一届的学弟吗？"

见他张口闭口"兰岚"，季石感到无可奈何。何松见时机已到，这只佯装可怜的狐狸渐渐露出了尾巴。他试探着说道："倘使有人放弃保研……"

季石一听，大吃一惊，自从上了这所大学，他还没听说过有谁放弃保研资格。他三番五次地来找我，难道是要让我主动放弃保研资格吗？他不露声色，顾左右而言他，问何松："老六，你和韦溱在一个实习队，你有去找她诉过苦吗？"

何松明白他的心意，他不想再有任何前奏，而是直截了当地说道："季石兄，假如有人退出，我就有办法递补上去。"

"是的，我相信。"

"季石兄，韦溱铁定是要上科学院的，我知道你们两情相悦。"

这次季石打断了他："何松，你就不要再拐弯抹角了，更不要扯上韦溱了，她已经把保研的名额让出来了，直说了吧，找我有什么事？"

何松咬了咬牙，斩钉截铁地说："季石兄，您能不能明年也去考科学院，到时就可以和韦溱在一起学习，今年主动放弃保研资格，只要您放弃了，我就能把握住这个机会。"

果然如此，季石睁大眼睛看着他，眼前这个平时只知道抽烟和读书的同学，突然变得如此陌生，他真是处心积虑，太有心机了。他笑着问道："老六，你找过别人了吗？"

"没有，只有您一个。"

季石若有所思地点了点头，他笑着说："老六，我们都同窗五年了，即将各奔东西，我一辈子也不会忘记这异常珍贵的五年，就像我和你没有吵过架没红过脸，虽然我们交情不深，但是彼此相互尊重爱护，我们之间的称呼就不要用'您'了。你如此客气，我的心里好难受，好吗？"

何松真诚地看着他，使劲地点了点头，仍然不忘步步紧逼。

"季石兄，您同意了？"随即他又快速地纠正道，"你看我这记性，季石兄，你同意了？"

季石望着不远处的教学楼，模糊的轮廓伸向苍穹，乳白色的灯光透过玻璃窗刺向黑夜。他沉思良久，心潮起伏。

何松见状，慌忙跪在水泥台阶上，又一把鼻涕一把眼泪地乞求："季石兄，五年来你我交往无多，可我时常在一旁悄悄地观察揣摩你，你的志向追求在于救死扶伤，而非母校推荐的科研专业，我也看出来了，你的内心充满了矛盾，正踌躇不决。我已经走投无路了，如果不能继续留下来陪伴兰岚，我唯求登上北楼天台。"

何松跪着仰起头看着季石。

听他如此一说，季石惊得目瞪口呆，他坐在高出两级的台阶上，没有与何松对视，而是望着北楼五百米之外的南楼。真是没看出来，平时张口媳妇闭口媳妇，不要说牵手，连在一起说句悄悄话的机会都没有，就是这么一个人，自从第一次遇见兰岚，就像是被摄住了心魄一样，一路疯狂地追求，虽毫无回应，偏又锲而不舍。就是这么一个人，表面单纯，却心怀城府。他居然说要登上北楼天台！也不知是对自己赤裸裸的威胁，还是真的就是他的肺腑之言？

北楼，就是校园北侧的教学楼，十六层，顶层的台阶直通楼顶天台，只隔着一道铁门，门上挂了两把粗重的锁。天台一米多高的护墙上，东南西北四面，横着竖着斜着，题了数百首诗歌，有的是用刀镌刻上去的，有的是用黑色碳笔写上去的，有的则是用尖锐的石头刻写的，有行书，有楷书、草书等各种字体，有中文的，有英文的，有日文的，有德文的，也有俄文等各种文字。这些诗作，有的是心血来潮，有的是毕业别离时的哀伤，有的是悲伤过度，有的是即兴抒怀，也有一些成了作者的遗言！大多数人写完诗歌，要么开怀大笑，要么对着苍天狂吼数声，要么擦干眼泪，都会慢慢回头走下台阶。每隔十几年，总会有那么一个人，登上天台后再没有走下来，而是爬上护墙纵身一跃，这些人大都是感情受挫的学生。大一上人体解剖课的时候，教授指着一具没有头盖骨的尸体说，那是二十年前的一个学生，从北楼天台张开双臂头朝下跳了下来，人们从教室里冲出来时，他已经没有了生命气息，水泥地上见不到一滴鲜血，只有一大滩白花花的脑髓。生命啊，短暂，人生啊，苦短，同学们，且行且珍惜吧。

恩师的教诲，又在耳边回响。季石的后背一直冒着冷汗，他走到何松跪着的台阶上，弯腰把他扶了起来，宽慰他说："老六，你不要难过，办法总比困难多。相信我，我会尽量帮助你的，我们先回宿舍吧，你千万不要犯低级错误，更不要去天台写诗，你年纪轻轻，才二十出头，值得吗？我十天之内给你答复，在这期间你一定要好好实习，不要干傻事，到时我一定会带给你好消息的。"

季石扶着他往回走，内心像打翻了五味瓶一样，非常难受。这个痴情的汉子真的可能会踏上北楼天台的，假如他一时想不开，爬上护墙纵身一跃……多么可怕的噩梦，一个多么不应该发生的结局。而且只有自己事先知道他为何轻生，倘若真的发生了，自己岂不是后悔伤痛一辈子吗？不，不，一定不能让它发生。快到宿舍的时候，季石才渐渐平静下来，他把何松送到门口，这时他已经不再流泪了，像一个啼哭了半天终于得到满足的婴儿，让人心生怜悯和爱意。

在他突然下跪的时候，季石一下子没反应过来，瞬间就惊讶地望着他，对面前这个泪流满面的男子汉，他曾感到非常的不屑和鄙视，而现在已经完全没有了这种情感，取而代之的是深深的忧虑。何松的话像山谷的回声一样，一遍又一遍，不停地萦绕在耳边，他不再相信那仅仅是恐吓和谎言，那是一个身处悬崖峭壁、毫无退路的男人掏心窝子的话。自己是班长，最关键的时刻，身边的战友发出求救的信号，能视而不见吗？如果真的发生了悲剧，虽然自己没什么罪过，这辈子还能安心吗？漫漫人生路，不是得一直背负沉重的愧疚感吗？

第二十章　死神就在身边

和往年一样，温暖湿润的南风吹呀吹，吹过高山，吹向平原，成群的候鸟排列着各种队形，不舍昼夜，向北方的天空飞去。这样美好的季节，是不是应该在野外观赏花草虫鱼？是不是应该在树林里聆听鸟类的鸣叫？是不是可以拿一本书坐在树荫下欢快地阅读？是不是可以犒赏自己一部渴盼已久的电影？是不是可以懒洋洋地斜躺在草坪上欣赏半天音乐？没有，完全不可能。

城市的空气中弥漫着紧张恐怖的气氛，天空中仿佛有一块灰色的布幔，从高处徐徐降落，随时都会罩住整座城市。昔日熙熙攘攘的地方，难得遇上一个人；那些音乐飞扬的场所，可以清晰地听见一只小鸟振翅的声音；昔日那些排起长龙的地方，半天不见人影。药店里买不到一小瓶消毒水，连超市的食醋都被扫购一空。城市的空气里散发出各种消毒液的味道，酸酸的，刺鼻的，甚至是呛人的，凡是能"杀灭"病毒的各种液体，像给婴儿洗澡一样，彻底把整座城市涂抹了一遍。

好多家庭主妇一下子买了二十箱食醋，每天把每个房间都熏蒸三次。马路上，公交车上，自行车上，轿车里，匆匆闪过的面孔，都严严实实戴着双层口罩。人们不敢去车站，不敢进影院，不敢入餐馆，下楼不敢碰扶手，甚至不敢上商场。下班就匆匆回家，没事尽量不出门，一天换三次口罩，洗三回脸，洗两次澡，不停地洗手，不停地给空气消毒，生怕可怖的 SARS 病毒会找上自己，人们睁眼闭眼脑海里全是病毒，饭里菜里汤里全是病毒，桌子上沙发上床上全是病毒，大家说的话里发出的声音里全是病毒，飞过的鸟飘过的蝴蝶蜻蜓全是病毒……整个世界已面目全非。

下班的时候，韦溱路过急诊抢救室时，里面的气氛异常紧张，施救正有条不紊地进行着，却显得人力不足，怀有身孕、腆着大肚子的医生正艰难地穿着防护服，准备上阵。韦溱见状，急忙把她拉向一旁，强行解下她的防护服，迅速地套在自己身上。这一幕正好被一旁的何松看见，他试图阻止，韦溱狠狠地瞪了他一眼，他欲言又止，只是不停地跺脚，示意韦溱不要冲上去。韦溱瞪大双眼，暗示请求他千万不要出声，不要暴露自己，他欲伸手去拉她，韦溱已经穿好防护装进入隔离室了。何松捂着嘴跑了出去，拼命地跑着，跑出医院大门一百米远的地方。他蹲在一棵古老的银杏树下，再也忍不住了，失声痛哭。许久，他擦干眼泪，跌跌撞撞地跑了两条街，不行，他得马上通知季石。

季石正好下班回来，他在门口遇上风风火火的何松，见他两眼又红又肿，泪痕未干，真的好担心他随时会登上北楼天台。何松关上门后悲伤地说："季石兄，我哭泣流泪不是为了我自己，而是为了韦溱，你不要误会。"说完他坐在床沿上又抽泣起来，上气不接下气。季石的心咯噔一下，一股不祥之感笼罩了过来。他急忙问道："为了韦溱？何松，韦溱怎么了？她现在在哪里？"

何松安静了下来，他难过地说："她在传染病大楼里，她接触了一个危重的 SARS 病人。"然后他一五一十把看到的如实说了一遍，他说他想拉开她，她的眼神制止了他。说完，他不停地摇头叹息。

季石明白了事情的来龙去脉，虽然医院明令禁止学生奔赴抗击非典第一线，但韦溱为了保护怀有身孕的老师，挺身而出。窗外，夜幕降临，花圃里的那排柳树没有了白天的婀娜，只剩一个个巨大的黑色的椭圆形轮廓。季石把目光从柳树移开，掠过对面火柴盒般的宿舍楼，呆呆地望着夜空。他表面沉静，内心却波涛汹涌，他也是非常的焦急，可是又有什么办法呢？只能默默为她祈祷。何松静静地坐着，他看着坐在对面的季石，一言不发。天花板上的灯管发出惨白的光，射向书架上的玻璃杯、厚重的医学书、三角形的相框，射向底层的篮球，在墙壁上投下孤独的影子。宿舍里阒寂无声，两个男人相互凝视着，眼神里充满了无奈和悲伤。

季石终于打破了沉默："何松，你先回去休息吧，有什么消息及时通知我，有什么情况我也会尽早通知你的。好好实习，不要老惦记这件事，再过一个多月就要结束了。"

"季石兄，你要保重。"

何松站起来，走了出去。望着他的背影，季石心潮难平。他打开书包，想继续完成今天的任务，可脑海里满是韦溱穿着防护装的身影，他坐立不安，开始翻箱倒柜寻找庋藏了五年的望远镜，最后在箱子的最底层找到了，他揣上望远镜急匆匆出门。

快到传染病大楼的时候，他来不及上锁，就把自行车推倒在草地上，再往前二十米拉着警戒线，线下撒着十公分宽的白色石灰。四周围种着各种乔木和灌木，银杏树，柳树，杨树，松树，柏树，榆树，梧桐树，甚至还有核桃树，一栋六层高的楼房就隐在树林里，不要说夜间了，不仔细看，就连白天都很难发现。一楼惨白的灯光照亮了窗前的树叶，其他楼层都是暗的，似乎只是一座平房而已。

季石找到一处最佳观察点，那里正好有一棵高大的银杏树，枝叶繁茂。他迅速攀了上去，坐在一根粗大结实的树枝上，打开望远镜开始仔细地搜寻。加上病床上躺着的一个，里面似乎有六个人，人们集中在一间宽大的房间里，忙忙碌碌，来回穿梭，时而围在病床前，时而又分散开，各种仪器发出的声音此起彼伏，不停地报警，气氛异常紧张。人们穿着款式颜色相同的防护装，像在外太空的宇航员一样，看似笨重臃肿，其实轻盈灵巧，展开施救也是井然有序。除了身高有差别，已然分不清谁是谁，从他们所站的位置、手上拿的器械、操作的仪器上判断，每个人扮演着不同的角色。费了好大的工夫，季石终于确定了哪个是韦溱，他长长松了一口气，撤下望远镜，揉了揉酸胀的眼睛，靠在树干上闭目养神。

一楼的灯光似乎特别刺眼，笔直地射向窗外的树冠，照亮了一大片，响个不停的仪器声，逼退了树上的许多鸟。布谷鸟后撤五十米，躲藏在黑暗的树丛中，不断鸣啼示警，提醒同类远离灯火通明的楼房，猫头鹰飞到最高的杨树梢上，俯视着大地上的一切，乌鸦不时发出凄厉的鸣叫。各种千奇百怪的鸟鸣，像在演奏一首交响乐，忽高忽低，此起彼伏，一波胜似一波，时而高亢飞扬，时而低沉回旋，忽然又同时匿迹销声，这些不同的鸟已然达成共识，它们要同生死共进退，来捍卫它们的树林，它们似乎已经准备好了，随时都会朝着灯光最亮的地方冲锋陷阵。

那些感觉灵敏的鸟，快到达季石所在的那棵银杏时，突然振翅逃离，有的还会发出尖锐的鸣叫，来提醒同类，让同伴远离这棵充满危险的树。季石也察觉到了空气中的异常，他屏息聆听，周围静悄悄的，他清楚地听见一枚去岁的叶子离开树枝，在黑暗中缓缓飘落的声音。所有的鸟都被它逼退了。

又一轮鸟乐袭来的时候，病房里的仪器声更紧凑更频繁了。季石架起望远镜紧张地看着，里面的人们也更加忙碌了，所有人围在病床的四周，一人站在前方下指令，一人朝病人的血管里推注药物，一人弯着腰有节奏地挤压着一个硕大的椭圆气球，往病人的嘴里和鼻孔输送氧气，一个高大的医生跪在病床上，一上一下快速有力、节奏整齐地按压着床上的病人，数分钟后换上另一个人，又过了数分钟，又换上另外一个人……也不知换了多少轮，也不知过了多久，所有的仪器都悄无声息了，所有人都停了下来，低着头围在床旁，又过了许久，有人把一条洁白的床单盖住床上的人。

乳白的灯光静静地倾泻着，鸟乐也戛然而止，四周鸦雀无声。大家竭尽全力，这个SARS病人还是过世了，也许一周前，他刚陪着妻子孩子散步，还刚看望过乡下的父亲母亲，已经规划好未来五年的生活，也许下周还有一场重要的会议，也许……就这样悄无声息，又如此迅速、如此突然地离开了人世，永别了妻子孩子，永别了父母兄弟姐妹。在他最后望着病房惨白无情的天花板，无奈痛苦，依依不舍地闭上眼睛时，他的家人，和他接触过的所有人，全都被隔离了，可他临终前，是多么想再看一眼自己的妻子孩子啊。

季石长叹一声，感叹生命的脆弱，他默哀了两分钟，一个多么可怕的烈性传染病啊，人类与自然要和谐相处，还任重道远啊。不知韦溱要被隔离多久，也不知她能不能挺过这一关，季石默默地为她祈祷，心头涌起阵阵酸楚和悲伤。他小心地爬下银杏树，慢慢走出树林，不知不觉，泪水模糊了他的双眼。

接下来的一周，每天早上交班，科主任和护士长都郑重警告，严禁学生上抗击非典前线，每位带教老师都必须严格落实。遇到非典病人，老师先上，学生必须远离。多么温暖无私的禁令啊，季石站在最后一排，悔恨自己还是一名学生，不是队伍当中的一员，不能和他们并肩作战，眼前这些白衣白帽的人是多么可爱，多么让人敬仰啊。将来他一定要和他们一样，在救死扶伤的时候，舍生忘死，哪里需要就到哪里去，永远冲在第一线。

每天晚上，季石都会到树林里去，用望远镜了解韦溱的生活状况。第五天晚上似乎出现了什么异常情况，一楼的病房是暗的，而二楼的所有病房都亮着灯，两到三个房间里才发现一个人，显然里面当中的某个人发生了感染，会是谁呢？他们还是从头到脚全副武装，真的是好难辨认啊。季石来来回回看了一遍又一遍，还是无法确定出哪个是韦溱，连续两个晚上都是如此，他好想对着每扇窗户高声呼喊，但他深知那是不可能的，一旦被发现，肯定会被强行带离。

一直到第八天晚上，季石才又发现了韦溱。她在两个房间里不停地来回奔跑着，可是他却高兴不起来，相反他感到了无限的悲哀和极度的难过，他的心提到了嗓子眼儿。他一动不动，从不间断地举着望远镜，手臂酸麻得不停地颤抖。场景和第一天晚上一样，只是少了一个人，围在病床旁的只有五个人，季石仔细分辨对比，才发现缺少的是人高马大的那个，他不就是呼吸科的肖老师吗？他才四十岁，一个可爱的女儿才上小学三年级啊！难道他……季石不敢再往下想。

季石终于看到了肖老师，只见他僵直地躺在床上，身上插满了各种粗细不一的管子，连在管子上的各种仪器和上次一样，不停地叫唤着。安静了几个夜晚的鸟儿，又开始不停地折腾起来，尖锐凄厉的叫声不绝于耳。这一次，所有的人轮番上阵，连推注药物的护士也上去了，也不知轮了多少回，破晓的时候，那个指挥者跪了下来，其他人也跟着跪在床旁，病房里传出悲痛欲绝的哭声。季石突然一阵眩晕，手臂也麻木了，望远镜掉落在地上，他跳下银杏树，抱着树干，失声痛哭——为那个给自己上过理论课，实习时手把手带自己行胸腔穿刺术，上课幽默风趣，经常博得满堂喝彩的肖老师；为已经在南方肆虐了数月，又迅速向北方蔓延的 SARS 病毒；为那些冲在前线与恶魔浴血奋战，把生死置之度外的医生护士们！

季石一脸憔悴，摇摇晃晃走回学校，在图书馆门口遇见了何松。

"季石，你怎么了，怎么这么早在这里？昨晚上夜班了？不对啊，这会儿还没到下班时间呢。"

走近了才发现他目光呆滞，两只眼睛又红又肿，似乎还闪着泪花。何松吓了一跳，五年来，可从未见过他像现在这样失魂落魄，他一向积极勇敢，开朗乐观，从未见过他流泪，今天这是怎么了？他急忙走上前搀扶着他的手臂，焦急地追问道："季石兄，到底出什么事了？"

季石没有回答，只顾朝前走。到了一张长条木凳时，何松扶着季石坐了下来。许久，季石才转过脸来看着何松，他想起来，自己答应他的事情，明天已经是最后期限了，他平静地说道："何松，明天我就跟系主任说，我要放弃保研资格。"

"季石兄，我们现在不谈这个好吗？你能不能告诉我究竟发生了什么事情？"

"好吧，呼吸内科的肖老师牺牲了。"

何松想起来，那天他看见韦溱的时候，前面是有一个身材魁梧的人冲进抢救室，只是他全身上下套着防护装，看不清面孔，原来他就是呼吸科的肖老师啊！

"怎么可能呢？肖老师那么强壮，踢一下午足球都不用休息的人，怎么一下子就被 SARS 病毒击垮了呢？这种病毒怎么就专门挑青壮年下手呢？"何松自言自语着，一声悲叹之后开始肃立默哀。

忽然他惊呼了起来："韦溱呢，韦溱怎样了？"

季石睁大双眼盯着他："是啊，我真的好担心她呀。天哪，一定不会有下一个了。"

第二十一章　假如明天我还能活着出去

那天晚上，当所有仪器都安静下来的时候，病人的双眼还是睁得大大的，他是多么的不舍，多么的不甘啊！肖老师轻轻帮他合上眼睛，没能挽回年轻的生命，感到非常的怜惜和遗憾。实习一年了，韦溱也经历了不少死亡，却都没有这一次惊心动魄，那些死亡只是个体的，是偶然的，而这一次，却是大暴发的，是大范围流行的，病毒是弥漫在空气中的，在人类赖以生存的空气中，可怕的病毒四处横行。韦溱第一次感受到，在灾难面前，人类是多么的渺小，生命是多么的脆弱！

谁能想到，五天之后，肖老师也被感染了，不到三天时间，就撇下年轻的妻子和幼小的孩子，永远告别了人世。SARS 病毒太可怕了，也不知会流行到什么时候。多少回了，都是眼看着别人死亡，外伤血肉模糊的，自身病入膏肓的，多少次，自己神情紧张地跟在老师身后，竭尽全力地挽救生命，死亡就像一条乌蛇一样，在病房里四处游走。它的尾巴扫到谁，谁就跟着它走了，但它似乎从不接近穿白大褂的人。在韦溱眼里，自己与死神的距离遥不可及。

而这一次，那条乌蛇已经从病房里游了出去，它就游在空气中，上蹿下跳，摇头摆尾，它游过马路，游进商场，游上火车，哪里人多它流向哪里，它的尾巴东扫西扫，扫到谁都是一场灾难。韦溱从未像现在如此强烈地感受到，死亡近在咫尺，自己无时无刻不受到死亡的威胁！

肖老师的遗体需要特殊处理，而且要尽快。经过严格消毒密封后，由几位穿着紧密防护装的工作人员，抬上一部密封的车，驰向火葬场，立刻火化，没有告别仪式，没有葬礼，没有一位亲人参加。只有一缕孤独的青烟，从火化炉的烟囱里飘了出来，徐徐上升，消散在天际，天空中隐隐传来深沉的回声——不要悲伤，不要难过，灾难很快就会过去的……

一周后的一天早上，韦溱刚醒来，眼皮就像被海浪抛上沙滩的小鱼一样，焦虑地跳个不停，止都止不住。她闭上双眼，用湿冷的毛巾敷在脸上，仍然无济于事。她急忙吞了吞口水，喉咙不痒不痛，故意干咳一声，胸部也不痛，测了一下体温，也正常。她来到走廊上，呼吸了一会儿新鲜空气，眺望着远方，鸟儿们在枝头上飞来飞去，不安地鸣叫着，她的眼皮和这些小鸟一样不停地颤抖着。

她走回室内，想起远在天边的爷爷，一股不祥的预感涌上心头。她想起来，已经整整两个月没写信回家了，也有一个多月没有爷爷的消息了。如今，她有多少话儿要对爷爷倾诉啊，但又能如何呢？信，写了，却邮寄不出去。前天写了一封，最后把它撕碎了；昨天又写了一封，还是把它焚毁了。想起爷爷，她的鼻子酸酸的，她想把去科学院深造的事告诉爷爷，可什么时候才能出去啊，过了今天都不知道明天还能不能活在世上。唉，人生啊，命运并不在自己手中。她坐下来开始写信，决定不再撕碎，如果能活着出去，就按时邮寄，如果……就让它成为遗书吧。

即使在天涯海角，亲人之间都会有心灵感应的，以一些令人难以置信、极其不可思议的方式。同一天上午，同样的事情发生在韦老爷子身上。像一条被刨出土壤的小蚯蚓一样，弯曲伸直，伸直又弯曲，他的眼皮也是发了疯似的上蹿下跳。已经有近三个月没有韦溱的信了，自从暴发了SARS疫情，每天早中晚三个时段，他都会准时收听新闻广播，捕捉和疫情有关的所有信息。他知道未能收到韦溱的信件，一定和SARS有关，邮路不畅，特别是奋战在一线的医护人员，他们能有空闲写信吗？就是写了也无法寄出去呀。不知为什么，他一点儿不担心韦溱的个人安危，上天已经无情地收走了老伴儿，夺走了年轻的儿子儿媳，苍天有眼，韦溱一定会平平安安的！他这把老骨头马上也要走了，他要化作天边的一片云，时时护佑着韦溱。韦老爷子十六岁入伍，跟随大部队南征北战，在硝烟弥漫、火光冲天的战场上，九死一生，早已将生死置之度外，只是国家和平发展了几十年，就遇上这样的灾难，真是让人心痛啊。自己一把年纪，死而无憾，只求国泰民安，天下太平。

他提笔想给韦溱写信，却不能像往日那样顺畅，眼皮一跳，双手就跟着抖个不停，抖动的弧度越来越大，频率也愈来愈高，写了大半天，只艰难地完成了八个歪歪扭扭的字。他颤抖着双手，拉成丝的胶水来回晃荡着，老半天终于粘好了信封。他气喘吁吁，眼皮跳得更剧烈了，连双腿也开始颤动不止，他跌跌撞撞摸向就在旁边的床铺，已然无法弓身脱鞋，他借助双脚不停地颤动，把鞋子抖落，躺了下来。令人费解的是躺下后，他的眼皮和四肢也安静了，不再乱跳乱颤了，呼吸也平稳了许多。

他深吸了一口气，静静地躺着。阳光透过百叶窗照了进来，在木板墙上投下斑驳的线条。就算是人生的最后一刻，时光的脚步也不会缓慢下来，它依然匆匆向前，不管人间发生了什么重大事情，它都不闻不问，只知道一味地往前走，可是前方究竟有什么在等它呢？没有，只是一个又一个明确又渺茫的前方。

韦老爷子望着天花板，眼前浮现出年轻时在战场上拼命厮杀的情景，想起而立之年和韦溱祖母的初恋，那么幸福，那么快乐，天边传来他们母子俩爽朗的笑声，儿媳临终时咯出的鲜血，在天空中开成一朵朵鲜艳的梅花，韦溱在山坡上采了一束鲜花，一边高声呼唤着爷爷，一边快速奔跑着——阳光在墙上投下的线条渐渐变细，最后彻底消失，房间一下子暗了下来，正午时分，山坡上的阳光像一束束蚕丝垂直照耀着树林，反射着银色的光辉。那一刻，韦老爷子寿终正寝了。

为了防止悲剧再次发生，五个人已经彻底分散开，二楼全部封闭，每人住一层。韦溱年龄最小，又是学生，就被分在了最安全的顶楼，她不愿上去。年纪最大的吴教授好说歹说，只差没有躬身把她背上去了，最后他严肃地说："这是命令，你必须服从！"韦溱才流着眼泪上去，吴教授把最危险的一楼留给了自己。大家互道珍重，彼此祈祷祝福，含着泪水走进自己的楼层。

和往年一样，蓝天依然是白云朵朵，成群的鸟儿在空中盘旋，阳光温暖又刺眼，偶尔一架飞机从高高的云层里爬了出来，像一只老鹰一样又躲进了云朵深处。风吹过，茂盛的树叶齐刷刷站了起来，露出乳白色的阴面，风跑远了，这些叶子又齐刷刷停了下来，碧绿碧绿的，它们都不会忘记要唱出哗哗的歌。世界如此美好，人的内心却是如此阴郁！

韦溱站在走廊上，双肘支在护栏上，思绪万千，死神就在身边，像影子一样跟随，白天在阳光中，晚上在灯光里，黑暗中，它就化作一缕空气。虽然对死亡毫无畏惧，可自己年纪轻轻，还有两个月就大学毕业了，还没有走上工作岗位呢，难道就这样不明不白地和世界永别吗？可是这个恶魔随时会夺走自己的生命啊，谁能甘心啊！

她狠狠掐了一下自己的手臂，感到一阵火辣辣的疼痛，强迫自己不要胡思乱想，自己现在就是一叶在黑暗中迷失的孤舟，相信很快就会出现黎明的曙光。她走进办公室，里面空荡荡的，柜子里放着各种颜色的纸张，她随手拿起一沓白底红线的病程记录纸，掏出钢笔一笔一画写起了楷书。她写了"平"，写了"安"，写了"健"，写了"康"，最后她想写"爷爷"，可只写了一半，泪珠就不停地落在纸上，模糊了字迹。她双手捂着嘴，任凭泪水沿着悲伤的河流个不停。

天黑的时候，她又想起老教授的话："要战胜恶魔，我们唯一能做的，就是早休息，多喝水，保持积极乐观的心态，用增强的自身免疫力去抵抗病毒。"吃完晚饭，她打了一盆滚烫的热水，一边足浴，一边看旧报纸，八点半准时上床。躺进被窝的那一刻，她不禁小声笑了起来，这日子过得也太舒坦、太惬意了，多少年了，第一次这么早，天刚黑不久就可以躺在床上，这样的幸福生活，还能再享受多久啊，明天开始，她要做三百六十五只千纸鹤，送给他，那个近在咫尺却远在天边的人，她是多么爱慕他呀，从高中开始，整整八年了，深藏心底，从未表白，期待一个神圣的时刻……她要把对他的爱和祝福，都折进展翅飞翔的千纸鹤中。

翌日清晨，在鸟儿的叽叽喳喳声中醒来，她摸了摸额头，又试了试脉搏，确信自己和往年的今天一样，是健康的，是快乐的，她喜上眉梢。她坐在床旁，用五彩缤纷的医用纸张，裁剪成整齐划一的纸片，每张用工整的楷体写一个字，一年三百六十五日，每天都在远方默默地为他祈祷，每天都有一个崭新温暖的祝福。傍晚的时候，纸鹤已经住满了一个粉色袋子，韦溱突然停了下来，她看着活灵活现的纸鹤，长叹了一声，身不由己地在病历纸上写了一首诗——

假如，明天我还能活着出去

假如，明天我还能活着出去
我要在山坡上支一顶帐篷
告诉星星，今夜我不关心人类
只思念亲人

假如，明天我还能活着出去
我要深情地拥抱心上人
给他一个热切的吻
大声告诉他，我爱你

假如，明天我还能活着出去
我依然向往早春第一枝绽放的油菜花
她孤独地盛开着，在寒风中战栗
她是勇敢的探路者

在她尸骨埋葬的地方
早已是一片金色的海洋……

韦溱写完，小声地朗读着，来回读了好几遍，最后一遍，当读到"在她尸骨埋葬的地方"，泪水扑簌簌地落下来。她突然想起还没报告体温状况呢，每天都是早七时、晚七时准时电话汇报。可是今天她不想再打电话了，电话里声音刻板压抑，死气沉沉，似乎是大家躲着死神悄悄互道平安，不，不，今天她一定要用一种崭新的方式，一种生动活泼、乐观向上、振奋人心的方式，给大家一个平安健康的喜报。

七时整，她来到走廊，把头探出栏杆，手掌圈成喇叭，对着楼下大声呼喊："今天我没有发热，今天我没有发热！"出乎她的意料，她的喊声像夜空中的彩色信号弹一样，大家都把头探出栏杆，异口同声地喊道："今天我也没有发热，今天我也没有发热！"多么激动人心啊，多么温暖啊，大家彼此问候祝福，连日来的阴郁瞬间烟消云散。

老教授背倚栏杆，仰望着楼上，他眼里闪着泪花，向大家宣布好消息：北京疫情统计首次出现三个零——新收治直接确诊病例为零，疑似转确诊病例为零，死亡人数也是零。四十多年的行医生涯告诉他，疫情很快就会结束，有史以来暴发的几次传染病大流行，就像人类捅了马蜂窝一样，怒不可遏的马蜂倾巢出动，实施疯狂的报复之后，它们也会见好就收，如此而已。

教授的预言得到了应验，在接下来的两周里，本市没有发现新的疫情，大多数病人也都康复出院了。医院也决定解除对传染病大楼的隔离。

三天后的上午八时整，准时解除隔离，工作人员收起了形形色色的警戒标志，各个通道畅通无阻。医院给他们放了七天假。五个人的队伍，列成一面三角旗帜，老教授排在最前面，他们缓缓走出树林，到了岔道口，他们互道珍重，相拥而别。老教授紧紧握着韦溧的手，不停地鼓舞赞扬她。韦溧眼含泪水，不断地点头道谢。

她目送他们远去，自己最后一个离开。她提着一个粉色袋子，朝另一个方向走去，往前走两里地是学校西门，那里有一家花店。

在传染病大楼里，与世隔绝了近一个月，成日提心吊胆，睁眼闭眼处处是阴霾，差点儿乌丝变白发。阳光照在树叶上熠熠生辉，脚踩大地，双足踏踏实实走在路面上，她感受到自己真真切切活在世上。草地上一群叽叽喳喳的灰雀东张西望着，快到跟前的时候，韦溧停了下来，看着它们欢快地觅食，她轻柔地做了一个招呼的手势，灰雀们不约而同地飞向树梢，在细细的枝头上来回摇荡着。马路上的喇叭声渐渐多了起来，也不像从前那么刺耳了，倒觉得很亲切，远处隐隐传来充满激情的欢快的歌声，公园里老人们专注着蹒跚学步的幼儿，数叶扁舟漂浮在湖面上……像春回大地一样，世界又充满了生机，韦溱不禁感叹，活着真好。

她在花店里挑了一个玻璃葫芦，匆忙赶回宿舍。她把多彩的纸鹤小心倒了出来，又重新数了一遍，不多不少，正好三百六十五只。韦溱把纸鹤逐个小心放进葫芦里，装到一半的时候，她犹豫了起来，是不是把那首诗也埋进纸鹤里呢？她把写有诗句的纸折成等边三角形，再对折成一个小的直角三角形，放进去又掏出来，掏出来又埋进去，他会倒出来仔细看吗？每个纸鹤都写了一个楷体字，字朝外，都在翅膀和鹤身连接的地方，在纸鹤的内面，也就是纸鹤的腹腔中，是一个相对应的数字，从一到三百六十五，如果连起来，正好是一篇满溢真情和祝福的文章，他一定会倒出来仔细看的，一定会的，他一定也会读到那首在绝境中寻找希望的诗。最后她把葫芦锁进了柜子，想等离别的时候再送给他。

明天是周日，季石应该可以休息，他在另外一家附属医院实习，距离学校大约三公里远，他平日里都是骑单车，风雪无阻。韦溱想等到晚上再去找他，给他一个惊喜，大概没有人知道她已经解除隔离了吧。她躺在床上又起来，起来又躺下，连日来的过度睡眠，让她看见床铺都想抗拒，她索性下床在宿舍里来回走着，踱又踱，茶饭不思，一副心神不定的样子，最后她决定立刻步行去找他。

韦溱对每样事物都充满了新鲜好奇，也深深热爱着这个世界，不停地告诫自己要倍加珍惜生命，珍惜所有的生命——包括一片叶子，一丛嫩芽，一颗蓓蕾，一朵鲜花，都不要随意采摘；一只蚂蚁，一只甲虫，一条小鱼，都不能随意践踏伤害；一张小纸片，一截铅笔头，不能随意丢弃；一汪清水，不能随便污染……她哼着轻盈明快的曲子，有时慢行，有时小跑，几只黄腹雀落在她前方的树枝上，她快到树下时，它们又往前飞了一段，停在另一棵梧桐树上，这样来回和她玩着追逐游戏。这些排列整齐的行道树，树干粗大，得两个人环抱，树干上伤痕累累，老的树皮不断脱落，新的树皮不断生长，多年前被狂风折断树枝的地方留下了一个个深深的伤口，伤口上也是不停地新陈代谢着，形成一个个突出树干的蘑菇。到医院门口的时候，韦溱才想起季石不知是在哪个科室轮转，她仔细回忆推算着，最后确定他应该在儿科楼。

她径直朝儿科楼走去，从一楼大厅开始，慢慢逛了起来。和成人科室的肃穆庄严不同，儿科楼的楼道墙上，在一些醒目的地方，贴了许多可爱的卡通画，这样小朋友们进来时，仿佛置身于美妙的动画世界里，再看见上下一身白的医护人员，就不会感到那么紧张恐怖了。

韦溱一边欣赏着墙上的画，一边阅读着那些专门写给家长的宣教语，那些生动活泼的语言，真是妙趣横生。

"韦溱——你出来了？"

季石在楼梯拐弯处发现了韦溱，惊呼了一声。

"季石，我上午八点整重获自由喽！"

韦溱心花怒放。

"真是让人担心死了，你知道吗？我每天晚上——"

季石想说他每天夜里爬上高高的树枝，用望远镜观察传染病大楼的动静，突然又觉得不妥，只好作罢，就让它成为永远的秘密吧。于是他急忙改口说道："韦溱，祝贺你，跨过鬼门关，而且你已经以总分第一名的成绩被科学院录取了，好人一生平安，将来你在你的专业领域一定会有所建树的。"

韦溱上下打量着季石，发现他面无血色，又消瘦又憔悴，心里掠过阵阵担忧，问道："季石，这段时间一定很辛苦吧，整个人都瘦了一圈，刚才你说每天晚上怎么了？是不是担心我再也出不来了？"

季石不敢也不能更不想说，肖老师牺牲后，自己是如何度过来的。韦溱啊韦溱，你不在时，一切是你。如今她就活生生地站在自己面前，他强忍着泪水，多么想把她拥入怀里，痛痛快快大哭一场，但是他没有，而是笑着说："还好，可能是昨晚熬夜的缘故吧，老师们昨晚通宵达旦在抢救两个重症婴儿，我一直在旁边学习，那场面真是惊心动魄，交完班老师让我早点儿回去休息。"

韦溱本来想和他一起步行回去，看他一副几乎要累垮的样子，她立刻改变了主意，提议坐公交车回去，正好顺路去吃日思夜想的辣椒牛肉面。季石一听，早已垂涎三尺，韦溱被隔离后，他就没有正儿八经地吃一餐饭，没有睡过一回踏实安稳的觉了。他们相视一笑，手拉着手走出大门。

在车上，季石刚坐下来，眼皮就像有千斤重一样，身不由己地一直要垂下去，很快就靠在椅背上睡着了。韦溱端详着他，长长的头发有些凌乱，英俊的脸庞写满了疲劳，均匀的呼吸像母亲怀里刚刚入睡的婴儿——他真的是太累了，他一定为我操碎了心。一股凉风吹来，韦溱轻轻关上了车窗。好好睡吧，我可爱的人儿！时间像沙漏一样不停地流走，很快他们就到站了。韦溱不忍心唤醒他，而是让他继续安静地睡着。过了一站又一站，几乎绕了半个城市，到终点站的时候，车上只剩下他们俩。韦溱急忙向司机解释求情，他已经很长时间没有好好睡一觉了，就让他再睡一会儿吧，等时间到了，他们就继续乘车回去。

到学校东门时，季石终于醒了，他一头雾水：怎么方向是反的？韦溱只是看着他笑，下车后才告诉他，他们已经乘了两个多小时的公交车了，季石才恍然大悟。连日来他整夜整夜失眠，用尽了各种办法，甚至强迫自己"心如止水"，可依然还是辗转反侧，此刻韦溱就在身边，他的睡意也回归了。

他们点了两海碗面，油爆成黑色的辣椒撒在煮熟的牛肉里，老板打了一勺牛肉，拌在白花花的面条里，带着焦辣的汤汁，香喷喷，美味极了。他们慢慢吃着，太辣了，他们看着对方吃得一把鼻涕一把汗水，不觉轻轻笑出了声，多么幸福啊！

为了让季石继续回宿舍休息，韦溱借口说要去图书馆，两个人相约明天去南湖游玩。分别后韦溱没有去图书馆，而是朝着相反方向的北门走去，北门对面有一家大药房，是生物系一位退休教授开的，有时他自己边解说边售卖，有时是一位中年女药师。韦溱进去后发现只有女药师在，一颗紧张的心顿时平静了下来，她挑了一盒避孕套，红着脸低着头放在柜台上。女药师快速打量着她，小声问道："医科大学的，几年级了？"

附近除了医科大学，还有师范大学、工程大学、理工大学，后面三所是省属高校，只有医科大学是部属高校，大概是离医科大学最近吧，女药师才如此询问。韦溱没有回答，而是报以腼腆友善的一笑。支付完她把避孕套放进背包里，转身走了出去。

宿舍空无一人，姐妹们都去外省实习了，还有一周才会回来。她伫立窗前，不知为什么，一颗心七上八下，难以名状。眼前老是晃着爷爷的影子，她想起隔离时给爷爷写的信，便匆匆下楼去收发室，把信投进邮筒，然后在所属班级的邮柜里仔细翻找着，没有，一封都没有，她担心会不会是邮递员投错了柜子，就每个柜子都仔细翻看了一遍，还是没有！难道爷爷……不祥之兆涌上心头，她不敢再往下想，半个下午都在校园里踽踽独行。

黄昏时分，她来到校园西侧的山坡上，一个人坐在冰凉的石凳上，遥望着南方，潸然泪下。昏黄的月亮一动不动，像一块被露水沾湿的手帕，挂在天边，几颗孤单的星星，暗淡无光，散落在天际，似乎在默默地哭泣……

她很迟才上床，可仍然辗转难眠，思绪万千，四更时分，迷迷糊糊中依稀听见乌鸦的鸣叫——梦里，她骑着牛儿，牛背上驮着两大箱书，她不停地挥手，几乎要挥断手臂。爷爷站在村口的那棵梅树下，拄着拐杖目送着她，他越来越小，最后小成了一滴浓浓的墨。牛儿缓缓地拐了一个大大的弯儿，爷爷彻底消失在视线里。韦溱泪眼婆娑 东方微露鱼肚白的时候，她就醒了，梦境依然清晰。她的眼圈有些红肿，她努力让自己快乐一些，在镜子前挤出一丝勉强的笑容。一会儿就要和季石去南湖，风和日丽的天气里，怎么舍得把感伤暴露给心上人？想到此，她破涕为笑，开心一点儿，开心一点儿，再开心一点儿，爷爷不是经常教导自己要乐观向上吗？

韦溱备了一些水果和点心，顺便带上杰克·伦敦的《热爱生命》，出门时她仿佛想起了什么，又折回去打开柜子，把昨天买的避孕套藏进口袋里。韦溱走到图书馆门口时，季石已经在那里等她了。他接过沉沉的袋子，俩人手牵着手，边说边笑，开心地向南门公交车站走去。

"季石，我都听说了，你放弃保研资格，那毕业之后是要直接去医院上班吗？"

季石没有把何松的事告诉她，也不想告诉她，就让它成为他与何松之间的秘密吧。他停下来望着韦溱，沉思了一会儿，说："韦溱，我不想马上去工作，我想去流浪一年，体验一把流浪的生活。"

韦溱吃惊地看着他，问道："是真的吗？"

季石盯着她的双眼，坚定地点了点头。两个人一阵沉默，手拉着手往前走。季石突然开口说道："韦溱，一会儿我再告诉你。"韦溱看着他，笑着点了点头。公交车来了。韦溱有时会晕车，坐在靠窗的位置，季石在她旁边坐下。车内大多是老年人，他们从市区乘车去郊区买菜，时间长了可以省下一笔可观的钱。到了农贸批发市场，大叔大婶们一窝蜂全下车了。离湿地公园还有三站远呢，车上就只剩季石和韦溱两名乘客了。

因为不是周末，又在远郊，公园成了鸟类的天堂，各种奇异的鸟鸣此起彼伏，不绝于耳，有些体形庞大的鸟发出的声音，如果是在夜间，真的会让人毛骨悚然。他们走了老半天也没遇上一个人影。到了一处岔道口，左边是森林，醒目地标示着：毒蛇出没，游客止步。他们向右边走去，那里是一眼望不到边的湿地，湖泊就在湿地的西南角。

他们坐在湖边树荫下的石凳上，长长的柳枝垂进了湖水，微风拂过，婀娜多姿，一行白鹭从芦苇荡里飞上天空，慢悠悠地在空中划了一道弧线，落进岸边的水草深处。

"韦溱，继续深造的事，等工作几年以后再说吧。我妈妈体弱多病，爸爸年纪也大了，经常过度操劳，还得供三个弟弟妹妹上学，负担太重了。我流浪一年后就直接去医院上班，将来就走一步看一步了。"

"季石，我理解你，你的生活太艰难了。不管走到哪里，是金子总会闪光的。"

韦溱倚在季石胸前，望着平静的湖面。季石凝视着韦溱小鸟依人的样子，心跳一阵阵加速。韦溱也感受到了他强有力的脉搏，她的脸一阵阵绯红。她重新端正地坐起来，和季石肩并着肩，她触到季石手掌的温热，感伤地说：

"还有半个月，我们就要毕业了，我想回家陪爷爷一个月，然后回来继续勤工俭学，一直到开学。你是要直接出去呢，还是要先回家看看？"

季石看着轻拂水面的柳枝，沉吟片刻，叹了一声说："如果我回家了，我就无法再出来了。当着爸爸妈妈的面，我没法说出口啊，只要他们说一个不字，我就再也没有勇气了。"

"季石，你的内心真的很苦，很多时候，一个人没法仅仅为自己活着。这么多年了，我和爷爷相依为命，如今也不知他老人家怎么样了，我都快三个月没收到消息了，他远在天边，我真的好担心啊。"

她强忍着不让泪水流下来，季石侧过头去深情地望着她，安慰她道："韦溱，不要难过，所有的风雨都会过去的，为什么只想风雨，不想彩虹呢？"

"毕业后，不知何时才能相见，我的理想注定我的将来不会有婚姻——但是我深深爱着一个人，八年了，从上高中开始，第一眼看见他，他就深深地刻进我的脑海里，在我即将中断学业的时候，居然在深山老林里又神奇地遇见了他。天哪，这不是老天的刻意安排又是什么？季石，你说呢？"

"韦溱，我也是，当我在姊妹山用望远镜看见你的时候，我简直都不敢相信。"

他们互相牵着的手，五指交叉弯曲着，韦溱又倚在季石胸前，含情脉脉地看着他，脑海里掠过她在隔离期写的那首诗——在她尸骨埋葬的地方，早已是一片金色的海洋。

八年了，从未像今天如此的亲密。韦溱站起来，向前迈出几步，在一丛齐腰深的绿油油的水草前停下，对着天空大声喊道："我——爱——你——"

季石也站起来，手掌圈成喇叭状，仰望苍穹高呼道："韦溱——我——爱你——"

他高声喊着，边向前走去，韦溱转身和他紧紧地拥抱在一起。遥远的天际，隐隐传来细密的回声：我——爱——你——

蓝天下，湖岸边，柳荫里，他们疯狂地吻着。一人的身体酥软酥软的，像被抽走了骨架一般，情不自禁地倒在草地上。一人全身的血液，像一锅滚烫的开水，哗啦啦不停地冒着白花花的水泡，也顺势倒了下去。风不停地轻轻地吹着，细长的柳枝来回拂拭着水面，几只受惊的白色水鸟匆忙飞上天空。

韦溱呼吸急促，高高隆起的胸脯上下起伏，她急忙从口袋里摸出避孕套递给季石，他紧张又慌乱，浑然不觉，韦溱只好提醒他。看见她递到面前的避孕套，他如梦初醒，一下子坐在草地上，狠狠地扇了自己两个耳光，满含愧疚地说："韦溱，对不起，我是浑蛋！"

"季石，怎么了？你不用内疚自责，我们马上就大学毕业了，都已经是成年人，完全能为自己的行为负责，而且我们是真心相爱，整整八年了，我问心无愧。过去，现在，我只爱一个人，将来，我也不会爱上第二个人，两个相爱的人未必就要像世俗那样，要走进婚姻，要长相守，海角天涯，只要两颗心相知相思相爱，足矣！其余的我不奢求。"

"韦溱，我理解你的看法，我不像你胸怀远大志向，我很快就会成为一名医生，一名普普通通、平平凡凡的医务工作者，我不能一时冲动伤害了你，世事难料，将来如何，谁能知晓，现在你必须要保留一个完美的女儿身。"

"季石——"

韦溱哭泣着坐在他身边，季石也泪如雨下，他们再次紧紧地拥抱在一起，热切地吻着，温热的泪水流过彼此的脸颊，季石忽然松开韦溱，把她推向一边，认真地说："韦溱，我们还是理智一些吧。"他怕她误会难过，望着她的脸又说道，"有一次下着瓢泼大雨，你在姊妹山的山洞里拼命地呼喊我，还记得吗？"

韦溱破涕为笑，她挽着季石的手臂，用撒娇的口吻说："当然记得了，那时任我怎么大声叫，你也没反应，只顾往前走，雨太大了。"

"是的，雨太大了，白茫茫一片，不要说听见了，连看也看不见。"

"在深山老林的山洞里第一次和男生拥抱，我并没有恐慌，而是感到了温暖，因为从认识你开始，我就感觉你是一个顶天立地的男子汉，一定不会有冲动的行为。"

"韦溱，你太相信我了，我也有变成魔鬼的时候。"

"魔鬼？哈哈哈——"

他们边说笑着边走出柳树林子。季石提议玩诗词接龙游戏，韦溱抿着嘴仰头望着他："好呀，我才不怕你呢。"

"那我先来喽，我说出上句，你就要说出下一句，准备好喽——搴帷拜母河梁去。"刚说完上句，季石就后悔了，太沉重了，应该来点儿轻快的。

韦溱不假思索说出了下一句——白发愁看泪眼枯。果然她也感到了深深的忧愁。"季石，是不是换成明快一些的？我怕接不下去。"

"好吧，听好喽——远芳侵古道。"

"太容易了——晴翠接荒城。"

韦溱突然跨出一大步，站在季石面前说道："说好了要明快些的，不行，得我先说上句，请听题——死生契阔，与子成说。"

韦溱也纳闷，怎么就脱口而出了这么一句。

季石一听，面朝韦溱哈哈大笑，边倒退着跑开去。

"韦溱，不要再接啦，再接下去，就——何以解忧？唯有杜康了。"季石故意加快脚步，躲在一棵树干后面，悄悄看着韦溱。她刚眨了一下眼睛，季石就在眼前消失了，她着急地大声喊了起来："等等我，等等我，你不要跑那么快嘛，我已经跟不上啦，你这没良心的。"

季石突然从树干背后冒了出来，大声笑着说："小声点儿，再这么大声叫唤，这些树都会被你吓死啦。"

"连你一起吓死好啦。"

两只红尾伯劳厉声鸣叫着，从这棵树飞到另一棵树，它们在大声抗议领地的入侵者——这对年轻的恋人。

第二十二章　离别

怕什么来什么，谁也阻挡不住，来就来吧。毕业季就这么来了，大家难舍难分，终究是要面对。第 X 条校规废除后，校园里平静了许多，没有人再往窗外抛物了。宿管大叔阿姨们睁着好奇的眼睛，希望壮观的景象能如期到来，但他们盼到离校期限的最后一天，也没有发生。他们有些失望，这下得自己动手收拾喽。像春天播种秋天收割一样，校园里一片繁忙，高高的梧桐树下，同学们或蹲，或坐，或站，或弯着腰，你帮我，我帮你，专心打包托运行李，有的直接寄回家，有的寄到新的工作单位，忙得热火朝天，大汗淋漓。热风吹拂，宽大的梧桐叶子齐刷刷来回摇摆着，发出哗啦啦的响声。

像往年那样泄愤的现象少了，校园里弥漫着离别感伤的气氛。有人坐在女生楼下的草地上彻夜弹着吉他，那满是忧伤的旋律飘荡在每个角落，多情的女生在窗前不停地用手帕拭去泪水。图书馆前的树荫下，同学们围坐在一起促膝长谈，一边堆着高高的啤酒瓶，咏唱着离别的歌词和诗句。无法走到一起的恋人，最后深情而理智地拥抱。

季石和韦溱是班长，等同学们都走了，他们才最后离开母校。酷暑已经来临，天气炎热。那天天气晴朗，去火车站时，他们没有打车，也没有乘坐线路最近的公交车，而是选择了绕过大半座城市的远程公交车。千言万语，不知从何说起，只有泪两行，默默地流淌。韦溱倚在季石的肩膀上，泪水打湿了他的衬衫。想要快一点儿，偏偏度日如年，想要慢一些，偏偏时光匆匆。再远再慢的列车也有到站的时候。

"已经是终点站火车站了，你们可以下车了。"

司机一连提醒了三次，他们才反应过来。

"对不起，我们居然忘了下车了，让您费心了。"

都是中午十二时的火车票，两个人都是往南，却是两趟不同的列车。以前都是俩人一起上学，放假了乘同一趟列车回家，这一次却不是了，这一生也许再也没有机会乘同一趟车了。还有十分钟就要检票了，韦溱从背包里拿出玻璃葫芦，郑重地交给季石，意味深长地说："季石，这是我在隔离期间折的千纸鹤，每只都有一个美好的祝福，虽然死亡不足畏惧，我还是很担心再也见不到你和爷爷了，我就写了一首诗，也埋进里面了，今天我把它赠送给你。"

季石小心地接过葫芦，双手捧着，透过玻璃看见栩栩如生的彩色纸鹤，他的鼻子酸酸的，泪珠在眼窝里打转，他哽咽着说："韦溱，谢谢你，多珍重，我无以相赠，只有一支我最喜爱的钢笔，希望能留在你的书桌上，乡愁袭来的时候，可以用它排遣心中的苦楚。"韦溱含泪接过钢笔，又深情地嘱咐了一遍："记得 QQ 联系，QQ 号永远不会改变，也可以给我写信啊。"

时间到了，在同一站台，韦溱上了一列橙红色的火车，季石上了另外一列绿色的火车，汽笛长鸣，火车徐徐开动。季石坐在窗前不断寻找着韦溱，韦溱在另一列车上不停地向他挥手。火车驶出了站台，不断提速，橙红色的火车明显快多了，不到两分钟就把绿色火车甩在了后面。两条平行的铁轨不断地向南延伸，再没有交会；命运，也像铁轨一样，背负沉重的列车，颠簸一生。

韦溱面朝窗外，泪如雨下，那不断向后消逝的景物，化作沉沉的痛楚，不停地压上她的心头，悲伤逆流成河。季石怀抱着玻璃葫芦，两眼闪着泪花，眼前所见的一切，都是韦溱……

第二十三章　爷爷的遗言

下了火车，在省城转大巴，又到县城转中巴，韦溱回到村里的时候，已经是两天半以后的傍晚了。夕阳已经落下了山坡，晚霞把大半个天空涂成赭红色。竹林里通往院子的石径上，缝隙里冒出了密密的嫩绿草芽。韦溱有些惊异，她停下脚步，仔细观察聆听，林子里静悄悄的，这时候牛儿应该归圈了吧，却没有听见它的叫唤，往日在竹林里觅食的鸡鸭，也不见了踪影。韦溱的心凉了半截，她放下行李，快步跑到房前，院子里静谧无声，门环上挂着那把熟悉的锁。

她转身跑到竹林外的小河边，在草地上发现一些未燃尽的竹篾，依稀可辨沾在上面的碎彩纸，爷爷平时使用的痰盂也在里面，一股强烈的不祥之感袭上心头。她急忙转身又跑了回去，轻轻推了一下门，挂在门环上的半圆形锁柄也跟着转了起来，原来并未上锁。她大步跨进门去，就看见客厅的墙上多了一框遗像，相框里爷爷凝视着她，露出慈祥的笑容。韦溱双腿发软，跪在了地上，望着父亲母亲和爷爷三人的遗像，泣不成声。许久，她颤颤巍巍地站了起来，跟跟跄跄地走进爷爷的房间，桌子上有一封来不及邮寄的信。她撕开封口，抽出一张方形纸片，上面左右两行竖着写了八个字——精忠报国，胸怀天下。爷爷平时写的是工整遒劲的楷体，这次却写得歪歪扭扭，韦溱的脑海里清晰地浮现出爷爷写字时体力不支、动作艰难、握笔的手颤抖不止的情形，忍不住泪如泉涌。她小心翼翼地把纸片插回信封，收进背包里，这是爷爷的遗言，也是对自己一生的激励和期望。

掌灯时分，竹林里传来牛儿不安的鸣叫，韦溱急忙跑到门口观看，借着朦胧的灯光，她看见牛儿站在十字路口，正对着院子不停地叫唤着。

"牛儿，我是韦溱啊。"

作为回应，牛儿的叫声缓和下来，变得亲切温柔，它拖着长长的尾音，呼唤着曾经牛背上的挚友："哞——哞——"

"韦溱，原来是你回来了。"

这时传来一个妇女的声音。韦溱迅速跑了出来，见是邻居南花婶，她哽咽着喊了一声"阿婶"，就一下子扑进她的怀里痛哭失声。南花婶也老泪纵横——这闺女太可怜了，从小失去父母，现在连唯一的亲人也过世了，一下子成了孤儿，还好这孩子从小懂事上进，如今也大学毕业了。想到此，她止住哭泣，在韦溱耳边轻声说道："韦溱，不要悲伤难过，爷爷是寿终正寝的。那天上午他还和我提起你呢，他说已经快三个月没你消息了，他想给你写一封信，说可能是最后一封了，我当时也没在意，以为他可能是一时糊涂。正午时，我让你阿当哥来叫他吃饭，任凭他喊破了嗓子，也没人回答，他就推门进去，发现爷爷已经躺在床上，整整齐齐、干干净净地走了。你阿当哥急急忙忙往回跑，没出远门的族人们很快就都赶来了……唉，再等两个月就能见到你了。天色不早了，我们还是先回家吃饭吧，一些重要的事明天再慢慢告诉你，好吗？"

韦溱含泪点了点头，她走向牛儿，轻抚着它的耳朵，把脸颊紧紧地贴了上去，她的泪水不停地流过牛儿的耳根。牛儿已经成年了，比先前高大了许多，也沉稳了许多，它低着头，牛角弯成弓，垂着双耳，眼睛又大又圆，闪着晶莹的泪花。

南花婶这才恍然大悟，上午她明明是赶它去东山坳的，傍晚去那里找时却没了踪影，最后它自己从北山岭冒了出来，还在南坡上不停叫唤，那里葬着韦溱的爷爷。难道它是去那里向墓主人说孙女今天回家吗？一头多么有灵性的牛啊，又是那么的情深义重。韦溱抚摸着它的脖子，缓缓并列走着，把它送回圈舍。往回走的时候，她推算着爷爷去世的日子，正是自己被隔离的时候，眼皮像误闯蜘蛛网的蝴蝶的翅膀，焦躁不安地颤动不止的那一天。

"大家担心会耽误你的学业，路途那么遥远，天气又太热，遗体不能放太久，就没有通知你。你爷爷是身经百战的英雄，一辈子行善积德，德高望重，方圆百里的人都来送终了，八百年前，我们的先辈为了逃避战火，从中原来到了这里，因此你爷爷和无数先人一样，也被安葬在北山岭的南坡上，在那里，他可以瞭望北方，遥望故乡……"

南花婶一边悲痛地说着，一边不停用手帕拭去眼角的泪水。

韦溱一夜无眠，脑海里波涛汹涌，和父亲母亲爷爷一起度过的岁月，有难以忘怀的快乐幸福，也有刻骨铭心的悲痛忧伤，像冬日的北风不停地吹，吹皱了湖面，吹白了田野，吹秃了山岗，吹下咸涩的泪珠。

次日黎明，露水正浓，韦溱就前往北山岭了，到山脚的时候，她的裤腿已经湿透了。大棵的树开着大朵的花，路边的小草开着小朵的花，都有属于它们各自的一片天空，也都有属于它们自己的春天。爷爷的墓地在南坡向阳的地方，四周是苍翠的松林，墓庭依山势而建，缓而不陡，小而不窄。鸟儿鸣叫着，在松枝间飞来飞去。坡底是一条一米见宽的山涧，是纯净的山泉水，整座村子喝的就是这里的水。坡上隐隐传来淙淙的流水声。北坡的松林静谧肃穆，和南坡遥相呼应，南北坡之间是坡度和缓的梯田，金灿灿的稻穗又长又弯，沉甸甸地垂了下来，再过一周就可以收割了。

上山的时候，韦溱采了一大束含珠带露的花，插在随身带来的陶罐里，摆放在爷爷的坟前。爷爷生前经常叮嘱她，任何时候，就是爷爷过世了，不要难过，也不要哭泣，每次她都拼命点头。可是今天，望着镶嵌在墓碑上的爷爷的照片，她难掩悲伤，双膝跪地，撕心裂肺地号啕大哭起来。

日出东山坳，朝霞染红了半边天，韦溱的泪水也哭干了，她前额着地，深深跪拜了三下，然后换了个地方，对着村子的方向，又深深跪拜了三下，感谢乡亲们朴素又伟大的恩情。这时传来南花婶悲痛欲绝的哭声，她边哭泣，边为韦溱添上一件长袖，哽咽着说："虽是夏天，山里的空气凉，加件衣服，千万不要伤了身子。"说完又大声哭了起来，韦溱再也忍不住，抱着阿婶失声痛哭。

爷爷早就感觉到自己的大限随时会到来，三个月前他就写好了遗书，放在卧室书桌的抽屉里。大大小小各类事情，都进行了精细的安排，整整列了三张清单。丧葬的费用还给乡亲们，家里还有五头牛，其中两头小牛，分别送给村里最艰难的两户……韦溱按照单子上写的，整整花了一个月的时间，才一件一件全部处理完毕。在落实的过程中，韦溱也向每家每户表示了深挚的谢意。她和南花婶说好了，她不能再打扰父老乡亲了，不要任何人来送行，她只想悄悄地离开。

那天晚上，韦溱和南花婶睡同一张床，临睡前，韦溱又把乡亲们凑的学费，连同一封写给父老乡亲的信，悄悄地放在南花婶的缝纫机上。很小的时候，自己就像是南花婶的亲闺女，爷爷经常把自己托付在她家，她给自己洗澡，煮好吃的，万般呵护，她看着自己一天天长大，直到离开家乡到远方去求学。

次日天刚破晓，韦溱就出发了。南花婶送到竹林外，韦溱执意让她停下。她双眼含泪，在冰凉的石径上深深地跪拜了三下，恋恋不舍地挥手离去。南花婶站在高高的土坎上，目送着韦溱，一直到她消失在村口。在村口那棵古老的梅花树下，韦溱又对着整座村子跪拜了三下，拭去眼角的泪花，登上清晨的第一班中巴车。此去一别，不知何时能再相见啊，哪怕漂泊到再遥远的地方，根永远在这里，自己孤零零一个人，他乡亦故乡！

第二十四章　只要热爱生命

火车到达终点站的时候，季石还怀抱着玻璃葫芦，他已经一天一夜没吃饭了。下了车，他立刻又转乘大巴去码头。等他上了轮船，天空开始电闪雷鸣，风雨大作，偌大一艘轮船竟在海面上左右晃荡。狂风一会儿向南，一会儿又向北，高举着一面面巨大的雨帘，重重地砸在水面上，又迅速被浪涛吞噬。轮船摇晃得厉害，许多人头晕呕吐，或坐，或躺，或斜靠着，都闭上眼睛，痛苦万分。

活了二十多年，季石还是第一次看见大海，当然也是第一次乘坐轮船。第一次见面，大海就像发了疯一般咆哮不止，翻腾不停。他没有晕船，就倚在墙上，透过玻璃窗望着大海的景色。

遥远的天际，一位绾着高高发髻、胡子花白的老者，挥动一下手里的拂尘，厚厚的乌云就从四面八方围拢过来，大海上顿时一片漆黑。他再一挥，一道闪电凌空炸开，所有的乌云瞬间化作无数的白色枝条，不停种向水面，刹那间，天空又明亮了起来。如此反复了几次，那位老者的手也挥累了，雨忽然就停了，西边的一缕阳光拨开厚厚的云层，慢悠悠地游向海面，快到达的时候，还不忘在空中架起一道美丽的彩虹。

彩虹开始变淡的时候，船也开始慢慢靠岸了。季石站在甲板上，贪婪地捕捉着眼前的一切。仿佛倦鸟归巢，大大小小各种不同的船只纷纷向港口靠近，海鸟在空中盘旋着，海岸上是墨色的树林，浓密的树梢托着一座雄伟的灯塔。

一串清脆的汽笛声之后，轮船停住了。季石最后一个下了船。

在一座陌生的城市休息两天后，季石准备徒步去更南端的另一座城市。

宇宙茫茫，月朗星稀，天空大地之间，是一层缥缥缈缈的雾气。高高的灯柱顶端开出巨大的乳白色、橘红色的花朵。再过两个时辰，这些朦胧、艳丽、暗香浮动的花瓣，都会随着大海上冉冉上升的一轮红日，而黯然失色。

穿过数条纵横交错的街道，走过一排排又细又高的灯柱，道路两旁的棕榈树，弯弯的叶子发出细微的呼吸声，与此起彼伏的蛙鸣一唱一和。

靠近路口，车子也渐渐多了起来，早起的鸟儿有虫吃，早跑的车子有路可走。季石的肩上是沉重的背包，还挎着一个书包，他像一尾小小的黄翅鱼，悄悄地游进南向的车流中，没有被发现。

他一直向前走，不敢往后看，生怕有人追来，强行将他驱离公路。四周一片漆黑，身后射来明亮耀眼的光束，呼的一声，又迅速远去消失，不一会儿又有一束强光射来。不知这些风驰电掣的车主，看见路边缓慢移动的季石，会不会把他当作深夜出没觅食的猛兽。强光有时从斜对面向他的脸上射来，他被刺得睁不开眼睛，当他睁开双眼，眼前又陷入更深的黑暗之中。

一个时辰后，天刚要蒙蒙亮，只是像同一种暗色颜料泼洒在大地上，路边的景物依然模糊。季石又喜又惊，喜的是终于梦想成真，独自一人在祖国最南端徒步行走。惊的是自己的躯体，万一被撞得头破血流、粉身碎骨，连同多年的梦想，在刹那间灰飞烟灭，在遥远的故乡，所有的亲朋好友无人知晓，留给父母兄弟姐妹的，将是无尽的思念和流不完的泪水。

嘭——的一声，一只白色的鸟撞在大卡车驾驶室的玻璃上，直直地向前方弹了出去，又重重地摔在滚烫得几乎冒烟的路面上，血花四溅，飘起几根孱弱的羽毛，两只带有黄斑的灰色爪子向一边张开着，试图站立，却一动不动，一只朝天注视的眼睛已经被撕裂，沾着鲜血，晶莹剔透的眼珠像一滴浓墨，滴落在路面上，闪着寒光。大卡车丝毫未损，扬长而去。季石的心一阵阵痛楚，这哪是一只鸟啊，分明是一只活泼可爱的小狗狗，分明是一只玲珑聪敏的小猴子，分明是一个虎头虎脑的小玩童！

一辆接一辆的汽车，风驰电掣，有谁会在意路面上的一只死鸟呢？幸好，它没有再被无情地碾压，没有被碾成一块肉饼、一堆肉泥、一撮肉末。季石等了好大一会儿，终于有了空隙，远处的那辆汽车像子弹一样飞来，在子弹慢慢长大，快变成炮弹的时候，季石把白鸟的尸体移到路边，用报纸包好，埋在公路旁的树林里，心里默默地为它祈祷。在这险象环生的地方，自己又怎么能跑到公路上徒走呢？自己的命运随时都会像这只白鸟一样，葬身他乡。

不行，这样太危险了，自己会成为公路上的"杀手"。于是他跨过低矮的隔栏，走上旁边弯弯曲曲的小路。道路不断向前蛇行着，爬上一座小小的山坡后就不见了。那座小山坡，看似不远，似乎只有几里路，季石快步走了三个小时，却仍无法到达。他想越过山坡后，找个能遮风挡雨的地方，好好睡上几个小时，看来不行了，只能在山坡的这一侧歇息了。道路两旁是绿油油的田野，田野的尽头是绵延起伏的群山，此处离村庄应该不远了。季石朝四周望了一会儿，却没有发现房子，可能是隐在树林深处吧。在这荒无人烟的地方就地休息吗？想想都不寒而栗。季石累得精疲力竭，他咬紧牙关，心想一定要在天黑前翻过这座小山坡，山坡的那一边一定是阡陌交通、鸡犬相闻。哪怕只有一座破败不堪的茅草房，也是他理想的栖身之处！

他实在走不动了，脚趾开始出现火辣辣疼痛的血泡。他找了一块生长着蕨类植物的平地，盘腿坐下，顿时一股清凉沁入心脾。他环顾了一下四周，原来这是一块盆地，两条平行的高速公路，劈开山脉，横穿南北。四面群山托起的天空，像一眼望不到边的画布，暮色苍茫，却精彩纷呈，东边青山隐隐，西天晚霞灿烂，中间是灰蓝和褐红交替的条纹。

黑暗像一个蹒跚学步的幼儿，一级一级迈下低平的台阶，一边轻轻地向下拉着夜幕。各种小昆虫在眼前飞舞，似乎有无数软体动物贴着地面，正风风火火地向这边爬行过来。走在被水泡得松软的田埂上，就像踩着蟒蛇的脖颈，他双腿发软，一股股寒意不断袭上心头。

弦月升上天空，在稀薄的云层里穿梭，照耀着大地。远处的山峦依稀可辨，身边的草叶反射着月亮的光辉，草尖上的露珠如星星闪烁。夜色如水，美不胜收，他却感到阵阵恐惧，仿佛大自然费尽了心机，正为他准备着一场惊心动魄的鸿门宴。

凭直觉，他已经到了那座小山坡，而且就在山坡顶上，脚下的路，仿佛一把利剑削去山峰。不远处，稀稀落落的几点灯火映入眼帘，那份仿佛从身体里长出来的恐惧感，顿时烟消云散。他百感交集，泪水不由自主地涌出眼眠，他高呼："阿爸，阿母！"望着天边的星星、飘飞的萤火虫、远处摇曳的灯火，他想起了故乡，想起了爸爸妈妈弟弟妹妹，他难以自持，泪如雨下。

天上的星星似乎也疲倦了，越来越稀，多数已经沉沉睡去，消失在夜空中。月光渐暗，夜色渐渐朦胧。天空最黑暗的时刻，从月亮的伤口，流出血红的黎明。

又有一束耀眼的光线朝他直射过来，原来是一部空载的大卡车，发出哐哐当当的响声，仿佛在一望无际的荒野上狂奔。脚边传来一阵窸窸窣窣的声音，一只啮齿动物跑过枯枝败叶，迅速遁去。他不禁打了个寒战，没有勇气继续躺在令人毛骨悚然的草丛中。他站起身，收好帐篷，继续向南走去。

天刚蒙蒙亮，车子也渐渐多了起来，一辆接一辆，各种型号的货车、大巴车、中巴车、小汽车，空的、满载的、裸露的、盖着绿色帆布的，都不鸣喇叭，呼啸而过。他拄着一根树枝，小心翼翼地走着。突然左脚一个踩空，身体失去平衡，"啊——"他惊叫了一声，脑海里沸腾着恐惧，连同背包，像一截圆木滚下了百米长的山崖，滚进了坡底一处齐腰深的灌木丛中，当场就昏厥了过去。

半小时后，他在一阵阵灼烧般的疼痛中醒来，他上下左右转了转眼珠，眼珠转动自如，再慢慢地轻轻摇了摇脖子，没有不适的感觉，最后缓缓屈了屈四肢关节，又慢慢地伸展开去，头不晕也不痛，他才缓缓地坐了起来。衬衫撕裂了许多长条口子，斑斑点点，沾满了绿色草汁、黄土、鲜血。系在颌下的宽边草帽被撕得丝丝缕缕，完全变了形状，却保护了脸和脖子。

他脱下衬衣裤子，才发现身上满布条形伤痕，有的是淤青，有的还在渗血，他轻轻转动了一下身子，浑身就火辣辣地疼。他忍着剧痛，慢慢站了起来，换上一身干净的衣裤。"哈——哈——哈——"突然他放声大笑起来，感到非常的幸福，非常的自在。"这么高的山崖滚下来，没有断胳膊断腿，居然只擦破了点儿皮，太幸运了！"他自言自语着。

他想起实习的时候，有个车祸的病人昏迷着被抬进急诊室时，突然苏醒过来，也是像现在自己这样，众目睽睽之下，发了疯似的开怀大笑，庆幸自已安然无恙。医生们还以为他是被撞坏了脑子，精神失常了，急忙给他打了一针镇静剂，再拉他去拍脑部 CT。今天自己亲身经历了这种死而复生的感觉，才深刻地体会到对死的恐惧，对生的向往啊！

小时候，他经常和爷爷进山采药，学了不少药方，这下正好派上用场。他在坡底的小溪边采了一些紫背草，洗净捣碎，把汁液敷在伤口上，慢慢地就不再那么痛了。这时他才发现，除了背包还在身边，挎着的书包不见了，装着仅有的六百块的钱包也不翼而飞，他望了望自己滚下的地方，显然无法返回寻找，还好把韦溱的葫芦藏在背包里。原来那里根本就没有路啊，路是在另一个方向，那里有个 V 字形的狭窄的弯儿，长着一人多高的茅草。当时天色太暗，自己没有及时拐弯，而是踏空后直接摔了下来。公路桥就在高高的头顶上方，粗大的圆形桥墩就在十米之外，如果没有那丛灌木缓冲一下，自己很可能就丧命桥墩了，他惊出了一身冷汗，后脊背冰凉冰凉的，刚换的衬衫也湿透了。他对着救了他一命的灌木丛，跪拜了三下，才转身离去。

刚走了一小段，他就感到饥饿难耐，才想起来干粮也丢了。他停下脚步，又回头看了看那座陡峭的山崖，稀稀拉拉长着几棵高大茂盛的乔木，夹杂着一些低矮的灌木丛，然后就是碧绿密集的芒草，说是草，有的比灌木丛还高，不要说找回钱包，要爬上去谈何容易呀！他摇了摇头，长叹一声，沿着山脚卜的一条羊肠小道继续往前走。这条山道路面光滑，没有杂草丛生，前方不远处应该有座村子吧。绕了半座山脚后，开始缓缓下坡了，小路也比先前宽阔了一些。他有些走不动了，刚想坐下来休息，饥饿感又袭来，他望了望四周，没有发现可食之物。

为了不迷失方向，他不敢偏离公路太远。他忍着饥饿又慢慢走了大半天，太阳照射下来，已经看不到长长的影子。咸涩的汗水不停地流着，伤口又刀割般疼痛起来。公路两侧是平缓的梯田，秧苗郁郁葱葱，已经完全覆盖了田野。田间薅草的农民，戴着草帽，女的还在草帽下裹着浅色头巾，他们深深弯着腰，不同颜色的上衣，远远望去，像开在田野上的花朵。

凉风阵阵，他感到惬意舒服，却无法消除饥饿带来的痛苦。这时他发现田边的草丛中有一口井，由几块大石头围成六边形，井水不深，清澈见底，旁边整齐地摆放着几个漆成草绿色的水壶。他仔细查看了一遍，未发现有浮游生物，便捧起来大口大口地喝，井水清凉，带着淡淡的甜，他的饥饿感也瞬间消失了。

他把遮阳伞收了起来，轻轻地放在草丛中，把袖子往上卷了卷，双手叉着腰，面对一望无际的田野、蓝天、白云，仿佛他就是造物主，俯视着人间的一切。五百米之外，汽车一辆接着一辆，却没有像想象中那样飞奔而过，而是像蚂蚁一样在炎炎烈日下艰难地爬行。

此时此刻，仿佛又回到了孩童时代——他躺在绿油油的草地上，无忧无虑，直到傍晚时分，不远处炊烟袅袅，倦鸟归巢。哦，阿母开始呼唤他吃晚饭了。人们能清晰记得儿童时期的喜怒哀乐，但有谁能记得牙牙学语、蹒跚学步的孩童期，甚至在母亲腹中萌芽期的困惑与艰辛呢？不管你记不记得，时间不会停留在某一个点上，它只会不断地消逝，不停地随风飘逝。十年之后，蓦然回首，这一切都恍如昨日，却无法追回。

他陷入深思，陷入痛苦的迷茫中。后悔了吗？两条高速公路，相互平行，一条向南延伸，一条向北消失，仿佛骨感的现实和丰满的理想，它们似乎和这两条高速公路一样，只是永远地平行下去，无法在时空的某个点上交会，直到生命的终点。路的尽头会是如何呢？一切都不可知晓，仿佛来到岔道口，不知向左是凶，还是向右是吉，只能在困顿之中找一些风牛马不相及的托词来安慰自己。仿佛晴天的一道闪电，仿佛冥冥之中命运的暗示，中学时代读过的那句诗又在耳边响起，仿佛晨钟暮鼓，从遥远的天际传来——

只要热爱生命，一切都在意料之中。

第二十五章　水穷云起

　　见有人靠近，数只灰雀叽叽喳喳叫着，一窝蜂飞了起来。季石抬头看了看，才发现原来它们是在啄食木瓜，而且就在路边。他仔细数着树上的瓜，树太高了，又密密长了好几串，很难数清，熟透的呈橙黄色，较小的是青绿色。他一阵狂喜，顿时充满了力气。他轻轻摇了一下树干，掉了一个下来，正好落进一人多高的茅草丛中，完好无损。好大的一个哟，足有两三斤呢。他从背包里掏出一把瑞士军刀，在瓜蒂旁横削一刀，剜去瓜籽，再一块一块地切下来吃。甜滋滋的，水分也多，味道好极了，才吃了半个就觉得很饱了，剩下的半个，他边走边吃。

　　黄昏时分，他到了一条小河边，河水清澈，水流哗哗，成群的小鱼游来游去。他坐在岸上，把脚伸进水里，水清凉清凉的，惬意极了。他忍不住脱去衣裤下水，只露出一个头，静静地躺在水中央，水流遇上他就拐了个小弯儿，继续不停地向前流去，鱼儿在水中自由自在地游着，时不时蹭一下他的身子。水从大山深处流来，九曲十八弯，不管遇上什么，它们都只是默默地绕过，继续向前不停地奔流，滋润两岸的田野，流向大江大河，继续滋养更广阔的土地。

　　好想和水流多亲近一会儿啊，又担心浸泡久了伤口会发生感染，只好上岸把身体晾干。伤口已经开始结痂，也不那么疼了，他又采了一把紫背草，把汁液涂在比较深的伤口上。他在岸边接近河水的地方，搬开几块石头，用树枝挖了一个齐膝深的凹槽，用石头围了起来。又捡了一堆枯枝败叶，放进凹槽里点燃，打一些水洒上粗硬的树枝，把它们架在石头上，慢慢熏烧，就可以维持更长的时间。

　　天色渐渐暗了下来，夜幕低垂，他找了一处地势较高的树下，离篝火二十米远的地方，支起帐篷。他拉上帐篷的拉链时，透过缝隙望见忽明忽暗的火苗，一颗悬着的心终于放了下来。再漆黑漫长的夜，猛兽也是不敢靠近的，下再大的暴雨，洪水也是不会泛滥至此的。他伸了个懒腰，刚躺下就响起深长的呼噜声。

一觉睡到自然醒，太舒服了，他一骨碌坐了起来，浑身轻松有劲。天刚破晓，他拉开帐篷，就被眼前的景色吸引了。对岸的山峦雾气氤氲，看不见一只飞鸟，却处处是欢腾的鸟鸣，有的粗犷雄浑，有的厉声尖锐，有的轻柔悠长，有的短促有力，此起彼伏，像千军万马，在河的两岸击鼓对垒。

河面上升腾着淡淡的水汽，流水潺潺，仔细倾听，水声更加悦耳清脆。分明是同一条河，流的却已经不是昨天的水，一年三百六十五日，一日二十四小时，每分每秒，同一条河，流的却是不同的水。一条小河，却是如此的精深博大。季石从中学习了很多道理，突然感慨万千——人，何尝不是如此呢？昨夜之我，今晨之我，相同吗？昨天自己的伤口还隐隐作痛，今晨却已全部结痂愈合；昨天自己还疲惫不堪，今晨却又生龙活虎；昨日发现了河流的无私奉献，今晨却感受到了它的生生不息。一条小河准确无误地告诉世人，只有无私，方能久长！

摇一下，掉落一个木瓜，总共摇了四下，他不敢多摇，生怕背不动，吃了一个，还有三个。四个木瓜像四个轮子，载着他又度过了两天两夜。山势渐渐平缓，山峰也越来越低，山峦射出的最后一支箭，箭镞开始斜着向下飞行，慢慢地插到一望无际的平原上。季石已经看出端倪，山穷水尽的下一个音符，就是柳暗花明了。又走了半天，果然是一片广阔的农场，茂盛的薯藤绽放着淡紫色的花朵。花生已经成熟，只等最后一场雨，让沙土更松软一些，就可以收获了。种植整齐的火龙果树，红彤彤的果子挂在枝头，远远望去，像一个个红色的小灯笼。往前走，遇上一片在风中哗啦啦唱着歌的香蕉林。人们刚吃完午饭，枕着草帽，躺在荫凉的畦沟里小憩。

晚霞染红半边天的时候，他走进了一片椰林，树干都是光溜溜的，仰头一看，足有十几米高，树梢上挂着大小不一的椰子，长长的叶子垂了下来，在晚风中沙沙作响。他不敢在椰树下久留，生怕熟透的椰子会被风吹落，砸碎自己的脑壳，他走到林子边缘，试着摇了摇树干，任凭他用尽全身力气，那棵又直又高的椰树就是岿然不动，更不用说掉下一个椰子了。

"今晚喝不上椰汁喽！"

他自嘲着，换了一棵比较瘦小的树，东南西北四个方向都用力摇了摇，树没摇动，他的头倒像拨浪鼓一样摇了起来。

"汪，汪，汪汪！"

树上的椰子没掉下来，却引来凶猛的犬吠。季石吓得慌忙站直身子，浑身起了鸡皮疙瘩。他循声望去，却没有发现狗的踪影，兴许它不是对自己狂吠不止吧。他如此想着，可还是匆忙离开了。

他又渴又饿，实在走不动了，天快黑的时候，来到一块平坦的荒地上，就在这里休息一晚吧。他打开背包准备支帐篷的时候，居然从背包里掉出来一包方便面，接着又滚出来小半瓶汽水。他喜出望外，才想起来刚出发的那天早上，填满了挎包后，还剩几样零碎东西就胡乱塞进了背包。想不到，它们在关键时刻成了雪中炭啊！

他支好帐篷，拉链拉了一半。一小块一小块，慢慢咀嚼着方便面，香脆可口，再一小口一小口喝着汽水，心中有说不尽的舒坦。一轮满月升上了天空，月光皎洁，夜色如水。跋涉了一天，浑身酸痛，他却毫无睡意。望着天上的月亮，他想起了韦溱，这会儿她应该已经把牛群送回圈舍，坐在院子里向爷爷倾诉衷肠了吧。故乡的月亮，一定比这一轮更加温润、更加明亮吧！

天上的明月深情地凝视着他，他掏出那把韦溱馈赠的笛子，忘情地吹了起来。笛声悠扬，饱含着深深的忧伤，杳杳无边。萤火虫打着亮晶晶的小灯笼，缓缓地划过夜空，绵延不绝的虫鸣，也慢慢降低拉长了声调……

他那疲惫不堪的身影，像一叶扁舟，终于在一周之后的傍晚，出现在蔚蓝色的大海边。太阳又回到了地平线，一抹瑰丽的晚霞，点缀在水天相接的海面上。随着白昼褪去最后的一丝亮丽，大海也由蔚蓝渐渐变成墨蓝，白花花的波浪依然热恋着炽热的太阳，不断涌上岸边，潮水依旧。季石盘腿而坐，温暖的沙滩，余热未尽，虽然饥肠辘辘，此时此刻，他却感到无比的兴奋与满足。

　　夜幕降临，华灯初上，套着彩色救生圈的人们纷纷上岸了，海面上也安静了许多。望着不断涌上沙滩的潮水，季石沉思良久，大海如此喧闹，可是有谁知道此刻它是幸福快乐，是悲伤难过，还是在生气怒吼？大海在涨潮，汹涌的波涛一浪接一浪，不停地吞噬着沙滩，雪白的浪花已经漫到他的脚边。他感受到了大海，却无法触到它的脉搏，大海就在他身旁，他却突然发现大海是那么的遥不可及！咸涩的海水冲击着他布满血泡的足底，季石感到烧灼般的疼痛。像触了电一样，他迅速缩回双脚，痛得颤抖不止。伴随着双腿的痉挛，饥饿感也像眼前的潮水，不断地涌来。他站了起来，往灯光璀璨的方向走去。

　　半小时后，他来到一家名为东海之月的餐馆，桌子一直摆到了露天的树下。他找了一处僻静的地方坐下，把背包放在身边。很快就有一位端着圆盘的女服务员，款款向他走来。她放下盘子，帮季石斟了一杯热茶，甜甜地说道："先生，请用茶。"然后又递给他一本印刷精美的菜谱，微笑着说，"先生，请您点'赛'。"

　　"点'赛'？"

　　季石直犯嘀咕，是不是自己听错了。他微笑着和蔼地看着她，典型的海边渔家女子。

　　"请问，您是说我可以'点菜'了吗？"

　　"对，对，对，我的普通话不标准咧，我们这儿都是这种口音咧。"

　　季石微笑着点了点头，算是开了眼界。

　　菜谱里海鲜居多，光鱼类就有几十种，螺虾贝蟹，也是几十种，而且价格昂贵。服务员先介绍了今晚的特色靓汤，再推出一些本店的招牌菜。她没看菜谱，却一连说出十几道菜名，看来她是训练有素，有备而来。季石一边仔细地听着稀奇古怪的菜名，一边快速翻看着菜谱。他在心里直感叹这哪是吃饭呀，简直就是烧钱嘛，更可笑的是自己现在身无分文，居然闯进一家海鲜酒楼，不管三七二十一了，先饱餐一顿再说吧。

　　他干脆直接翻到最后几页，竟找到了几样价格适中的家常菜。服务员见他翻看菜谱的速度，就一眼看穿了他的心思。眼前这个一身疲惫的小伙子，多半是囊中羞涩，却走错了门，她也就不再流利地背诵菜肴了，而是站在一旁耐心地等着。季石迅速点了一盘回锅肉、一份紫菜蛋汤，要了一大碗米饭。

"好的，请您稍等片刻。"

季石不忘又叮嘱了一次："记得，装米饭的碗要最大号的。"

"好的，我会多装一些米饭来，请您稍等。"

望着她离去的背影，季石有些后悔，吃完饭怎么办呢？难道把学位证押在这里吗？他苦笑了一下，站起来环顾了一下四周，想偷偷溜走，又觉得不妥，肠子饿得不停地咕咕鸣叫着。天大，地大，难道有饥饿的肚皮大吗？先吃饱再说，大不了留下来端几天盘子嘛。这样想着，他又心安理得地坐了下来。

离他不远的地方，谈笑风生的食客，穿着入时，推杯换盏，眼睛直勾勾地看着某一处，嘴巴不停地咀嚼着，大口大口吞咽着，一桌的饮食男女，似乎只是一桌的牙齿和眼球而已。

服务员为他端上香喷喷的米饭时，微笑着说道："先生，您的'赛'上齐了，请慢用。"

"谢谢。"

好香啊，连日来以野果充饥，以山泉解渴，多么想吃上一顿热乎乎的饭菜啊！此刻，终于如愿以偿。太饿了，风卷残云一般，不到十分钟，他就把能吃的东西全倒进了肚子里。吃饱喝足，太幸福了，他坐在椅子上，欣赏着远处的夜景。等客人们走得差不多了，他向近处的一个女服务员招了招手，示意她过来，他已经想好了怎么说。

"服务员，不好意思，我的钱包丢了，您看能不能这样，麻烦跟老板说一声，我留下来端几天盘子，来抵这一顿饭钱。"

"这样啊……我去问一下。"

女服务员走向另一位女服务员，两个人小声说着什么，一个点了点头，另一个向大厅走去。

那个点头的服务员，背对着季石，却时不时地回头看他一下，生怕季石会悄悄溜走。当她又看过来时，季石朝她微笑了一下，并向她招了招手，姑娘马上走了过来，微笑着问道："先生 请问有什么需要帮忙的吗？"

季石笑着对她说："姑娘，不用紧紧看着我，忙你的去吧，我保证不会跑掉。"

姑娘倒是伶牙俐齿，她立即又笑着柔和地说："先生，您误会了，这只是我的工作，不管有没有客人，我都要站在服务台上，离打烊还有一个小时呢。"

老板坐在三楼的会客室里，门开着，他背对着门，看着墙上的一幅书法作品——水穷云起。听见敲门声，他没有回头，而是继续欣赏着裱在木框里的草书。

领班站在门口，向他报告："老板，有人吃霸王餐。"他有些不耐烦地说："报警就是啦，不用跟我汇报。"领班刚要离开，不知为什么，老板突然又改变了主意，急忙补充说，"且慢。"他转过身子，从书法艺术的天空掉了下来。

"他都点了哪些名贵海鲜？"

"报告老板，他只点了一样海产品。"

"哦，是吗？是什么海产品？"

"一道紫菜蛋汤。"

老板一听气不打一处来，原来是个乞丐，想说"送他吃了，赶快打发了事"，又觉得不对劲，他看着领班，示意她继续往下说。

领班一眼就察觉老板不开心，小心地继续说道："还点了一盘回锅肉，外加一大碗米饭，就这些，菜金总共五十元。"

他打开窗户，示意领班过来。领班走到窗前，指着那张只有一个人的桌子，说道："老板，就是那位。"虽然瞧得不是很清楚，老板还是仔细看了好大一会儿。只见一个服务员走到他身边，说了什么，很快又离开了。那个年轻人双手放在胸前，略微低着头，像在观赏着什么，一副怡然自得的样子。

"不像乞丐，更不像恶人嘛，一定是遇到什么难处了。好吧，你下去把他请来。"

一听是去"请"，领班有些诧异，又不敢多问，便快步下楼去了。

她来到季石身边，微笑着对他说："先生，我们老板请您上楼去泡茶咧，请随我来。"

既然吃了人家的东西，是留下来干活，还是会被痛打一顿，这有什么好想的呢？听天由命吧。季石背起行李，跟她上了三楼。

老板站在窗前一直看着，直到季石到了跟前，才一脸和气地示意他坐在对面。季石犹豫了一下，还是坐了下来，领班倒了一杯温水给他。

老板看他身材颀长，眉清目秀，便心生怜爱，笑着问他："吃饱了吗？味道如何？"

"我已经有一周没吃上热乎的饭菜了，味道好极了！难怪生意这么好，座无虚席。"

老板一听，高兴极了，他上下打量了一番季石，见他头发凌乱，白色衬衫污迹斑斑，却精神抖擞，双目闪耀着睿智的光芒。他深吸了一口气，问道："小兄弟，你从哪里来？"

季石伸直双腿，指着满是血泡的双足，笑着说："从 S 市徒步走到你们餐馆。"

老板扶了扶老花镜，凑近看了看他的双脚，足背红肿，血管显露，足底和两侧布满了血泡，有的已经破溃，微微渗着淡红色的血水。老板一下子怔住了。他转过头望着季石，和蔼地问道："小兄弟，你是遇到什么难处了吗？尽管说出来，我会尽量帮助你的。"

"也没那么严重，就是想趁年轻，多经历经历。哪想不小心摔下了山崖，钱包丢了，只好先赊着，日后一定奉还。"

一听摔下了山崖，老板焦急地插话道："山崖陡吗？当时摔坏了吗？"又觉得这么问太愚蠢，如果摔坏了，他还会出现在这里吗？季石却以为他是不相信，就干脆脱下衬衫，露出横七竖八的伤痕，有的还在结着黑痂。他也笑着补充道："很庆幸，只是一些皮外伤，当时戴着草帽，头部和脖子就没受伤。喏，就是这顶。"说完，季石指了指挂在背包上的宽边草帽。

老板频频点头，表示赞赏，他吩咐领班安排一间客房给季石，又对他说："小兄弟，你身上的伤还没痊愈，脚也没法走路了，就在这儿休息几天吧，我免费提供食宿。你也不用多想，只管安心养伤就好。"

季石正想洗个澡，找个地方痛痛快快睡上一觉，听老板这么一说，他鼻子一酸，差点儿流下眼泪。自己太幸运了，怎么碰上的都是善良的人呢？他望着老板，无限感激地说："非常感谢您，您的恩情，我没齿不忘。"

"给人一点儿方便而已，别挂在心上。早点儿去休息吧。"

季石跟着领班，慢慢走下楼去。等听不见他们的脚步声了，老板把"请勿打扰"的牌子挂在门把上，轻轻地锁上门。他靠在门板上，双手捂着脸，难以自持，泪水哗哗地流了出来，脑海里浮现出那双满是血泡的脚，他想起了自己的年轻时代。

二十年前，他身处绝境，被迫下海，常有身无分文的时候，也是风餐露宿，野果充饥，经常是吃了上顿没下顿。后来一边捡垃圾维持生计，一边找工作，半年之后才有了一份勉强可以糊口的工作。下班后就到附近的一所大学食堂吃饭，便宜，还能吃饱，两个素菜，一盆米饭，免费的汤。像山里的春天散落在草丛中的红莓一样，打饭的阿姨一眼认出了生活困窘的他，总是等食堂快关门的时候最后一个来。阿姨最大角度地倾斜着菜盆，用圆圆的大铁勺轻轻刮着，把盆底仅剩的一点儿荤腥肉汁，全部浇在他的米饭上。吃完晚饭，他就抱几箱饮料到操场去，一边看球赛，一边把饮料卖给那些挥汗如雨的大学生，天黑的时候，再把操场上的饮料瓶收集起来，送到废品收购站去。

每天拖着疲乏无力的身子回家，还得洗澡洗衣服，睡前挤出一小时阅读，第二天又早早起床上班了，这样的生活持续了整整五年。那时的他上有年迈的父母，还有正在上学的弟弟妹妹和两个嗷嗷待哺的孩子，整整三年买不起一张回家的火车票啊！

多少次，看着被海浪抛上礁石的鱼，活活被炽热的阳光暴晒而死，那一双双死不瞑目的小眼睛，深深刻在他的脑海里。在异乡漂泊的自己，多么像这些悲惨的鱼啊，命运永远无法掌握在自己的手中。多少回，在现实的海洋中被伤得头破血流，无数次跌进人生的谷底，多少次想在大海涨潮的时候一跳了之，是埋在内心深处的梦想，在不断鼓舞着他，激励着他，支撑着他，使他挺过那段艰难的岁月。

翌日清晨，老板早早来到季石的房间，正要敲门，却听到背后有人唤他。

"老板，早上好！"

见是季石，他颇感意外。

"这么早去哪里了？脚能走路了？"

"早起习惯了，在附近溜达了一圈，慢慢走就成。这里风景真美啊，等我的脚好了，一定要好好转转。"

"小兄弟，贵姓？往后我好称呼。"

"老板，免贵姓季，一年四季的季，叫季石，石头的石。"季石想问他尊姓大名，又觉得不妥，只好保持沉默。

老板慈祥地对他说："季石啊，以后不用老板长老板短地叫我了，就称呼我老周吧，这样亲切。"

"好嘞。"

"过几天，等孩子们回来了，让她们带着你到处走走看看。这座城市不大，却非常有特色，我刚来第一天就不想离开了，想着有朝一日，我一定要在这里扎下根来。就是靠着这个看似简单的梦想，我一直撑到了今天。唉，说来话长咧，你看我现在，连说话的口音都被同化了。"

"老板，哦，对不起，老周，您不是本地人啊？难道您也是年轻时来这里打拼，最后闯出自己的一片天地来的吗？"

"是的，我老家在湘西，生活所迫啊，人逢绝境，未必就是坏事，只要心里有一丝念想，再艰苦的日子，也是能熬过去的。今天我们就不谈这些陈年旧事了，时间长了，你自然就会知道，这会儿我们先去'加打'，看我又忘了，就是吃早餐的意思。"

"哦——"

季石望着老周，若有所思。

"等脚好利索了，有的是时间去观光，这几天就在附近转转吧，记得按时回来吃饭就行。"

老周说着话，一边从兜里掏出一沓百元人民币，递给季石，说道："年轻人用钱的地方多，这点儿钱先拿着，用完了就吱一声。"

季石向后退了两步，冷静地说道："老周啊，您免费提供食宿，我已经非常感恩戴德了，解决了温饱问题，我现在这个样子，要这么多钱干什么呢？这些钱我是万万不能拿的，请您收起来吧。真到了需要用钱的时候，我会向您开口的，您看这样可以吗？"

老周心生欢喜，更坚信自己的眼力，这个小伙子勤俭节约，诚实善良，目光炯炯有神，闪烁着智慧的光芒。听他这么一说，老周也明白了，小伙子无论如何是不会收下的，于是他把钱放回兜里，爽快地说："需要的时候，一定吱声啊。"

这位和父亲年龄相仿的长者，眉宇间透着大气从容，真的非常让人钦佩。他的身上一定有很多感人的故事吧，会有机会了解的。他如此厚待自己，应该不会是陷阱吧，一时半会儿又看不出来，如今自己分文一文，又不敢向家里张口，只能走一步算一步了，再过三五天光景，脚上的伤估计也痊愈了，到时再行打算吧。季石感激地望着老周，用力地点了点头。俩人并排着一起向餐厅走去。

前些天是妻子的忌日，老周带着两个女儿回家乡祭扫，因故自己先行回来了。夜阑人静，老周常常想起妻子，想起她，他就感到深深的愧疚与自责，自己背井离乡多年，一心扑在所谓的梦想上，当自己的事业刚刚有了起色，妻子却因操劳过度，年纪轻轻就过世了。

女儿们想多陪陪妈妈，想和她多说说话，要在老家多住几天。那里有一大群她们儿时的伙伴，每年暑假回去，她们都会这家住几天，那家待一段。

大女儿学的是酒店管理，去年大学毕业后，在家里帮忙打理餐馆。小女儿念的是对外贸易，明年毕业，过完暑假，就可以找一家单位实习了。这几年旅游市场渐渐火爆起来，来这座城市游览观光的人也日益增多，餐馆的生意一年比一年兴隆，人手也越来越吃紧，想搜罗几个值得信赖的高级管理人才，却发现非常的困难。

眼下，各种风格的酒楼餐厅，如雨后春笋般不断冒出来，竞争也日益激烈，指不定哪一天自己的餐馆就会因经营不善倒闭。生于忧患，死于安乐啊！每当夜幕降临，看着门庭若市的餐馆，不知为什么，他的内心深处却会掠过丝丝缕缕的担忧与不安，指不定哪一天就门可罗雀了，他多么想找一个能成为自己左膀右臂的年轻人啊！

每年暑假，都是旅游旺季，相比往年，今年整整提前了半个月，特别是周末的时候，更是忙得不可开交。父亲前脚刚走，姐妹俩就开始坐卧不安了。这些年，父亲没有续弦，既当爹又当妈，含辛茹苦拉扯着两个孩子，还得苦心经营一家餐馆，太累了。如今已经失去了妈妈，再也不能失去爸爸了。姐妹俩商量了一下，决定提前回家，她们乘坐最后一次航班，周五早上就可以到家，中午休息一下，就可以全身心投入晚餐最繁忙的时段。

老周和季石快到餐厅的时候，姐妹俩也到了。见爸爸身旁有一个陌生人，她们礼貌地朝季石微笑着点了一下头。

老周不解地问道："不是说好了多住几天吗？怎么现在就回来了？"

姐妹俩异口同声地回答："爸爸，我们担心周末食客爆满，就提前回来了。"说完，推着行李箱正要往楼上走，老周招呼她们过来介绍道："这位是爸爸的贵客。过两天，你们带他出去四处转转。"然后对季石说，"这是两个小女，姐姐周晶晶，妹妹周晓颖，往后请多关照。"

季石面红耳赤，望着两姐妹，难为情地说："不敢当，不敢当！我初来乍到，请多指教。"

不愧是学酒店管理的，姐姐站姿优雅，微笑着看着季石，大方地说道："以后就称呼我晶晶吧，一定多多关照哦，请问怎么称呼呢？"

季石一字一顿地说："季节的季，石头的石，季石。"

妹妹一听"季石"二字，侧过头去，捂着嘴轻声笑了起来。季石的脸像酒糟一样更红了，老周严肃地瞪了一眼小女儿，急忙解释道："晓颖从小就被宠坏了，一点儿规矩都没有。季先生，您别介意。"

老周竟然称呼自己"先生"，季石更难为情了，他手足无措，轻轻跺着双脚，不知该如何作答，好一会儿才说道："老周，我无德无能，千万不要再称呼我'先生'了，受之有愧啊，就叫我'小季'好了，唯有如此我才能感到心安。"

晓颖又轻声咯咯笑了起来，伶牙俐齿地说："看你们说话，文绉绉的，像生活在春秋战国时代一样，我能不笑吗？"说完，她调皮地看着季石又说道，"'季石'，多么有寓意的名字呀，'计时'，那您一定非常有时间观念喽？"

听女儿这么一说，老周和季石相视而笑。老周对三个年轻人说："一起去吃早餐吧，吃完早餐收拾一下去休息。"

姐妹俩在前面走着，妹妹突然转过头来，俏皮地对季石说："季石先生，以后就唤我晓颖。我们先上楼去，你们先吃吧。"

姐妹俩走在前面，迈着轻盈的步子。季石不禁在心里赞叹道：真是窈窕淑女啊！

第二十六章　香气袭人的战场

傍晚时分，客人们陆陆续续来了。厨房开始忙碌了起来，厨师们在各自的岗位上站成一排，一手舞着锅铲，一手握着锅把，时而把锅拉升抖动，时而又让它坐在灶上，一簇簇旺旺的火焰从锅里冒了出来，又迅速地矮了下去，厨师们仿佛不是在炒菜，而是在表演魔术，厨房里飘出令人垂涎三尺的菜香。香气袭人，弥漫到步行街的尽头，吸引了大批的食客，在精巧的大门进进出出，络绎不绝。

海鲜池围满了点菜的客人，深海石斑，大龙虾，皇冠螺，美女螺，狗鲨，等等，现点现捞，现场加工，清蒸，白灼，椒盐……做法多种，味道不同。

传菜员的脚步也越来越快，繁忙的时候都得一路小跑着，踩过草地上的石板，翻过弧形的小桥，拐过弯曲的石径，一晚上下来，也不知跑了几公里，手上的菜盘碟子平平稳稳，没有溢出一滴汤汁。个别食客态度蛮横，脾气乖张，年轻的女服务员依然笑容甜美，应对得体，餐盘、骨碟换了一桌又一桌，笔直优雅地站在服务台旁，随叫随到，哪里举手到哪里，一晚上毫无差池。

季石找了一处角落坐下来，仔细观察，看着似乎忙乱却井然有序的现场，四小时的工夫，两百多桌，每个人都应付自如，像没有硝烟的战场，只有擂个不停的战鼓，随着最后一槌落下，完美落幕。这些辛苦的人，个个筋疲力尽，匆匆忙忙下班回家。季石沏了一壶茶，自斟自饮，望着眼前的一切，陷入了深思，内心感到深深的愧疚。他决定从明天晚上开始，要加入繁忙的大军，从端菜开始。

"怎么样，场面是不是很壮观？是不是有点儿惊心动魄？"

老周发现季石独自一人喝着茶，走过来坐在他对面，笑呵呵地问道。季石急忙站了起来，帮他斟了一杯，小心翼翼地端到他面前。

"忙起来像打仗一样，却忙而不乱，员工训练有素，老周您经营有方啊！"

"哈哈哈！"

有人夸自己，老周开心极了。他一本正经地说："看起来生意火爆，背后却是道不尽的艰辛啊，说来话长，只有真正入行了，才能细细体会。怎么样，想不想加入我们？"

来得太突然了，季石思考了一会儿，不知如何作答，他想起了昨晚的承诺，于是有些难为情地说道："老周，我还没酬谢免费的晚餐呢，虽然只是简简单单的一餐，于我而言，却是救命粮啊，那时真的是饿得连睁一下眼皮都没力气。我已经决定，明天晚上就来端盘子。"

老周一听，站了起来，绕过来坐在季石身边，把手放在他的肩膀上，亲切地说："季石啊，往后不要再提这件小事了，你先好好休息一周，等脚伤痊愈了再说。你我萍水相逢也是一种缘分。这么多年来，我经历了许多磨难，才有了今天，我也是阅人无数。昨晚我一眼就看出来了，你是一个忠厚沉着的小伙子，听口音也不是本地人，不知为何流落至此，能否告知一二？今晚我喝了点儿酒，恕我直言喽！"

季石沉思良久，面露难色——难道把自己的身世，一股脑儿展示给仅有一面之缘的人吗？他在内心里摇了摇头，坦诚安然地回答："是的，我只想趁年轻出来走走。如果真的有缘，您会慢慢了解我的。"

老周想说："好事多磨。"又觉得不妥，便改口说道，"也好，时候不早了，早点儿休息，过两天我让晶晶带着你转转，脚还疼吗？"

"好多了，后天应该就能正常跑动了。"

"年轻真好，恢复得快！"

第二十七章　考验

“爸爸怎么能只让你一个人去呢？海水不可斗量，人不可貌相，万一他是坏人，你一个弱女子对付得了他吗？你还要开车哦！”

姐姐还没起床，妹妹就已经梳洗打扮完毕了，她坐在姐姐的床沿上，拐弯抹角地说着。姐姐心里清楚得很，她不想待在家里，想跟着一起出去玩儿。

“我的二小姐哟，能不能让我再睡一会儿啊！你今天咋不睡懒觉了？哟，还精心打扮呢！带你去可以，姐可先提醒你喽，千万不要胡来啊，咱们可是有重任在身呢。”

“我的大小姐，带着帅哥兜风，也算任务啊。”

“当然喽，要不爸爸咋不派你去呢！到时听姐的，按我的指令行事，搞砸了，爸爸会兴师问罪的。要不我就不带你去喽，一会儿出门时不要让爸爸看见你。”

“哼，爸爸都向着你，我才不怕呢。”

“爸爸那么宠着你，你当然不用怕喽，我可是非常怕他呢。”

很快姐妹俩就来到季石的房间，见门是开着的，妹妹在门外大声喊了起来：“开始‘计时’喽，开始‘计时’喽。”见无人回应，她们来到门边向里张望，房间里没人，被子叠得整整齐齐的，桌子上摞着四本厚厚的书。妹妹好奇地翻看了一下，惊呼了起来：“姐姐，快来看，真是神秘啊！”

姐姐不为所动，轻描淡写地说：“看你一惊一乍的，赶快出来，不要随便动人家东西。”

妹妹噘着嘴，有些失望地走出来，嘴里不停小声念叨着：“《诗经》《红楼梦》《资本论》《解剖学》。”

“不好意思，让你们久等了。”

不知什么时候，季石突然从她们身后冒了出来，他站在门前的一棵番石榴树下，向姐妹俩打着招呼。听见季石的声音，晓颖的脸一下子红到了脖子根，她后悔没有听姐姐的话，兴许人家在暗中窥探自己呢。季石似乎明白了什么，他故意提高嗓门说："方才我经过前面的广场，那棵榕树真是大啊，可以同时容纳一千人乘凉。"听季石这么一说，妹妹嘀咕着，暗自惭愧，真是以小人之心，度君子之腹。

"季石兄，美好的一天从早餐开始，我们带你去尝尝这里的特色早餐，不仅可以一饱口福，还可以大饱眼福呢，这里的早餐种类繁多，你一定会看得眼花缭乱，不知道该吃哪一种。今天你是主角，吃完早餐，想去哪里玩，玩什么，全凭你说了算。"

晶晶看见妹妹一副难为情的样子，甚是好笑，便帮她解围。姐妹俩要带自己去游玩，还可以品尝当地的美食，何乐而不为呢？季石望着晶晶，高兴地说道："真是太好了，只是果真如此，真是受之有愧啊！你们倒是说说，他日我该如何报答呢？"

妹妹一听，乐开了花，抢先说道："谁要你报答呢！"

说话间，晶晶已经打开车门，她做了一个礼让的手势，示意季石坐在副驾驶座上，妹妹坐在后排。轿车在滨海大道上飞驰，快速又平稳。季石笔挺地坐着，眼睛望着前方，默默地欣赏着音乐，心里非常叹服晶晶的车技。晓颖孤零零地坐在后面，见季石一声不吭，便调侃着说："姐姐，回来的时候是我开车，还是请季石兄来？"

晶晶微微笑着，心想妹妹真是淘气，她没有回答，只顾专心开车。

季石知道她是故意的，就诚恳地说："千万别，我压根儿就不会开车，我就是会开，你们也不敢坐呀，对不对？"

姐姐一听，笑出了声，"为什么不敢呢？我可不是胆小鬼哦。"

"姐姐，我也不是胆小鬼哟！"

季石感慨地说道："要是在古代啊，你们姐妹俩肯定是女中豪杰！"

"我们才不做女中豪杰呢，我们要做大家闺秀。对吧，姐姐？"

姐姐没有搭理妹妹，她在专心泊车。

下了车，他们从地下二楼乘电梯到酒店三楼的餐厅。姐妹俩要带季石去吃自助早餐，季石还是第一次来这么豪华的地方，有些不适应。晶晶挑了一张玻璃窗下的圆桌，把精美的包包放在皮凳上，窗外是一望无垠的大海。

不远处，各种各样的食物，花样繁多，精致考究，让人垂涎三尺，季石看得目瞪口呆。晓颖东挑西拣，大盘小碟，已经摆了一桌子。季石站在原处，东张西望，不知所措。

晶晶一眼看出他是第一次来这种地方，就放下手中的餐盘，折回到他的身边，温柔体贴地说："季石兄，你在这儿坐着，想吃什么，我去帮你取来。"

他还是不明白，这么多东西，难道想吃什么就可以取什么吗？"晶晶，你是说，想吃什么就能取什么，是吗？"

"是的，这就是自助餐，自助，顾名思义，想要什么自己拿就是。"

"哦，原来如此！我还是第一次听说。让你见笑了，那我跟在你后面可以吗？"

"当然可以喽，我们一起挑选吧。"

晶晶不晓得季石是哪里人，更不了解他的口味。她微笑着问他："这里一定也有你家乡的味道，而且会有很多呢，试着找找看，这里的抱罗粉可是名吃哦，可以尝尝看。"

"家乡的味道！"

季石回味着晶晶的话，一股惆怅袭上心头。

"季石兄，我的祖籍在湘西，从小就吃得很辣，没来点儿辣的，我怕适应不了，不知您如何。"

这么多日了，老周一家居然没问起过自己来自何方，真是让人过意不去啊。想到此，季石坦诚地说："我来自八闽大地，口味较淡，能来点儿微辣的。"

"那你会非常喜欢这里的美食喽，数百年前，这里好多人都是从闽南迁移来的。"

季石想说他是闽中山区，并非出生沿海的，但他没有说出口。这时晶晶已经取得差不多了，季石还是两手空空。仿佛置身美食的海洋，他感到眼花缭乱，不知该从哪里下手。最后他选了一份白米粥、一个咸蛋、一根油条，整个中学时代，他都是这么过来的，没想到在异地他乡，居然可以吃上家乡的早餐。

当他回到座位上，几乎瞠目结舌，一张圆桌摆得满满的，这哪是三个人的早餐啊，就是再来三位也吃不完！难道富人家的小姐都是如此打发银子的吗？季石心里想着，却默不作声，只是静静地坐在自己的位子上，突然觉得美丽矜持的晶晶、淘气活泼的晓颖，是如此的陌生，如此的遥远，如此的可怖！他想起前些日子，自己风餐露宿，浑身是伤，却只能缓慢跛行，一边嚼着略带甜味的茅草根，饿得前胸贴后背。

才几天工夫，难道就忘得一干二净了吗？这也太糟蹋粮食了吧，如此对待自己的口粮，难道不是在活生生践踏自己的生命，践踏自己的良知吗？看着面前做工精巧的餐具、柔软华丽的餐巾，他从未使用过，也不晓得如何使用，但方才刚进门时的那股陌生和自卑感，早已荡然无存。

那一刻，他的脑海里又浮现出那张痛不欲生的脸庞，为了给三岁的女儿治病，他一餐只能吃两个馒头；六年前，为了筹措医药费，就在年关，父亲四处低头，又四处碰壁。想起这些，他的心情越来越沉重，他一言不发，只是默默地吃着早餐，强忍着不让泪水在两个女生面前流下来。

姐妹俩不了解他的过去，也无法理解他此刻的心境。见季石只取了几样简简单单的食物，又一个人默默地吃了起来，仿佛陌生人。见他面色凝重，晶晶察觉到了他内心深处的难过和悲伤，她犹豫着，不知该如何开口，也只好放下手中的餐刀和叉子，改用勺子和筷子。晓颖见状，向姐姐使了个眼色，示意她开口说话，打破这令人难以忍受的沉默。姐姐动了一下嘴唇，欲言又止。妹妹轻轻跺着脚，终于忍不住了，她盯着季石，慢悠悠地说道："季石兄，我们一会儿要去爬那座最高的山，我要是走不动了，你可得背我一段哦，千万不要丢下我不管啊！那座山非常非常高，你可要多吃点儿哟，也许天黑了才能到达山顶呢。对吧，姐姐？"

晶晶一听，瞪了妹妹一眼，方圆百里之内哪来的什么高山呀，但她也只能附和道："山也没那么高，我们今天可能需要走很长的路，这倒是千真万确，不知什么时候才能吃上午餐呢，趁现在多吃点儿东西，准不会错。"

听说要去爬山，季石来劲了，自己从小在深山长大，不要说爬一座，就是连续爬上三座也不在话下。他的心情也好了许多，又多吃了好几样美食，最后他开心地对晶晶说："我有个要求，如果我们没吃完，我就要打包走，要不实在太浪费了。"

晶晶认真地看着他，甜美地回应道："当然喽！我也有个要求哦，你是男子汉，上山的时候，就由你负责提这些食品喽！"

"小菜一碟。"

晓颖急忙撒娇地说道："我要是饿了，得分我吃哦，不分我吃，就只能背我喽。"

"哈——哈——"季石和晶晶异口同声地笑了起来。

本想带他去海滨观光，可是话已出口，只好改变主意了。

他们驱车来到北郊的山脚下。刚下车，晓颖就捧腹大笑，她指着眼前一座海拔不到五百米的山，笑弯了腰："季石兄，这座山如何，这可是方圆百里最高的山了，山不高，景色优美，草木葱茏。"

晶晶有些难为情地说："的确如此，附近找不出更高的山了，一会儿到了山顶，你一定会更加惊喜的。"

季石抬头看着山岭，葳蕤蓊郁，山风阵阵，凉快无比，他高兴地对她们说："好地方，站在山顶上，整座城市尽收眼底，那我们就出发喽。"

"且慢，我们的点心和饮料还在车上呢。季石兄，那就劳驾喽。"

"哈——哈——小意思啦，你不会现在就让我背吧？"

"才不让你背呢！"晓颖说着，却羞红了脸。

今天不是周末，时候又很早，山脚下只泊着她们的车子，山上鸟鸣啁啾，不时有颜色各异的鸟飞过。三人沿着石径蜿蜒向上，上方是浓密的树荫，两旁是细水长流，怪石嶙峋，生长着各种喜阴的低矮植物。这里不是一座单纯的山，俨然是城市的后花园。道路曲折，走了九曲十八弯，才到半山腰。他们走走停停，玩着各种猜谜游戏，他们投在路上的影子只剩一个小黑点的时候，才到达山顶。

那里是一块宽阔的平地，生长着高大的热带乔木，树冠巨大，在一处视野开阔的地方造了一座观景亭，雕梁画栋，斗拱飞檐。坐在亭子里，清爽凉快，仿佛世外桃源，让人忍不住想放下人间的一切，在这里长住下去。越过密密麻麻的高楼大厦，远处是一望无际的蓝盈盈的海洋，让人欲敞开胸襟，去拥抱外面广阔的世界！季石陶醉其中，流连忘返，心中充满了难以言说的激动和快乐，他好想高歌一曲。

晓颖打趣地说："季石兄，这里如何？不虚此行吧，喜欢的话，以后可以常来。"

"一定会的。"

晶晶站在不远处的树荫里，悄悄观察着季石，见他走姿端正，言语温和，从容优雅，心跳不知不觉就快了起来，脸上也突然浮起了一抹红晕。这时传来一阵清脆的鸟鸣，几只长尾巴褐背红腹的鸟，振动着翅膀，在树梢上寻找落脚的枝头。这大自然悦耳的歌声，把晶晶从幸福美好的思绪中拉了回来。她像一位贤妻良母，铺开餐布，把点心和饮料摆上去，招呼季石和妹妹过来。她思绪复杂，内心有点儿乱，想赶走丝丝缕缕的情丝，却总是徒劳。等他们在旁边坐下后，听着妹妹口若悬河的讲述，她的内心才慢慢平静下来。

下山的时候，晓颖故意把背包放在亭子里，到达半山腰时，她佯装紧张焦虑，大声嚷嚷着说背包落在山顶了，问大家怎么办，又一边自言自语说："算了算了，不要也罢，反正也不是什么贵重东西。"一边偷偷瞟着季石的眼睛。

"晓颖啊，还是下山吧，改天姐姐赏你一个更漂亮的。"

"可是姐姐，包里有好些我喜欢的东西呢。"

季石一听，急忙安慰晓颖别着急，说丢不了，他跑回去找就是了，又不是上刀山下火海，走一趟而已，说完就原路返回了。见季石一阵风似的消失后，姐妹俩捂着嘴笑出了声。

"姐姐，早上浪费粮食，这会儿又让人家东奔西跑，难道这就是你说的任务吗？"

"当然喽，路遥知马力，不考验一番能行吗？"

"是爸爸的主意吗？"

"当然是老爸大人的妙计喽！"

"晓颖，他的桌子上放了什么书啊？"

"姐姐，你也好奇吧？哇，可不是一般的书籍哦，我一路上都很纳闷，他到底是何许人也，都是一些很难啃的，像《诗经》《资本论》，居然还有什么《解剖学》，有点儿恐怖呢！难道他是医学院的学生？那为什么还要读《诗经》呢？真是不可思议啊！"

"这也没什么可大惊小怪的，也就热爱读书，兴趣广泛嘛，你房间不也摆了很多书吗？能说明什么，只能说明他是一个非常上进的人，一个热爱生命的人。"

"姐姐，我那些都是消遣用的，像吃大餐前的几碟开胃小菜，人家那些可是人类的精华啊，是北极的深海龙虾呢。"

"妹妹，不见得，父亲的书房你很少去吧？有空去看看里面都是些什么书。这几年父亲明显苍老了许多，我记得十年前父亲的样子，温文尔雅，英俊潇洒，文质彬彬，谁能想到他竟是海鲜酒楼的老板呢？看得出来，这并不是父亲年轻时代的梦想，大概这就是书里常常写到的命运吧。"

妹妹认真地倾听着，总是浮现在脸上的那份乐观淘气逐渐消失，自己和姐姐不同，姐姐从小热爱阅读，成绩优异。看着父亲一天天衰老，大学毕业后，姐姐放弃了继续深造的机会，回家成了父亲的左膀右臂，难道这是她心甘情愿的吗？

而自己，从小就安静不下来，让父亲操碎了心，一踏进父亲的书房，那高到天花板的满柜子的书，总是让自己感到头晕目眩，感到恐慌压抑，很明显那不是自己的天地，不是自己的乐园，自己是这个家的另类，甚至是这个家的包袱和累赘，父亲却从未谴责过自己、约束过自己，而是一如既往地热爱自己、尊重自己。晓颖不禁潸然泪下，她生怕姐姐发现，转过身去迅速擦去眼角的泪水。

晶晶拉起妹妹的手，把她拥进怀抱，轻轻拍着她的肩膀，像小时候她从噩梦中惊醒，自己也是这样像母亲一样边哄着边安慰着她。

"妹妹，姐姐理解你，一棵树怎么可能开出两朵完全相同的花呢？像姐姐是文静型的，妹妹是活泼型的，这不是很好吗？相得益彰，姐姐是爸爸的左手，妹妹就是爸爸的右手，我们三人永不分离，好吗？快别掉眼泪了，季石兄很快就回来了。"

听了姐姐的话，晓颖破涕为笑。晶晶松开妹妹，两个人说笑着，边说边走，还没到山脚，季石就出现了。

他摊开双手托着背包，送到晓颖面前。

"谢谢您，这可是我出门游玩时最喜欢的包了，没有之一哟。"

季石笑着答道："跑腿之劳，不足挂齿，还好不用背着一个人上山。"

晶晶没有停下脚步，一个人继续下山。她在想着，如果季石肯留下来，父亲会把他安排在什么岗位呢。

傍晚时分，他们回到了酒楼。老周站在窗前，迫不及待地想知道答案。门外很快传来脚步声，确信无疑就是女儿，这声音太熟悉了，女儿从小到大，他没有一次误听过。紧接着响起轻柔均匀的敲门声。

"晶晶，进来。"

"爸爸，您猜对了，他真的非常优秀出色。"

"好吧，让他从底层做起，明天晚上开始端菜吧。真心希望他能留下来，像我当年一样，一切从零开始，虽然万般艰辛，回首过去，却又是那么的充实和美丽。走到今天这一步，虽然不是爸爸的初衷，但爸爸问心无愧，了无遗憾。只是咱庙太小，人家瞧不上啊，算了，随缘吧。"

"爸爸——"晶晶想说，自己会竭尽全力挽留他，话到了嘴边却说不出口。她深情地望着父亲，附和道："爸爸，顺其自然吧。"

老周望着心爱的女儿，点了点头。

第二十八章　情中情

绚烂的晚霞在天边燃烧着。酒楼的外场，人声鼎沸，觥筹交错。身着酒红色唐装的女服务员们忙忙碌碌，有的托着沉沉的盘子换骨碟，有的小心翼翼地上着菜，有的在为客人斟酒。有人嫌菜上得慢了，她们得和颜悦色地解释，得用对讲机向厨房催菜。

有些素质低下的食客还会强迫她们喝酒。这时候，她们只能请领班或者经理出面，如果她们不喝，食客就威胁说不买单。这种情况，隔三岔五都会遇到。男女老少，都以为自己真的是上帝，稍有不顺，就恶语伤人，大发雷霆，年轻的女服务员道完歉，领班再赔不是，经理重新道一遍歉，菜金再打几折，方肯罢休。

穿着米黄色唐装的传菜员，一手托着沉重的盘子，一手扶着方形碟子的一边，一路小跑着，一趟又一趟，一晚上下来，不知跑了多少趟，跑了多少公里，却不敢有片刻歇息。

季石坐在角落的石榴树下，看着眼前繁忙的景象，特别是那几个身材瘦小的小姑娘，端着沉重的盘子，似乎双手都会颤抖，他着实为她们捏了一把汗，真的好担心那只三五斤重的大龙虾，在个经意间会滑向地面。高峰的时候，季石悄悄加入传菜大军，他小心谨慎，再三核对菜名、桌号，先就近传送简单的，和服务员交接后快速回到厨房，三五趟下来，他就熟悉了门道，渐渐地也学会了端大盘菜肴。

高潮终于结束了，季石汗流浃背。传菜，看似轻松，其实相当辛苦，不仅需要持久的耐力，还需要高度集中的精力，稍有闪失，一盘成百上千的菜肴就化为乌有。老周站在三楼的阳台上，每个服务员、传菜员、点菜员，他都看得一清二楚。他扫视着热闹的场面，看着进进出出的人群，笑逐颜开，眨眼之间，白花花的银子流水一般涌向自家的金库。"这场面有些应付不过来了，是时候扩大规模喽！"他心里美滋滋的，不停地自言自语着。

晶晶一个人坐在天台上的凉亭里，看着当天的报纸，有时她也会在这儿读书，不时呷一口热茶，这是多年来养成的习惯。可是今晚，她摊开报纸，扫了一眼当天的新闻，却没有任何新鲜感，内心深处万缕千丝，斩不断，理还乱。她悄悄注视着坐在外场角落里的季石，他的一举一动，尽在自己的眼皮底下，他站起身来，走进厨房，充满信心地传送菜肴，接近尾声的时候，汗水湿透了他的白色衣衫，水淋淋的，紧紧贴在后背上，在柔和的灯光里，依稀可辨结实的肌肉。

她感到心疼，他一个文弱书生，在这么艰苦的岗位上不能太久，等他适应了，熟悉了工作流程，就把他调到轻松一些的岗位上去。等她回过神来，季石已经从她的视野里消失了。她一惊，急忙下楼寻找，想让他吃点儿宵夜再休息。她找了一圈依然不见人影，只好作罢。

接下来的一个月里，季石也穿着米黄色的唐装，成了一名传菜员。这些来自四面八方的兄弟姐妹，初中毕业一两年，到了务工的年龄，就远离家乡，独自谋生了。他们干着城市里最辛苦的活儿，挣着最低的工资，上班下班，很少看到他们伤心难过，似乎无忧无虑，挣多少花多少，喜欢什么就买什么，休息日都会结伴去小商品市场淘宝，偶尔还会去附近的歌舞厅跳迪斯科，吼几支流行歌曲，喝几扎冰啤。

季石和他们打成一片，吃住在一起，睡前听他们讲各种精彩的笑话。虽然他们只有初中文化，年龄也不大，却人情练达，他们都热情地称呼他石哥。干上一年半载，积累了一些经验，他们就像流水一样，流向另外一个地方，也许还是传菜员，也许是服务员，也许是点菜员，也许成了领班。新员工又从其他地方流向这里，老面孔不断地消失，新面孔不断地出现，仿佛春天的嫩芽，冬天又离开了枝头。

季石也去了新的岗位——培训部，专门负责新进人员的业务培训。酒店服务业的礼貌用语，客人接待，站姿、走姿，传菜要领，点菜窍门，背诵菜名，花式铺布，餐具识别，餐具摆放，识别酒水饮料，名贵酒的开启、喝法，斟酒礼仪，消防培训，等等。季石恶补了两周，硬是把几本厚厚的书啃了下来，工作也越来越得心应手了。他是一个有活力又有魅力的年轻人，休息日他带着几个伙伴去打篮球，打败了好几支附近单位的球队，比赛的时候，女士们也自发来当啦啦队队员。

季石的加入，让酒楼比从前热闹了许多，一上班，到处洋溢着快乐向上的气氛。新老员工，大家一脸和气，个个彬彬有礼，好几个想另谋高就的员工，又悄悄地收回辞呈。大家上班的积极性更高了，工作效率也提高不少，洗碗的阿姨也对他大加赞赏。

这一切，老周都看在眼里，对于自己识人的本领，他感到无比自豪，但他也隐隐有着一丝担忧——季石到底是什么人？他肯屈就留下来吗？他想把他培养得与大女儿晶晶一样，成为自己的得力干将，酒楼的每个重要部门，他都得去历练历练。

时光荏苒，一晃半年过去了，重要的部门他差不多也都轮了一遍。工作很辛苦，也很充实，有时他甚至忘记了自己曾经是一名医学生，忘记了自己的初衷。

直到有一天，下班的时候，同事们都走了，他在办公室的电脑里打开久违的QQ，看见韦溱的留言，开始是整页整页的，后来是一段一段的，渐渐地变成一行一行的、一句一句的，最后是数不清的问号。那一刻，他心潮起伏，百感交集，泪水夺眶而出。

窗外淅淅沥沥下着雨，他的心里充满了矛盾和愧疚，不明白自己究竟在干什么，在想什么，医科大学毕业后为什么没去单位报到，为什么要远离家乡，远离父母兄弟姐妹，千里迢迢，一个人流浪漂泊至此。已经有一个月没给家里打电话了，昨天收到妹妹的来信，家人非常想念自己，希望自己能够回家过年。还有半年，她也要参加高考了，父亲的身体不太好，可能是操劳过度，半年前还胃出血了一次。每次打电话回家，父亲总是安慰鼓励自己，总是千叮咛万嘱咐，出门在外，要好好照顾自己，不要省吃俭用，从未提起自己胃出血住院的事。

季石双手捂着脸，闭着眼睛，泪水扑簌簌地打在衣衫上。突然想起清代的一首诗《别老母》："搴帷拜母河梁去，白发愁看泪眼枯。惨惨柴门风雪夜，此时有子不如无。"他望着窗外几棵丛植的椰树，长长的叶子不停地滴着雨水，"此——时——有——子——不——如——无——"他满脸愁绪，重复着悲伤的诗句。

许久，他终于缓过神来，流了许多泪水，心情也不那么沉重了。不知什么时候雨也停了，他简单收拾了一下，准备离开，却发现门是开着的，晶晶站在门口。见季石抬头看见自己，她慢慢地走了过来，发现他眼睛红红的，脸上满是泪痕，她掏出自己的手绢递给他，小声温柔地问道："怎么了？如此伤心，能告诉我吗？"

季石没有接受她的手绢，也没有转头看她的脸，只是轻声说道："不用了，谢谢。"

他坐在靠背椅上，晶晶站在他身旁，她不知该如何进一步去开导他。第一次遇见他的那天晚上，自己就失眠了，他就像一滴鲜红的血液，滚烫滚烫的，流遍自己的全身。多少次想对他倾诉心曲，可他总是心事重重，冷若冰霜，让人可望不可及，让人不敢亲近。此时此刻，自己多么想把他揽进怀中，轻轻拍着他的肩膀，安慰他，融化他，给他温暖，给他幸福，给他港湾。季石闻到了一股香水的芬芳，下意识地站了起来，晶晶不知所措，本能地向后退了两步。季石望着她，急忙道歉："对不起，把你吓到了，我想 个人安静一会儿。"

"季石，不要难过，有什么难处尽管说出来，我们会尽力帮助你的。马上要春节了，我给你放半个月假，回去看看家人。"

半年来，晶晶发现，季石是一个勤俭朴实、坚韧善良、克己奉公的男子汉，表面沉默寡言，内心却热情似火，乐于助人。今天偶然看见他哭得如此伤心，他的内心一定有非常大的隐密。他不想告诉任何人，也许是没有找到合适的人倾诉，不断地累积，终于在某一瞬间彻底崩溃了。女人也好，男人也罢，任何一个人都有脆弱的一面，都有伤心难过、悲痛欲绝的时候，都有情感难以自持的时刻。

原来，晶晶就坐在楼上的凉亭里，斜对着季石的办公室，一直没看见他出来，就知道他又在加班了。她想约他一起出去吃饭，时间早的话，还能去看一场电影。她轻轻推开门，这次他不像往日那样端坐在电脑前输入数据，而是低着头，一脸悲愁，不时用手擦拭着眼睛。"他遇到悲伤的事了。"她在心里想着，静静地站在原处，不敢发出任何声响，生怕惊扰了他。

"晶晶，不好意思，没什么，一会儿就好了，我想一个人出去走走，不用担心我，没事的，只是想起一些难过的往事而已。"

"可是你难过成这样子，我能不担心吗？还是我陪你去走走吧，我们找一家僻静的茶馆，散散心，可以吗？"

季石凝视着她那双满怀深情的眼睛，把头转向窗外，他想拒绝，却不知如何开口。他缄默不语，慢慢走向窗户，两只橙腹褐背的小鸟被雨淋得湿漉漉的，细长的爪子紧紧抓着树枝，不停地抖动着羽毛，甩去身上的水珠，偶尔鸣叫一声，声音浑浊嘶哑。他觉得自己又狼狈又落魄，就像在雨中飞行的小鸟，雨下个不停，巢穴却还在远方。

已经记不清多少次了，晶晶那动人的眼神一次又一次扫向自己，千言万语，不经意间就要倾泻而出，而自己总是佯装不知，佯装木讷，刻意回避躲闪，一心扑在工作上。半年时光，他自学了酒店管理的全部课程，专业理论水平不亚于科班出身，可所有的这一切并不是自己梦寐以求的，也根本不是自己的初心，但想要彻底放下离开，却于心不忍。他就这样痛苦又矛盾地过着每一天，伴随着内心深处隐藏着的一丝快乐。见他一言不发，晶晶又难过又着急，她泪如泉涌，一边慢慢地走向季石，一边动情地大声说着："半年了，说短也短，说长也长，我就像你的影子，离不开你，你却像天边的一片云，那么遥不可及，难道你没察觉吗？还是刻意躲避，还是你已经有了意中人？你如此神秘，如此冷漠，究竟为什么，能不能告诉我？"

季石转过身，看见晶晶眼里噙满了泪水，他的心一下子软了下来，突然明白有些秘密是不能长期隐瞒的，就推心置腹地和她谈谈吧，打开这个心结，也许对彼此都有好处。他望着她，心疼地说："晶晶，不哭了，好吗？我一看见女生流泪，心里就特别难受，我们出去走走吧。"

季石走了过来，递给她一片纸巾，晶晶的眼泪却像决了堤一样，她哭得更伤心了，一朵多么让人心碎的梨花啊，在枝头颤动，在风雨中飘摇！季石轻轻把她拥入怀中，想给她一副坚实的肩膀，让她尽情哭泣，哭完了，心情也许会好受些。晶晶渐渐止住了哭泣，她多么想就这样靠着他的肩膀，伤心难过的时候，幸福快乐的时候，就像现在这样，一直靠着，静静地靠着，耳鬓厮磨地靠着，一天，一年，一生一世。晶晶渐渐安静了下来，她不再流泪了。季石轻声说道："晶晶，我们出去走走吧，雨已经停了。"

"嗯，我们去海边吧。"

"听你的，就去海边。"

整个过程，晓颖都看在眼里。"原来如此啊！"她嘀咕着，心里像打翻了五味瓶，很不是滋味，有伤心，有思念，有醋劲，还有恨意，杂糅在一起。

暑假结束后，她就回学校了，舍友们都很好奇，她像变了个人似的，往日那种风风火火的劲头没有了，无忧无虑的笑脸消失了。头一个月开心得像个疯丫头，经常自言自语，有时久久对着蓝天上的一朵白云，傻傻地笑。渐渐地她变得多愁善感、沉默寡言，周末经常一个人在宿舍里悄悄流泪。

半年来，她给季石写了数十封信，为了不被人怀疑，她不敢用学校的信封，而是去邮局购头普通信封，地址栏也不敢写大学名称，而是常常变换着周围十几座城市的名字。她每次打电话回家，总是和姐姐无话不谈，偶尔轻描淡写地提起他，姐姐也是一笔带过，未曾想过，姐姐也在深深暗恋着他啊。一个月前就订好了机票，刚放寒假，同学们就开始着手实习的事了，她归心似箭，什么也不管了，成绩单也未领，头天晚上就收拾好了行李。

飞机刚落地，她来不及喝一口水，就一路风尘仆仆地往家赶。她先是去了季石的宿舍，见门上了锁，她敲了一会儿，没有回应，就知道他一定是在办公室。记得有一次父亲在电话里无意中跟自己说，季石是个完美主义者，工作不留瑕疵，常常最后一个离开。她回到房间放下行李，照了照镜子，头发还是整整齐齐，没有一丝凌乱，她轻声笑了一下，扭了扭纤细的腰，径直向季石的办公室走去。

看着姐姐和季石一前一后走出办公室，晓颖踮着脚尖，轻轻向后退进角落深处，不争气的泪水涌出了眼眶。等他们消失在视线里，她倚着墙壁，一手捂着嘴，痛哭失声。许久，她才渐渐安静下来，一遍遍回味着姐姐的话语，内心又闪烁着一丝念想：为什么他对姐姐也是如此冷若冰霜呢？难道他是夹在姐妹之间，难以抉择吗？还是因为自己的纠缠，他才拒姐姐于千里之外？或者他另有隐情，难道他是有妇之夫？半年不见，他怎么变得如此苍白憔悴啊！难道他也和自己一样，整日茶饭不思，以泪洗面吗？

天色完全暗下来的时候，他们到了海边，大海已经退潮，留下一片广阔的沙滩，隐约可见贝壳闪烁着白色的光芒。他们肩并肩默默地走过沙滩，来到岸边的一座亭子里，相对坐在石凳上。

季石的脑海里迅速闪过半年来的情景——第一次收到晓颖的来信，他非常惊讶，还以为是已经参加工作的同学写来的，可是他们并不知道自己的现状呀，更不会知道自己的地址啊。打开一看，他傻了眼，那热情洋溢、真情流露的文字，让他失眠了好几个夜晚，并不是信里火辣辣的情感感动了自己，而是担心不知该如何去面对两个深情的姐妹。

多少次，单独遇上晶晶时，她那羞涩却饱含深情的目光，让自己心情沉重，又充满了矛盾。终有一天，所有的情感不是崩溃，就是爆发，要来就早点儿来吧，要爆发就爆发得彻底一些吧！为了防止被人发现，看完信，他就悄悄把它烧成灰烬。谁能想到，隔三岔五又来一封，字里行间，他读出了晓颖内心深处的渴望，感受到了她的情感历程。他真的好担心，她会情绪失控，会丧失理智，甚至做出伤害自己的事……

上班下班，白天黑夜，他的思想都在不停地剧烈斗争着，最后只能用疯狂工作来麻痹自己，用忙忙碌碌来逃避情感上的烦扰。信纸上渐渐出现斑斑泪痕，炽热的情感变成悲伤的旋律，如泣如诉，每一封信都像一记重锤，狠狠地敲打着季石的心，让他食不甘味，夜不能寐，痛苦万分。无奈他只好回了几封，第一次回信，他洋洋洒洒写了三页，谈人生，谈理想，谈未来，却未谈爱情，文字深处隐含着"不可能"。再后来他干脆一个月就回一次，只写了简简单单的四个字——寒假再叙。有时他甚至不想打开来信，又担心会伤害晓颖，读完之后就立刻焚毁，不知为什么，信纸点燃的那一刻，他的内心都会莫名其妙地划过丝丝内疚与不安。

上下两层的铁架床，下床放杂物，他睡上铺，床头放着一本书，每天他都会读上两小时，还摆着韦溱的玻璃葫芦。自从那次晓颖私自进门之后，他就把玻璃葫芦收藏了起来。他常常想起在姊妹山的日子，想起五年大学时光，想起韦溱那份刻骨铭心的爱。韦溱，你在哪里？你现在怎么样了？他突然又想起来，韦溱在科学院继续深造呢。每次把葫芦取出来，他都要捧在手掌心里，久久地端详着……

一艘无法靠岸的轮船，泊在海面上，灯光忽明忽灭。四周静悄悄的，两个人面对面坐着，默默无语。晶晶心潮起伏，仿佛从梦境回归到现实中来，她轻轻叹了一声，似问非问地说道："季石——"却没了下文。

季石也从万千思绪中解脱出来，他鼓起勇气感伤地说："晶晶，你可能看出来了，最近几个月，我也不晓得自己是怎么度过的，真的有一种心力交瘁的感觉。好几次，我都想主动约你出来好好谈谈，可是太累了，下班回到宿舍，倒头便睡，半夜里又常常莫名其妙地醒来，再也睡不着，一直到四更天，才又迷迷糊糊地睡去。唉，心乱如麻啊，不知道这样的日子何时才能结束，我好想彻底放下，一走了之啊。"

晶晶一听，突然想起，最近两个月里，每次开会，季石都不发言，总是无精打采，好几回想单独问他，他都刻意回避了，想起那张疲惫憔悴的脸，她的心都要碎了。黑暗中，她的双手在石桌上摸索着，试图握住季石的手，但她不知道季石并没有把手放在桌面上，而是插在口袋里。她温柔而又满是怜爱地说："季石，你究竟怎么了？遇到这么大的困难，为什么不跟我说，不跟我爸爸说？出门在外，我们都是你的亲人，不用顾虑，更不用顾忌，大胆说出来，我们都会帮助你的。这样下去，你的健康会出问题的。我真的非常担心啊，现在就把心结说出来吧，说出来也一定会好受些。人活着，不管遇到什么挫折坎坷，千万不要气馁，相信办法总比困难多，这是爸爸常常教导我的。"

办法总比困难多——多么熟悉的字眼，多么亲切的句子啊！在韦溱家最艰难的时刻，韦老爷子不就常常把它挂在嘴边吗？季石悲痛地摇了摇头，眼角闪着泪花，他不想再隐瞒了，好多埋在内心深处的秘密，就让它们一起生活在明媚的阳光下吧。

"晶晶，你总觉得我神神秘秘，又冷漠绝情吧，其实不是的，只是我有太多的苦衷。我来这里流浪，并非生活所迫，时间也不会长久。我今年刚从医科大学毕业，很快我就会回到家乡，成为一名医生。我只是想在参加工作之前，出来走走，见见世面。我家境贫寒，双亲体弱多病，还有三个正在上学的弟弟妹妹，想当初我满腔热血，异想天开，想去浪迹天涯，想一年后再回去工作，可是现在我已经后悔了，我这样做太不负责任了，父母亲为了我不知付出了多少心血，我却一个人在这里逍遥自在，我心里满是愧疚啊！"

晶晶倾听着，终于明白季石心中的苦痛，但她依然理解不了他为何必须回去，在这儿一样可以生活得很好呀，一样可以照顾到弟弟妹妹呀，在他的内心最隐秘的地方，一定还有一个坚硬的核，有他的难言之隐。晶晶沉思着，等待着，但季石停了下来，没有继续往下说，他未提及韦溱，也没说起晓颖，只是沉默着。

"季石，在这里一样可以行医啊，不一定非得回到家乡去呀。"

"我们那里是贫困山区，更需要我。"

晶晶哽咽着问道："你一定也有心仪的人了吧？"

她多么希望他轻轻摇头，或者一言不发，就这样端端正正地坐在自己面前，但是季石沉思了一会儿，坚定地默默地点了点头。她想挽留，不知如何开口，却深知早已毫无希望。她轻轻咬着右下唇，一瞬间心如刀割，她转头看着左边，那里是一片树林，黑魆魆的，她又望向右侧，远处是一座灯塔，红色的灯光一闪一闪，黑暗中，不争气的泪水又疯狂涌了出来。

季石感受到了她的伤痛，急忙站了起来，站在她身旁，却不知如何是好。

那就让她哭个痛快吧，就像下午自己在办公室里一样，让所有的酸楚、所有的感伤、所有的哀愁、所有的悲痛、所有的无奈，都借着泪水倾泄而出吧！

晶晶端坐着，已泣不成声。季石坐了下来，把她的右手放在自己的掌心上，心想：就让她哭个够吧。良久，她突然笑着自嘲地说："我太愚笨天真了，我怎么就没看出来呢？我早该察觉了，人们不是常常说，无缘对面不相逢吗？好了，回去吧，你也哭够了，我也哭够了，生活还得继续，酒楼还得经营。可这一切并不是我想追求的，我却要把宝贵的青春消耗在这里！为什么我辛辛苦苦地付出，得到的却不是我梦寐以求的，没有一样是称心如意的？我所日思夜想的爱情啊，为什么却是一厢情愿？可悲可叹啊，难道这些都是从我出生的那一刻起，就注定好的吗？难道这就是祖祖辈辈们所说的命运吗？"

"晶晶，人活在世上，每个人都会得到爱情和幸福，就像随处可见的小草和树木，都要开花结果一样，幸福来敲门的时候，总是出其不意的。"

"可是，季石——"晶晶想继续说——"你就是我想要的幸福，你会心甘情愿来敲门吗？"但她没有说出口，而是挣脱季石的手，苦笑着站了起来，开始往回走。

季石觉得她有点儿反常，就跟在后面追了上去。晶晶也不管道路是否平坦，深一脚浅一脚，只顾快速往前走，她好想去借酒浇愁，喝上十来杯，一醉方休。但脑海深处的意识都告诉她不行，爸爸在家一定急坏了，弄不好还会去报警，到处粘贴寻人启事呢。还是回家吧，伤心难过了，悲伤绝望了，家才是真正的港湾啊！她脚步飞快，季石几乎要跟不上了。

见她走进大门后，在生长着睡莲的水池边停下，努力让自己平静下来，然后又迈着轻盈的步履款款而行，他才放心地离去。

老周听说晓颖傍晚已经到家了，就是没见着人影，他等到快打烊了，还不见两个女儿回来。平时，只要都在家，再繁忙，都会回家一起用餐。打电话给晶晶，关机，给晓颖，无人接听，一次又一次，皆如此。既不按时回家吃饭，又没有打招呼，这么多年来，还是第一次。他急得像热锅上的蚂蚁，背着双手，在客厅里来回走着，正想差人出去瞧瞧，却听见了熟悉的脚步声，他仔细倾听了一下，发现只有一个人，颇感意外。

"晶晶，怎么才回来？妹妹呢？"

"爸爸，对不起，今天有事回来晚了，偏偏手机又没电。晓颖回来了吗？"

"她没跟你在一起吗？"

"爸爸，您别着急，我去她房间看看。"

等女儿出去了，老周皱起了眉头，晶晶一进门，他就发现了她的眼睛又红又肿，又不敢当面询问。"究竟是什么事呢？让她如此伤心，会是什么事呢？"他不安地揣度着，想跟去晓颖的房间，又觉得不妥。女儿们从小就知书达理，现都已长大成人，能有什么事呢？等等再说吧。

门虚掩着，晶晶直接推了进去，晓颖面朝墙壁，侧身躺着，肩膀有规律地轻轻颤动着，和往日大相径庭，叽叽喳喳的声音没有了，活泼可人的笑脸不见了。晶晶见状，百思不解：难道妹妹也在伤心地哭泣吗？天哪，今天怎么了？到底是个什么日子呀？心爱的人哭了，自己哭了，和自己最亲的人也哭得一塌糊涂！她急忙上前去唤她，故意笑着说："晓颖，你这是怎么了，和姐姐玩游戏呢？啥时候到的呀？"

听见姐姐的声音，她的肩膀颤动得更剧烈了，索性哭出了声。晶晶把她扶了起来，她喊了一声："姐姐——"似有千言万语，却一个字也说不下去。晶晶让她靠着自己的肩膀，姐妹俩相拥而泣，想起下午自己正是如此倚着季石，心中掠过阵阵忧伤。生怕父亲上来看了会难过，晶晶急忙先止住哭泣，轻轻拍着妹妹的肩膀，像母亲一样安慰着她。

母亲过世得早，长女如母。虽然姐妹俩只差两岁，但因为父亲非常繁忙，姐姐就像母亲一样照料着妹妹，有什么委屈，妹妹首先想到的就是姐姐，而不是父亲，似乎已经习惯了。

"晓颖，你看姐姐不哭了，你也不要哭了好吗？这么晚了，爸爸还在等我们吃饭呢。"

晓颖抬起头来看着晶晶，发现姐姐的眼睛也是又红又肿，心一下子就软了。姐姐太辛苦太可怜了，自己太不争气了，怎么也会爱上那个冷漠无情的人呢？她在心里想着，心疼地问道："姐姐，你的眼睛怎么了？"

"好了，快收拾一下，赶快吃饭去，姐姐没事，可能有点儿过敏吧，一会儿搽点儿药膏就好了，我先下去喽。"

"姐姐，下午你和季石的事，我都看见了……"

可话刚到嘴边，晓颖又咽进了肚子里，她怕姐姐会更伤心。望着姐姐瘦削的背影，她感到深深的自责和阵阵酸楚，多么想为她做点儿什么啊，然而又能为她做些什么呢？

老周让阿姨把饭菜又热了一遍，看着满满一桌菜肴，他长长叹了一口气，知道这一天迟早会到来，只是也来得太突然了，来得太蹊跷了。晓颖回家了也不露面，晶晶也一晚上打不通电话。他正黯然神伤，大女儿进来了，她喊了一声爸爸，拿起三个米色陶碗盛饭。这时晓颖也进来了，她发现气氛不对，也不敢出声，依然和从前一样，坐在父亲身旁。老周一看女儿们的眼睛肿得像桃子，食欲一下子全没了，又不能表现出来。他长叹一声，指着桌上的菜，示意大家开饭，他拿起筷子自顾自大口大口吃了起来。女儿们见状，也急忙夹起米饭往嘴里送。

傍晚下大雨的时候，老周想起窗户还开着，就准备回去查看一下。他的会客室就在季石小公室隔壁，他关好窗户正欲离开，却隐约听见晶晶和季石说话的声音，他站在窗前，仔细听着，后来看见他们一前一后走了出去，他们走了之后，门外不远处却传来晓颖的哭声。那一刻，他全明白了，他真是伤透了脑筋，不知接下来会发生什么事。

晶晶喜欢季石，做父亲的早已心知肚明，晶晶看季石的眼神，哪里能逃得过父亲的眼睛呢？季石是个什么样的人，他都了然于胸，他们喜结连理，自己高兴还来不及呢。他也发现季石对晶晶反应冷淡，不过他倒很乐观，认为时间长了，两个人自然会日久生情，他不相信季石是个铁石心肠的人。

爱情的靓汤，是需要文火慢慢熬的，火候到了，自然是清纯可口。哪里会想到，姐妹俩却同时迷上一个男人呢？等晓颖也走了，他打开季石的办公室，看见他的办公桌收拾得整整齐齐。玻璃瓶里的绿萝，生机盎然，向四周伸展着，非常茂盛，碧绿的叶子一尘不染。他不禁想起，季石刚来第三个月的时候，自己安排他去管理仓库，也是管理得井井有条，找起东西来非常方便，只要说出物件的名字，他都知道摆放在哪里，大到一台冰箱，小到一枚铁钉，他都记得一清二楚，连那些老员工都自愧弗如。可姐妹俩怎么可以同时爱上他呢？这真是一道无解的难题啊，自己该怎么办呢？想到此，老周又旁若无人地叹了一声。

他吃完饭，起身坐在旁边的沙发上，悄悄看了看两个宝贝女儿，觉得晶晶和季石非常般配，又觉得自己的想法太可笑了。见父亲闷声不响，晶晶去端了一盘水果进来，放在他面前，又帮他叉了一瓣莲雾。老周小心接过水果，和颜悦色地说："谢谢喽！"她也粲然一笑，顿时内心好受多了。老周一直等着她们吃完，起身离开餐桌时，才说了今天的最后一句话："这两天就在家里吧，哪里也不要去。"

姐妹俩异口同声地答道："知道了，爸爸。"她们想在他身旁坐下，老周却摆了摆手，示意她们早点儿去休息。晶晶有些惊讶：父亲今天也太异乎寻常了，莫非他都知道了？她太了解父亲的脾性了，要么一声不吭，要么就追问到底。想到这里，她也不敢久留，拉着妹妹的手回房间了。姐妹俩形同知己，无话不谈，寒暑假回来都会同住一室，要么是姐姐的闺房，要么就是妹妹的卧室。

她们刚闩上门，姐姐就问妹妹了："来，告诉姐姐，是不是失恋了？他长得英俊吗？很有才华吗？"晓颖望着姐姐，心有不甘，又觉得自己太卑鄙太自私了，她想帮助姐姐，就认真地答道："他身体结实，身材颀长，才华横溢，敦厚善良。"

晶晶沉吟了一会儿，问道："难道他没瑕疵吗？"

晓颖感伤地说："他有很大的瑕疵呀，他冷若冰霜，我给他写了数十封信，他没有正式回复一次，只有令人心碎的四个字——寒假再叙！"她停了下来，看了看姐姐，想看看她有什么反应，只见姐姐好奇认真地倾听着，似乎若有所思。

"你别停下来啊，然后呢？寒假不是已经到了吗？还是没有叙上？"

"接下来的，你都看见喽，我哭成一个泪人。"

"那他呢，见上了吗？"

"见上了，我一下飞机就匆匆往他那儿赶，赶了半天，赶得天昏地暗，赶上他了，他已经哭成泪人了，一边还有一个美丽女子也哭成了泪人！"

"天哪，晓颖——"

"姐姐，对不起，开学之后，我就不知道家里到底发生了什么事，虽然我常常打电话回家，可你们很少提起他的事情，我以为……姐姐，我错了，我不会再去纠缠他了，可是这半年来，我日思夜想的就是他，我爱他爱得难以自拔，从我冒冒失失闯进他的房间，看见他的书籍的那一刻起，我就莫名其妙地天天想看看他，想和他说上几句悄悄话，想单独跟他出去漫步。尤其是那次我们一起去北山游玩，那种开心快乐，是我从未体验过的，从未感受过的。在山顶上的亭子里，我还悄悄向上苍祈愿：苍天啊，把他赐给我吧，我一定像爱护我的眼睛一样珍惜他，愿他平平安安、健健康康。开学后，这种感觉越来越强烈，我只好提起笔来写下我炽热的情感，那奔涌而出的泪水是温暖的，是幸福的，可是我等啊等啊，等来的是无尽的思念，是冰天雪地般的寒冷，是片言只语的冷酷无情，滚烫的泪水也冰凉了，变得酸楚苦涩。姐姐，为了能立刻见到他，我没有去实习单位报到，直接回来了，为了他我可以放弃一切——"

晓颖说着说着，又开始泪如泉涌。

"妹妹，这是你追求的权利，姐姐没有责怪你，你继续吧，只是——"

她没有往下说，不敢把在海边听到的消息告诉妹妹，担心她悲伤难过。

"姐姐，别再说了，你才是最合适他的，就像树干与树枝、绿叶与鲜花、溪水和游鱼，只有你的钥匙才能开他的锁。"

"妹妹，我的好妹妹啊！"

姐妹俩又紧紧拥抱在一起，晶晶哽咽着说："晓颖，如果有一天，季石离开了，你一定不要难过，姐姐也不会悲伤的。今天我明白了，所谓的爱情和缘分，都是上天已经注定的，谁也无法强求。"

晓颖忽然用力推开姐姐，瞪大了眼睛望着她，惊讶地问道："姐姐，你是说他真的有难言之隐，难道他真的会离开吗？"

"你还记得在他的宿舍里看见的书吗？"

"怎么会忘记呢？半年来，我就一直在猜测，他到底是干啥的。姐姐你一定知道了，对吧？"

晶晶无奈地点了点头，对妹妹还有什么好隐瞒的呢？她把傍晚时分在海边听来的一切和盘托出。

"原来他是 XX 医科大学的毕业生啊，难怪他浑身充满了智慧，那么博学，那么优雅，那么心细，涵养那么高。"

"是啊——"

"姐姐，我一定想方设法，让他死心塌地留在你身边。"

说完，她附在姐姐耳边如此这般小声说着。晶晶听后，脸一下子红到了脖子根，拼命地摇头。晓颖才不会放弃呢，她继续鼓励着姐姐去大胆尝试。

"姐姐，你看这样如何，一定能水到渠成。你就去试试嘛！难道你不是真心爱着他吗？我们又不是去争抢有妇之夫，又不是去犯罪，有何不可？再说了，爸爸又不知道，我一定会保守秘密的。"

"晓颖，以后再说吧，你也看见了，爸爸的心情不太好，岁月不饶人，转眼间，妈妈已经走了十五个年头了，他太难了。爸爸说了，明天哪里也不能去。我想我们俩带着爸爸出去转转吧，今天大家都折腾得太累了，早点儿休息吧。"

说完，晶晶正欲转身离去，妹妹一把拉住她，撒娇地说道："姐姐，你不想跟妹妹睡了？"

晶晶莞尔一笑："来，闻闻，一身香汗呢。"

"姐姐，我们一起洗吧？"

"哼哼，你还没长大呢。"

第二十九章　火焰之上是海水

北国早已大雪纷飞，这里却温暖如春，风和日丽。南海没有冬天。

晓颖泊好车子，找到一处地势较高的地方，坐在树荫下，用望远镜眺望着海面。不远处，游人如织，有的把身子埋进沙子里，有的坐在阳伞下小憩，有的斜躺着享受日光浴，有的提着鞋子感受海水的轻拂。

再往西去，游人渐少，那里有两座小山坡，灌木丛生。那里的海岸仿佛远离人间，非常洁净，也非常的安静。从前，晶晶、晓颖经常和同学们来这里踏浪，所以那天晚上，自己提议姐姐约季石来这里游泳。姐姐和季石刚走不久，晓颖就驾着父亲的车子跟来了，她非常想知道这里发生的一切，她戴上墨镜，耐心地等待着。

"季石，这里南面是海湾，海岸线优美柔和，两座小山环拥着它，像少女一样安静美丽，你一定是第一次来吧？"

季石环顾了一下四周，圆形的灌木丛仿佛刚刚被修剪过一般，黄绿的杂草静静地立在冬日的阳光下，海鸟像卫士一样，缓缓地在低空中优雅地盘旋着，平静的海面像一块深蓝色的镜子，倒映着蓝天白云，他不禁感叹道："真是大自然的杰作啊！"

"晶晶，你常来这儿吗？"

"从前，只要不刮台风不下雨，几乎每个周末都会来，后来就渐渐少来了，准备好了吗？我们一会儿就要跳下去畅游喽。"

"真的？我有点儿恐惧啊，虽然我水性不错，但是我只游过小江小河，从没游过大海。"

"你怕啦？"

季石望着波光粼粼的水面，深不可测，大声回答："有你这位游泳健将在，我有何畏惧的呢？"

"一会儿记得绑上跟屁虫，保险一点儿，要不我这位健将也救不了你喽。"

晶晶向身后的灌木丛走去，一边大声对季石说："面朝大海，闭上眼睛，十分钟后才能睁开哟。"

"好嘞！"

晶晶换上泳装，她心情激动，又有些忐忑。她迈着轻盈的步子，款款走向季石，耳边传来脚踩细草的声音。她走到季石跟前，甜美地说："睁开眼睛看看天使吧！"

天哪，季石几乎要晕厥过去，一颗心咚咚咚猛烈地跳动着，几乎要蹦出胸膛。晶晶太美了，她含情脉脉地望着他，双颊像天边绯红的彩霞，迷人的眼神充满了期待。季石热血沸腾，涌起一股强烈的生理冲动，突然又把头转向一边，空中慢腾腾地飞过一只白色的海鸥。

"两百米之外有一块平坦的礁石，可以坐十几个人呢，现在正是涨潮的时候，已经淹没了，不过我知道它在哪里，跟着我就行喽。"

那一刻，晶晶捕捉到了季石充满渴望的眼神，她的内心也升腾起一股熊熊烈焰。她刚说完，季石就听见扑通一声，晶晶像一条光滑的斑鱼消失在深蓝色的海水中。都过了快一分钟了，还见不着她的影子，季石紧张得全身直冒冷汗，在他犹豫不决之际，晶晶一下子跃出了水面，已经游出了数十米远。她戴着泳镜，仰天躺在海面上，对着天空喊道："季石，你快点儿。"

"马上来。"他跑到树丛后面，穿上泳裤，一路助跑，突然纵身一跃，刺向水面。晶晶见他快速地向自己游过来，用的是自由泳式，黄色的泳帽一上一下，节奏整齐，动作专业娴熟，毫不逊色。她则采用最拿手的仰泳式，像一块小巧的舢板，迅速在水面上滑行。她渐渐慢了下来，透过泳镜，蓝天、白云，全都变成了墨褐色，飞过天空的海鸟，像一只只蚂蚁缓慢地爬过，仅仅隔着一层薄薄的镜片，却仿佛是另一个陌生的世界。

脑海里不停地闪过父亲和妹妹的影子。那天晚上，妹妹提议自己约季石来这里畅游，她知道这是晓颖让自己做最后的努力，可自己深知这是不可能的事情，自己太了解季石了，他不是那种轻易心动的男人，他有自己的原则、愿望和魂牵梦绕的念想。她知道季石去意已决，就让他欣赏一回自己最美的一面，给自己挚爱的男人一个铭记一生的靓影，就权当一次意义非凡的告别吧，假如能让他回心转意，心甘情愿地留下来，不就更完美了吗？

一周以来，她每天都在这种矛盾的心情中度过，每次单独遇上季石，他都若无其事，一副轻松自然的样子，他那累积了半年的矛盾和痛苦，似乎在那一次海边的谈话中，已经得到充分释放，如今心里坦坦荡荡的，已经没有任何思想上的包袱了。

晓颖举着望远镜，举得手臂发酸，当她看见姐姐穿着比基尼款款走向季石的时候，她的心提到了嗓子眼，紧张到了极点。她矛盾重重，一会儿希望季石热烈地拥抱亲吻姐姐，一会儿又担心他真的会那样。当她看见姐姐纵身跳进大海，季石却在岸边发呆，她又开始痛恨起了他，她多么希望他能疯狂地拥抱着姐姐呀，那样的话，他就一定会选择留下来，死心塌地留在姐姐身边，和父亲一起并肩作战。在她希望季石如此的时候，他却偏偏那样了，她不禁在心里叹道："你真是顶天立地的男子汉啊！"在她希望他那样的时候，他似乎又刻意如此了，她又生气地骂道："你真是个不折不扣的孬种！"为什么他的想法总是和自己的相反呢？她急得直跺脚，手臂又酸又麻，却一刻也不舍得放下望远镜。

刚来时的喜悦荡然无存，取而代之的是一阵猛似一阵的感伤，自己就像一叶迷失方向的扁舟，漂荡在一望无际的大海上，死生未卜，落魄孤单，希望渺茫。人生真的是如此悲哀吗？快到那块礁石的时候，晶晶不禁扪心自问。她多么希望自己只是岸边的一棵海枣，一生一世，无论波峰波谷，都愿意陪伴大海潮涨潮落！在故乡的大山深处，有一种粉紫色的兰花，生长在山涧旁的树荫下。自己就是这样一朵美丽的兰花啊，待字深闺，他却冷若冰霜，旁若无人，视而不见！

快赶上晶晶的时候，季石突然呛了一口海水，又咸又涩，他不得不停了下来，站立在水中不停地剧烈咳嗽。他咳得面红耳赤，似乎要把腹腔的肠子也咳出来，随着一声响亮的喷嚏，他的咳嗽突然就止住了。下海时那股强烈的欲望，那团烧遍全身的熊熊火焰，也在一瞬间，被苦涩的海水彻底浇灭了，突然庆幸自己没有失去理智，没有被冲动的魔鬼击垮。他摘下泳镜，发现晶晶双手向后撑在礁石上，面朝蓝天，他高高抬起手臂用力挥了挥，加速向前游去。

"季石，小心，不要磕到石头，它就在水面下。"

快到跟前的时候，晶晶担心他触礁，大声喊了起来。

季石停了下来，点了点头，慢慢爬上礁石，又把头埋进水里，缓缓游了一圈，才发现原来它是一块礁盘，足有六十平方米，倾斜着，像家乡的木头屋顶，最高的边缘若隐若现，容易让人误认为是鲸鱼的脊背。他游到晶晶身旁坐了下来。

"怎么样，不虚此行吧？"晶晶对着天空说道。

"真的是人间天堂啊！如果家在山坡下，就是一箪食一瓢饮，也是莫大的享受啊。两座山坡，构成一道天然的屏障，在山脚下种些果蔬，养些鸡鸭，挖一块池塘，种上水草荷花，池塘中央建座凉亭，再养几只猫和狗，天气好的时候就在附近打打鱼，刮风下雨的时候就闭门读书，过着世外桃源般的生活，惬意啊！可惜，离我太遥远喽。"

晶晶听得目瞪口呆，他真的是与众不同。她有些感伤地说："在故乡的山野深处，生长着一种美丽的兰花，粉紫粉紫的，惹人怜爱，小时候，爸爸经常采一些回家，养在花瓶里，妈妈会挑拣最好看的一朵插在我头上，我就会不停地照着镜子，左看右看，还踮着脚尖看，一边唱着妈妈教的歌曲——季石你看。"

晶晶指着远处一艘漂游的帆船，兴奋地喊了起来。季石抬头看见那片鼓满的白帆，内心一阵惊喜，小时候只是在歌词里认识的船帆，此时居然展现在自己眼前。

"季石，你看那片雪白的帆，多么像一枚别在大海上的胸针啊。有一次，爸爸就是这样把一朵素雅的兰花，别在妈妈的胸前。妈妈深情地说：'我就是一朵兰花，永远别在你的衣衫上……'"

晶晶停了下来，她转过头望着季石。季石默默地听着，他似乎听出了她的弦外之音，却不知道如何回答。

"季石，我知道你去意已决，说什么都是徒劳，恰青春年华，恰海角天涯，爱情却遥不可及！"

晶晶的眼角泪花闪闪。

"晶晶，对不起，我这一生，不会再遇到像你一样美好的姑娘，也许这就是命运吧，我——"

"能抱抱我吗？"

季石轻柔地把晶晶拥进怀里，让她靠在自己的肩膀上，尽情地哭泣。

看到这里，晓颖生气地放下望远镜，她诅咒着季石，骂他是伪君子。她很不甘心，又跑到一处最高的地方，见四下无人，就爬上一棵大榕树，坐在枝杈上继续举着望远镜眺望。突然她恍然大悟，姐姐似乎是靠在他宽厚的肩膀上哭泣呢，他们并没有——"唉，真是以小人之心度君子之腹。"她又开始自责愧疚起来，"他们就是那样了，不也很正常吗？难道那不是自己所希望的吗？不那样，他能心甘情愿留下来吗？季石啊，我真是恨死我自己了，上苍是把你赐给姐姐的，是赐给姐姐的……"

啪的一声，望远镜不知不觉掉到了地上，传来镜片碎裂的声音。晓颖泪流满面，她缓缓爬下树干，坐在树荫下发呆。起风了，榕树的叶子向一边倾去，发出呼呼的响声，风刮走她的粉色太阳帽，不停地撩起她的长发，她却浑然不觉。

第三十章　永别

日暮时分，季石终于回到家乡，他没有通知家人，而是悄悄回来了。山脚下的那棵樟树，叶子飘落了大半，在寒风中瑟瑟发抖。落叶铺了厚厚的一层，走在上面，发出沙沙的响声。小时候，孩子们在这里打闹奔跑，堆着叶子，甚至爬到树上去捉迷藏，这棵苍天古木给自己的童年带来无尽的欢乐。可今天，当他走过落满枯叶的道路时，心里竟有一股难以名状的哀伤。他停下脚步，抬头仰望着那状似穹庐的树冠，天空似乎突然低垂了下来。

刚推开院子的门，他就发现气氛异常的凝重，叔叔舅舅们默默地坐在客厅里，一言不发。见季石进来，二舅对三叔说："不用打电话了，季石回来了。""他怎么知道消息的？"季石听得清清楚楚，一股不祥的预感涌上心头。他来不及放下行李，匆匆问候了一下长辈们，就跑进父亲的房间。只见全家人站着围在父亲床前，妹妹不停地抽泣着，季石的手一松，行李掉到地上，他跪行到父亲病榻前，喊了一声"阿爸"，顿时泪如雨下，泣不成声。

父亲昨天夜里就不省人事了，出人意料的是，上午他又短暂地清醒了过来，还说季石今天就能到家，只说了这句话，又昏迷了过去。他浑身热乎乎的，像要冒出水蒸气，一张脸像枯黄的树叶，双颊深深地凹陷了进去，四肢细长，干瘪的皮肤包着坚硬的骨头，肚皮像气球一样胀得圆鼓鼓的，随时都会破裂，流出黄色的水来，他的嘴角不停地渗出鲜红的血滴……季石一眼就看出，父亲已经是肝硬化晚期！

似乎是感应到长子的到来，老季缓缓睁开了眼睛，眼珠转了一半就没力气了，许久又原路转了回去，又试图重新转动，只微弱地动了一下，就没再转起来。

"阿爸，对不起，我回来晚了——"

季石紧紧攥住他的手，已经开始发凉了。他把脸凑到父亲眼前，父亲努力睁大双眼，似乎有话要说，却已经没有力气了，大约持续了五秒钟，又无力地合上了，再也没有醒来。

"老季啊——"

母亲失声痛哭，全家人沉浸在悲痛之中。此时此刻，季石的内心充满了悔恨。假如大学毕业没有去浪迹天涯，而是直接去医院上班，就有更多的时间照顾父亲，也许就能更早发现父亲的病症；假如自己工作之后，能常回家看看……假如，假如，可是生活有假如吗？人生能假设吗？为了不让自己分心，家人一直隐瞒着父亲的病情。父亲知道自己已经病入膏肓，三个孩子还在上学，能省下一分是一分，好几次都呕血了，就是不肯上医院，最后一次，母亲只好跪下来央求他，父亲才同意去住院，已经是肝癌晚期了，当天父亲就向医生要求出院回家。

季石以泪洗面，滴水未进，跪了一天一夜，终于昏厥了过去，叔叔们把他抬到床上，他被灌了一碗糖水后才渐渐醒来，他想坐起来，却浑身无力。

"我的儿啊，你终于醒了，你吃点儿东西好吗？我已经失去你阿爸了，不能再失去你了，好不好？"

"阿母，我对不起你们啊，你们含辛茹苦这么多年，我却一个人在外逍遥……"

季石再也说不下去，脑海里又掠过那句诗——惨惨柴门风雪夜，此时有子不如无。

父亲过世的第三日，亲人们在南山坳旁边的半山腰找了一处墓地，坐南朝北，向北，一直向北，在遥远的北方，是父亲的故乡。那天晌午，天空下着细细的雨，季石捧着父亲的骨灰盒在山道上缓缓行走着，一位远房堂兄帮他撑着雨伞，后面跟着弟弟妹妹，叔叔们走在前面。

离墓地还有一里地的时候，本来没有路，是前两天才临时开的，砍下的树枝和割断的枯草堆在两旁，湿漉漉的。他的上身向前倾着，略微弓着腰，紧紧贴着骨灰盒，生怕被斜斜飘飞的细雨打湿。走过一段茅草比人高出许多的小道，看见一棵高大的松柏，父亲的墓地就在旁边。向前望去，是微微下斜的山坳，枯黄的茅草经受不住强劲的北风，成片成片地向一边倒去，几只乌鸫在低空中快速飞行着，落进枯草深处。

季石又检查了一遍墓穴，确定里面没有渗水，才将一个碳化的木盒放进墓穴中央，再小心地把陶制骨灰盒缓缓推进木盒中，轻轻地扣上木盒门，一块一块垒起石砖。封闭墓穴的时候，他忍不住泪如雨下，悔恨难当。当他双手捧起最后一块墓砖，再也抑制不住内心的悲伤，双手一颤，石砖掉了下来，他双膝跪地，泣不成声。叔叔急忙把他扶向一边，帮他封上最后一块墓砖。

"阿爸——"

四个孩子跪在墓前，撕心裂肺地呼唤着。

细雨不停地飘洒着，若有若无，却打湿了每个人的头发，天空灰蒙蒙的，远处群山隐隐，冬日的寒冷伴随着阵阵北风，不停地侵袭过来。

第三十一章 今天，你烧油了吗

整个春节，季石足不出户，白天帮母亲做些家务，晚上给马上就要高考的妹妹辅导功课。他已经决定去市第一医院上班，不想也不能再远行了，这样就可以常回家看看，更好地照顾家人。

元宵节的晚上，当他悄悄收拾行李的时候，不禁又想起六年前自己大病未愈的情形，也是在这间屋子里，他整理着准备带去医院的东西，一切都恍如昨日，时光怎么会如此之快呢？人生怎么会如此的意外呢？当年自己已经被医生判了死刑，却又出人意料地活了过来，父亲未逾古稀，却永远告别了人世。想起操劳一生的父亲，他潸然泪下。母亲进来坐在季石身旁，帮他拭去眼角的泪水，他抬眼望着母亲，欲言又止。

"季石，不要有心理负担，谁能想到呢？谁不想多活几年呢？哪个父母不想看着子女长大呢？这都是命，听阿母的话，不要再难过了，只要你们平平安安，就是给我们最大的安慰。"

"阿母——"

母亲把季石的手放在自己掌心里，慈祥地说："石儿，你只管放心去吧，不要总牵挂着家里，弟弟妹妹们都长大了，都非常懂事，我已经不用太操心了，想去哪里就放心去吧。"

"阿母，我决定了，我要在离家最近的地方工作，明天我想去市第一医院看看。"

母亲担心地问道："咱家没有门路，恐怕不行吧？"

季石急忙安慰道："阿母，你放心，你儿子当年可是县里的高考状元，是名校的毕业生，念的又是医学，很容易就业的，市里的不行，省里的肯定行。只是省城离我们家太远了，回来一趟太不方便了。"

"石儿啊，你就去吧，你阿爸在九泉之下会默默保佑你的。"

翌日，天刚破晓，季石正要出门，母亲把煮好的一袋红壳鸡蛋塞进他的背包，叮嘱他在路上吃，他小声应着，别过母亲就上路了。路面有些湿滑，结着一层薄薄的白霜，当他走到樟树下的时候，回头看了看，发现母亲就站在不远处目送着自己，冷风阵阵，稀疏的树叶发出沙沙的声音，又随风飘落了一些。他停了下来，喊道："阿母，天冷，快回去吧。"

"石儿，路滑，你慢点儿走。"

"知道了，阿母，你快回去吧。你不回家，我也不走了。"

母亲太了解季石了，他说到就能做到，她只好转身往回走。

临近中午，他终于来到市第一医院，和六年前自己来住院的时候不同，医院焕然一新，启用了新的住院大楼。季石仔细数了一下，一共有十八层，规模不亚于大学附属医院，门诊楼墙上悬挂着的牌子上，赫然写着××医科大学教学医院。季石觉得凭自己的条件，一定可以轻轻松松来这里上班。传统类型的医院，布局大都千篇一律，少不了门急诊大楼、住院大楼、医技大楼，等等，他轻车熟路，很快就找到了院长办公室。

中午十二点，院长正准备下班呢，他看见门口有些腼腆的季石，很不以为然，以为是来推销医药器材的，刚想开口说："我下班了，有事下午再来吧！"季石看出了他的心思，急忙抢先说道："院长，您好！我是来找工作的，我半年前刚刚从 YY 医科大学毕业。"

院长惊愕地盯着他，自己当了十年院长，还是第一次遇上这种事，老半天才冒出一句话："YY 医科大学？"

建院以来，还没有一个医学生主动上门找工作，都是每年招生季，医务部派人到省城的医学院去招聘，择优录取一批人，招不满的话，每年春秋两季，卫生局还会组织两场统一考试，分别是笔试和面试，还没有人直接上医院要工作的。

院长有些意外。市第一医院规模庞大，是省属医科大学的教学医院，承担着市区和周边十个县的危急重患者的救治任务，但因地处偏远山区，经济落后，特别是近十年，人才都流向沿海发达城市，各科室人才断层严重，青黄不接，不要说名牌医科大学的毕业生了，省属医科大学的优秀毕业生也不想来，一些艰苦的科室，已经好几年招不到人了。因为这事，自己成日愁得吃不下、睡不着、笑不出。

当季石说出曾经苦读五年的大学名字和在国内顶尖的医院实习一年的经历时，院长更不敢相信自己的眼睛和耳朵了。他让季石放下背包，对他左看右看，上看下看，还是不敢相信，只好佯装和蔼亲切实则狡黠万分地问道："你真的没有肝脏方面的毛病？或者其他毛病？"

院长以为，季石肯定是在其他医院检查出严重的疾病而被淘汰下来的，迫不得已才来这里碰碰运气。季石看出他的心思，觉得好笑，眼前的这位院长真神奇，难道他用人的标准就是看人家有没有病吗？他坚定果断地回答道："我非常健康，没有肝脏方面的毛病，不信可以采血看看！"

院长有些不好意思地说："嗯，这倒不必了。"但他还是不甘心，紧紧盯着季石，深吸了一口气，继续盘问他，"你真的没有残疾？"季石几乎要笑出声来，他平举着手臂，张开手掌，认真地说："院长，您看我不是好好的吗？十根手指，两条腿，灵活着呢，我还曾是校篮球队的中锋呢。"

院长不屑地反驳道："光说没用，你走几步给我看看。"

季石放下背包，昂首挺胸，摆起双臂，在院长室里来回走了两趟，走姿端正优雅，像在酒楼上班时一样。院长看了，没有他想象中的佝偻着背跛着脚行走，顿时嘴角浮起一丝笑意。可他还是不放心，担心他是个骗子，可人世间哪有上门不行骗只要工作的骗子呢？他继续不着边际地问："你是本地人吗？"

季石点了点头说："我不是市区的，是××县农村的。"

"带身份证了吗？"

季石掏出身份证，双手拇指和食指捏着呈给他，见院长仔细地辨认着上面的照片，季石急忙解释说，那是高中毕业时拍的，已经整整过去六年了，有了一些明显的变化。院长一会儿看着身份证，一会儿又瞟了一眼季石，自言自语地说："确实有几分相像。"他仿佛又想起了什么，充满怀疑地说道："我听你说话，怎么像北方的口音，一点儿不像南方人？"

"因为我在北方念的大学，口音是变了许多，家人也是这么说我。"

院长又从头到脚看了一遍季石，见他朴素诚恳，不像华而不实的小孩，决心把他收入麾下，便进一步问他："带学位证了吗？"季石打开背包，拿出烫金的棕褐色毕业证和绿色学位证。他正准备呈递给院长，没想到院长一把抢了过去，看都没看，就把它们锁进了抽屉。他担心季石会反悔，像他这样的人才，不要说市里，就是到了省城，也一样是非常的吃香啊。见季石有些诧异，院长笑着亲切地说："回家好好准备一下，一周之后来上班。"

"谢谢院长，那我的证书呢？"

院长犹豫了一下，一本正经地说："哦，证书就先搁我这儿吧，等要用了再来取。你尽管放心，丢不了的。"

"好嘞，谢谢院长！"

太阳快落山的时候，季石就到家了。母亲还以为他要过两天才会回来，听他说下周就可以去市里上班了，她喜出望外，连日来脸上的阴霾瞬间一扫而空，内心激动万分。她默默地感谢着菩萨对季家的荫佑——咱家可是没任何门路，真是积善之家必有余庆啊，我一定要好好做人，心存善念，让善根代代相传，报答菩萨的恩情。想着想着，她就流下了感伤又幸福的泪水。

母亲看着季石狼吞虎咽地吃着晚餐，心里感慨万千。时间过得太快了，小时候，他光着屁股在村里的小河湾仰泳的样子，又浮现在眼前，那时怕他偷偷跑去游泳，怕他溺水，成日提心吊胆的，如今他已经长大成人，马上要去市里当医生了。将要从一条小溪，游进大江大河，他能适应吗？他还会像小时候刚学游泳时那样经常呛水吗？

她静静地坐在儿子对面，见他吃完了，就严肃地说："石儿啊，阿母没啥文化，也不晓得太多的道理，但阿母知道，医生就是给人看病的，要像县里的张大夫那样，处处为病人着想，我们一家老小都是找他看的哩。他对待每个病人都非常好，现在他退休了，还经常免费给人家看病呢！县里的几十万人，有谁不晓得张大夫啊，真是个好人啊！上苍一定会保佑他健康长寿的，他的子孙后代也一定会得到庇护的。"

季石认真地听着，他也严肃地说："阿母，我记住了。"

"阿母也相信你哩，你是弟弟妹妹们的榜样哩。"

"阿母，我去整理东西了。"

弟弟妹妹离家去上学，房间里空落落的，季石望着一堆箱子出神。他从初中开始就住校，一直到大学毕业，如今是要去工作了，怎么突然觉得自己是个大人了呢？之前可没这种感觉呀。他打开行李，那个玻璃葫芦一下就跃入了眼帘，他不由自主地停了下来，是把它藏在家里，是带在身边，还是把它寄到老人那里，他一时也拿不定主意。

最小的妹妹才上初中二年级，至少五年之内自己不可能再去读研究生了，五年之后，甚至十年之后的事，谁能知晓呢？还有不到半年的时间，又是暑假了，不知韦溱会不会回来，毕业之后就没联系过，她在 QQ 里留下了千言万语，自己可是没回只言片语啊，也不知她会不会找上门来。"唉——"季石长叹一声，把它收进柜子里。

当整理书籍时，他又看见那本厚厚的诗集，多么熟悉的草绿色封面啊，整个中学时代，他不知读了多少遍，许多首，他都能倒背如流。他把目光停留在崭新的书脊上，随手一翻，怎么也没想到会翻出最爱的那一首《热爱生命》——

我不去想是否能够成功

既然选择了远方

便只顾风雨兼程

……

只要热爱生命

一切，都在意料之中

最后一句，他连续读了三遍，一股浓浓的惆怅涌上心头。

那天，到了机场，两个人默默地走着，"真是合适的地方，完美的人，却不是合适的时间啊",这一别,也许再也不会有相逢的时候了。晶晶这样想着,眼里闪烁着泪光,她突然停了下来,望着季石,充满感伤地说道:"假如——"她再也说不下去,泪珠唰啦啦地涌了出来。季石放下行李,把她拥进怀里,轻轻拍着她的肩膀,轻声说道:"晶晶,不要哭了好吗?我想有一天,我们还会见面的。"

"季石,我确信你不会回来了,你是一个说到就会做到的男人,你志在悬壶济世,还会再回来管理区区一家小酒楼吗?"

晶晶泪流满面,不舍又不甘,激动地说着。季石不知道该如何回答,只是小声说着:"晶晶,不是这样的,我只是一个普普通通的人,只是有点儿自己的想法而已。"

"季石——"

"晶晶,该说的我都已经告诉你了,你还记得吗?那次在海边,我已经掏出心窝子了,这是命运。"

"说得轻松,命——运——你可知道,你这一走,我一辈子都会伤心难过吗?你怎么可以这样自私,怎么可以如此狠心绝情,怎么可以……"

"晶晶——"

行人都用异样的目光看着他们,有人甚至站在不远处一直看着。季石轻轻推开她,把她扶到旁边的花坛坐下,不知该如何安慰并导她,既怕错过了登机时间,又希望那一刻永远不要到来。她的情绪如此不稳定,还能再驾车回去吗?季石真的好担心,可是自己又不得不离开这座城市,他焦急地想着,对于一个伤了心的女人来说,能用什么方法来安抚她呢?自己系了铃,却不能解开这个铃,真是非常的无奈啊。他试着问道:"晶晶,我也只是一个穷小子,身上并没有什么贵重的东西,临别之际,无以相赠,这本跟随了我五年的《资本论》就作为礼物送给你吧,你一定用得着的,仔细研读,一定会有很大收获的。"

父亲的书房里就有一本,自己也曾经粗略地读了一遍,但她没有说,而是默默地接过季石递过来的书。她渐渐冷静了下来,停了一会儿,悲伤地说:

"我知道你是一个爱读书的人，我也带来了一本诗集，我非常喜欢它，尤其是那一句——只要热爱生命，一切，都在意料之中。多么适合此刻的你啊——大学毕业不去工作，却来浪迹天涯，相识相知美好的女子，却无法相爱，不敢相爱，情到浓时却不得不离开。这一切，难道早在你的意料之中了吗？我说得对吗？"

季石大吃一惊，天哪，虽然自己和她朝夕相处了大半年，却从未听她谈起过诗歌，她真是深藏不露。每天起早摸黑，忙里忙外，尽是酒楼大大小小的事情，甚至是一些鸡毛蒜皮的事，原来这只是表面现象，只是生活的一小部分而已，她有着常人不知的丰富多彩的精神世界。

记得那一次有件棘手的事去找老周，偶然进了他家的书房，当时他就非常惊愕，那哪是书房呀，简直就是一座图书馆，层层叠叠的书架高到了天花板，上面摆满了各种颜色封面的书籍，都是一些难啃的大部头。他们家的藏书如此丰富，也不知是摆设，还是真的博览群书。

早有耳闻，老周是一位儒商，他资助了几十个西部的孩子，直到他们高中毕业考上大学，在家乡的贫困山区，还出资建了一所小学。有其父必有其女，自己今天才真正认识了晶晶。难怪她在上大学期间，寒暑假回家，帮忙父亲管理酒楼，很快就成为他的左膀右臂，她不但能力超群，而且博学多才，更难得的是，她心地善良，乐于助人。

"晶晶，我真的自愧弗如！今天我才真正地认识你。记得上初中的时候，我也非常喜欢这首诗，尤其是最后一句，'只要热爱生命，一切，都在意料之中'，影响了我许多年，过去，现在，一直如此，将来肯定也是如此。没有人能告诉我，我也不知道我的选择，究竟是对还是错。正如之前我和你说过的，本来我是想来流浪一年的，哪里想到会摔下山崖，摔得身无分文。刚来不到半年，我就后悔了，我常常想起家中的老父亲和老母亲，他们体弱多病，却供养着四个上学的孩子，我好不容易大学毕业了，不仅不能帮他们分忧，却一个人在这里不务正业。唉，我好想给自己几个响亮的耳光，让这具麻木的躯壳彻底清醒，我这个七尺男儿到底算不算一个人，还是根本就是一个禽兽不如的东西。"

晶晶已经止住了泪水，她深情地望着季石，哀伤地说："季石，只有五分钟就开始登机了。"

季石的眼里闪着泪花，他把晶晶紧紧地拥入怀中。两个人默默无语，此时无声胜有声。

最后十秒钟了。

"晶晶，请珍重。"

"季石，失意了就回来。"

飞机起飞了，晶晶站在高处，看见它斜着身子在空中爬坡，渐渐远去，消失在视线里，带走了日思夜想的那个人，却无法带走对他的思念，无法一起带走缕缕丝丝斩不断的忧伤。她怅然若失，像一只断了线的风筝，缠绕在树梢上，风不停地吹着，折断的翅膀不停地发出哗啦啦的响声。

在八千米的高空，透过舷窗，向下望去，厚厚的云层，在阳光的照射下，晶莹透亮，甚至有些耀眼，飞机仿佛在云朵的海洋上慢慢滑翔。季石心情沉重，充满了矛盾，他也搞不明白，自己没做错什么，心中却萦绕着深深的愧疚感。庞大的飞机呀，在远离人间的高空中，似乎越走越慢，载不动呀，载不动一个人的许多愁。

一朵真诚的玫瑰，带着清晨的露珠，在天涯静静地含泪绽放。季石合上那本诗集，眼前不停地浮现出晶晶的笑容，还有那在大海上畅游的美丽动人的倩影。他心潮起伏，走出房间，走进月华如银的院子里，望着天边那轮开始出现缺损的月亮，心中充满了惆怅，久久不能平静，只希望尽快投入繁忙的工作中，越忙越累越好，尽快忘掉这一切吧。

一周后，季石就去医院上班了。里面有好多年轻的医生，大家都在轮转，每个科室都要去培训几个月，三年后才能定科，最终能定在什么科，那就是八仙过海——各显神通了。季石最先去的是骨科，两百张床，三个病区。这里是山区，山路十八弯，车祸时有发生，又有一些中小矿山，矿工们也经常受伤。病房里常常住满了病人，一到雨季，逢年过节，道路交通事故频发，也是骨科最繁忙的时候，有时甚至一床难求。

季石每天早上六点起床，七点钟到达科室，马上进入工作状态，九点半去手术室，做第二助手，经常是下午一点之后才结束手术。一些比较复杂的手术，常常得坚持到下午三点之后，匆匆吃完午饭，就去给病人换药，一直换到下班，草草吃过晚饭，就去办公室书写医疗文书。凌晨时分，累得筋疲力尽，终于可以上床啦，后背刚挨上床板，就呼呼睡着了。

天天如此，月月如此。一晃半年过去了，这半年里，他居然忙得没出过医院的大门，人也瘦了一圈。每天清晨，闹钟响过三遍之后，一双沉重的眼皮才能勉强抬起来，多么想再睡五分钟呀，这样下去，非累死不可。

上天保佑，接下来的三个月他去医技科室，至少不用伏案写文书到深夜了，终于可以喘口气了。早上七点半到科室，下午五点准时下班，每周日还可以休息一天。他矫健的身姿像一阵阵旋风，又出现在了运动场，在这里尽情地挥洒着快乐的汗水。

十五年前，医院的篮球队还是很有名气的，每年在市里的各种比赛中，都能进入前三名。岁月不饶人，那支风光多年的球队，如今也已经衰败，最近几年，在第一轮初选赛就被淘汰了，两年前甚至连报名的勇气也没有了。运动场也彻底荒废喽，由于年久失修，杂草丛生，木质篮球架似乎也摇摇欲坠，风吹过，居然发出吱呀吱呀的叹息声。

近几年新入职的年轻人，男生也好，女生也罢，个个都是运动健将，他们自发清理了一遍场地，重新拉上了羽毛球网、排球网，乒乓球桌也被擦洗得干干净净。院长看在眼里，乐在心里，当年他就是球队的总教练。同一年，球队的几名主力队员，有的调到了省里，有的病倒了，偌大一家医院，连替补队员都物色不到，好好的一支球队一下子就垮了。院长才幡然醒悟，医院已经好多年没进新人了，人才断层严重，青黄不接。

这些年，城区面积不断扩大，市区人口也不断增多，医生数量却严重不足，原来十个人的工作量，现在得五个人来承担，那些年富力强的医生，早被工作压弯了腰，哪里还有精力打球呢？但不运动不锻炼，工作哪能长久呢？

十年来，医院病倒累垮了多少医生啊！医生没有健康的身体，又哪来全市几百万人口的健康呢？院长掏出手机，当即把总务部、财务部负责人全部召来，现场办公，划出不小的一笔经费，立刻重新整修运动场，让医院重新焕发生机，让球队重振雄风。

　　三个月后，高标准的各种球场相继投入使用，篮球场、网球场、排球场、羽毛球场、乒乓球场分散在医院各个僻静的角落，四周古木参天，树荫浓密，树枝上挂着醒目的标语——每天锻炼一小时，幸福工作一辈子。

　　幽默的医生们用上了专业知识，把体育运动说成是燃烧脂肪，也把医院的口号喊成了——每日烧油半小时，幸福生活一辈子！好长一段时间，人们在下班的时候碰上了，都会快乐地问一句：今天，你烧油了吗？旁边还专门配备了休息室，坚持运动的人还有各种各样的福利，每月发放电影票，持运动卡在医院的小超市里购物可以打折——在这里打球太舒服了，简直是一种享受啊。

　　渐渐地，各种场地充满了锻炼的人。清晨，一些退休的老职工在这里打太极，再打上几轮乒乓球，活动活动筋骨。傍晚的时候，各部门的运动爱好者，不约而同地来了，有的用医院的球，有的自带球拍来切磋技艺。院长也有意组建一些球队，代表医院去参加市里的比赛，丰富大家的业余生活。通知下发到各个科室，有各种运动特长的人都可以报名，性别不限，年龄不限。一个月不到，医院就成立了篮球队、网球队、羽毛球队、乒乓球队，也都选出了教练，必要时也会请附近大学的体育教练来指导。

　　季石刚找回打篮球的快乐，又得去心脏内科轮训了，没有了手术和换药的烦恼，却有查不完的房，写不完的病历，没空喝水、没空如厕的日子又回来了。

　　和刚去骨科时一样，早上七点钟到办公室，开医嘱，交班，推着病历车跟上级医生查房，常常查到下午快两点了，才去食堂草草吃顿午餐，又投入紧张的工作中，像陀螺一样转个不停，细细的转轴几乎要冒出火星，可以上床的时候，往往已经是凌晨时分。

日子辛苦，却快乐充实，当像一个瘫痪的人一样，把精疲力竭的躯体靠上床铺时，是他最开心的时刻，今天又学到很多专业知识，比昨天又进步了一点点，他带着满身的疲惫，很快就进入了梦乡。

日子像发条一样，时紧时松，让人感觉不到岁月匆匆。一夜北风吹落了许多树叶，又一阵风吹来，这些飘落的叶子，像长出了双脚，不停地向前跑去。太阳上山了，就去办公室，月亮下山了，就回寝室，一日又一日，每次都是急匆匆地走过，无暇顾及路边的一草一木，更无法站一会儿，倾听花谢花开。当他走在落满黄叶的小路上，突然觉得不忍心从上面踩过去，突然想坐在路边的石凳上，仔细看看那些饱经风霜的叶子，是怀着怎样的心情离开枝头的，才发现时光飞逝，自己来这里已经一年了。

过了元宵，传统的春节就结束了，职工也回来了。医院要举行一次篮球比赛，为半年后参加市区预选赛热身，顺便卸掉春节好吃好喝累积下的赘肉。季石因为还在肾脏科轮训，就代表内科系统参赛，他的好友朱安代表外科系统比赛。在院队中，季石是中锋，而朱安是大前锋，和季石并肩作战的是控球后卫，而得分后卫和小前锋则成了朱安的左膀右臂。

白天要上班，比赛只能在夜间进行，一周打一到两场，整个篮球赛季，持续了两个月，每一场比赛都精彩纷呈。角逐冠亚军的那一场，不仅吸引了本院的职工，连周边的群众也前来观看，球场四周挤满了人，高高的树杈上也坐了人，住在高层的病人们也站在阳台上喝彩，那热烈激动的场面，一点不亚于 NBA 现场。

那天晚上，春寒料峭，篮球场上灯火通明，热闹非凡，院长亲自当判裁，虽然他是外科系统的，但他不偏不倚，铁面无私，年轻的护士们组成啦啦队，球场四周被围得水泄不通。

"季石，加油！"

"加油，朱安！"

"加油，内科！"

"外科，加油！"

加油声，惊呼声，叹息声，欢笑声，不绝于耳。双方势均力敌，比分也是一方紧紧咬住另一方，好不容易反超一分，对方就进了个三分球，又落后了两分，这方刚想击掌庆贺，那方就组织了一次强有力的进攻——又进了一个两分球，比分又持平了！

　　比赛进入胶着状态，难分胜负，球员们个个汗流浃背，替补队员也换了好几拨了，双方的主力队员都累得气喘吁吁。球场渐渐安静了下来，大家屏息观看着，似乎比赛的结果事关能否保住自己的饭碗一样。大家紧张万分，充满了矛盾，既希望比赛快点儿结束，又担心自己喜欢的球队只能得亚军，有人希望内科系统得第一，有人盼望外科系统拿冠军。

　　随着比赛进入僵持阶段，再如此拼耗下去，只能是拼双方的体力了。不行，不能再这样硬拼了，得悄悄来点儿计谋。季石举手向裁判请求暂停，他招呼大家过来，围成一圈，低声说着什么，队员们认真地点着头，又分散开去。

　　突然，前排的啦啦队中，传来清脆悦耳的声音——

　　"季石，加油，你是最棒的！"

　　像一名高超的交响乐指挥，话音刚落，就响起了一片声音洪亮、节奏整齐的高呼声，又戛然而止，似乎事前偷偷排练过一般。就在这一瞬间，倒了好几圈的篮球终于传到季石手中，一个漂亮的跳投，篮球无声无息地在空中翻滚着。

　　"哇，又一个三分球！"

　　"季石，加油！季石，加油！"

　　人群中响起雷鸣般的掌声。

　　"我一加油，他就进球！"上官艳艳激动地说着，一朵红霞悄悄飞上她的双颊，她仿佛意识到了什么，迅速扫了一眼四周，见大家紧盯着球场，一颗七上八下的心才平静下来。

　　见她从容大方地为季石加油，在球场另一边的欧阳莉莉也大声地喊了起来："朱安，你是最优秀的，加油！"

"朱安,加油,你最优秀!"

她的姐妹们也异口同声地振臂高呼。双方的粉丝你方唱罢我登场,此起彼伏,气氛异常紧张。区区一个篮球场,仿佛成了两军对峙的战场,双方都在猛烈地击鼓,双方都是背水一战!

对方的控球后卫经过自己身边时,季石巧妙地把它断了下来,他没有像对方的球员那样,快速地奔跑。为了让球员们在奋战中得到休息,他把球传了出去,在队员中来回倒着,篮球仿佛长出了脑子一般,目标明确地在空中飞舞着。瞅准一个机会,季石快速冲到最佳位置,以迅雷不及掩耳之势,高高跳起,从空中接过传来的球,直接砸向篮筐。

"哇——季石——我一加油,你又进球了!"

上官艳艳突然站了起来,高声惊呼道。季石刚从空中落回地面,他的绝杀宣告比赛结束。

自从医院有篮球赛以来,都是外科系统得第一名,内科系统还是第一次得冠军,这也出乎所有人意料。人们议论纷纷,说全能型的得分手季石,将来也一定会属于外科系统,现在只是暂时在内科轮训而已。院长站在赛场中央,也即兴发表了简短的讲话,他感慨颇深,也非常高兴,长江后浪推前浪,医院员工在德智体美劳各个方面,都得到了全面充分发展。

散场时,季石匆匆走进人群,上午查房时十五床的病人一直尿血,比赛前他跑去看了一眼,尿色转淡了一些,不再那么红了,可他还是不放心,想睡觉前再去看一眼病人,这样他才能安然入眠。

上官艳艳站到最高的台阶上,四处寻找季石,今夜,她有些激动,有许多话想对他说,他在赛场上飒爽的英姿,他的卓尔不群,他的谦逊亲和……总之都是夸奖赞扬他的肺腑之言。人群里没有找到他,她心急如焚,几乎要流下泪水。球场上的人走得差不多的时候,她听见有人在耳边轻声唤自己,她心里一热,回过头来见是朱安,他正微笑着看着自己。

"艳艳,一起去吃夜宵?"

"今天太晚了,我早上来医院到现在还没回家呢。"

"没关系，一会儿我送你回去吧。"

"不必喽，我和莉莉约好了，一起骑车回家。"

这时欧阳莉莉也过来了，她含情脉脉地看着朱安，他却毫无表情地扫了她一眼。

上官艳艳趁机对莉莉说："我先去牵车子喽，一会儿路口见。"

"好的，我马上就来。"

她们从小就是形影不离的好朋友，小学、中学、大学，念的都是同一所学校，毕业后艳艳被分配在手术室，莉莉则去了神经外科。由于工作出色，长相又甜美，两个人都成了科室的红人。虽然是闺密，相互之间还是保留了一些秘密，言语之间，艳艳发现莉莉喜欢朱安。每当此时，艳艳就微笑着望着她，而对自己的爱情守口如瓶。每次遇见朱安，他那充满着渴望的眼神已经明白无误地告诉自己，朱安真正恋着的人是谁，但她从来不敢对莉莉说。

"朱安——"

莉莉想约他周末一起去看电影，她还没来得及说出口，朱安就借口有事先走了，把她一个人撂在黑暗中，那时球场的灯光已经熄灭了。也是到这个晚上，莉莉才证实了自己一直以来的担心，朱安爱的是艳艳，而不是自己！愤怒悲伤的泪水涌出她的眼眶，像断了线的珍珠，不停地滚过她的脸颊。她掏出手机，按下艳艳的号码，刚响一声就挂断了，她不想让她听出自己的悲伤哭泣，她迅速发了一条短信给艳艳，说自己有事让她不用等了。发完信息，她独自一人坐在冰凉的台阶上，默默流着眼泪。

艳艳看了手机短信，就猜到了八九分，一定是朱安冷落了莉莉，她太了解好友了，她一定还一个人在球场上，艳艳担心她会非常难过，就想折回去安慰她，迎面却看见朱安正朝自己走来。也不知是要立刻掉头回家，还是回去寻找莉莉，她一时拿不定主意，正犹豫间，朱安已经到了跟前，他也知道她在等莉莉。他笑着说道："艳艳，刚才都没有为我加油呀！你为哪方加油，哪方会就取得胜利。"

艳艳一听，脸顿时就红了。橘色的路灯应该可以掩饰自己的羞涩吧，她心里想着，笑着回答："谢谢喽，我也担心同时给双方加油，怕要战到天明，也分不出胜负来。"

"艳艳，后天周六，下午我开始休息，我请你吃饭，然后一起去看电影，好吗？"

"对不起喽，后天家里有客人来，我不能离开。"

"艳艳，那你选一个时间吧。"

这时莉莉骑着摩托车刚好下来，她看见朱安和艳艳挨得那么近，似乎在交谈着什么。她气不打一处来，用力按了几下喇叭，快到他们跟前的时候，又迅速踩了一下油门，向前窜去。艳艳认出了莉莉的车子，她没心思再回应，也立即跨了上去，发动车子，猛踩油门。

"上官艳艳，我终于看透你了，我要和你绝交。"

欧阳莉莉快速骑着车子，泪水奔涌，脑海里不停地闪过这个念头。艳艳费了九牛二虎之力，最终还是没能追上。到家的时候，她立刻打电话给莉莉，但她已经关机了。

第二天下班的时候，艳艳去科室找莉莉，在更衣室门口，她见到了她，但是莉莉重重地把门关上了，把她一个人晾在门外。艳艳耐心等着，莉莉换好衣服出来，径直走向电梯口。艳艳紧紧跟着，一边大声说："莉莉，你误会了，我和他没有任何关系。真的，我　　　"

她想大声对莉莉说——我喜欢的不是他，但她却难以启齿。

莉莉没有停下来，而是直接按下了电梯键。艳艳愣在原地，心里五味杂陈，她是不可能听自己解释了，看来只能给她发短信或者写信了。

周六上午手术的时候，艳艳为了不让朱安分心，还是像往日那样帮他穿好手术衣，直到手术结束，除了和工作有关的，她没再说一句话。应该找个时间，和他好好谈谈，自己和他是不可能的，可是人家并没有对自己说那三个字啊，或者给他发个短信说莉莉深深爱着他，可万一莉莉已经向他表白，又被他无情地拒绝过呢？唉，难办呀，她在内心长长地叹息了一声，算了吧，还是顺其自然吧，相信船到桥头自然直。

夏天来临的时候，季石轮到了泌尿外科。有时他在这一间当助手，朱安就在隔壁间拉钩。手术结束时，大家都会开开心心地说笑，八卦一些院里院外的新鲜事。他时有耳闻，朱安和艳艳是天生的一对，从小是同学，朱安的父亲是法院院长，艳艳的母亲是检察长，他们两家是世交，门当户对。他也听说了莉莉的父亲是银行行长，莉莉和艳艳从小就是形影不离的好朋友，莉莉对朱安更是爱得死去活来，高中毕业后，三人去了同一所大学，繁重的学业未能挡住爱情的脚步，但都只是在内心深处生根发芽。

　　谁能想到，毕业后他们又被分到了同一家医院，都到了谈婚论嫁的年龄，莉莉再也忍不住了，丘比特之箭早已在弦上，只是她要射中的那颗心，似乎不属于自己。朱安已经明显感觉到，艳艳在有意疏远自己，多少次，他想把她拦下来当面质问，她都安然地回避了。那甜蜜却又无限沉重的三个字，从高中开始一直到现在，整整十年了，他都未能当着她的面轻松地说出来！

　　最近两个月，季石好几次收到艳艳的短信，约他一起去郊外游玩，他都婉拒了。其实他有自己的计划，医学博大精深，学无止境，他要充分利用有限的时间，不断地学习，来提升自己的专业水平。自从进了医院，他似乎就已经两耳不闻窗外事了，如果没有加班，下班后除了打球，就是在宿舍里读书，或者泡在病房里。实习的时候，老师就跟他说过，病房是医生成长的温床，对此他牢记于心，把儿女情长的事，埋进内心深处。

　　一天晚上，天气非常闷热，季石拉下防蚊纱窗，打开落地扇，他坐在书桌前，后背送来阵阵凉风，他却一个字也读不进去，知了在梧桐树上不停地叫着，让人心烦意乱。他想起了高中时代，自己曾经在这里住院，想起了姊妹山下白发苍苍的老人，想起韦老爷子，想起韦溙，又想起在天涯海角时有恩于自己的老周一家，一切仿佛就在昨天。

　　这时有人敲门，季石有些诧异，下班后，大家都是用手机联系，很少有人会登门拜访，这还是第一次。开门见是朱安，他颇感意外。朱安和季石同年毕业，只是朱安早来了半年，他也是一个非常热心的人，帮了季石不少忙，很快他们就成了好友，而且都是球队的主力，在赛场上两个人配合得相当默契，都非常受欢迎。

　　"季石兄，你底子那么好，又如此刻苦努力，一定前途无量，在你面前，我总是自惭形秽啊。"

　　"朱安兄，过奖了，再说下去，我都无地自容了。快请坐，我给你倒杯温水去。"

　　"兄弟，不用客气。我来也没什么事，就是想找个人聊聊，自然就想到你了。"

　　"谢谢你这么信任我，那我们就找个清静的地方吧。"

　　朱安骑着摩托车，把季石载到离医院不远的一家茶馆，两个人找了一个僻静的包厢坐下，点了一壶碧螺春。朱安把相邻座位的两把椅子拉在一起，双手扶着季石的肩膀，请他先坐下，两个人又客气地推让了一番。朱安又为他斟了一杯茶，季石受宠若惊，也有些不自在。

　　朱安家境优裕，是官二代，从他身上，却找不出一点儿公子哥的影子，相反，他平易近人，和蔼亲切，高中毕业的时候，选择了报考医学院，内心充满了救死扶伤的情怀。虽然交往的时间不是很长，季石还是非常钦佩他的为人和才情。朱安光临寒舍，是醉翁之意不在于酒，季石已经清楚了他的来意，只是想等着朱安开口，且听听他怎么说吧。

　　朱安紧挨着季石坐下，他呷了一口茶，长叹了一声，颇显沧桑与无奈。果然，他开门见山地说道："季石兄，你也看出来了，我喜欢艳艳，从小到大，一直如此，可她总是对我不冷不热，完全是工作关系，毫无情感可言，一副公事公办的样子。"

　　季石仔细听着，生怕漏掉一个字。朱安说完，侧过脸望着季石，想探探他的心思。

　　"是的，在外科和手术室的时候，我也常有耳闻。"

　　季石不知道该说什么，他帮朱安斟了一杯热茶，见他一言不发，默默地坐着，接着说道："如果爱一个人，就大胆地表白吧。"

　　"可是，季石兄，你也看到了，在最关键的几场球赛里，她都只为你一个人加油，这让我非常的难受啊。"

"哈哈哈——"

听他如此说，季石大声地笑了起来，含着的一口茶水，差点儿喷了出来，他想咽下去，却呛到了，就一声紧似一声地剧烈咳嗽起来。

朱安一头雾水，莫名其妙地看着他，见他咳得涨红了脸，就帮他拍背，拍着拍着，也像被传染了一样，傻傻地笑了起来。

"朱安兄，这茶也是会醉人的，能喝的茶，醉一晚上，不能喝的茶，要醉一辈子啊。我可是没醉啊，我跟你说实话，我和艳艳绝没有你想象中的那种关系。"

"季石兄，你误会了，我相信你，只是通向她内心的那扇门，拒我于千里之外，却对你一直保持着开放，你在她心中的地位，远远胜于我啊。"

"哦——有这回事？"

季石佯装不知，但从艳艳频繁的邀约里，他已经明显感觉到了她炽热的情感，但是他理智地克制住了，他不能夺人所爱，何况是自己的好友朱安呢？虽然自己已经到了谈婚论嫁的年纪，但是自己是长子，长子如父，照顾母亲，供弟弟妹妹上学的责任，天经地义，最小的妹妹才上高中二年级呢。季石沉思良久，诚恳地对朱安说："我们都是艳艳的同事，上手术的时候，她真的帮了我很多忙，但那都是工作关系。虽然我和她没有太多的接触交流，但从她的言谈举止、待人接物，她的谦卑自重，我发现她是一个非常优秀的姑娘，长得也非常美，说句心里话，你们真的就是天生一对啊！好好加油吧，你们定会有情人终成眷属。"

"季石兄，我真的好惭愧。"

朱安紧紧握着季石的手，感激又羞愧地望着他。

"季石兄，我真的非常羡慕你呢。"

两个人相视大笑，端起杯子，以茶代酒，一饮而尽。

第三十二章　戏中戏

比赛日期渐渐临近，医院里的年轻人利用休息时间，紧张地训练着。老一辈的球队主力当起了教练，季石任队长，朱安是副队长，他们常常无法同时参加，就轮流带领球队训练。日子就在繁忙的工作中，像湍急的河水，悄悄地又迅速地流走。其他事情，就像一颗颗小水泡，不是自己破裂了，就是漂到了岸边的草丛中。

三个月后比赛在工人体育馆里进行，场面非常激烈。季石带领球队闯进了决赛，又在随后的半决赛中淘汰了对手，最终获得了亚军。那天晚上，医院沸腾了，这一天，全院职工已经等了整整二十年，领导们高兴坏了，全院上下每人发了一张数额不小的购物券，又增添了一批崭新的体育器材，鼓励大家积极锻炼身体。

队员们也成了院里的明星，而且都是清一色的帅小伙，斯文儒雅，成了全市那些年轻未婚女性的香饽饽。尤其是季石，他真的是球队的旗手，只要球到了他手上，不进球都难。只要他一接到篮球，啦啦队队员们就激动地站起来，她们刚站了一半，突然他的球被断了，她们又坐了下去，很快队友又夺了回来，倒了一圈，又回到他手上，啦啦队队员们手举着荧光棒，又站了起来，此起彼伏，一浪又一浪，像彩色的音符，在夜色中流动。

局长调侃着说："医院里有那么多优秀的年轻人，为什么不和其他单位来个联谊？"院长也幽默地回答说："肥水才不外流呢，医院里不仅有优秀的男生，也有秀雅的女生，他们早已相互吸引，相互爱慕，都在寻找着机会向对方表白哩！"

分管副市长进行了总结发言，然后开始颁奖，在领奖台上，护理部派了艳艳给他们送上鲜花，她在给同事们送去甜美的祝贺时，悄悄瞟了一眼季石，却见他抬头挺胸正视前方，并没有看自己。朱安在人群中寻找着艳艳，从她捧着一大束鲜花走上领奖台，他就一直注视着她。她从左边上来，又从右边下去，他的目光也从左到右，一刻不停地追随着她，而她只是像对其他球员那样，礼貌地笑了一下，见她如此，朱安的心里阵阵疼痛。好几个其他单位的女孩也给球员们捧来了花束，和自己的心上人合影留念，并在他们汗涔涔的脸上留下长长的吻！朱安看着一对对深情幸福的恋人，心里充满了羡慕，也涌满了忧伤。

献花结束，艳艳坐回原位，轻轻舞着荧光棒。夜空下，两缕蓝色的光束柔和地摇曳着，她看着台上，多么希望心中的那个他，能在夜色中寻觅自己！朱安望着神秘似乎又遥远的光束，在心里默默地问道："艳艳，你什么时候才能明白我的心？"

这时莉莉也捧了一束花来到跟前，她羞涩的笑容里饱含着深情。朱安还没反应过来，她就在他的脸上留下深深的一吻，她手里捧着鲜花，温情脉脉地看着朱安，满是柔情地说："朱安，送给你！"朱安心里明白得很，他们从小一起长大，友情是非常深厚的，但那是友情，是同窗情，并不是爱情啊。莉莉啊，我喜欢你，非常喜欢你，你热烈活泼，心地善良，乐于助人，可是我和你并没有擦出爱的火花，我并不想和你生活在同一屋檐下。

正犹豫间，他发现她热烈的眼神里闪烁着一缕焦虑和忧伤，朱安急忙深深地弯下腰接过鲜花，礼貌友善地微笑着点了点头。莉莉送完鲜花，款款走下台阶。朱安手里捧着鲜花，众里寻她千百度，那两缕蓝色的光束，却已经不闪了。

颁奖结束后，队员们走出体育馆，就各自分开了。季石的手机响了好久，他见是艳艳打来的，猜想今天不会是工作上的事，就任它响着，没有去接听，就这样连续响了三次，每次间隔大约五分钟。到公交车站点的时候，他没有直接上车，而是沿着医院的方向慢慢走着。得了亚军，自己又是队长，真的非常高兴，可是现在他却开心不起来。

自己第一次去手术室，还没进门，就听见有人在谈论自己呢。有人说："多少官二代富二代，家境多么优越，怎么生的孩子好多也是歪瓜裂枣，我来医院快三十年了，见过一茬又一茬的帅小伙，可真的要比起五官，没人能和他比。一会儿他上台，你仔细看看他的鼻子、眉毛、眼睛、嘴唇，除了那脸形、那身材稍瘦了一点儿，简直无可挑剔啦。好多护士看见他，都不好意思出声呢。听说他父母亲是乡下农民，嘿，你说说，一对农民怎么就能生出这么俊的孩子呢，真是不可思议……"

长得好看也是一种罪过啊，季石在心里叹道，也感受到了这个新的环境里，人情关系的复杂，甚至有些可耻。艳艳应该感受得到，自己是在刻意回避她，每次遇见她，她都欲言又止，而自己除了礼貌性地微笑点头，都是匆匆走过。自己跟她是完全不可能的，他甚至连想都没想过。朱安如此爱你，你却身在福中不知福。艳艳，难道你还不明白吗？真是树欲静而风不止，那些在别人的脑子里翻江倒海的感情风暴，和自己有什么相干呢？自己却也被莫名其妙地卷入，伤痕累累。

有些队员和女朋友手拉着手走了，朱安目送着他们离去，他在出口处等了好久，直到球场的灯光都熄灭了，也没见艳艳出来。他垂头丧气，把还捧在手里的鲜花送给了保洁阿姨。他给艳艳打了好几个电话，都是无人接听。他独自一人，在路上漫无目的地走着，仿佛浑身浸泡在难过气愤、无奈悲哀的河流之中。

好想去喝个够，喝个烂醉如泥，喝个天昏地暗，喝得像乌龟一样，缩起脖子，横在路边的草丛中不省人事。父亲是一位严厉的法官，他从不饮酒，也不允许儿子喝酒。高中毕业后，父亲就经常告诫他说，喝酒容易让人丧失理智，酒后易失言，喝酒乱性。父亲的教诲，又萦绕在耳边，他跌跌撞撞走回医院宿舍，其实季石就在他前面一里远的地方，但是他们谁也没有发现谁。

莉莉给朱安打了好几回电话，也发了短信，手机里却都是冗长的忙音，让人万分焦虑、让人心碎的忙音。想起方才献花的一幕，朱安无神的目光里掩藏不住愤怒与不安，那句礼节性的"谢谢"，让她的心一下子就凉了半截，他的目光不停地在搜寻茫茫人海中的上官艳艳！她越想越难过，越想越伤心，一个人坐在公交车的最后排，悄悄地流泪，坐过车好几站也没察觉。

朱安一夜无眠，第二天上午进手术室的时候，他的头还昏昏沉沉的。当他发现艳艳和自己同台手术时，才勉强打起精神。艳艳给他穿手术衣时，他竟然有些紧张，一颗心也怦怦地加快跳了起来，脸一下子红到了脖子根。这一切都难逃主任的眼睛，手术进行到最关键的阶段，朱安那只拉钩的手突然颤抖了一下，主任急忙停下手中的活儿，狠狠地瞪了他一眼。朱安自从参加工作以来，这还是第一次，他的心里难受到了极点！

手术结束的时候，主任一句话没说，就出了手术间。平时他经常教导年轻的医生，无论发生什么事，哪怕天行将塌下来，只要上了手术台，就要忘记所有的一切。主任停下手中的活儿，算是非常严厉的批评了。朱安小心地缝着患者的皮肤，他感到深深的自责。

"不行，绝对不行，再不能这样了。是时候和她们坐下来好好谈谈了。"他在心里默默地对自己说。他决定晚上就行动，越快越好。

下班前他就约好了季石，并在电话里拜托他一定要帮这个忙，他们商量好了如何一起演双簧，季石笑着满口答应下来。朱安明白，现在也只有季石能约得动艳艳。

艳艳收到季石的短信，欣喜若狂；莉莉看见朱安的信息，心花怒放。运气不错，他们四人今天都不用加班，朱安载着季石抄近路赶到了预订的餐厅，艳艳和莉莉还没有出现。朱安去前台请服务员找了一个空酒瓶，在里面灌了凉开水，拧紧瓶盖，塞进崭新的包装盒，交代她等点完菜的时候，再和果汁一起送过来。

艳艳泊好摩托车，迎面撞上莉莉，两个人四目相对，都很纳闷。前者心里想到：难道季石也请了莉莉？后者也自言自语：朱安也约了艳艳？自从那次发生误会之后，艳艳多次试图解释，都被莉莉挡在了门外，打她电话，从不接听，给她发短信，从来不回。后来艳艳也决心顺其自然，友情不成仁义在，只要莉莉遇到了困难，自己还是会尽力帮忙的，只要她肯接受，但她不知莉莉心里是怎么想的。

其实莉莉也痛苦万分，艳艳就是自己的发小，俩人感情深厚，结果竟因为男女之间的爱情，而毁了这份真挚的友情，也许是命中注定吧。有时她也非常地痛恨自己如此自私，可转念一想，这个世界上，朱安就一个呀，他就是属于她的。

从那以后，两个人像有了深仇大恨似的，形同陌路。上下班的路上，大家都戴着头盔，谁也不用理会谁，上班的时候，医院那么大，一个在三楼，一个在十六楼，工作上也不会有什么交集，俩人的友情恐怕真的要彻底结束了。

"莉莉，如果是去山水餐厅 208 包厢，我们还是一起上去吧。"

莉莉的眼里涌满了泪水，她不停地点着头，多么亲切的声音啊，多么久违的声音啊，她们之间到底怎么了？怎么会隔阂到如此地步？同时她又感到非常的吃惊，难道朱安也约了艳艳吗？他是要摊牌了吗？莉莉那颗兴奋的心开始惴惴不安起来。

"艳艳，好吧，一起上去吧。"

两个人并排走着，再没说一句话，都心事重重的。艳艳也看出来了，朱安一定也在场，而且他肯定是本次聚餐的召集者。想到此，刚出发时的那股高兴劲儿，瞬间荡然无存，但既然来了，就去看个究竟吧。

季石明白自己充当的角色，任务重啊。见她俩一起进来，他就充满了好奇，难道她们和好如初了？女人的心思真难懂啊。他急忙站了起来，为大家安排座位，按顺时针方向，依次为季石、艳艳、朱安、莉莉，这样就避免了尴尬。然后他要了两份菜单，一份递给莉莉，一份给艳艳，让她们点喜欢的菜肴，两个人翻看着菜谱，像欣赏一本精美的画册，迟迟没有下单。

见大家默默无语，季石微笑着打趣道："喜欢吃什么，尽管点呗，看你们几个小肚皮，再怎么撑，也不会把我撑得倾家荡产的，对吧，莉莉？"

莉莉看了一眼季石，笑着说："艳艳，他们真是小气鬼，我们多点几个精致的菜。"

艳艳急忙接过话茬儿："那是自然。"

朱安这时也开口了："多点几道菜，让服务员慢慢上，我们边吃边聊，这么多优秀的人相聚，聊到半夜三更也不会迟，你说呢，季石兄？一会儿我们边喝边聊，我还带了一瓶陈年好酒呢。"

"这主意挺好，咱们以后定期聚聚，我不妨给它取个名字，你们看，前面是橙溪河，就叫'橙溪夜话'吧。不知两位女士是否同意。"

艳艳笑着看着莉莉，说道："我也觉得不错，定期聚聚，还有一个这么富有诗意的名字，就是前面那个边喝边聊到深夜，似乎不太像两位男士的风格哟。你说呢，莉莉？"

"艳艳说得对，朱安不是从来不饮酒的吗？"

莉莉和艳艳不约而同地望向季石，他笑着摆了摆手说道："你们不要误会哟，我也是无酒精主义者，今晚我也是第一次呀。"

朱安笑着纠正道："季石兄，我们的第一次还没有开始呢。"

"对，对，不是还没开始喝嘛，就遭遇到阻力喽。不过，两位女士可别误会，也不用紧张，今晚你们喝果汁就好，男士才喝酒。对吧，朱安兄？"

"那是当然喽！"

在你来我往中，气氛渐渐活跃了起来，大家也不那么拘束了，话题也越来越多，像久别重逢的挚友，像冬日最严寒的时候春天的气息悄悄来临一样，不知不觉，大家就打开了话匣子。这时服务员上了第一道菜，肉片炒青豆，满满的家乡味道。见没人要动筷子，季石先夹了一颗豆子送进嘴里，称赞道："朱安兄，这不会就是鲁迅先生笔下的'茴香豆'吧，太好吃了，你们赶快尝尝。"

莉莉抢着回答说："这哪是什么茴香豆啊，明明是我们家乡的青豆嘛，小时候我们不是天天吃吗？对吧，艳艳。"

服务员又端上来一白瓷碗苦菜小肠汤，接着又上了辣椒炒蛏、梅菜石笋，都是很下饭的家常菜。男生毕竟是男生，运动量大，饭量也大，他们点了一道清香的白斩鸭，吃起来油而不腻，皮薄肉嫩，相当可口。每次在单位食堂用餐，他们都会来一大块，要不很难撑到下班的时候。

朱安帮两位女士倒了红芭乐汁，季石又为他斟上了白酒，也为自己满上了杯子。艳艳和莉莉几乎异口同声地说："喂，你们真的喝酒啊？"

　　"自古以来，哪位豪杰不饮酒呢？他们是煮酒论英雄啊，再说了，真正的男人需要豪情。来，朱安兄，我先干为敬。"

　　"好样的，季石兄，真是好哥们儿，难得的好哥们儿。"

　　朱安说完也一饮而尽，似乎旁若无人，你来我往，转眼间，一瓶五粮液就只剩下一半。

　　"你们不要再喝了好不好，再这样喝下去，马上就会醉的。朱安，你明天还要上手术呢。"

　　艳艳想提醒他说——难道你忘了吗？上午你在手术时开了小差，差点儿酿成大错。但她转念一想，不应该揭人短，就把话咽了回去。

　　朱安一听，心花怒放，差点儿笑出声来，艳艳终于关心起自己来了，他喝得更起劲了，边喝边用唱腔，苦笑着唱道："曹操说，何以解忧，唯有杜康。今晚咱没杜康，也有五粮啊。"

　　莉莉再也忍不住了，她站起来，想要夺下朱安的酒杯。季石笑着阻止了她，对她们说："你看我们像醉酒的样子吗？说句真心话，你们见过喝醉酒的样子吗？那些跪在马路边呕吐不止，横在草丛中呼呼大睡，一会儿呼天抢地，一会儿引吭高歌，那副疯疯癫癫的模样，我们有吗？没有，对吧，那能说我们喝醉了吗？"

　　艳艳望着季石，突然觉得他的形象在自己的心中大打折扣，他的伟岸英俊，他的斯文优雅，他的果断勇敢，刹那间消失殆尽，平时那张和蔼清俊的面孔，突然变得和街头混混一模一样，变得流里流气，变得狰狞可怖，和在平时上班的样子对比一下，简直判若两人！疾风知劲草，日久见人心。看来自己对他的了解太少了，太肤浅了，差点儿被他英俊的外表给迷惑了。

　　他们不停地推杯换盏，相互吹捧，甚至相互嘲讽，这时酒瓶已经见底了，他们又大声叫唤着，要服务员立刻拿酒来。两位女士愣在那里，不知所措。朱安的手机突然响了起来，喧闹了半天的饭局终于安静了下来，朱安关上门出去接听电话，趁机去前台买单。等他摇摇晃晃地回到座位上，季石说话也变得语无伦次了，俩人嚷嚷着要再开一瓶白酒。

艳艳从小和朱安一起长大，对他的生活了如指掌，在家里他是个懂事的乖孩子，在学校他是三好学生，是优秀的学生干部，她知道朱安从来都是远离酒精的，今晚他究竟怎么了？难道这一切都是因为自己疏远了他吗？看着他走路跌跌撞撞的样子，她真的好心疼，他没事吧？想起医院急诊那些急性酒精中毒的病人，有些躺着进来，走着回家，有些出现了心脑血管意外，直接就离开了人世。艳艳越想越害怕，万一发生……自己怎么向朱伯伯交代啊。她决定立刻终止这次聚会，她叫了一声："莉莉——"

莉莉也大声喊她："艳艳——"

"莉莉，看来我们得出手了，再这样下去，万一出了什么事，我们都脱不了干系，你看他们都醉成什么样子了。季石说是第一次喝酒，你相信吗？你看他给朱安倒酒了吗？他握酒瓶的样子，他给人倒酒的姿势，他斟酒的整个过程，我看得一清二楚，他是那么专业，是我见过的斟得最好的，也不知他给多少人倒过酒了。谁能相信他今晚是第一次饮酒？"

季石靠在椅子上，两眼忽睁忽闭，听了艳艳的话，他的内心非常难受，充满了感伤，今晚真的是豁出去了，自己浪迹天涯的情景又历历在目。样样动作，种种姿势，不知培训了多少年轻的服务生啊！可在艳艳眼里，自己却成了酒场老手，成了嗜饮成性的酒鬼，成了令人厌恶的酒君子！那就继续演下去吧，演得更逼真些，演得更猛烈些吧，让那些困扰自己多日的所谓情感，都彻彻底底地结束吧。

于是，他又语无伦次地辩解道："我曾经学习过斟酒，酒倒得专业，不代表我就喝过酒啊。"

艳艳已经听不下去了，自己真的是完全看错了人，一个顶天立地的男子汉，怎么可以如此的不诚实呢？她悲恨交加，自己这是怎么了，她眼里涌满了泪水，真想一走了之，可眼前的两个男人都烂醉如泥，自己怎么能袖手旁观呢？

季石用凄楚的眼神望着艳艳，她对自己的误会有多深啊，这辈子再也不会有机会解释了，此生跳进黄河也洗不清了。为了帮助朱安，自己真是颜面无存，名誉扫地啊。他就这样凝望着艳艳，似乎曾经也像她爱自己那样深深爱着她。却对莉莉说道："莉莉，本来我是不会喝酒的，今天晚上我也不用来喝酒，更没必要喝成现在这副人不人鬼不鬼的样子，有一半是因为你哟。"

莉莉见他似醉非醉，又似醒非醒，吃惊地倾听着。

"你们仨从小就是好朋友，如今都已长大成人，朱安和艳艳的父母都相互许诺过，等孩子大了，如双方愿意，就执子之手、白头偕老，这件事，你应该知道吧。"

莉莉瞪大了双眼，默默地点着头，季石又怎么会知道这些呢？一定是朱安事先告诉他了。她望着艳艳，心中充满了悔恨和愧疚，夹杂着丝丝缕缕的忌妒。

小时候，去艳艳家串门，朱安也经常在那里，大人们经常开玩笑，说艳艳是朱安的媳妇。后来渐渐长大懂事了，大人们也就不再提了，原来这件事竟是千真万确的啊！莉莉心乱如麻，她好想当着众人的面大哭一场，但她还是忍住了。季石帮朱安说出了埋藏多年的心里话，艳艳也彻底改变了对自己的看法，他觉得这出戏也该接近尾声了。

艳艳听着，似乎听出了什么，她也觉得有些不对劲，凭一个女人的直觉，季石绝不是那种人，可他斟酒的动作怎么会如此的娴熟完美呢？难道真如他所言，他专门研习过？他一个医学生，为什么要学习斟酒呢？也许他真的是一个经历复杂的人、一个神秘的人吧。

艳艳望着眼前的空酒瓶出神，朱安伏在桌子上，不停地打着呼噜。季石看了一眼艳艳，似乎猜到了她的心思，他也颠三倒四地用昆剧的调子唱了起来："艳艳啊，我早已有了意中人，意呀——意中人……"唱完也伏在了桌面上，故作深醉状。

这时朱安迷迷糊糊地说道："季石兄，让莉莉送你回去吧。我嘛，艳艳如果不送我回家，我就只好自己骑车回去喽。"

艳艳急忙心疼地说："朱安，你都醉成这样子了，还能骑车吗？我还能丢下你不管吗？你先等一会儿，我去去就来。"

艳艳刚走到门口，莉莉就跟了上来，艳艳让她回去照顾他们，表示她很快回来，莉莉知道她要去买单，急忙掏出钱包递给她，艳艳客气地推了回去，笑着说道："莉莉，朱安醉得不轻，你去看着他，我很快就回来，一会儿看看要不要去急诊室检查一下。"

当前台服务员说有位男士已经买过了，她才想起来，刚才朱安出来接电话时可能顺便就买了，于是她匆匆忙忙跑回包间。在上楼梯的时候，她突然想起来，朱安今晚是不能回家了，他爸爸可是出了名的严厉，在他眼里，只要没有为人夫，没有为人父，就不能算一个真正成熟的男人，而一个尚未成熟的男人，是绝对不允许在外饮酒的。他爸爸如果发现他醉酒了，那还了得！怎么办呢？把他送到医院宿舍吗？不行，万一半夜呕吐发生窒息就太危险了，谁来照顾他呢？她思虑再三，决定带他回自己家去，妈妈不是常常提起，朱安好久没露面了吗？

她们叫了两辆出租车，莉莉送季石回医院，艳艳带朱安回家。

朱安似乎不省人事，浑身软绵绵的，只要一躺到地上，就会像水一样流动起来，他几乎是把整个身体靠在艳艳身上，艳艳半扶半抱地把他拖上出租车。莉莉要上去帮忙，她急忙说季石一个人在那边危险，让她去搀扶季石，莉莉一肚子的不愉快，却没法表达出来。

快到医院的时候，季石就"清醒"了过来，他伸了个长长的懒腰，打了个长长的哈欠，故意问道："天快亮了吗？这是在哪里？"一直沉浸在悲愤之中的莉莉方才轻松了一些，她差点儿笑出声来。季石觉得今晚的这出戏已经该结束了，目的也完全达到了，便趁机说他头有点儿晕，想下车步行回去。司机停车时，他抢着付了车费，下车后步态稳稳当当的，健步如飞，根本不像喝过酒的样子。他回头客气地对莉莉说："莉莉，谢谢你送我回来，我的酒已经醒得差不多了，时间还早，我们就走回去吧。"

"也好，一起走一段，我再坐公交车回家。"

毕竟是神经外科的护士，莉莉似乎察觉了什么，她突然想起来，刚才在出租车上，自己就坐在他身边，两个人挨得那么近，却没有闻到一丝酒精味，当时没在意，现在想想觉得有些蹊跷，原来这不是他们标榜的什么聚会，一定是朱安设的一个局，想想季石说过的话，再明白不过了，一晚上下来，原来自己是陪衬，是个冤大头啊！季石只是一个说客罢了，自己还一直蒙在鼓里呢！

季石酒后吐真言，说自己已经有了心上人，就是要善意地提醒艳艳啊，而且他是有意撮合他们俩啊，这个双簧演得可真够好的。想到这里，莉莉伤透了心，她已经无意再陪着人家演戏了，这时正好到了公交车站点，其实每隔五百米就有一个站点，本来她想陪季石走到下一站的，现在她改变了主意，她甚至恨透了眼前的这个男人。她的心都要碎了，她强忍着泪水，一辆公交车恰好驶来，车门刚打开，她没有道别，就一脚跨了上去。季石颇感意外，瞬间意识到了什么，一定是莉莉识破了这出戏，趁车门还没关上，他也跟了上去。

莉莉坐在靠窗的位置，上车后她就一直望着窗外，泪水止不住地流淌。马路两边，霓虹闪烁，人来人往，有行色匆匆的，有悠然自在的，那永不停息的人流，加剧了她的悲伤。她旁边的位置空着，她甚至没有发现季石已经坐了下来。此时此刻她的心情，季石是感同身受的，而且他已经经历过不下三次了，何松对兰岚的爱，自己对韦溱的爱，晶晶姐妹对自己的爱，现在是莉莉对朱安的爱，自从有人类以来，难道爱情都是如此折磨人的吗？面对刻骨铭心却求而不得的爱情，又有多少人能够坦然面对而默默地把它珍藏心底呢？

"莉莉——"

季石轻轻唤了一声，她似乎没听见，双肩仍有节奏地轻轻颤抖着。过了好一会儿才转过头来，见是季石，她睁大双眼望着他。

"莉莉，对不起。"

她哭得更伤心了。季石递给她一包纸巾，小声地说："莉莉，尽情地哭吧，哭出来会好受些。"为什么不是他，如果是他……她伤心地想着。还有两站就到家了，她提议下车走走。

下车后，她拭干眼角的泪水，自嘲地苦笑道："其实，我早就知道，这一天迟早会到来，自从你出现之后，艳艳的心似乎被什么搅动了，只要是个正常的女人，谁察觉不出来呢？现在倒好，她已经死心塌地跟朱安和好了，其实他们从小就是天生一对，只是我不该去插足罢了。唉——"说完她长叹了一声。季石认真地倾听着，心想：让她尽情地发泄吧，掏空心中累积已久的忧郁，对她是有好处的。

快到家的时候，莉莉停了下来，她认真地看了季石一眼，心中感到无限的温暖，她动情地说："季石，刚才艳艳说你倒酒非常专业，我也发现了，你不要介意，我不相信你是个酗酒的人，更不相信你是个表里不一的人，你非常的优秀，优秀得让许多人只能仰望你，时间这束光会照透一切的。今天晚上，你只不过是在牺牲自己帮助朱安而已，现在我全看出来了，你也不要否认了。"

季石有些难为情地看着她，傻傻地笑了一下，然后认真地说道："莉莉，对不起，我别无选择，长痛不如短痛，如此下去，一条绳子上的蚂蚱每个都会很痛苦的，男人和女人，除了爱情，更多的还有责任，晚上这短短的一出戏，只要能让大家从无休止的痛苦中解脱出来，你说我势利也好，骂我自私也罢，我都已经无所谓了。"

"季石——"

莉莉打断了他，她想问他刚才向艳艳提到的心上人究竟是谁，又觉得不好意思说出口，也许这一切都已经太迟了，内心深处飘起一缕淡淡的情丝，她一下子把它掐断了。

不知不觉到了家门口，听见有人说话，莉莉妈妈从窗户上探出头来。借着路灯，她仔细分辨着，发现来者是一个陌生的男子，似乎长得特别英俊，她盼着他能进来，他却转身离开了。她急忙下楼开门，迫不及待地问道："莉莉，刚才那个男生妈妈以前都没见过，是你同事吗，还是你同学？"

"妈，我不想当护士了，我想去卫校当老师。"

"莉莉，你这是怎么了？"

妈妈仔细看了一下她的脸，发现她的眼圈红红的，眼皮还有些肿，知道她刚才一定哭得很伤心。当妈的心里明镜似的，一定是跟朱安有关，她太了解女儿了，工作上受了委屈，她从来不会把情绪带回家，更不要说哭泣了。她让女儿坐在沙发上，想开导她，却觉得不是好时机。莉莉坐在她身边，突然情感像决了堤一样，她依偎着妈妈，泪水汹涌而出。

"莉莉，大声哭出来吧，这样会好受些。"

"妈，我爱得无法自拔，真想跳进橙溪河啊。"

妈妈一听，内心咯噔一下，从小到大，女儿可从没说过如此绝望如此愚蠢的话啊！她急忙接下她的话，又不敢非常严肃地去批评，她哽咽着说道："傻孩子，尽说傻话，你跳河了，爸爸妈妈怎么办？咱家就你一个宝贝女儿啊，你忍心丢下我们两个老人家啊？"

"妈，我不会干出蠢事的，我舍不得你们，我放不下你们，只是太伤心的时候，说出太激动太愚蠢的话。妈，你千万不要当真，更不要为我担心，我会生活得好好的。"

"莉莉——"

妈妈也流下了眼泪，她继续说道："朱安和艳艳，是双方父母从小就定下来的事，他们也是男才女貌，门当户对，只要孩子们愿意，就是板上钉钉的事。"

"妈，可是我——"

"妈理解你的心情，爱情这个东西，是非常奇妙的，得用一生去体会。一时冲动的情感，不一定是爱情，更多的时候，仅仅是占有欲。当爱的火焰逐渐衰弱之后，珍留爱的余香、爱的余温，让爱的余烬在岁月的风霜中，在最漆黑的暗夜里闪烁，才是爱情的真谛。"

妈妈停了下来，表情凝重地看着莉莉，继续说道："你现在不一定能理解妈妈的话，也许十年、二十年之后，甚至到了我这样的年纪，你就会慢慢懂了。"

莉莉抬起头来，表情严肃地望着妈妈。

"莉莉，换个新的环境也好，这样就可以慢慢忘掉过去的痛苦，重新去拥抱崭新的生活，也未必不是一件好事。"

快到家的时候，艳艳又有些犹豫了，自从懂事开始，朱安可从未在一个女生家里过夜啊，尤其是他还喝醉了酒，要是让朱伯伯知道了，一定非同小可。思来想去，她还是决定先给家里打个电话说一声。在电话里，她没说朱安喝醉了，只是和妈妈提了一下，他晚上可能会留下来，妈妈表示知道了，等到家了再说。

妈妈接到电话，觉得事有蹊跷，掐准了他们一会儿就到，她放下手中的活儿，下楼去迎接。艳艳扶着朱安下了车，他跟跟跄跄的，妈妈一看吓坏了，急忙过来帮忙。到了家里，她们把他扶进房间躺下来。他睁开眼睛见不是自己的家，正想坐起来，又觉得不妥，还是继续把戏演下去吧，关键时刻可不能露馅。

艳艳去拿湿毛巾，妈妈开始煮醒酒茶，忙得不亦乐乎，仿佛朱安是一个高热不退的婴儿，家人急得团团转。妈妈煮好茶，盛在陶瓷碗里，亲自端进房间；艳艳坐在床旁，焦急地看着他，像照顾一个病重的孩子。这时朱安"醒"了过来，看见秀丽端庄的艳艳就在身边，他微笑了一下，万般幸福地躺着，幸福得几乎要流下泪水，快乐得几乎要仰天长啸。见艳艳的妈妈端着热茶进来，他努力坐起来，却被艳艳按了回去，他急忙十分抱歉地说："阿姨，对不起，给您添麻烦了。"

"哟，好久没来了，阿姨天天盼着你来呢，怎么会添麻烦呢？一会儿把这碗醒酒茶喝了。"

说完，看了一眼朱安，轻轻吸了一下鼻子，悄悄嗅了一会儿，就出去了。刚到门口，她就眯着眼睛，偷偷笑着，心想，朱安都醉成这副样子了，怎么会没有一点儿酒味呢？难道他根本就没喝酒？还是两个年轻人太心急，都等不到结婚那一天了？或者女儿有什么难言之隐？且静观其变吧。她和莉莉一样觉得他们根本就是在演戏。也好，那就让他们演下去吧，再怎么演，横竖是一场好戏，就让他们演得更精彩一些吧。

"艳艳啊，妈去休息喽，有事就敲门吧。"

"好嘞。"

房间里只剩他们两个人了。朱安动情地说道："艳艳，谢谢你，我一定会好好照顾你一辈子的，相信我，像小时候一样，护着你，看着你，罩着你，爱着你，处处想着你！"

长这么大，艳艳还是第一次和男生独处一室，她的脸一下子红到了脖子根，是高兴，是喜悦，是幸福，是羞涩，似乎都有。她小声回应道："这一切，我都明白，尤其是今晚。"她充满温情地望着朱安，突然就有一种失而复得的感觉，自己差点儿跑偏了。忽然她笑着对朱安说："你明天还有两台大手术哦，早点儿休息吧，明天我给你准备早餐。"

朱安的幸福溢于言表，对着她做了一个激动的手势——OK。刚才扶他回家，出了一身汗，时间也不早了，艳艳急忙去洗澡，明天还得上班呢。她刚带上门，朱安就一个漂亮的鲤鱼打挺坐了起来，竟然没有发出太大的声响！他掏出手机立即给季石发了一条短信：兄弟，谢谢。

此时季石还没回到医院宿舍呢，他也刚把莉莉送到家里，正一个人走在路上，边思忖着今晚的行为是对还是错，快乐了一个人，也痛苦了一个人，随即又否定了这一结论，应该说是痛苦了一个人，快乐了三个人，又觉得不完全是，隐隐约约觉得是对的成分远远多于错的成分，情事古难全啊。正想安慰自己不要胡思乱想，让时间去定夺一切，手机响了一声，他打开一看，见是朱安的信息，立刻回了四个字：马到功成。

第三十三章　理想与奉献

一个月后，莉莉如愿以偿去了市里的卫校，开始了新的生活。年轻医生三年的轮训也结束了，接下来将会进行一场重要的专业选拔考试，前三名可以自由选择科室，成绩确实很不理想的，可能要重新轮训三年，其他人则根据自己的兴趣爱好填报志愿，可以报两个志愿，并写清楚是否愿意调剂到其他科室。成绩揭晓时，也会像高考一样，红纸黑字，由高分到低分，贴在医院宣传栏上。大家照常上班，下班后都默默地在宿舍用功，都想考个优异的成绩，每个人来自不同的大学，都担心考得不好会丢母校的脸。

和平时一样，季石除了看专业书，也精读一些其他学科的书籍，似乎并没太在意这次考试。就一张卷子，两个小时，然后是半小时的面试，面试官是正副院长和各科室主任，现场打分。和往年一样，笔试成绩占七成，面试成绩占三成，次日下午放榜。

第二天下午下班的时候，宣传栏前站满了人，大家都想一睹为快，都想知道"状元、榜眼、探花"是谁。季石忘了今天放榜，他刚走出办公室，护士长就笑着恭喜他得了状元。他还一头雾水，一旁的护士施诗高兴地对他说："就是你选拔考试得了第一名，而且是有史以来笔试成绩最高的一个——笔试满分。"他才恍然大悟，急忙谦虚地说自己其实书没有读得很好，只是运气好了点儿，希望大家以后对他多多关照。施诗妩媚地笑着，挽着护士长的手臂走了。

季石回到宿舍，等天黑透了，猜想大家都下班了，他才一个人悄悄到宣传栏去看。第二名是好友朱安，他笔试成绩第二名，面试成绩第一名，他的兴趣是脊柱微创外科，而自己笔试第一名，面试第二名，第三名是一位叫白姵的女生，是本院女子排球队的队长，她有志于心脏内科，季石对她也是非常钦佩。看到自己的成绩，他却犯愁了。

其实自己的志向在心脏内科的介入领域，心脏内科是自己梦寐以求的科室，现在看来不行了，心脏内科今年就一个名额，自己去了，那白舸怎么办呢？自己是男篮的队长，她是女排的队长，俩人私交不错，关系甚好，她是一个性格豪爽又非常细心的姑娘，心灵手巧，在介入领域一定会有不小的成就的。

从小父亲就教导自己，就像韦老爷子说的那样，只有国家的需要，没有个人的选择，最优秀的男儿，就是哪里需要去哪里。儿科已经有十年没进新人了，人才断层严重，有个胃癌术后的老医生还要上夜班，一个白血病化疗后的医生还在上急诊，儿科太缺医生了，在全院里，儿科最苦最累，风险最大，收入却最少，儿科医生已经成为熊猫级职业了。古话常说，宁可给十个男人看病，不给一个女人看病，宁可给十个女人看病，不给一个孩童看病。可想而知，儿科医生在行医过程中，是多么的艰难啊！

自己在儿科轮训时，主任就感叹，儿科已经到了崩溃的边缘。每个儿科医生需要为两千到三千名孩童的健康保驾护航，压力太大，像背负巨石，已经喘不过气来了。孩子生病，不要说半夜在儿科急诊排队五六个小时，能挂上儿科的号就非常不错了，特别是季节更替、疾病流行时，儿科更是一号难求。

爷爷先来医院排队，累了，换上姥爷，累了又换上奶奶，就这样，所有的大人围着一个病童，左三圈右三圈地转着，像陀螺一样不停转着。好不容易挂上了号，又得等上五六个小时，等啊等啊，终于轮到自己了，终于和儿科医生见上面了，对不起，每个病人只能分配四到五分钟，甚至两到三分钟，医生长啥模样还没看清，就叫下一号了。

医生这边也是忙得不可开交，从早上一坐，就是十二个小时，得看一百多个病人，有时候还得花费大量时间抢救生命垂危的孩子。不要说正经吃一顿午餐了，连喝水上厕所的时间都难得挤出来，整日一根弦绷得紧紧的，随时都会断裂。日久天长，儿科医生不是落下心悸胸闷的心脏病，得了严重的肾结石，就是落下严重的椎间盘突出症，有些医生甚至累得直接猝死，抛下可怜的妻子和年幼的孩子，恋恋不舍地离开这个纷繁的人世间。

他想过退缩，也想过逃离，发誓一定不去儿科。医院也发现了儿科的医生荒，也采取了一系列措施，想要留住人才，都无济于事，改行的改行，离职的离职。近三年，又新招了五名刚毕业的大学生，最长的一个待了一年，全部离职走了，他们宁可去基层医院，也不愿留在儿科。市区人口在不断地增加，孩子越来越多，儿科医生却越来越少了。为此，医院领导也伤透了脑筋，却无能为力。

这天晚上，他辗转反侧，想起平凡却伟大的韦老爷子，想起父亲的教诲，想起自己的大学时代，想起韦溱，想起远在海角天涯的老周一家，想起还在上学、需要资助的弟弟妹妹……直到四更天，才迷迷糊糊地睡去。

最迟到下午就要把志愿表交上去了，交出这张表格，就是交出自己的命运。如果父亲在世，他一定会告诉自己怎么做的，好矛盾啊！这个世界上，有几人天生就能坐享其成呢？自己是不是一时冲动才会如此选择呢？就像自己去天涯流浪，去了后悔一年，没去也许就会后悔一辈子。在人生的每个重要关口，那句"只要热爱生命，一切，都在意料之中"又在耳畔回响，他咬了咬牙，在两个志愿栏里都填了儿科学。

依照惯例，前三名的表格和材料都要逐级呈送院长，其余的只呈送常务副院长即可。院长一看季石的志愿表，大吃一惊。他也充满了矛盾，这么一位优秀的年轻人，让他仿佛看见自己年轻时的样子，当年自己也是朝气蓬勃，胸怀壮志，在儿科轮训时，就已经望而却步了，而眼前这个新时代的年轻人，真的让他自愧弗如啊！如此无私，如此淡泊名利！如果他去了儿科，一定可以让儿科重振雄风，二十年前本院的儿科在全省可是位列前三啊，如今却青黄不接，一落千丈。

可是心脏外科、骨科、神经外科已经点名要他了，自己就是想了解一下他的兴趣方向，最后根据实际情况，把他输送到外科系统，在本院培养八年，再送到北京去受训两年，最后到国外的医学中心研修两年，他就是一把锋利的宝剑了。可是现在，季石的意愿和大家的想法大相径庭，这让自己有些为难。他打电话让人通知季石来一下院长室，这事得抓紧定下来。

季石知道院长要找自己谈话，立刻快速来到院长室。院长严肃地端坐着，听见轻柔的敲门声，头也没抬，说了声"进来"。他仔细看着季石的材料，总觉得哪里不对劲，又说不出具体在哪里，这个孩子有点儿奇特，似乎不食人间烟火，又充满了奉献精神，季石头顶名校的光环，却选择回到贫穷落后的家乡。和第一次上门一样，院长也是用那种惊异怀疑的目光盯着季石。季石站着，院长示意他不用拘束，让他坐在对面的沙发上。他亲切地说道："季石，你是一个相当有主见的年轻人，是一个思想独立的年轻人。"

季石有些不安地坐着，仔细倾听，院长接着说道："以前我总是不明白你为什么会回到落后的山区，今天我总算看出来了，你和一般的年轻人不同，你的内心充满了激情，充满了奉献精神，胸怀大爱，说句实话，这样的年轻人，已经不多了，因此我非常欣赏你。"

他停了下来，微笑着看着季石，想听听他的想法。

季石低头沉默着，过了一会儿，他才认真严肃地说道："院长，谢谢您把我招进来，又对我关怀备至。选择儿科，我是经过深思熟虑的，我非常喜欢儿科学，喜欢小朋友，并愿意为他们的健康努力奋斗一生！"

"季石，你的勇气和志向让我这个院长都感到惭愧，我尊重你的选择，但是我要对你说，不管到了哪里，儿科都是最艰苦的科室，你在里面见习过，实习过，在我们医院也轮训了，个中滋味，相信你一定有深刻的体会。你是一位非常优秀的医生，医院几十个科室任由你挑选，过了下午五点，就得定下来，就没有重新选择的机会了，你还是再考虑考虑吧，等考虑好了再来我办公室。当然了，作为一院之长，我也是有私心的，今年我们花了大力气，向卫生局多申请了五个名额，就是要分配到儿科去的。如果你愿意去儿科，我也是非常欢迎的，相信有你加入的儿科，一定会日新月异！"

"院长，谢谢您的关心，选择去儿科，并不是我心血来潮。当我看见郑医生胃癌手术后还在上夜班，兰医生白血病化疗后还在值急诊，从他们的身上我明白了什么是救死扶伤，什么是大爱无言……院长，对不起，我太激动了，我还是决定去儿科——"

季石说着说着，竟有些哽咽，院长急忙安慰他："季石，你是好样儿的，这个是我当院长的不对，这么多年来，没能留下年轻的儿科医生，造成人才断层。这样也好，我会想方设法提高儿科医生的待遇，减轻你们的工作压力，那就这样定下来吧。"

季石坚定地点了点头，站了起来。院长也站了起来，亲切地和他握手，扶着他的肩膀把他送到门口。临走时，院长又拍了拍他的肩膀，鼓励他加油干，说将来一定会有成就的。

院长目送季石走到电梯口才转身回去，不禁感叹："多么优秀的年轻人啊！"他拿起桌上的电话，让人通知几个外科主任来一趟院长室，同时亲自打电话给儿科主任陈良。打完电话，他把季石的志愿表放在桌面醒目的位置上，想给几个外科主任看看，让他们彻底死了这条心，不要再相互争抢，因为每年到了这个季节，各科室为了得到优秀的年轻人，都会到院长室吵吵嚷嚷一通。院长也理解他们的心思，谁不想得到最好的呢？

倒是儿科主任从未争吵过，他深知吵了也无望，讲白了，谁不愿有一个光明的前途呢？谁会自愿地往火坑里跳呢？一次比一次、一年比一年更失望，这么多年下来，儿科损失了多少人啊，记也记不清了，只要不再流失就好，已经不敢指望输入新鲜的血液了。

儿科主任陈良接到院长的电话，已经习以为常，心想肯定没什么好事，肯定又是哪个家属在急诊排队，等候太久，不耐烦了，就顺手打了一下投诉热线。不管谁对谁错，院长总要了解一下情况。每次陈良都是谦恭地站在一旁，对了，他也不想据理力争，错了，就勇敢地大声承认，谁让自己是儿科主任呢？一个小孩咳嗽几声，没啥大毛病，又不需要急救，爷爷奶奶、姥爷姥姥、爸爸妈妈，开了两辆小车，大半夜地跑来急诊干什么呢？还三番五次跑进诊室问能不能先看，能不能不用排队，能不能马上插队，甚至动用了家里积累多年的各种关系，这正常吗？这些人的思维究竟怎么了？投诉就投诉吧，爱怎样就怎样吧。

最积极的是心脏外科主任，他似乎志在必得，从外科大楼下来，在电梯里，他遇上了骨科和神经外科主任，大家互相打着招呼，开着玩笑，彼此却心照不宣。到了办公室，院长背着双手望向窗外，五十米之外是医院后山，山腰以下，是医院的苗圃，生长着小乔木、修剪成圆形的小灌木，还有五颜六色的盆景，几只红尾伯劳立在树枝上，欢快地鸣叫着。

三人走进办公室时，院长没有转过身子，而是面朝山上的树林，直接对他们说："你们想看的表格就在桌面上放着。"心脏外科主任抢先拿了起来，当他看见季石的两个志愿都填儿科时，一下子愣住了，真是让他大跌眼镜啊，另两位主任也急忙凑过来一起看。这时院长转过身来看着三位，想听听他们的意见，三位主任面面相觑，不知如何是好，争了半天，原来人家不喜欢外科啊，人家只青睐儿科呀。

院长见三位沉默着，就开口了："我刚才专门跟季石谈过了，他心意已决，这是他的理想，是一个非常高尚的理想。儿科的风险全院最大，工作强度最高，收入却全院最低，这种局面必须改变，我思虑再三，还是尊重年轻人的选择。诸位说呢？"

"院长已经决定了，我们也非常支持，儿科真的太不容易了。"

他们同院长谈论了一会儿自己科室的情况，又笑着向他倾诉科室的种种苦衷，院长充耳不闻，给他们太多好的政策了。他真想对他们说：你们还来诉苦，看看人家儿科主任陈良，他科室的苦楚三天三夜也诉不完，他来诉过苦吗？

从院长室出来，正好遇上刚刚走出电梯的陈良，三位主任异口同声地笑着说："恭喜你啊，陈主任，今年可是大丰收喽。"陈良一头雾水，苦笑着自嘲道："你们来这儿都是好事，我来这儿都是让人头痛的事，你们要多大地方，医院就给多大地方，你们要多少人，医院就给多少人，你们看我儿科都快搬到地下室去喽！院长亲自让我来，准没好事，肯定又是哪个没良心的家属跑来投诉了。"

"哈哈哈——"

三位主任大声笑着，他却还蒙在鼓里呢。

听见说话声，院长走到门口迎接他。陈良受宠若惊。院长把手里的志愿表给他看，他简直不敢相信自己的眼睛，下午的太阳不会是从东面落下去了吧！院长拍着他的肩膀，请他坐在沙发上，告诉他今年还有五个编内名额，将全部分到儿科去，明年和后年，还要再加大向儿科倾斜的力度。院长兴高采烈地说着，他没发现陈良这个七尺男儿，这个自己年轻时篮球队的亲密战友，居然泪水涟涟……院长突然停了下来，把门锁上，递给他一块纸巾，关切地说道："兄弟，你辛苦了！"

"院长，我真的快坚持不下去了。"

"陈良，不要叫我'院长'，我们难道不是兄弟，不是战友吗？当年我们不也是像这一批年轻人，代表医院去参加篮球比赛的吗？难道你忘了？"

"院长，我没有忘记，怎么可能忘记呢？"

院长笑着说："你不是忘记了吗？要不怎么又称呼我'院长'了？"

"嘿嘿——"

陈良终于破涕为笑了。

"陈良，好好培养季石，他可是比我年轻时不知要出色多少倍呢。"

"院长，我一定好好培养这些后生。"

"看你，不是说了嘛，不要叫我'院长'了。一会儿让人瞧见了，大家都会以为你是被投诉得哭鼻子了呢。"

第三十四章　良医

季石选择儿科的消息，像一场风暴，席卷了医院的每个角落。有人欢喜，有人不屑，有人敬佩，有人嘲讽，也有人感叹——人心难测啊。第二天上班的时候，他从宿舍到儿科办公室，绕过两座小楼，穿过一条弧形长廊，短短一百来米，却像穿过了一个世纪的时空隧道。

其间，他碰见了医院的高层领导、中层干部、医生、护士、保洁阿姨，老中青三代，他都一一打了招呼。让他意想不到的是，他们当中多数人都对自己的态度发生了巨大的变化，没有了往日的亲切热情，也不见了从前的笑脸，大家都只是匆匆忙忙地点了一下头，有些人的目光里，甚至充满了鄙夷和蔑视。

记得在儿科轮训时，曾经听到有人说，儿科医生收入最低，在医院里最没地位，就是当了儿科主任又能怎样，还不如一个普通内科医生呢！当时自己还不敢相信，现在想来，真是千真万确啊。管它三七二十一，走自己的路，让别人嚼舌根子去吧，我又不是金钱的奴隶。季石这样想着，心里掠过一丝不快。

和往常一样，他第一个到达办公室，半小时后，同事们陆陆续续来了，今天科室的医生护士全部来了，主任要宣布重要消息。六位年轻人一字排开，四男两女，一一进行了自我介绍。主任比小时候过年还开心，等大家介绍完毕，他转向李晓雪，笑着问道："请问儿科的大护士长，××年××月××日，在神州大地上，发生了什么历史性重大事件？"护士长丈二和尚摸不着头脑，想了一会儿，不知如何回答。主任又神秘兮兮地暗示她："别慌张，是脑筋急转弯哦。"护士长笑着回答："老陈花样最多了，尽耽误交班，这个问题的最佳答案，还是留给陈主任亲自回答吧。"

"大家注意喽，我马上要宣布答案了，××年××月××日，在神州大地上，发生了一件历史性重大事件，我们儿科迎来了六位新医生，虽然儿科的奖金全院最低，但我们的工作是不平凡的，当一个生命垂危的儿童被我们救活之后，又活蹦乱跳地出院回家了，你们说这是不是非常有成就感？儿科是一个贫穷的大家庭，但我们的内心是充实的，我们的精神是富有的，我们的工作是伟大的，我们科室是非常温馨的。晚上我请大家吃饭，高档餐厅我们去不了，大排档还是可以任意挑选的，你说是吧，护士长？"

护士长一听，马上带头热烈地鼓起掌来，立刻掌声就响成了一片。护士长急忙示意大家暂停，她笑着对主任说："儿科虽小，也有将近百人呢，再怎么说也不能让你一个人破费吧，这负担也太重了一些，算我一份吧，好歹我手下也有几十号人呢。"

"你们看看，儿科就这样，我想一个人牺牲一回都没机会！"

"美吧你，主任，等护士节到了，我们可要吃大餐喽！"

在欢乐的气氛中，交班结束了，大家又投入紧张的工作中。正式来儿科上班的第一天，季石就感到了无限的温暖，那些年长的医生非常关心照顾他们，尤其是两位新来的女医生，她们感动得几乎要流下泪水。

树欲静，风不止，林子大了，什么鸟都有。偌大一家医院，也有一些势利小人，他们说季石名校毕业，却来这个鸟不拉屎的穷地方，肯定是哪里出了问题，找不到工作；有人说他脑子进水了，才会选择去儿科；有人说他长得太英俊，生活作风有问题，被上面淘汰下来了……各种埋由，各种猜测，各种诽谤，各种中伤，暗里来明里去，季石听得多了，也渐渐习惯了。

主任是个明白人，他经常鼓励开导季石，闲言碎语不要当真，左耳进右耳出就是了，有时他也无奈地感叹，在医院工作三十多年了，院长也换了好几个，儿科医生真的是任劳任怨，夹着尾巴做人啊，在医院里最没话语权了，但大家身正不怕影子斜，默默地工作就是了，做一个优秀的医生，不为良相，即为良医。

季石去了儿科，艳艳百思不得其解。有一次她问朱安，他也只是轻描淡写地说了一句，人各有志。一想起朱安喝醉酒的那个晚上，她越来越觉得蹊跷，她再如何想象，再如何思考，也无法把医院里的季石和那天晚上的他统一起来，难道他们是在演戏？印象中，他是那么善良正直，那么沉稳宽厚，可那天晚上，他怎么又变得那么油嘴滑舌，为什么斟起酒来，每个动作都那么的仔细，那么的标准专业呢？难道他们事先偷偷排练了一周不成？她越想越有一种被欺骗的感觉，难道自己真的是错怪他了，想着想着，竟突然深深地后悔起来，具体后悔什么，似乎又说不清道不明。

甚至有一次，下班刚回到家里，她来不及先洗手，就跑进厨房去问妈妈。妈妈一头雾水，她急忙提醒说就是朱安喝醉的那天晚上，妈妈端茶进房间时有没有闻到一股浓烈的酒味。妈妈恍然大悟，生怕夜长梦多，急忙笑着回答："有啊，好浓啊，好熏啊，自己从房间出来，头还晕乎乎的呢。"她失望地回到房间，倚在窗前，望着窗外那株结满粉色蓓蕾的桃树出神，一股莫名的惆怅袭上心头。再过半个月，自己就要和朱安结婚了。唉，真是命中注定啊，她无奈地摇了摇头。

半年下来，生活渐归平静，下班后坚持每天读两小时的专业书，还订了一份医学英文杂志。只要不值班，每天都会去打一小时的球，有时是篮球，有时是排球，有时是网球，有时也打打羽毛球，偶尔也会去踢一场足球。从小到大，不管在哪里，他都有两个挚友，形影不离，贯穿始终，过去是，现在是，将来依然是，这两个好朋友就是运动和阅读。

那些艰难困苦的岁月，那些心酸伤痛的日子，多少孤独落寞的时刻，只要随手拿起一本书，马上就进入了另一个境界，再波涛汹涌的心，也会随着书卷的展开而渐渐平静下来。书籍是人类心灵的故乡！哪怕伤心落泪，哪怕痛苦抑郁、愤懑满怀，只要到了运动场，只要手碰一下球，一切就会飞到九霄云外，心情就会无限舒展奔放。过得再窝囊，日子再难过，今天至少运动了、阅读了，夫复何求？他时常如此勉励自己，宽慰自己，夜晚躺下的时候，扪心自问，方可安然睡去。

不知不觉，人们对他的负面评价渐渐地少了，感叹尊敬的成分多了。像一片山林、一汪湖水、一行飞鸟，悄悄地带来了春天的气息，他置身其中，却浑然不觉。每次去打排球，都会遇上施诗，后来他才知道，人家是女子排球队的副队长呢。篮球和排球是医院的两大特色，为单位争得了非常多的荣誉，他们都为是球队的一员而感到无比的自豪。

和季石同一批来医院的数十名年轻医生，陆陆续续成家了，只剩他还是单身一人，他那么优秀的一个男生，大学毕业都五年了，怎么至今还是单身呢？从没见过他跟哪个女生出去，也从未听人说起过他有女朋友，难道他还没有处过对象吗？施诗仔细观察着，耐心等待着，疯狂联想着。在胸腔外科第一次遇上他，那时自己来上小夜班，而他正要下班，已经脱下了白大褂，自己也恰好穿着便装，彼此还不认识呢，电梯门刚打开，他彬彬有礼地站在一边，让自己先出来，虽然只是短暂的一瞥，可他那英俊沉着的脸庞，却深深地刻进自己的脑海里，不知为什么，一个晚上都盼望着能再遇上他呀。

当得知他就是新来轮训的季石时，虽早有耳闻，却百闻不如一见，简直不敢想象，人世间还有如此俊美的男士！她欣喜若狂，原来他是自己的同事啊。从那时开始，她就深深地爱上了他，却不敢轻易向他表白，看着赛场上他矫健的英姿、上班时优雅的谈吐，每次遇见他，他那真诚的微笑，好想好想对他深情地倾诉啊！

直到那天晚上，在预选赛上，上官艳艳动情地高喊着"季石，加油"，立刻就有那么多年轻漂亮的护士回应，那一刻，自己的心都凉了，多少姑娘倾慕他呀。比赛结束的时候，不知为什么，她心潮难平，孤单、愤怒、忌妒、恨意，油然而生。后来又听闻，艳艳和朱安闹起了别扭，她更坚信艳艳也深深暗恋着季石，肯定还有很多人，只是大都知难而退了。

一晃四年过去了，那些心存幻想的人都告别了单身，自己也拒绝了好些追求者，得了一个"冷嫦"的绰号。大家褒贬不一，自己却心知肚明，连护士长都劝自己赶快找个人家，仿佛她嫁不出去似的。其实自己真是绞尽了脑汁，想方设法创造和季石相处的机会，自己在胸腔外科，他却在儿科，工作上没有任何交集。他在儿科楼，自己在外科大楼，一天都碰不着一次面，打电话、发短信吧，又觉得不妥，肯定欲速则不达，怎么办呢？真是急死人了！

今年眼看就要结束了，她都已经二十六岁了，最迟明年她一定要把自己嫁出去，而且一定要嫁给那个苦苦等了四年的男人，否则……施诗心急如焚，在一个红尾伯劳欢快鸣叫的夜晚，她想出了一条妙计：她要组建一支男女混合排球队。

她把想法告诉了队长白舸，白舸称赞说是一个非常好的主意，并让她去挑选队员，她拟好名单，逐一发出邀请，大家都很快答应了，名单里当然少不了季石。几年下来，施诗也发现了一个秘密，周六下午，只要不值班，季石都会去运动场，于是她把球队的训练日定在了周六下午。安排好这一切，正值周三晚上，她真是度日如年啊，分分秒秒盼望着周六快点儿到来，快点儿，快点儿，再快点儿，她甚至把沙漏放在床旁的窗台上。

夜阑人静，季石常常想起遥远的韦溱，往往又要失眠。为了不影响工作，他只能强迫自己把她忘掉，尤其是那个装满了千纸鹤的玻璃葫芦。有一次回家看望母亲，他对着它沉思良久，最后决定带在身边。自己和她是不可能的，她是一块冰山上的玉，纯洁无瑕，在漆黑的夜里，隐隐闪烁着求知探索的光芒，是自己心灵的一盏灯。

他也想过去继续深造，出国求学，可父亲过世了，年迈的母亲孤零零一人，想着想着，他就告诫自己不能再心向远方了。去年冬至回家扫墓，在父亲坟前，母亲说着话，突然眼角就闪着泪花，那天风大，母亲说是风吹得眼睛难受。其实不是，季石明白，她太孤单了，自己好几次想把她接到城里，她都回绝了。季石深知，母亲是怕增加自己的经济负担，才断然不肯的。假如自己成了家，有了孩子，自己也希望孩子能够和奶奶一起生活，那时她一定会回心转意的，自己就可以更好地照顾母亲了。

再说了，自己一向光明磊落，行事坦坦荡荡，不知老天为什么赐给自己一副如此英俊的外表，再不成家，时间长了，难免会成为一些人茶余饭后的嘲讽对象。人言可畏，自己虽然年轻，这方面的伤害已经领教得够多了。自己就是要在闲言碎语中，在冷嘲热讽中，在恶语中伤里，堂堂正正地站起来，用庄严的目光俯视那些可恶的嘴脸。

周六中午，季石早早上床午休了，却睡不着，他感到闷闷不乐，昨天那个来投诉自己的患儿父亲，扬言要自己小心点儿，他不会放过自己。他想了大半天也无法明白，自己到底哪里做错了。前两天上儿科急诊夜班，凌晨三点钟，来了一对夫妇，妻子抱着发热的一岁大的孩子，眼睛哭得又红又肿，孩子在妈妈怀里像一只可爱的猫咪，似乎刚刚从梦中醒来，好奇地东张西望着。丈夫不停地埋怨着妻子，说她不会带孩子，老是带出病来，上个月刚肺炎住院一周，晚上又发热了。

孩子父亲也怪可怜的，大冬天大半夜的，外面又没下雨，他却穿着一双湿漉漉的布鞋，裤腿挽到了膝盖上，小腿沾满了黄泥巴，上身却裹着一件厚厚的大衣，似乎刚从工地下班。季石从头到脚，仔仔细细给孩子检查了一遍，确定孩子只是受凉了，没什么大碍，就给患儿备了一支退热糖浆，开了几片维生素，把一些注意事项告诉他们，一家子高高兴兴地走了，走的时候还再三道谢呢。

谁能想到，第二天孩子父亲就打电话到卫生局投诉了，投诉原因竟然是他大半夜的来给孩子看病，那个年轻的医生居然开的是非常便宜的药，结果孩子第二天还在发热，说医生不负责任，还扬言要找医生的麻烦。这叫什么事啊，一个小感冒而已，过两天就好了，孩子父亲居然威胁到了自己的人身安全！他终于渐渐明白，儿科医生为什么流失那么严重了，儿科医生真的太难了！

不管三七二十一，下午还要训练呢，男女搭配，打球不累，先睡一会儿吧，他努力抛开那些烦恼，迷迷糊糊睡去。手机铃响的时候，他睡意正浓，好不容易摸着了电话，里面传来清脆甜美的声音："季石，您好，我是排球队的施诗，请问您下午训练吗？"

"非常不好意思，睡过头了，我马上过来。"

"我们等你来哟。"

"五分钟后到。"

季石在胸腔外科轮训时，工作相当繁忙，每天起早贪黑，科里还有好些护士叫不上名字，一转眼三个月就结束了，但施诗，他还是有印象的。她的笑容非常特别，像有人把最甜美的笑容雕刻了起来，需要时就印上去似的，邂逅一瞬，就终生难忘。而施诗给季石打电话，还是头一回，按下手机，他那富有磁性的声音，还在耳边回响，她走到球场门口的榕树下，想在这里等他，心跳不由自主地快了起来。

听见脚步声的时候，她的心跳更快了，几乎要蹦出胸膛，她转身佯装往球场走，却像迈不开步子。人未到，声音先到了："非常不好意思，今儿老犯困，直接开始吧。"

施诗没有回答，而是和他并肩走着，她甚至忘了他说了什么，只是默默感受着他就在身旁的甜美滋味。

队长白舸今天值班没有参加，施诗给每个队员安排好位置，训练就开始了。季石因为有身高优势，对球类非常敏感，动作又很灵活，和大家的配合也非常默契，进攻起来得心应手。原本是来训练的，结果像上了赛场一样，双方你争我夺，打得非常激烈，比分咬得很紧，天快黑的时候，也没分出胜负。

训练结束的时候，施诗让队友先走，只和季石两个人留下来清理场地。不过是把几个排球归位，把落叶扫除，把门锁上而已。季石也有些不解，大家顺手把球放回筐里不就好了吗？在内心深处整整活了四年的万语千言，早已经开花结果，像滚滚长江水一样，滔滔不绝，奔流不息！此时此刻，竟一个字也说不出来。施诗斜咬着下唇，嗫嚅着，不知从何谈起，平时口若悬河的她，今天怎么了？细心的季石已经察觉到了，他关切地问道："施诗，你哪里不舒服吗？还是训练得太累了？"

"哦，不，嗯，是有点儿不舒服，头有点儿晕，可能是——"

季石把她搀扶到榕树下的长凳上坐着，急忙跑去打一杯温水给她喝下，陪她坐了一会儿，问她好些了没。

"好多了，谢谢。"

她的内心又感动，又甜蜜，又觉得好笑，一个大男生竟然这么容易就上了一个弱女子的当！

"没什么，下次就少训练一小时吧，打球很消耗体力的。"

施诗抬起头，深情脉脉地望着季石，他恰好也转过头，突然发现她那炽热的眼神，似乎闪烁着一种永恒的光芒。季石急忙把头转过去，他甚至可以听见自己心跳的声音，像有人密集地敲鼓一样咚咚地响着。冬日昼短，夜幕低垂，季石急忙站了起来，笑着说："正是吃饭的时候，今天你邀请我加入球队，作为酬谢，我请你吃饭吧，说吧，想吃什么？"

施诗想了一会儿，决定去一公里外的小吃街，她非常喜欢那里的泥鳅梅菜粉，而且她提议步行前去，季石欣然答应了。他们边走边聊，无话不谈，俨然是一对老朋友。让季石颇感意外的是，施诗竟是自己的同乡，都在姊妹山四周，自己家在山的北面，韦溙的家在南面，而施诗的家就在东边，有了这一层关系，两个人感觉更亲近了，交谈也更欢快了，不知不觉，他们就说起了家乡话。当施诗说她非常钦佩季石选择了儿科时，他停下了脚步，严肃认真地望着她，说："施诗，你真的这么想？很多人可是不理解啊，甚至是攻击和嘲讽呢！"

"走自己的路，让别人去说吧，既然选择了，何必在乎他们的偏见呢？"

施诗也停了下来，两个人在一棵塔形树冠的榄仁树下默默对望着，被寒风染成金色的叶片已经飘落了大半。曾经只有儿科主任悄悄地开导宽慰他，生怕他像往年的年轻医生一样，半年不到就走人，如果季石离开了，其他五人也一定会动摇的。而施诗是第一个发自内心支持自己的人，虽然已经过去了大半年，自己甚至早已忘却了那段令人困惑的插曲，听了她的一番话，还是觉得非常的亲切感人。"真是独具慧眼的姑娘啊。"季石想着。

小吃街的尾端，人行道上铺着番茄红的地砖，那家别致的小餐馆半掩在几株栾树的树荫下。栾树的花期已经过了，那些形似小灯笼的花朵，已经变成灰褐色，让人不禁又想起它们盛开的时候，那些华盖般热烈的赭红，仿佛朵朵绚丽的云霞，覆满了枝头。

"明年我们得提前两三个月来，那时正是栾树的花季。"

施诗兴奋地说着。

　　"明年——我们——"

　　季石仔细琢磨着她的话，竟出了神。施诗又催问他了："季石，你听见我说话了吗？你怎么不回答？"

　　"对不起，我在想——明年——"

　　见他有些吞吞吐吐，施诗趁机温柔地问他："明年，我们还来吗？"

　　季石刚想大声说"明年咱们还来"，老板娘端着方形木质盘子，轻轻将两大碗热腾腾的美食摆在桌子上，热情地说道："你们的泥鳅梅菜粉上来喽，请慢用。"

　　施诗轻轻吹了吹，用白瓷匙舀了一点儿汤，尝了尝，味道美极了。这汤酸中带点儿微咸微甜，口感极好，米粉丝滑柔软，里面的梅菜甜中带点儿酸辣，泥鳅清爽嫩滑。啊！吃了一大碗，还想再来一大碗呢。

　　俩人吃得满头大汗，非常带劲，你看看我，我看看你，幸福地笑着，都觉得还不满足。施诗感叹道："要是能开在医院门口，我每天都想吃一碗。"

　　季石一听就笑了，他也半认真半开玩笑地说："哦，以后训练完，我们就步行来这里吃一碗，如何？"

　　"一言为定哦。"

　　这就是他们的晚餐了，简单又浪漫。俩人走出餐馆，来到大街上，冷风吹来，好畅快啊。施诗想约他去看一场电影，不料季石的手机响了起来，是科室打来的，让他马上过去帮忙抢救一个生命垂危的孩子，陈主任也已经在路上了。他们立刻打车回去了。

第三十五章　痴心女子

一晃三个月过去了，两个人的交往也多了起来，相互之间也有了一定的了解。医院里早已传得沸沸扬扬，说他俩一起打球，一起吃饭，一起散步，还一起去看电影。更有一些爱管闲事的人，居然谈论着他们是否已经住在同一间房，另一个人急忙纠正，怕不是同一间房，而是同一张床了吧。

没有一个同事的私生活会被如此关注，年轻人谈对象，结婚生子，不过是家常便饭，可到了季石这里，似乎就成了一千零一夜的故事，长相出众，才华横溢，思想独立，难道真的是罪过吗？这些难能可贵的优点，这些多少人梦寐以求的天资，在季石身上，仿佛成了异常沉重的包袱，仿佛是十恶不赦的罪责，一些可恨可悲可怜的人哪！

神州大地上，春潮涌动，淅淅沥沥下了一周的春雨，天气终于开始放晴了，也给山城带来了美丽的风光。山脚还是一片黛青色，金粉一般的阳光洒上了半山腰，乳白色的雾气缭绕着山峰，一群白鹭鸶，由远及近，在天空中画着优美的弧线，又向远处飞去。

遥看草色，像一块巨大的碧绿的地毯，道路两旁，隐隐约约还有些潮湿，走在上面，却不会沾上泥。今天是周六，天刚亮季石就起床了，他早早地查了一遍病房，开好医嘱，处理完工作上的事情，剩下的时间就自由了。施诗已经买好了早餐，在医院门口等他，他们约好了今天去踏青。

他们乘公交车到南郊的终点站，一边欣赏着美妙的春天，一边慢慢走着，一直来到橙溪河边。在河的下游，修建了一座低低的水坝，以缓冲湍急的水流，水坝的一边由此形成了绿色的水潭。站在岸边，可以看见长长的水草，漂在水底，成群的小鱼在里面来回穿梭觅食，相互嬉戏着，几尾淘气的小鱼，不停地翻身下潜，露出亮晶晶的鱼腹，闪烁着银白色的光辉。

河的两岸是宽阔的草地，点缀着五颜六色的小花，低的掩映在翠绿的草叶下，高的擎着一根根细长的茎秆，在微风中摇曳着，散发出淡淡的清香，它们那么美，却又那么的脆弱，让人实在不忍心从上面踩过去。两个人踮起脚尖，找了一条若有若无的小路，轻轻地往山坡的方向走去。

在草地的边缘，靠近山脚的地方是一片竹林，再往上就是茂密的树林了。他们找了一处阴凉地坐下，望着河对岸半山腰上一簇簇火红的杜鹃花，季石无限感慨："如果家住这里多好啊，一辈子都不想离开，也不再想去十公里之外的所谓城里，对吧？"

"我也好喜欢这里啊，太美了。"

施诗充满温情地望着他，千言万语，像眼前橙溪河的水，缓缓地静静地流淌着——第一次遇上你，是在胸腔外科病房的电梯口，我上夜班，而你穿着便装正要下班，第一眼看见你，就像看见多年不见的父亲那样，我感到无比的亲切。小时候，妈妈常教导我不要随便和陌生人说话，可是不知为什么，就是如此短暂的一瞥，竟影响了我一生。

那时我还不知道你是医生呢，那天晚上我就担心再也见不到你了。谁能想到，你竟然是我的同事！接下来的几天，我天天都会遇上你，有时是无意的，有时却是刻意的，我想着能和你说上几句话，可你总是那么忙，一心只想着病人。下班后我去医生办公室，只为了看看你的白大褂，看一眼你的胸卡。

有一次，办公室没人，我翻看了你的笔记本，在第一页，你用钢笔写的朴素的字：医乃仁术，救死扶伤，我就发现你是多么的与众不同，多么的出类拔萃！我像仰望天边的一片绚烂的云霞，渴盼着，憧憬着，幻想着，天上的那朵彩云，化作久旱的甘霖，滋润我干涸的心田。每次在病房遇上你，虽然你戴着浅蓝色口罩，只是礼貌性地看我一眼，就匆匆与我擦肩而过，我都感到难言的知足和幸福。

那些日子，你是我的一切，我悄悄打听着有关你的一切，却惊闻艳艳为了你，和从小青梅竹马的朱安闹了别扭，又发现每次在赛场上，艳艳不顾朱安的面子，只为你一个人加油喝彩。我难过极了，一个人躲在被窝里，伤心地流泪，好多小伙子不停地追求我，都被我推开了，我那么爱你，爱得那么深，发誓非你不嫁。我知道那是可悲的单相思，是一厢情愿，可我无法自拔，你无时无刻不占据着我的心。明眼人都看得出来，你和朱安是好友，你是坦荡荡的君子，深知何可为，何不可为，一定不会夺人所爱。

我等啊等，一下子就等了四个年头，都快等成一个老姑娘了，那些同时进医院的，不是已经结婚了，就是准备结婚了，至少也名花有主了，而我还是形单影只，还是一个人上班，一个人下班，一个人逛街，一个人傻笑，一个人发呆，一个人幻想，一个人哭泣，却还在死心塌地地爱着你啊。

朱安和艳艳举行婚礼的那个夜晚，我发誓一定要改变，必须改变，我不能再一个人了，我要鼓起勇气，大胆地去追求心中的爱。

季石认真地倾听着，他吃惊地睁大了眼睛，四年来，自己竟毫无察觉，身边有一位对自己如此痴情的女子！施诗的脸上洋溢着幸福和喜悦，也挂满了泪珠。

季石若有所思，他微笑着问道："所以你成立了一支男女混合排球队，在名单里加上了我的名字！"

施诗破涕为笑，她用力地点着头。突然她抬眼望着季石，认真又好奇地问道："有那么多爱慕你的窈窕淑女，你为何从未心动？难道真的是，所谓伊人，在水一方？"

季石笑着说："如果动心了，今天就没有机会倾听你的心了。"

说完他无奈地摇了摇头，他不想提及那些让人感到离奇，又令自己万分难过的往事。他望着河对岸起伏的山峦，脑海里迅速掠过许多过往的生活片段，突然他觉得世事沧桑，欲说还休。四周静悄悄的，溪水流过堤坝的声音似乎显得很遥远，偶尔传来林子里枯枝的断裂声。

许久，他终于说话了："我大学毕业半年的时候，家父去世了，阿母体弱多病，积劳成疾，底下还有三个弟弟妹妹，也相继上了大学。现在两个已经参加工作了，最小的妹妹还在上学呢。"停了一会儿，季石感叹道，"成家，我连想都不敢想呢！"

听了季石的话，施诗更加坚信自己的选择是对的，也一定能心想事成！

季石自嘲地说："她们只是被我的外表迷住了，她们不了解我，也不了解我的家庭，如果她们知道我家徒四壁，负担又这么沉重，一定会被吓跑的。"

施诗急忙抢着澄清："可是我不是那种人啊，我不在乎呀，我天生就不能坐享其成。"

"可是我没有房子啊，没有房子哪能成家呢？"

"我们有宿舍呀，再不行可以租一套两居室啊，到时把妈妈也接到城里来。"

"我有单身宿舍，还有一辆男式单车，能叫有房有车吗？"

"当然可以啦，我也有单身宿舍，也有一辆崭新的女式单车，哈哈——"

俩人对望着，大声笑了起来。突然，季石严肃地站了起来，对着雄伟的群山，对着青翠的森林，对着清澈的河流，对着碧绿的草地，高呼着："我们结婚吧。"

"我们结婚吧——"

"我们结婚吧——"

"我们结婚吧——"

青山做证，森林做证，大地做证，河流做证，回声悠扬，袅袅不绝。

他们热切相拥，深情相吻着。河对岸的芦苇丛中，斜斜地飞起一行白鹭，在半山腰上自在地盘旋着，又落进竹林深处。

"人生四大乐事——久旱逢甘霖，他乡遇故知，洞房花烛夜，金榜题名时。季石，我们把最神圣美好的东西，保留到那一夜，好吗？"

施诗呼吸急促，无限温柔地说着。

季石松开她，又高高地把她抱了起来，轻轻地放在草地上，然后并排着躺了下来。这时高远的蓝天，朵朵白云，周围的一切，森林，河流，草地，全都凝固定格了。

那行白鹭排成一字形，又优雅地飞上了天空。施诗面颊绯红，羞涩地说："季石，白鹭鸶正悄悄地看着我们呢。"

季石坐了起来，欣赏着平躺在草地上的施诗，身材修长，曲线优美，秀丽端庄，白皙健美。他陷入了深思，曾经的自己病入膏肓，在山中老人默默的帮助下，又奇迹般地活了过来，在天涯几乎走投无路时遇上了老周一家，找工作时碰上了求贤若渴的院长，在适婚的年纪，如此贤惠的姑娘出现了。他不明白上苍为何如此眷顾自己，每次在自己最困难的时候，上苍似乎就把人间所有的真善美，一一送到他怀里，让他感恩戴德，又深深愧疚，生命里这些说不清道不明的伟大恩情，自己就是努力行善一生，也不足以回报啊。

看着季石愣在那里，施诗有些不解，她笑着问他："是不是陶醉了？"

等了老半天，季石才反应过来，他也笑着说："我在想啊，我咋就这么好命呢？"

"美吧你。"

"施诗，你仔细看清楚了，在天空中表演的那行白鹭，是不是每天清晨飞过医院上空的那一群？"

"就是同一群，我希望我们举行婚礼的那一天，能够将它们拍摄下来，镶进相框里，摆在家中显眼的位置。"

"看见它们，就想起这个春天，想起这个激动人心的午后，想起我们的爱情。"

第三十六章　柿子熟了

青梅成熟的时节，他们有了三天假期。季石和施诗相约回家看看。弟弟妹妹在外省工作，小妹还在读大学，家里就母亲一个人。知道儿子今天回来，她昨天就碾了新米，掐准了时间，锅里正炖着一只小母鸡，早上从池塘里捞的鲫鱼也已经炸好了。等他们到家了，休息一会儿就准时开饭。

计算着儿子快到家了，她快速忙完厨房里的事，就来到那棵大樟树下，看着每一辆疾驰而过的车，她知道儿子一定是乘坐那辆熟悉的红色中巴车回来，一定不会搭乘其他过路的大货车、龙马车、轿车什么的。可是只要从远处驶来一辆车，不管是什么车，她都焦急地看着它们，车子越来越近的时候，她都紧张得把心提到了嗓子眼，既希望又担心那辆车会减速，甚至会停下来，儿子也会从里面走出来，可是一次又一次让她感到心安理得的失望。

临近中午的时候，那辆中巴车准时出现了，也在通往自家的路口停下了，可是从车上下来的是两个人。她突然焦虑了起来，明明说乘坐的是早班车，可是怎么会是两个人呢？他每次可是一个人回家啊，难道他有了对象？想到此，她既紧张又兴奋，她有些眼花，还看不清来人的脸庞，就尝试着高声呼喊儿子的名字。

"阿母——我到了。"

季石抬头发现母亲站在五十米外的樟树下，他拉起施诗的手，快步向前走去。三人相遇的时候，季石激动地对施诗说："这就是我常常对你提起的我阿母。"

"妈——你还好吗？"

施诗热情又有些害羞地打着招呼，母亲笑得合不拢嘴，似乎一辈子从未如此幸福开心过，她紧紧攥着施诗的手，久久舍不得放开。当施诗居然用方言和她交谈时，她更高兴了，在这个十里不同音的地方，季石能带回一个这么聪慧的本地姑娘，真是得到菩萨的荫佑啊！

按照风俗，家里来了尊贵的客人，一定得吃一对红蛋。母亲让季石带着施诗到附近转转，她自己急忙去屋后的竹林里拣几枚刚下的鸡蛋，还带着母鸡的体温呢，热乎乎的。她喜上眉梢，又去厢房的酒坛里舀了点儿红糟，准备做卤酒糟红蛋。

　　黑瓦木屋，杉柏，竹林，菜园，田野，鸡犬相闻，一条弯弯的小河，悠悠地穿过村子，青山绿水……这一切多么熟悉，多么亲切，多么让人留恋，想到马上又得离开，真的是依依不舍啊。望着屋顶上叽叽喳喳欢叫的瓦雀，一瞬间，施诗的心里涌满了幸福感。

　　很快母亲就喊吃饭了。她已经把一对红蛋、鸡肫、翅膀和鸡腿，都夹进施诗的碗里，好大的一碗，香喷喷的，让人垂涎三尺。为了赶上早班车，就在车站买了点儿豆浆油条，这会儿俩人已经饿得肚子咕咕叫了。施诗看着满满一碗鸡肉，就把鸡腿夹给季石，白花花的米饭，切成细条状的笋干，绿油油的乡野青菜，两个人胃口大开，开心地吃了起来。母亲笑眯眯的，在一旁不停地说着："多吃一些，多吃一些。"

　　在家住了一宿，告别了母亲，回到施诗的家。施诗和季石不同，她事先已经通知了家人，说今天要带一个人回来，她在电话里叮嘱父母亲说，这个人非常非常的重要，是她生命的一部分。施诗的母亲一听就明白了，她欢天喜地地对丈夫说："又是一对金玉良缘啊。"丈夫的名字里有"玉"，妻子的有"金"，当年也是自由恋爱，双方的父母只听了对方孩子的名字，就一拍即合，都认为是"金玉良缘"。果然婚后两个人和和美美，相敬如宾，在方圆百里被传为佳话。女儿渐渐长大，不知为何，妻子再也没有怀上，施诗就成了家里的独女。

　　父亲施良玉前天就进山打猎了，知道今天有客人来，他没有跑太远，而是见好就收。他是村里的猎王，这可不是浪得虚名，十岁开始，他就跟随爷爷进山了，他在猎狗后面快速奔跑着，十六岁时就已经成名。那些受了枪伤，却更加凶猛的野兽，往往是要和猎人拼个你死我活，拼个同归于尽的，这样紧张危险的场面，他经历不下百回了，每次都能成功制服猛兽，满载而归。

他打猎的规矩很多，不扰庄稼的野猪不打，拖家带口的不打，怀有身孕的不打，年幼的不打，在交配发情期的不打。在途中不期而遇时，他就悄悄躲开，让母兽带着一群幼崽自在地觅食。

晌午时分他就到家了，带回两只山鸡和一只野兔。厨房里弥漫着饭菜的香味，却不见人影。妻子乔金梅在公交车站第一眼看见季石，就感叹他咋这么的英俊啊，活到这个年纪，可还从未见过呢，难道城里人都这么好看吗？当得知季石的家就在姊妹山的北面时，她更吃惊了，她好想知道他父母的模样啊，那得是什么人啊，才能生出如此英俊的孩子！

施诗拉着季石的手叫了一声妈，季石也立刻喊了一声妈，乔金梅竟有些不知所措起来，高兴地说着："终于把你们盼到家了。"

施良玉洗漱完毕，正要出门，听见院子外边有人谈笑着走进来，他往门缝里一瞧，看见三个又细又长的人形，想再仔细看看，由于太激动，额头竟撞在门框上，瞬间就鼓起一个大大的包，痛得要命，却又不敢出声，他急忙去舀井水冷敷。

施诗开门进来，见爸爸一手用湿毛巾按着前额，忙问他怎么了，他嘿嘿笑着说打猎刚回来太热了。季石又亲切地喊了一声爸，施良玉急忙回答："你们好，你们好，我今天太高兴了，非常的高兴。这下子有人陪自己喝两盅了，能不开心吗？这才是最重要的。"施诗猜出了爸爸的心思，问道："阿爸，进山带什么回来了？""当然是好吃的喽，是最好的下酒菜了，一会儿让妈妈准备准备，炖一锅炒一盘，大家开心一把。"施诗望着季石神秘兮兮地笑着，把他拉到院子里。

来到院子里，施诗抱歉地对季石说："我爸什么都好，就是来客人了，他就必定要让人家喝上几盅，他常说这是他的待客之道。没关系，一会儿我再悄悄和他说你平时滴酒不沾。爸爸喝的是妈妈酿的杨梅酒和桑葚酒，真的非常好喝，就是有些后劲，有时我也会喝一小杯。"

季石连忙摆了摆手，说道："千万不要和爸爸说我平时从不饮酒，我不能扫了老人家的兴致，没事的，科室聚餐的时候，就我一个男的不喝酒，大家都快有意见喽，正好练练，以后逢年过节啥的，我们也可以小酌庆祝一下。"

施诗一听，乐开了花，她牵着季石的手，笑着说："不用紧张，爸爸中午不会喝酒的，他只在晚上喝，他酒量很好，全村有名的，但他很节制，基本不喝醉的。他也不会劝人喝，他常常说，喝酒随意，不能劝酒，这是祖传的规矩。"

季石大声笑了起来，安慰她说："施诗，我没事的，我一点儿不紧张，我不是很自然吗？就像昨天在我自己家里一样，不是吗？"

施诗也开怀大笑，她兴奋地对他说："季石，晚上我们就开怀畅饮，一醉方休，好吗？"

"好啊，醉了就直接睡觉去，只是爸爸妈妈会不会对我有什么想法呢？万一出洋相了怎么办？"

"放心，他们才不会呢，他们高兴还来不及呢！"

虽然两座村子相隔不到一百公里，却有着不同的风俗，这里没有吃红蛋的习惯，为尊贵的客人准备的，是白斩鸡的凤尾。季石上了高中才知道，附近的几个村子都有这种习俗，长这么大，他还没吃过凤尾呢，说白了，就是鸡屁股，但听起来颇为不雅，先人们就想出一个吉祥尊贵的名字。季石第一次吃，没想到，味道竟是如此的香嫩，真想再来一个啊。

吃完午饭，季石去午休，施诗帮妈妈给野味褪毛。等他醒来后，兔子和山鸡已经可以入锅了。季石和施诗并肩向屋后走去，再往前走，是一座山坡，那里已经没有房子了，南面是油茶林，北面是竹林，坡上是墨绿色的杉林。他们沿着长着青草的小路向林子慢慢走着，谈笑声惊起一群鹧鸪，咕咕叫着飞进树林深处。

过了一道弯，山风吹来，树叶发出轻柔的呼呼声，季石牵着施诗的手踏进了竹林，地上是齐膝深的茅草，还有紧贴着地面生长的狗牙根，丛生的蕨草，点缀着朵朵金色的山姜花。他们停了下来，热烈地拥抱在一起，静静地倾听着大自然和谐优美的声音。

"季石，我真的离不开你，这一天突然来临了，幸福就像在梦中。"

"施诗，我也离不开你啊，你是我的心，喜怒哀乐，酸甜苦辣，我们都一起跳动。死生契阔，与子成说。执子之手，与子偕老。"

"季石，吻我吧。"

施诗微微仰起头，幸福地闭上眼睛。季石轻轻地吻了一下她的红唇，笑着说："睁开眼睛看看，你后面的竹子上两只长尾蓝鹊正盯着咱们呢。嗒，小点儿声，当心它们飞走了。"

施诗轻轻转过身，抬眼望去，果然是两只红嘴蓝鹊，它们停在两棵邻近的竹梢上，由于体形较大，竹干的末端深深垂弯着，轻轻来回荡着。她细声说道："好美啊，爸爸从来不猎杀它们，你看它们多么投入地玩耍啊，倒是我们被它们给吓着了。"

季石牵着施诗的手，示意她往回走，他们悄悄地原路返回，边走边看着那对美丽的鸟。这时太阳快落山了，竹林里的光线也渐渐暗淡下来，天边的晚霞璀璨夺目，让人情不自禁驻足欣赏。倦鸟或单独，或结伴，或排成行，在树林中疾飞。

次日清晨，季石已经完全清醒了，昨晚是他第一次喝酒，也是第一次醉酒，他努力回忆发生的事情，可一点儿印象也没有。他一骨碌坐了起来，很想知道昨夜自己有没有很失态，他急忙穿衣下床。这时施诗进来了，站在床旁故作神秘地笑着，她等着季石先说话。

"你这种笑法，让我感到羞愧啊。"

"我的季大医生，别瞎想了，爸爸妈妈尽夸你呢，你喝了七八杯，就自己进来躺下睡着了，没出洋相。他们问我你酒量咋样，我如实说了，他们就一个劲儿地责备我呢，好像你是他们的亲生儿子，我是娶进门的媳妇儿。"

"你没骗我吧？昨晚我是自己进屋的？"

施诗大声笑着走出去，到门口的时候才说道："快点儿洗脸去，妈妈和我已经准备好早餐了。"

"好嘞，太幸福了。"

施诗回眸，报以妩媚的微笑。

吃完早餐，爸爸妈妈送他们到中巴车站点。爸爸走在后面，不时从头到脚仔细地看着季石的背影，心里美滋滋的，感到非常满意，一会儿又非常小声地自言自语着："咱家闺女也不赖，秀外慧中，温柔大气，体贴孝顺，她在中学和大学时，是女子排球队的主力，优秀得很哩。"季石和他道别的时候，他还自在地沉醉其中呢。

中巴车驶出百米远的时候，施良玉还站在原地挥手，可能是昨晚喝高了，还没完全酒醒，只听他口中不停地喊着："季石，施诗，记得常回家看看啊。"

乔金梅急忙去拉他，示意他不要再喊了，让人听见了笑话。他不服气地说道："我偏要大点儿声呼喊，谁敢嘲笑我老施家，看见了吗？季石那可是一等一的人才啊，女婿也是我的半个儿子嘛。族里某些人，成天让我们去抱养一个，你看这下送上门了吧，那些重男轻女的家伙，这下恐怕要眼红喽！"

"良玉啊，八字还没一撇呢，我看你是昨晚喝太多，糊涂了。"

"好，好，我不喊了，他们肯定能成，俩人都非常实在，天生的夫妻相。"

乔金梅高兴地笑着，竟情不自禁地去牵丈夫的手。施良玉躲开了，佯装生气地说："我们都老夫老妻了，早都是两部老机器了，还浪漫啥呢？我怕别人看见了笑话哦。"

妻子脸上洋溢着幸福的微笑，朝家里走去。

出了村口，就开始不停地下山，山路十八弯，中巴车仿佛是在树林中穿梭。车窗外，成片的竹林、松柏、梯田、果林，快速地向后面退去。昨夜睡得迟，早上又起得早，施诗刚上车就靠在季石的肩膀上睡着了。望着熟睡得像个婴儿的施诗和窗外不断变换的景色，季石感慨万千。

人世间，绝大多数人都要过着普通人的生活，成家立业，娶妻生子，安老育小。年轻时的梦想，继续深造，恐怕再难实现，取而代之的是在另一个方向，不懈地努力，默默地奉献。别了，大学时代的理想；别了，大学时代的激情；别了，韦溱……所有的过往只能封存进永恒的记忆中！慢慢地，他的内心深处涌起一阵阵感伤，冲淡了爱情带来的幸福，他的鼻子发酸，几乎要流下泪水。

快到县城车站的时候，施诗醒了，她发现季石的脸上写满了忧伤，小声问道："季石，你怎么了？"

季石看着她，无奈地说："感叹时光飞快啊，想想自己竟一事无成，多少梦想灰飞烟灭。"

施诗想安慰他，故意拖长声音妩媚地说道："季石，你是大器晚成呢！我相信你的实力，不鸣则已，一鸣惊人。"

"施诗，我甘于平凡的生活，只是感叹时光匆匆，逝者如斯。"

到了县城，他们转车回市里。乡间路边的田野绿油油的，一阵风吹过，田里的稻禾弯了一下腰又站了起来，蓝天上的白云倒映在池塘中，似乎更白了。一条小溪像蛇一样，游弋在群山之间，它又弯又曲，想游出大山，一路固执地向东流去。季石又想起了母亲。临走时，母亲悄悄问他，啥时去施诗家提亲，她好提前充分准备。

下车后他笑着凑近施诗，仔细端详着她的脸。施诗被他看得莫名其妙，脸一下子红到了脖子根。

"季石，你看得我起鸡皮疙瘩，天天看，难道还没看够啊？"

"施诗，昨晚我喝醉的时候，爸妈什么都没说吗？比如那个，我们……"

季石前言不搭后语，施诗早明白了他的心思，故意反问他："前天，我们离开时，妈妈悄悄对你说什么了？你想问这个对吧？"

季石一听，高兴地笑了，他严肃认真地说："国庆节的时候，我邀请长辈们上你家提亲，应该等得及吧。"

施诗白了他一眼，说道："你才等不及呢！"然后模仿着他说话的样子继续说，"元旦就结婚，应该等得及吧。"

两个人相视而笑，他们决定租一套两居室，有空的时候，可以做做饭、熬熬汤什么的，就不用再天天去食堂打饭了。如果两个人都不上夜班的时候，可以一起散步，一起打球，一起读书学习，夏天的时候，还可以一起去游泳。哦，多么快乐的生活！两个人商量好了，每周犒劳自己一部电影，当然不是去影院了，而是在家里看。两个人也约定了，假如有红脸的时候，最多不能超过五分钟，就要互相原谅……两个人憧憬着美好的未来，孰料美梦才刚开始，就有人拦下了他俩，他们吓了一跳，原来斑马线的对面正闪着红灯呢。

他们在单位附近物色了一套两居室，楼高九层，他们在第八层，三面采光，南北通透，三百米之内有超市、银行，还有菜市场和幼儿园，生活非常方便。站在窗前，可以看见橙溪河缓缓向南流去。

下班后两个人过去打扫卫生，彻底清洗消毒了一遍，打开窗户通风了一个月，又添置了一些简单的家具。七夕那天，风和日丽，他们就搬了进去，在门上倒贴了一个大大的"福"字，客厅的墙上挂了中国结，玻璃窗上贴了十二生肖的窗花，显得非常的喜庆。

国庆节前夕，他们和同事调了两个夜班，换来一周的假期，准备回老家订婚。前一天晚上下班后，两个人去超市买了一些招待客人的物品。按照风俗，季石得先回到自己的家，再和长辈们一起到施诗家。到了县城，他们就各自转车回家了。母亲已经准备好了两块大洋和一枚金戒指，几位德高望重的长辈也已经悉数通知了，明天一早就出发。

中秋过后，山里已经转凉了，太阳暖融融的，照在十八弯山路边的树林中。秋天的山野五彩缤纷，美丽的画卷徐徐展开，置身其中，让人恨不得变成一只松鼠、一只小鸟，快活地在林间穿梭。

远远望去，红彤彤的柿子，像精致的小灯笼挂满了枝头。祖祖辈辈传卜来，每年柿子成熟的季节，人们都会刻意留一些在树上，让鸟儿们顺利度过寒冬。第二年春天，这些人类的益友就可以消灭更多的森林害虫，确保来年的丰收。羽毛鲜艳的鸟儿成群结队，从一棵树飞到另一棵树上，欢快地歌唱着，热烈地欢迎着客人的到来。车子不停地缓缓上坡，窗外景色迷人，让人直想着下车步行。

施诗家也来了好多客人，开放的客厅里坐得满满的，大家谈笑风生，喜气洋洋。快到晌午的时候，季石一行人就出现了，他们还没到大门口，施良玉和族人代表就热情地出来迎接，几个年轻人急忙去搬长椅，大家客气地相互请烟让座。

季石平时不吸烟，他请完烟后，见已经有人负责泡茶，就腼腆地坐在后面，认真地倾听长辈们谈着乡间的热门话题。男人们谈兴极浓，一边喝着茶水，一边吞云吐雾。这时施诗出来添水，她提着水壶，看见季石一个人孤独地坐在后面，没有人陪他说话，又被前面缭绕的烟雾熏得直咳嗽。她开始心疼了，便朝他笑了笑，走到季石身旁，附在他耳边小声说着什么，季石就起身跟她走了。

施诗把他带到屋后的水井旁，他深深吸了一口新鲜空气，直呼："太舒服了。"

"谁让你一个人傻乎乎地坐在角落里呢？要是我没出来，你得坐多久啊，你在那里不停地咳嗽，大家还以为你咋回事呢。"

"哈哈———一想到马上就要举行订婚仪式，我真是又紧张又兴奋啊，施诗，你呢？"

"不用紧张，一会儿自然点儿啊。我跟爸爸说了，已经省去好多环节了，我得先去厨房帮忙，不能走远喽。"

正午，仪式开始了。季石和施诗在长辈的帮助下，穿上米黄色的订婚服，庄重地站在客厅两边。客厅已经被清扫了一遍，摆了两张餐桌，其中朝外的桌子上的盘子里，盛着一只形状完好的白斩鸡，头朝东，尾对西。施家最年长的族人，用一双缠着红绳的筷子，轻轻夹起凤冠，季石双手捧着贴有红纸的盘子，微微弯着臂肘，恭恭敬敬地往前走一步，接过红彤彤的凤冠。

同样，季家长辈也用一双缠着红绳的筷子，轻轻夹起凤后，施诗双手捧着贴有红纸的盘子，微微弯着臂肘，恭恭敬敬地往前走一步，接过乳白色的凤后。两个人端着盘子，举起同样的高度，迈着同样大小的步伐，相对走着，直到一对盘子垂直碰撞在一起，发出清脆响亮的叮当声。双方长辈代表高声郑重宣布"交换信物"。季石把一枚金戒指戴在施诗左手中指上，施诗则把一支英雄钢笔别进他的口袋中，两个人双手牵在一起。

季家长者庄严宣布："无论贫贱富贵，无论健康疾病，季石都不离不弃。"

施家长者庄严宣布："无论贫贱富贵，无论健康疾病，施诗都不离不弃。"

两个人深情拥抱一分钟。

"六十，五十九，五十八……"

人们热烈欢呼，大声倒计时："……三，二，一。"

突然寂静了下来，施家长者站在客厅中央高声宣布："入席。"

仪式结束。

第三十七章　重逢

眼看元旦就要到了，他们忙得没空去拍婚纱照。施诗就提议说，过几年，等孩子两岁半正可爱的时候，找一个金色的秋天，回到老家的大山深处，和家人一起拍照。季石立刻赞成，认为是一个绝妙的主意。

一天晚上，施诗高兴地对季石说，她有一个表姐很快要出国做博士后研究，也要来参加他们的婚礼，已经说好了，会提前三天来，到时和季石去北郊机场接她。季石还是头一次听说，她姑姑的女儿今年博士毕业，他也没有多问，只是提醒施诗说，到时千万不能忘了，得提前安排时间。

入冬以来，气温骤降，一天比一天冷，各种病菌又开始暴发流行，儿科更是重灾区，门急诊和病房天天爆满。季石每天提早一个小时到办公室，天天加班加点，好几位同事都病倒了，有的甚至感冒发烧到三十九摄氏度，还在岗位坚守，只要一坐下，就再也没力气站起来去倒一杯水。有一次，护士在门外贴了一张告示：医生如厕，请稍等三分钟。有位小朋友看见医生戴着口罩走出来，问道："妈妈，医生去哪里呀？"

"医生去上厕所。"

"妈妈，医生也要上厕所吗？"

"是啊，医生怎么也要上厕所呢？"

旁边有人拉长声音附和："上个厕所得用三——分钟吗？"

"难道他今天拉稀吗？"

……

那个医生听了，心里凉了半截，只得匆匆忙忙快去快回，生怕被投诉。

原来请了两周的婚假，也打了对折。好几次，下班后，季石刚进家门就靠在椅子上睡着了，施诗都不忍心唤醒他，忙完家务后，就拿本书坐在一旁，默默等着他醒来，再一起吃晚餐。上个月排班表还没出来就已经请示了领导，今天下午他得去机场接人，不能排班。上午一忙差点儿忘了，他们来不及吃午餐，就买了点儿面包和饮料在车上吃。

这几日，市区弥漫着浓浓的白雾，能见度时好时差，可能因为这个原因，飞机晚点了二十分钟。他们刚到出站口，就见对面一位齐耳短发，身着桃红色长款风衣，戴一条葱绿色围巾的女士正朝着他们挥手，喊着："施诗，施诗。"

施诗也激动地喊了起来："韦溱姐。"她说道，"季石，太好了，她应该也刚出来吧，还得感谢这场大雾呢。"

季石惊呆了：怎么可能呢？竟在此时此地，遇上五年未见，却魂牵梦绕的韦溱！

施诗身边的那位男士，怎么那么眼熟呢？韦溱也有些惊异，脑海里立即闪过季石的面容。这时施诗他们已经从斑马线绕了过来，季石的脸火辣辣的，他已经看清那位优雅的女士就是韦溱！

"韦溱——"

"季石——"

几乎是异口同声。韦溱努力控制着喷涌而出的情感，一定不能流下眼泪，他一定是妹妹的至爱。

施诗更高兴了，原来他们早就认识！季石佯装轻松自然地说："我们是高中同学，也是大学同学。韦溱非常优秀，学习成绩总是在年级前二。"

韦溱急忙打断他："你也是哦，也从未掉出前三，只是我选择了实验室，你走上了救死扶伤的道路。"

他们聊着天，内心也渐渐平静了下来。冬日的傍晚，夜幕早早落下，到家的时候，天快黑透了。施诗让两位老同学在客厅叙叙旧，自己去炒几样菜。季石担心两个人独处，难免伤怀，就让施诗陪着韦溱，自己进了厨房。施诗开心地说："我们的季医生可要变身大厨喽，好期待呀，需要帮忙就喊一声。"

"好嘞，你们聊着，随便弄几样家常小菜，也很快。"

果然是医生，非常麻利，一个煤气灶，一个电磁炉，全部用上，左右开弓，不到一个小时，就上了六道菜，瘦肉煎蛋，土豆焖鲈鱼，辣椒炒笋干，青炒花菜，花蛤炒黄瓜，青炒茼蒿，都是可口的家乡菜，最后盛出陶罐慢煮的红米稀饭，味道美极了，让人一看就想回家。

吃完晚饭，因为还要上最后一个大夜班，施诗就去医院宿舍休息了。出门的时候，她又换了一套干净的床单被子，让韦溱睡在自己的房间，季石睡另一间。

季石骑单车送施诗去医院回来，韦溱已经洗漱完毕，正坐在客厅里看书。季石倒了一杯温水，轻轻放在她面前，在她对面坐了下来。

两个人沉默了一会儿，韦溱放下书本，轻轻叹了一口气，先开口了："季石，我已经相信命运了，在这个世界上，我所有的亲人，只剩舅舅一家了，妹妹能遇上你，是她一生的造化。她爱的这个人，也是我日思夜想的那个人，现在我终于放心了。这些年，我也过得非常的不容易，成天在实验室工作，当对着成堆的数据而茫无头绪时，也常常有低潮的时候，这时我就会想起大学时光，想起你，能告诉我吗？这些年你是怎么过来的，你刚开始不是去天涯流浪了吗？校园一别就杳无音讯了……"

韦溱眼里泪光闪闪，她努力克制着，最后哽咽着叹道："一切都过去了，一切都结束了，一切也将重新开始。"

季石从校园别后说起，说了他的经历，在天涯的时候，曾经打开QQ，看了她的留言， 次比一次难过，后来就再也不敢打开了。他停了下来，似乎不想继续说下去。

韦溱用疑惑的眼神看着他，希望明白发生的一切。

季石发出一声轻轻的叹息，说道："韦溱，其实我非常羡慕你，脚踏实地，仰望星空，有一个明确的人生目标，并为此奋斗一生，无怨无悔。我真的没办法，半年后我就回来了，到现在我还不明白，那时我的选择究竟是对还是错，也许十年之后才会有答案吧。那半年，我也不知道自己是怎么度过的，经常想起年迈的双亲，觉得自己欠他们的太多了，自己愧对他们啊，那时我就开始后悔了，开始归心似箭了……"

"也许是天意，我到家的时候，父亲就快不行了，他一直瞒着我，直到生命的最后一刻。长子如父，我必须帮助弟弟妹妹，这是天经地义的责任，如今他们都已经长大成人，我也可以松一口气了。现在我又到了人生的一个重要关口。韦溱，我和你不一样，我只是一个普普通通的人，从事着一份普普通通的职业，和我身边的同事一样，过着普普通通、平平凡凡的生活，孝顺父母，生儿育女，抚养他们，热爱他们，培育他们，成为一个合格的公民，一个合格的医生，一个合格的儿子，一个合格的丈夫，一个合格的父亲……"

季石的眼角闪着泪花，哽咽着说："韦溱，我一直没有忘记你，我只是悄悄地、默默地为你祈祷，为你祝福，天涯海角，平平安安。就是成家了，就是到了我需要拄拐的时候，我依然会如此，那是一份真诚到永远、雷打不动的纯洁友情。"

这是韦溱第一次看见季石流眼泪，她小声对他说："季石，不要再说了，我理解你。"

"不好意思，我怎么也变成一个婆婆妈妈的人了，岁月真的会改变一个人。"季石自嘲地说道。他不想再提那些伤心难过的往事了，他让韦溱稍坐一会儿，笑着说要给她一个大大的惊喜，就走进自己的房间，在知网上搜出韦溱写的论文，激动地高声喊道："韦溱，快来看！"

韦溱也进了他的房间，凑近电脑一看，原来是自己写的文章。她的脸一下子红了，难为情地说："有些数据和结论，现在已经被自己推翻了，科学探索就是一条不断否定自己的不归路啊。"

"韦溱，我们从同一所中学出来，又从同一所大学毕业，如今你写的文章，我都已经读不懂了，这就是差距啊！所以，我非常地仰慕你啊！"

"其实也并非如此，只是隔行如隔山罢了。你也一样啊，一个生命垂危的孩子到了你手中，就能转危为安，躺着进来，活蹦乱跳地出院回家，不是非常有成就感吗？"

……

他们又像大学时代那样，轻松自然又快乐地长谈至夜深。所有的感伤，所有的哀愁，所有的酸楚，都烟消云散了。

第三十八章　出门入门

两天后，三人结伴回家，到了县城转车的时候就分开了，季石回自己的家，韦溙回施诗的家。施良玉和乔金梅一看外甥女回来，又开心又难过，开心的是韦溙是家乡的骄傲，为家乡争了光，她志向远大，前途一片光明。难过的是韦溙好让人怜爱，从小失去父母，和爷爷相依为命，如今爷爷也过世六个年头了，她一下子成了孤儿。但在最艰难的日子里，她站着挺了过来，从未放弃梦想！

腹有诗书气自华，乔金梅从不同角度不停地打量着韦溙，她看上去非常的朴素，又有一种非常含蓄的优雅，不禁在心里默默赞叹着，真不是一般的姑娘啊，将来一定会很有成就的。

"舅妈，舅舅，三年不见了，我好想你们啊！"

刚说完一句话，韦溙的眼圈就红了，乔金梅的眼窝也湿润了，她急忙将韦溙搂进怀里，轻声安慰着。施诗鼻子发酸，她知道妈妈是一个情感浓郁的人，生怕她会哭得很伤心，就小声说："妈，我想带溙姐去后山转一圈呢。"

"好，不要走远了，马上可以吃午饭了。"

两个人放下行李，来不及洗一把脸，就往后山走去。她们相差三岁，小时候经常一起来这儿玩耍。施诗想起不久前和季石一起去竹林的情景，脑海里掠过那两只美丽的长尾蓝雀。走了一段后，韦溙停了下来，她望着山坡，认真地对施诗说："妹妹，你好幸福。我认识季石很多年了，虽然大学毕业之后，大家各奔东西，也从未再联系过，这次看见他，一点儿也没变，还是那么忠厚善良，朴实无华，只是多了一些沧桑感。"

"韦溙姐，他真的非常仁厚，定科室的时候，好几个非常好的外科都希望他加入，最后他却选择了最艰苦的儿科。已经好几年了，儿科无人问津，真的让人非常担心，再过十年，儿科医生会紧缺成什么样子。"

"我也听说了一些，儿科医生真的非常艰难，小孩子又不会说哪里不舒服，只是一个劲儿哭闹，旁边又来了一大堆的家属，哪怕是看个小感冒，姥爷姥姥、爷爷奶奶、爸爸妈妈，全部出动，可想而知，他们的压力有多大啊。"

妈妈催她们回家吃饭了。明天，施诗就要做新娘了，千头万绪，似乎蜂拥而至，时间在空气中迅速流走，让人焦虑，却又看不见，也听不见，连树上的鸟儿都充满了紧迫感，它们急促地叫着，然后匆匆飞走。

次日黎明，院子里的辘轳就转起来了，吱呀吱呀，欢快地唱着。天刚蒙蒙亮，韦溱就起床了，她见隔壁床是空的，就过去摸了摸棉被，已经凉了，原来施诗早已经起来了。她拉开窗帘，四处寻找着，却没发现她的踪影。楼上楼下还亮着金橘色的灯光，房柱上贴着崭新的红对联，喜气洋洋。韦溱开门发现西厢房的灯亮着，平时那一间就是施诗的闺房，她应该在里面上妆吧。

韦溱走过去想看个究竟，果然，施家族人两位年长的妇女也在里面，一个坐在施诗身后，帮她梳齐发丝，一个站在她右侧，娴熟地把她后脑勺和上半部颈项位置的头发绾成一朵梅花，并在发结处簪了一只祖传下来的金凤。

施诗静静地端坐着，聚精会神地接受着流传了千年的装束礼。韦溱伫立窗外，不敢发出任何声响，生怕惊扰了她们。她全神贯注地看着，一辈子只举行一次的婚礼，是多么神圣庄严啊。最终还是怕会影响她们，她踮着脚尖，小心翼翼地走开。

韦溱还年轻，又离开家乡很多年了，好多风俗她也似懂非懂，看着舅舅和舅妈忙得晕头转向，她站在一旁干着急，想搭把手，又怕帮了倒忙。舅妈心疼她，让她去房间好好休息，或者看看电视也行。韦溱见大家忙得不亦乐乎，便觉不妥，就去水井边帮忙洗东西。冬天山里的井水却是温热的，韦溱洗着洗着，一股暖流涌上心头，夹杂着丝丝缕缕的思念，她忽然想起了过世多年的母亲，心头掠过阵阵感伤。

朝霞一片绚丽，火红的太阳刚刚露出东山，季家的迎亲队伍就到了。按照风俗，各种物品都包着红布，扎着红绳，一样一样轻轻地被搬进客厅，按一定顺序摆放着。施家的族人代表一一核对，准确无误后，迎亲队伍才坐下。等族人乡亲吃完中午的宴席后，新娘一行就可以出门了。

一个上午，施诗都在房间里坐着，女性长辈们纷纷来教导她，每个人送给她四字箴言：勤俭持家，耕读传家，相敬如宾，宁静致远，风雨同舟，不彰人短，不显己长……施诗都一一铭记在心。宴席进入高潮的时候，施诗的闺房里传出伤心的哭泣声，女人们围着她轮流哭出悲伤的句子——

我的傻姑娘呀

那人啊，一句想你，就把你从父母身边夺走

我的傻姑娘呀

那人啊，一句爱你，就把你从父母身边抢走

我的傻姑娘呀

那人啊，一声呼唤，你就永远不回头……

泪水像院子里的井水，冒个不停，施诗的手帕湿了一条又一条。喝干宴席上的最后一滴酒，从二楼栏杆上垂下一挂长长的爆竹，一阵火星呲呲声之后，清脆地响了起来，得出门了，悲痛的哭泣淹没在热烈的爆竹声里。施诗依依不舍地站了起来，在伴娘的搀扶下，缓缓走出厢房。

上车的时候，妈妈的手指慢慢松开女儿的手指，多么不舍啊！她转过身子，任凭泪水不停地流，"施诗，记得常回家看看。"人群里有位妇女哽咽着说道。施诗生怕自己一出声就会忍不住痛哭，她紧紧咬着下唇，不停地点着头。

车门缓缓关上了，慢慢向前驶去，施诗把头探出窗外，向后望去，泪眼中想努力看清楚妈妈的脸。汽车不停地扬起尘土，远处的人群越来越小，最后只剩一个黑点，消失在地平线上。

到季家的时候，长辈接过施诗的红伞，收起来和嫁妆放在一起，整齐地摆在堂屋深处的房匾下。两天前旧的匾被撤下来了，挂上了新匾，上书"文昌堂"。季家一位女长辈把新娘和伴娘带进洞房后，去厨房端来一盘点心，两碗面线里都放了一对红蛋、一只清炖的小母鸡。

伴娘和施诗是发小，两个人差三岁，她们坐在一起轻松地谈论着什么。她小声问新娘，怎么还不见新郎官，她好想一睹为快，听村里人说他可是难得一遇的美男子。施诗笑着说："那都是谣传，百闻不如一见，今天他可忙了，得到晚上才能进来吧。"她发觉自己说错了，担心发小误解，脸一下子红了。果然，发小盯着她看，反问道："等宴席结束了，才能进来吗？那叫入洞房喽。"两个人对视着，开心地笑了起来。

夜幕降临，爆竹花开，婚宴入席了。季石的母亲养了一年的猪，长到四百多斤，就等着这一天的到来，它被制成各种美味，今晚终于上了餐桌。池塘里的青鱼个大体长，也纷纷游进油锅里，一桌一条，头朝东，尾对西。母亲种的冰糖芋又长又大，切成细条状，和猪排一起炸，又香又脆，可口极了。还有醋炒五花肉和白萝卜片、红蛋、酒糟兔肉、白斩鸡……

十八道菜，多数来自季石母亲的菜园和畜栏，酒是妈妈亲手酿的糯米酒、杨梅酒和桑葚酒，大人个个喝得爽歪歪，孩子们吃得肚子圆滚滚。季石从未见过母亲如此幸福开心，她笑得合不拢嘴，终于了却一桩多年的心愿！

爆竹花落的时候，宾客们渐渐散去。欢送完最后一批客人，远房亲戚们则分散到左邻右舍家休息。院子里灯火通明，堂屋房匾下一对高高的红烛，火苗像两朵橙色的蓓蕾，静谧安然。

季石牵着施诗的手，双双步入洞房，轻轻关上木门，拉上门闩。洞房在二楼，他们关了电灯，打开窗户，一阵山风吹了进来，好不惬意。两个人坐在窗前，头挨着头，肩并着肩，欣赏着山村寂静的夜色，一边小声亲昵地说着悄悄话。

"季石，橙溪河边的那行白鹭，应该早已出发了吧？"

"不是早已出发，它们飞过群山，飞过河流，不用沿着弯弯曲曲的公路飞行，而是直线飞翔，早已在我家上空盘旋了吧？你侧耳细听，喏，你得把耳朵朝着窗外，听见了吗？"

这时，屋后的竹林里传来几声清脆的鸟鸣，山村的夜晚显得越发宁静。

"这不是鹭鸶的呼唤，是芦花金雀的歌声。我家后山的树林里也有，上学后，我和发小还经常模仿呢，一到周末，我们就去林子寻觅它们。那时候，我们好快活啊。"

季石聆听着，等施诗停下来，他才又开口称赞她："哇，好棒啊，你都快成为鸟类学家了，假期结束，我们就去买一台架式望远镜，摆在阳台，下班后就可以观鸟，可以了解更多的鸟类，卿意下如何？"

"夫君欢喜，当然好喽，我也喜欢观鸟呢，我还想写一篇有关鸟类的文章，到时可以一起完成啊。"

不知何时，竹林里又响起芦花金雀欢快的歌声，此起彼伏。施诗突然惊讶地说道："季石，我们刚才忘了拉上窗帘了。"

"哦，是吗？没关系，都已经四更天了，整个村子也只有我们俩还在忙吧。自古以来，人生四大乐事，洞房花烛夜，果然名不虚传啊。"

施诗满是激情又难掩羞涩地小声说道："不愧为篮球队队长呢。"

黑暗中季石凑近她的耳边说："你也不愧是排球队副队长啊。"

……

第三天回门时他们得知，韦溱已经离开了，她回北京整理了一下物品，就启程出国深造了，不知何时才能回来。两个月前她就办好了手续，就是为了参加施诗的婚礼，才推迟行程的。

第三十九章 犬吠黑夜

一年后他们喜得千金，取名季萝，寓意生命顽强。施诗凌晨三点钟分娩，在妇产科楼。季石就在对面的儿科楼值班，那时正好在抢救一个命悬一线的婴儿。破晓时分，终于把孩子从死神的手上拽回来，她想妈妈了，大声地哭了起来。主任和季石，还有其他所有参与抢救的人，脸上露出幸福的笑容。

儿科主任常常挂在嘴边的一句话，救人一命，胜造七级浮屠。再严重的病人，再麻烦的家属，再难啃，都得硬着头皮上，心中只有一念——救死扶伤。终于可以有片刻的休息，季石坐在办公室的椅子上，已经能看清窗外的树枝了，这时他才想起妻子还在妇产科呢，顿时内心涌起一阵深深的愧疚，他立刻打电话到产房，得知施诗已经成功分娩了一个七斤重的女婴，这会儿正在哺乳呢。

早上交完班后，季石就匆匆忙忙赶去产科。他找到妻子的床位时，她已经累得睡着了，女儿的小脸蛋，红扑扑肉嘟嘟的，好可爱，躺在妈妈身边恬静地睡着。季石静静地站着，内心充满了愧疚和感恩，他想在妻子的脸上亲一口，又怕惊醒了她，他搓了搓双手，去卫生间仔细清洗了一遍，擦干后出来想抱抱可爱的女儿，却又不知该如何才能把这小小的天使，稳稳当当地抱在怀里，一瞬间心里竟充满了自责。

平时上班的时候，自己不是非常娴熟地教别人如何哺育婴儿吗？看着浓密的头发上还粘着暗红色血渍的新生儿，他的心一下子就软了。他仔细端详着女儿，粉嫩的脸蛋上镶嵌着小巧的鼻子，鼻尖上点缀着细小的米色脂肪粒，精巧的耳廓和圆润光滑的耳垂，两片通红的嘴唇微微抿着。

孩子一天一个样子，值完夜班回家，孩子又长大了一点儿，两周后孩子就会在睡梦中露出笑靥，满月后逗她时就会笑了。施诗的奶水开始有些不足，孩子又不肯喝奶粉，经常在半夜饿得醒来哭闹，哄都哄不住。

季石值完夜班回家，经常刚要睡着时，孩子就大声哭起来，他就再也睡不着了，三个月下来，整个人瘦了一圈。孩子越来越大，泡好的奶粉一滴也不喝，夜间闹得更厉害了，还好渐渐地能吃点儿辅食，尤其是睡前吃半碗米糊，夜里就安静了。季石终于明白，一个男人只有当了父亲，才能真正体会到为人父的艰辛，才能真正地成熟起来。

孩子给家庭带来了烦恼，也带来了更多的欢乐。伴随着孩子的成长，季石也升为医务部副主任，担子更重，责任也更大了。

孩子两岁的时候，一家三口在橙溪河滨公园拍了婚纱照。她们挑的是周一下午，公园里人少，又是一天中最温暖的时候。冬日的天空格外高远，一片蔚蓝。午后的阳光斜照着大地，橙溪河的水波光粼粼，微风吹拂着，水面上泛着涟漪，不仔细看，让人摸不透水是往南走还是往北去。

一群群水鸟，高低盘旋，在太阳光里，都呈现出银白色。不经意间，一只乌色的鸟迅速向下俯冲，在水面上点了一下，又迅速飞起，嘴里衔着的一尾鱼，不断挣扎着，鳞片反射着太阳的光辉，比雪花还白。

岸边高大的栾树花期已过，结出的果实，经过浅绿、深绿、赭红，进入淡棕色期，像一个个小巧的灯笼，挂满了枝头。香樟翠绿茂盛的树冠上点缀着片片黄叶和红叶，榄仁树已经落尽了叶子，露出塔形外观。一株红梅在离河岸最近的地方矗立着，枝丫结满了粉红的蓓蕾，大颗的马上就要绽放了，小颗的伏在细枝上蠢蠢欲动，在微风中轻轻摇曳着，一只棕背伯劳在枝头间跳跃，不知是偏爱红梅，还是在树上觅食。

第一张照片，背朝群山，身后是明亮清澈的橙溪河，在红梅树下，女儿站在中间，左手牵着妈妈，右手牵着爸爸。季石穿着银灰色的西装，佩戴一条桃红斜纹的领带，施诗穿着洁白的婚纱，孩子身着葱绿色的唐装，宽边红巾扎着的羊角辫，向两边高高翘起。随着摄影师一声"茄子"，三张幸福的笑脸镶嵌进岁月的相框中……

接近尾声的时候，季石的手机铃声突然响了起来，是医务部打来的，要他速去医院处理紧急事情，他们只好提前结束了拍婚纱照之行。

季石打车到医院的时候，大门口拉着白纸黑字的巨大横幅——草菅人命，医生杀人。大厅里烟雾弥漫，挤满了头披白布的人，中间摆了一口崭新的棺材，数十名妇女跪在地上呼天抢地，一些人在四周摆花圈，焚烧纸钱，用细竹枝不停翻卷着一沓沓厚厚的纸钱，黑色的纸灰闪烁着火星飘浮在空气中，呛得人们直打咳嗽。

一个年过半百的男人，长期酗酒，昨晚被家人送到医院急诊时就已经昏迷不醒，脑干出血，脑疝形成，未能抢救回来。家属拒绝将尸体移至往生室，多人强占了一间病房，中午开始又陆陆续续来了很多人，把整个病区都占了，还自行把尸体搬放在门诊大厅的棺材里。一大群人在办公室里胡搅蛮缠，毫不讲理，大肆破坏，想趁机讹诈一笔，严重扰乱了医院秩序。

季石穿着便装，从安全通道回到医务部，走廊已经被围得水泄不通，地上一片狼藉，到处是快餐盒、一次性筷子、纸巾、烟蒂，角落里的盆景全部被推倒打碎，惨不忍睹。几个五大三粗的壮汉坐在栏杆上吞云吐雾，不停地说着粗话，有人说，才五十岁，这么年轻，少说也得赔三百万。季石看了一眼这些不可思议的"怪物"，就知道死的不是他们的家人。他长长叹了一声，摇了摇头。

他拐上楼梯快速上了两层，停下脚步倾听了一会儿，确定无人跟踪，便快速进入安全通道，又跑了五层楼梯，径直朝密室走去。想想都觉得悲哀，医院居然要设立密室，善良的医生是不屑用锋利的手术刀防身的，就是死，也要死得坦坦荡荡，死得清清白白。

所谓的密室，不是地下有着层层机关和漫长暗道的保险室，而是在七楼病历室几百个高至天花板的病历架后面，一个隐蔽的角落里，用三层木板围起来的一个小迷宫，平时大门都是关闭着的，很难被发现，就是暴露了，也可以立刻关上三道木门，直接从玻璃窗逃到窗外的树上。

窗下有一棵百年老树，圆锥形的树冠直达十楼，从树干伸展出的枝桠，和成人的手臂一样粗，正好构成一架天然的梯子，只要在腰间系上一根足够粗的绳子，就可以轻松下到地上。大家都称它是"救命松"。

季石到密室的时候，才知道医务部主任被闹事者用木棍敲了一下脑门，当场晕厥了过去，还好没有被敲碎脑壳，只是受了点儿皮肉之苦。当事医生已经被保护起来，医院领导给他放了半个月的假。院领导、保卫科科长、当事科室主任、护士长围坐在矮凳上，大家眉头紧锁，表情严肃，又非常无奈，像冬天旷野上的羊羔。

从上午激烈讨论到现在，没有任何结论，医生护士又没有任何过错，为什么要赔偿呢？如果真的赔了，他们尝到了甜头，只要医院死了人，那谁不来闹一闹呢？而且这么大的一笔钱谁来买单呢？不要说当班医生，哪家医院那么财大气粗，动不动就豪掷几百万呢？

见季石西装革履走进来，大家都把目光转向他，期待着他能拿出一个切实可行的方案，把对医院的损害降到最低。近年来，每一起医疗纠纷，不管医院是对是错，医院都会处于非常被动的地位，小错大赔，未错也赔，只有这两种结局。

季石坐了下来，沉思了一会儿，其实他已经想好了应对之策，只是想听听大家的意见，然后再说出自己的想法。见大家沉默不语，都用一种渴望的目光望着自己，他无奈地说道："首先，很显然，病人长期酗酒，有高血压、冠心病史，血脂也相当高，平时不仅没有按时吃药控制，也不注意调整生活作息，而是变本加厉地消耗自己，昨晚一个人一下子喝掉两斤白酒，到我们医院的时候，我们立刻发现了他脑干出血、脑疝形成，也在第一时间进行了抢救。在整个诊疗过程中，医院没有任何过失，为什么要赔偿呢？但是他们不会善罢甘休的，从昨晚到现在，人来了一茬又一茬，跟死者没有任何血缘关系，都是专业医闹，这部分人得想方设法清走。其次，我刚才路过大厅时，有所耳闻，死者平时好吃懒做，全靠妻子一人在郊外种点儿蔬菜，平时卖菜为生，一对儿女，还在上高中。"

季石说到这里停了下来，想听听大家的建议。谢副院长让他继续说下去。

"目前最要紧的是得先把和死者没有关系的医闹人员清走。据我观察，门诊大厅里一部分是死者家属和亲朋好友，一部分是来医闹的，而在病房和办公室搞破坏的，都是来闹事敲诈勒索的。我的方案是在人民警察的协助下，逐一核对身份，把外围的医闹者先赶走，然后再和家属代表谈判。第二步，进入实质性阶段，他们狮子大开口，动辄就上百万，这是不可能的，再这样下去，全市最大的人民医院都要破产关门！既然他们是困难家庭，我们也不说是赔偿，而是进行适当的人道主义补偿，免去本次的就诊费用。另外，包括丧葬费用在内，一次性补偿不超过……"

说到最敏感的部分，季石又停了下来。大家面面相觑，另一位常务副院长叹息了一声，无奈地说："季石的方案还是非常务实的，目前的大环境和形势都不容乐观，也不是单单我们医院有医闹，大家的日子都不好过，也只能如此了，只是金额方面，大家能不能再斟酌一下。"

说完，他看着院长，希望他能尽快定夺下来。院长用赞许的目光望着季石，当初自己真的是没看错人，季石是一个相当优秀的年轻人。他呷了一口茶水，痛心疾首地说道："说句心里话，我当了一辈子医生，从来没像现在这样，不管什么原因病人死了，都会来大闹一场，防不胜防。即使医生护士存在过错，也可以通过合理的法律途径，或者协商解决。看看现在，动不动就要用暴力手段……"

"我们的医生护士容易吗？季石在儿科最清楚了，一分一厘，都是大家辛辛苦苦的血汗钱，医院又不是这些暴徒的提款机，赔偿肯定是不可能的，我们又没有任何过错。前年，骨科的雷医生累垮了，麻醉科的傅医生值夜班时脑溢血了，ICU 的欧阳大夫劳累过度英年早逝……我掐着指头数都数不来，数到心都碎了。再这样下去，医生都流失了，最终受害的会是谁呢？"

院长老泪纵横，他哽咽着说："医院的钱是大家的，是每位职工的，不是我一个人说了算。大家商量一下，这种事一时半会儿是不会结束的。再这样下去，我们医院两千多名职工，真的会有发不出工资的那一天啊！"

大家沉默着，谁也定不了补偿标准，凭什么需要给死者家属补偿呢？如果医院有错，该赔多少就赔多少，那医院没错，为什么也要出点儿血呢？

大家议论纷纷，激烈争论着，最后商定最高限额两万，如果谈判破裂，就提高到五万，如果超过五万，那也只得拖着。

保卫科全体人员一半在协调室门口待命，一半守在门诊大厅出入口。警察把外围的闹事者全部清走之后，已经是晚上十二点了，大厅里剩下几十号人，都是和死者有血缘关系的人。当中的多数人还是认为让医院赔偿上百万，不太现实，医生护士并没做错什么，只是昨晚有人煽风点火，一时头脑发热跟着跑到医院来了，横幅、花圈和成箱成箱的纸钱都是那些闹事者提供的，现在他们也觉得理亏了，可是要是也这样把棺材直接抬回家，势必会沦为笑柄，正左右为难，院方派人来谈判了。

几位老实巴交的家属，连话都说不清楚，坐在协调室的谈判桌前。季石一看见他们是纯朴善良的农民，就动了恻隐之心，他们只是一时糊涂，被恶人利用了而已。

想起含辛茹苦养育了四个孩子的父母，季石的心一下子就软了下来，眼前的这个家庭，虽然有个酗酒懒惰的父亲，可毕竟也是父亲啊，如今过世了，留下两个还在上学的孩子。季石甚至担心假如自己提出只能免除医药费，对方绝对是能接受的。他咬了咬牙，私下在桌子下面向一起谈判的同事伸出三个手指，示意可以补偿三万。大家心领神会，悄悄地点了一下头。整个谈判过程，屁股还没坐热，就结束了。几乎在同一时间，火葬场的车把大厅里的棺材也拉走了。

季石离开医院的时候，已是凌晨时分。他一个人徒步回家，到了公园门口，一只狗对着黑暗中的灌木丛，"汪，汪，汪——"不停地狂吠着。季石停下脚步，看着那只狗，沉思良久。

第四十章　谁的生命没有冬天

一天下来可以一事无成，绝对不能亏待了身体。没有时间锻炼身体，就坚持步行上下班。上班的路上，季石每天都要告诫自己：任何时候都要心平气和。如今看一个病人，想的不是如何尽快解决病痛，而是如何预防医疗纠纷。疑难杂症来了，想的不是尽快确诊治疗，而是想方设法转走病人。

是什么原因导致了今天这种局面，千头万绪，什么都是，似乎又什么都不是，这种日子太痛苦了，太折磨人了。夜阑人静，季石常常辗转反侧，医疗这个行业究竟怎么了？到底是哪个环节出了问题？

自己在医务部主任的岗位上，所有的纠纷都要经过自己这一关。有的事真的让人啼笑皆非，甚至让人愤怒，明明病人家属先动手打了医护人员，打完医生再打投诉电话。医院里的每个职工，成天提心吊胆，好多人得了抑郁症，好多人离开了自己满心热爱的岗位。

上班的时候，大家相互关心，下班的时候，大家互道珍重。有一次，一个发热半天的小学生来就诊。季石正在急诊室抢救一个休克的孩子，情况非常危急，稍微拖延十分钟，孩子很可能就会死亡。那个小学生的父亲，说孩子要回去上学，要求医生必须立刻给他先看。季石瞄了一眼那个小学生，只见他正在候诊区兴高采烈地看电视呢，便和颜悦色地对家长说："请稍等一会儿，我正在抢救一个生命垂危的孩子。"那个家长一听，立刻拉下脸，气鼓鼓地说他的孩子已经发烧半天了，看完病还得回去上学，他的病情、他的学业谁也耽误不得。

病情危急，季石没时间过多解释，争分夺秒，又要投入紧张的抢救工作中。那个人见季石转身就走，更是气不打一处来，就到处打投诉电话。有一名实习护士出来跟他说道："对不起，请您稍等，季医生正在急诊室抢救一个危重的孩子。"可那人气急败坏，抬手就给了她一巴掌。这时，季石抢救完毕正好出来，被打的那名实习护士显然是吓坏了，脸上有五个暗红色的指印，她一动不动地站着，一副不知所措的样子。季石过去把她搂进怀里，安慰她不要怕。那个人见到季石，气势汹汹地对他说："你不给我孩子看病，光天化日之下还搂着女人。我要立刻让你下岗！"

季石忍无可忍，他盯着那个人厉声说道："说得好，急诊科候诊区的所有人都可以做证，光天化日之下，是谁阻止我去抢救垂危的病人，光天化日之下，是谁明目张胆地打人。你一个大男人，居然打一个手无寸铁的小女生，今天我就要在光天化日之下，狠狠地教训你。"

季石边说边用力撕开白大褂，飞起的纽扣被重重地甩到墙壁上，发出清脆的响声。

"脱掉白大褂，我就不是医生了，你敢跟我出去打一架吗？"

那人见状，顿时像霜打的茄子，一下子蔫了。原来是个欺软怕硬的家伙。这时同事已经报警，保卫科也已经赶到现场。季石和蔼亲切地对实习护士说："不用怕，你做得很好！一会儿警察来做笔录，就实事求是地说。不要对你的职业产生怀疑，这种人毕竟是少数，大多数人还是善良的，以后慢慢体会吧。"

抢救室里的是一个三个月大的男婴，双亲结婚十五年未能生育，做了三次试管婴儿才成功。真是命啊，孩子出生后从未生过病，长得虎头虎脑，人见人爱。满二个月的时候，第一次生病，才轻微呕吐了两天，孩子就蔫蔫的，没一点精气神儿，不哭不吃不闹，呆呆的，老翻着白眼。家人一看不对劲，就送到医院来，但是到医院的时候已经昏迷了，好不容易醒了过来，也是不停地抽搐，抽得整个人像葡萄一样的颜色，浑身绷得紧紧的，硬邦邦的。

那天晚上季石上夜班，他看了一眼孩子，摸了摸囟门，就断定孩子脑部出了问题。他立刻争分夺秒，沉着冷静地组织抢救，同时下了病危通知。很快颅脑CT扫描结果出来了：大量脑出血，脑疝形成。一听是脑出血，母亲当场晕了过去，孩子父亲跪在地上伤心地哭着。五代单传啊，怎会是如此结局！

季石深知责任重大，处理完病人，又紧急会诊了神经外科，立刻请示了二线和三线。大冬天凌晨两点钟，科室领导、护士长全都迅速赶来。神经外科医生刚看完 CT 片子，还来不及去看一眼病人，孩子就断气了。整个儿科都在抢救他，窗外已现黎明的曙光，孩子却未能睁开眼睛看看这个明亮的世界。

家属不甘心，才两天时间，整个村子的壮年全部来了，几百号人，把儿科楼围得水泄不通。家属认为是医生误诊误治才导致婴儿死亡，不同意移走尸体，而是用包被裹着他，只露出一张嘴唇青紫的苍白的脸，戴着一顶红色小帽子。

他们去哪里闹事就把死婴摆在哪里，一会儿放在儿科办公室，一会儿搬到门诊大厅，一会儿又抱到医务部去。每层楼的出入口，都有人昼夜把守着。他们买来几大筐拇指粗的鞭炮，一会儿点燃一个。孩子们都吓坏了，小的哭闹不安，大一点儿的吵着要马上回家。半天下来，整个病区烟雾弥漫，呛得人们几乎要窒息。

即使如此，医生护士们仍坚守着岗位，但是已经无法再正常工作了，整栋儿科楼的其他病人，出院的出院，转院的转院，只出不进。

没想到事态如此严重，这些人闹起事来太专业了，很明显是有组织有预谋。院方后来才得知，死者老家整个村子都是以医闹为职业。他们擅长钻法律的空子，也看出了医院的弱点，多数医院为了息事宁人，会大事化小，小事化了，宁可出点儿血，也不愿拖着，拖久了医院可拖不起……这一次来了这么多人，闹得这么凶，他们抱着志在必得的决心，一开口就要三百万，一分钱不能少！

全市最大的人民医院、××医科大学教学医院的儿科，一下子瘫痪了。如果损失三百万，可就要破产关门了，所有的医生护士将集体失业。防暴警察也来了，限定晚上九时前将死婴移至往生室。已经死亡四十八小时的婴儿被摆在大厅的导诊台上，他们里三层外三层，铜墙铁壁一样围着他，并没有想要移走的意思。

晚上九时整，警察戴着防暴头盔，一手拿着警棍，一手举着盾牌，迈着整齐的步伐，向对方靠近。双方在大厅对峙着，气氛异常的紧张。几只飞蛾在天花板上不停地撞击着灯管，发出的声音增添了几分不安和焦虑。

那些人将矛头直指当班的季石。大家担心他受到伤害，就让他暂时回避一下，但是他没走，而是继续在科里工作。当看见儿科病区烟雾弥漫、人去楼空时，他痛心疾首，特别当听见同事们被熏得不停地咳嗽，他非常的难过，心都碎了。

天哪，怎么会如此？怎么会是这种局面？不行，自己不能再躲避了，自己又没做错什么，有什么好畏惧的呢？两天来，施诗成天提心吊胆，茶饭不思，她好担心自己的丈夫啊！好几回，她都想带着女儿乔装成儿科病人，去病房让季石和其他病人家属一起出来，但是季石不允许她那样做，他要和同事们在一起。

被困在病房里，季石实在忍不住了，不行，得出去和他们见见，这些年下来，处理医疗纠纷案件时，自己不都是在第一线吗？等病人和家属都离开儿科楼后，他们就不再甩鞭炮了。经过充分的通风，病房的空气好多了，大家找了个安全的区域，去休息了。

季石见病区里渐渐安静下来，穿上白大褂，刚走到楼梯口，突然从拐角处跳出几个彪形大汉，示意他立刻回到病房去。季石站着不动，镇定地说："我要和你们的头儿谈谈。"从他们身后的拐弯处传来一个清晰的声音："不必谈了，他就是那个害死孩子的季医生。"只闻其声，不见其人，从他的口气判断，这个人可能是死者的族人。见季石站着不动，他们恶狠狠地催促他："你还不快滚回去！"

黑暗中，又传来那个人的声音："先不要让他滚，他不是想谈谈吗？那就谈谈吧，只要承认孩子是他害死的，他就可以走了。"

"我们感到非常遗憾，那么可爱的孩子前些天还好好的，说走就走了，真是可惜，我们也感到非常难过，但他的病实在是太严重了，我们多么想把他救活，多么想他的爸爸妈妈开开心心地带着孩子出院……对不起，我们已经尽力了。"

"别假惺惺的，一副菩萨心肠的样子，我还不知道你们这群披着羊皮的狼？你们的良心早被狗给吃了。你没本事治好他的病，你不会让他转院吗？

啊？"

这时，黑暗中的那个人露面了，他走了出来，身后还跟着几个乡民。季石也看清楚了那个人，四十岁出头，个子矮小，不到一米六，戴着一副白框眼镜，鼻梁出奇的高，脸色蜡黄，看上去营养不良，却西装革履，扎着米黄色的领带。他绕着季石走了两圈，仰着头盯着他看，然后咬牙切齿地说："季医生，称你医生，也太抬举你了，你就是个季畜生，你杀了人，我要你偿命！只要你承认孩子被你误诊，或者承认你错了，我就放你走，否则就像我手中的铅笔。"

说着，他走到季石面前，双手高高举起铅笔，咔嚓一声将笔折断。

季石已经明白他不是因为孩子离世伤心难过，来医院讨要说法，而是来敲诈勒索，知道没有必要和他继续谈下去。他刚向前迈出一步，他们就蛮横地冲他大声嚷了起来："马上滚回去！"

矮个子背着双手，晃着一颗小脑袋，神气地说："想下楼去呼吸一口新鲜空气，也不是难事，只要承认你错了就行。"

"我只是下楼去走走，你不用担心我会跑掉。"

"鬼才相信你！你都杀了人了，还会回来？给我滚回去！小心点儿，你！"

季石转身走向走廊尽头，他用力拉开一扇窗。后面传来一个声音："大家注意，他想从窗户逃走呢。"另一个人说："老兄，你放心，他不可能跳下去的。"

季石又用力拉开另一扇窗，角落的这一排窗户是长期关闭的，已经生锈了，打开时发出很大的声音，这下引起了那伙人的注意，他们也跟着跑过来想看个究竟。

昏暗的灯光里，小个子用怀疑的眼神看着他，嘲讽地笑道："这可是五层楼高啊，打开窗户想逃跑是吧？跳下去，不是死，也是半身不遂啊。不是跟你说过很多遍了吗？承认一下错误就这么难吗？小学生不是经常向老师认错吗？认一下错又不会怎样，不会损你半根毫毛的，对吧？"

他们围成半圆形，把季石逼进护栏的角落里。

"我又没做错什么，为什么要低头认错呢？"

"还嘴硬呢！如果有错你就勇敢地承认就是了，如果你认为没有杀死孩子，你就跳下去啊。"

季石看着这些以医闹为职业的恶人，冷笑了一声，说道："我没做错事，为什么要跳下去？谁都知道这跳下去就会死，我会傻到用自己生命来证明吗？我们整个医疗过程都有完善的记录，如果要打官司，我奉陪到底。但是你们要清楚，恶意医闹，影响医院正常工作，你们已经严重触犯了法律。现在警察和医院本着以人为本的原则，跟你们苦口婆心，若你们不识时务的话，你们都得被抓起来。"

说到这里，季石掏出手机，轻轻挥了挥，盯着小个子严肃地说道："这几天我已经收集了你们在各医院闹事的证据，并且我还让人偷偷录下了你们的谈话，你们提到如何敲诈医院，如何分赃，这里面都记得清清楚楚。法网恢恢疏而不漏，你们若不尽快撤走的话，一旦被刑拘判刑，有了犯罪记录，你们想想会有什么后果？将来你们的子女考大学、参军、找工作都会受到很大的影响。"

小个子半信半疑地看着他，说道："你吓唬谁呢？你能有我们的证据？我们可不是吓大的。"

季石随口说了两件他们在何年何月因某事在某医院闹事敲诈到多少钱的事情，然后接着说道："医院是秉着人道主义，给予病人家属赔偿，但是如果你们以此为要挟，那么对不起，我们也不是好惹的，一切让法律来评判。你们自己想想后果。"

小个子和另外几个人面面相觑。季石刚才说的两件事情没有任何误差，但是季石手机里面是否有他们另外的证据，他们心里没底，不知道是真是假。现在国家对恶意医闹的打击越来越强烈，他们也担心真的会出现季石说的后果。

季石见小个子的表情，就猜着他们几分心思了，也不说话，拿着手机就给他们拍照，对着他们每个人不停地拍。

"你拍什么？"小个子伸手就想来抢手机，季石早有准备，没让那家伙得逞。

季石故作得意地说："我要把你们这些人都拍下来，到时候警察要为此事立案时，我可以交给他们。对了，不要想着抢手机，要是不小心把我推下去，你们就是杀人犯了。"

小个子投鼠忌器，几个人低头商量了一下，看着季石恶狠狠地说："你小子够狠，等着瞧！"

另外几个跟着来的乡民见季石说这医闹是犯法，不仅要判刑，还会影响子女的将来，心里早就打起了退堂鼓，自己只是来凑人数的，一天也就两百块钱的工钱，没想到后果这样严重，那就太不划算了。他们听小个子刚说完就先溜走了。

小个子跟在后面大声喊着，但没人搭理他。他们纷纷三个一群、五个一伙，悄悄地逃走了。慌乱中小个子突然想起老大还在大厅里和警察对峙呢，就打电话向他报告，对方一听火冒三丈，直接在电话里骂开了："一群白痴，成事不足，败事有余，这深更半夜的，没好吃没好喝，尽白干。"

门诊大厅里，孩子妈妈抱着死婴，哭成泪人，任凭谁去苦口婆心地劝导，都无济于事。

季石的话传开来，传到了大厅，于是人们纷纷散去，剩下的人概就只是和死者有血缘关系的人了，其中一位最年长的人，头发全掉光了，一撮山羊胡子雪花一样白，应该是族人代表。他一直坐在人群当中，这时也佝偻着背，慢慢走到孩子父亲跟前，在他耳边说着什么。孩子父亲一听，双眼睁得大大的，脸色立刻就变了，表情相当的痛苦，他走到妻子身边对她说了些什么，然后从她的怀里抱过孩子，向门口走去。

医院领导看着眼前的情景，说了一句："季石这小子，有手段！"

第四十一章　灵魂的牧羊人

医院给季石夫妻俩放了半个月假，让他们出去走走散散心，费用回来后报销。

一家三口回了季石的老家，母亲三年前已经过世，家里的老房子年久失修，也无人居住，屋檐上长着高高的杂草，已经开始枯黄，在秋风中摇摆着。他们来到父母的坟前，季石不想让妻女看见自己伤心难过，就让她们站在远处等。他双膝还未着地，就已泣不成声，所有的悲伤和思念，千言万语，化作一颗一颗晶莹的泪珠，不停地滚过脸颊，落在黄土地上，形成一个个小泪坑。

然后他们回了施诗的家，未提半个月长假的事，生怕引起怀疑，计划三天后离开。施良玉一看季石的双眼红红的，还有些肿，脸上似乎有擦伤的痕迹，觉得可疑。施诗也注意到了父亲的表情，笑着说，雨天路滑，季石上夜班骑单车回家时摔了一跤。父亲哦了一声，还是不大相信，但没再细问。

姥爷姥姥可高兴了，一会儿带着季萝去池塘捞鱼，一会儿领着她拔草喂兔子，她最喜欢逗那只可爱的大白鹅了，才半天工夫，就和它成了好朋友。

吃过晚饭，季萝吵着要和姥姥一起睡，刚上床就睡着了。时值五更，季石便醒了过来，他轻轻下床，拉开窗帘，一弯半圆的月亮挂在天边，月光下群山呈现出一条黑色的曲线，万籁俱寂。

他望着广袤无边的苍穹，不停地思考着，自己的这条小命，究竟属于谁的呢？

次日清晨，吃过早饭，季石一个人爬上了附近最高的一座山。到达山顶的时候，已是正午。他站在一块巨大的岩石上，眺望着远方，低矮的山坡，宁静的村庄，层层叠叠的梯田，尽收眼底。树林中的房屋，若隐若现，人像蚂蚁一样，在细如丝的路上缓缓爬行着……

三十年前，二十年前，十年前，所有发生在自己身上的一切，都历历在目，似乎按着既定的人生轨迹，又似乎完全没有规律可循，似乎有一只无形的手指引着方向，又似乎只是一叶浮萍，随水漂浮。最让他感到沉痛悲哀的是，日子就像一个彩色魔方，红橙黄绿蓝靛紫，转来转去，周而复始。家庭到单位，像两个容器，把自己搬进搬出，从这个容器扔进那个容器里！人生像一列货车一样，年轻时，空空荡荡，跑得飞快；人到中年，载了一车充满诱惑的垃圾，什么都舍不得放下；到了老年，千方百计地想丢弃，却已经来到坟前！

十年后，二十年后，尽收眼底！所有的未来，一眼就望到了尽头！年轻时是一把闪着寒光的刀，不管你有多么的不甘心，二十年后，都只是一片随风飘摇的树叶，随时都会化入泥土！他想大吼，嗓子却干得要冒火。他想痛哭一场，风却不停地吹着双眼，他望着远处连绵起伏的群山，心潮起伏。

夜里的询问，又在耳边响起——自己已经"死"过了，此时此刻，居然还能站在山顶上，区区这条小命，究竟属于谁？前半生似乎都是为别人活着，后半生还要如此活着吗？如此活着，还有什么意义呢？哪里才是最需要自己的地方呢？对了，是灵魂，灵魂啊，灵魂怎么了？这只羊羔已经在物质的天堂里迷失了方向，在精神的沙漠中不停地挣扎，要么沉沦下去，要么继续向前奔跑，不能再这样活着，就做一个灵魂的牧羊人吧……

施诗洗完碗筷发现季石不见了，急忙打电话给他，他只说在附近的山林里走走，傍晚就会回来。她还想说点儿什么，就发现父亲已经到了身边，只好匆匆挂了电话。父亲望着女儿，欲言又止，转身又走开了。

吃午饭的时候，季石却没有准时出现，左等不来，右等不来，看着表面沉静内心却焦灼不安的父亲，施诗知道纸是包不住火的，迟早得告诉他真相，可年迈的父亲能承受季石的事吗？一定不能说，就让它成为永远的秘密吧。

"阿爸，季石进山了，他说十几年没有好好爬过一座山了，想去体验体验，下午就会回来。"

施良玉想问问女儿生活过得是不是如意，话到嘴边又觉得不妥，便换了个话题说："这个季节，一个人进山危险咧，这几年不允许打猎了，猛兽又多了起来，这次回家能不能多待几天，我带上几只猎狗陪他去转转？"

"外公，我也想去呢，山里的秋天一定非常美丽，到处是熟透的野果、彩色的树叶，对吧？"

季萝一听，也兴奋了，她也盼着能进山去触摸一回深秋的肌肤。

"等你再长大一点点，跑得再快一些，外公就带你去喽，要是跑得不够快，就追不上小野兔呢。"

……

午后开始，季石的手机就联系不上了，不知是没电，还是没信号。施诗担惊受怕，又不能写在脸上，她佯装镇定，忙忙碌碌，却不知在忙什么。季萝午睡后，她来到院子里，想陪父亲说说话。阳光下，父亲已经靠在藤椅上睡着了。她又来到后院的菜园里，也没有发现母亲的影子。她双手扶着竹篱笆，难以自持，泪水夺眶而出。

施诗走到房子外面，沿着进山的道路慢慢走，心想也许能遇上他。一个小时后，还是没有发现季石，她又往回走，慢慢走着，想起和季石相识、相知、相爱的点点滴滴，又泪水涟涟。

天擦黑的时候，在村口的那株大枫树下，她终于等来了季石。他看起来风尘仆仆，眼里闪着明亮的光，像换了个人似的。她大声喊着他的名字，扑进他的怀里，用拳头轻轻不停地捶着他的胸口，泪水像断了线的珍珠一样，不停地滚过脸颊。

季石笑着小声说道："施诗，看看我，是完好无损，还是有和猛兽搏斗过的痕迹？"

"你真是坏到了极点，人家都伤心成什么样子了，你还有空说笑。"突然她意识到了什么，一把将他推开，从头到脚仔细看着他。

季石又笑着安慰她道："看仔细喽，是不是发现武松打虎了？"

说完，他牵着妻子的手，往家的方向走去。施诗紧紧依偎着他，像相恋时那样，甜蜜又幸福。

当天夜里，院长进入了季石的梦境。当季石把辞呈放上他的办公桌时，院长大吃一惊，他立刻站了起来，让季石坐在对面的沙发上，还倒了一杯温水端到他面前。院长语重心长地说："季石，你怎么能辞职呢？两委会已经讨论决定，蔡副院长下个月退休，由你补上这个空缺，我再干一任也要退了，到时这副沉重的担子就交给你了，你年富力强，学识渊博，身体健康，脑子又灵光，说不定还能当上卫生局局长，到时就可以为全市七百万人口的健康，做点儿力所能及的事情。"

季石默默地坐着，院长说出上半句，他就想到了下半句，自己现在是医务部主任，下个月是常务副院长，五年后是院长，也许十年后就是局长，然后呢？对了，然后呢？这就是自己的未来了吗？怎么就像所有的故事，都要在明天发生一样，怎么那么像天边的一朵火烧云呢？怎么一眼就望穿了自己的未来？

院长滔滔不绝地叙述着，从季石传奇般的入职开始，到他成为医院篮球队的顶梁柱，最关键的是他在处理医疗纠纷案件时令人难以企及的智慧，总是能把对医院的损失、对医务人员的伤害，降到最低限度……

他突然停了下来，凝视着季石，希望他能回心转意，没有，没有，眼前那个人变得如此陌生，如此绝情，他只是不停地摇着头，最后竟站了起来，头也不回地走出院长室……

季石惊出了一身冷汗，他一骨碌坐了起来，原来是 场梦。窗外，是山村宁静祥和的夜色，月华如银，照耀着大地，绵长柔和的月光洒向每一个角落，又似乎是在默默地安慰着伤痕累累的大地。

施诗睡得正香，均匀地呼吸着，她就在自己身边，却怎么感觉她离自己越来越遥远了呢？难道自己真的如梦境里的那样，对一眼就望穿的未来，兴味索然了吗？在这个万籁俱寂的夜里，他那离开多年的灵魂，像一缕青烟，又重新飘了回来，回到那具空空的躯壳里，两者合而为一，在天边庄严地喊着：是时候了，是时候了！

次日一早，虽然大家再三挽留，季石还是执意离开，施诗担心他发生意外，也带着季萝与他一起回家了。

到家的时候，已是傍晚。北风强劲，不停地吹着，树叶纷纷离开树枝，随风飘去。季石站在阳台上，看着不远处的橙溪河，风刮着水面，激起点点白色的浪花，一艘小小的渔船摇摇晃晃，似乎随时都会倾覆。风突然停了，水面又恢复了平静，白鹭鸶成群结队地飞起，又落下，渐渐消失在岸边的树林中。

同一条河的水也是如此的矛盾啊，它滋养着两岸的万物生灵，却在洪水泛滥的时候冲毁岸边的一切。它轻轻地托起一叶扁舟，也会在一瞬间打翻一艘大船！千年万年之后，仍然是同一条河流，每分每秒，流的却是不同的水！季石沉思良久，他是想从眼前的这条河流学习点儿什么吗？

他打开电脑，键盘噼里啪啦响了，一刻钟的工夫，就写好了千字辞呈。

第二天上午，他刻意避开上班高峰，没有乘电梯，而是沿着楼梯走到八楼的院长室。让他倍感惊异的是，整个过程几乎和两天前的梦境如出一辙。最后，院长严肃却无奈地对他说："季石啊，常务副院长这个职位，不能空缺太久，只要你半年之内能回来，就是顺理成章的事，过了这个村可没这个店啦。"

"谢谢院长，我去意已决。"

院长终于生气了，他严厉地说："真是胡闹！医院这么需要你，儿科这么需要你，全市七百万人口，没多少个儿科医生，少了谁也不能少了你啊！我再给你放一个月的假，到时准时回来上班。"

季石一言未发，双手合十，深深鞠了三躬，斩钉截铁地转身离去。院长一声长叹，明白他将一去不复返，他走出办公室，站在走廊上，目送着季石走出医院，走向人来人往的大街，最后消失在人流中。

季石如释重负，一身轻松，漫无目的地走着，开心极了。施诗打电话给他的时候，他已经来到那家栾树下的小餐馆了。他非常感慨，周围多少店铺已经易主甚至关门了，唯独这家小吃店顽强地生存了下来。门面还是当年的门面，还是那么简约朴素。栾树还是当年的栾树，只是树干更粗了，枝丫更繁盛了。门前的地砖依然没换，只是被踩得更光滑了。店家依然是当年的样子，慈眉善目，面带微笑，忙忙碌碌，只是脸上多了几道岁月的风霜；女主人长长的辫子不见了，留成了乌黑明亮的齐耳短发。

季石走了进去，找到当年那张角落的桌子。他刚坐下，就听见旁边的一对老夫妇慌乱地哭叫着："孙儿啊，你怎么了？噎着了，肯定是花生米噎着了，你出一声啊！快，快，救命啊！他快不行了——孙儿啊，老头子，快叫救护车啊！"

夫妇俩手足无措，胡乱抱着孩子又摇又晃，又是掐人中，又是拍足底。季石见是一个两岁光景的孩子被东西噎着窒息了，全身发紫，不停地翻着白眼。出于职业本能，他来不及多想，立刻冲过去夺下孩子，一手提着孩子的双脚，头朝下，悬在半空中，一手拍打着他的胸背部。拍到第五下的时候，咔咔响了两声，两颗油炸花生米从孩子的喉咙里掉到了地上。一瞬间，孩子的面色变得红润了，他哭了两声，慢慢又恢复了活泼淘气的样子。夫妇俩见孙子起死回生，一把眼泪一把鼻涕地道谢着。

"马上去大医院再检查一下。"

季石留下这句话，就匆匆忙忙离开了。

他跑了一段路，拐了个弯儿，走进一丛小乔木下，扶着树干，泪水夺眶而出。到现在脊背还在发凉，想想真是后怕，假如没救活这个孩子，后果真是不堪设想。谢谢你，孩子，你太争气了，让我无限感恩。

多少次，多少个日夜，再危重的病人，再无理难缠的家属，自己都是硬着头皮上，总是不断地安慰自己、提醒自己、鼓励自己，救人一命，胜造七级浮屠。多少次，孩子从死神的手里挣脱了出来，自己却晕倒在病人身边。当自己醒来，看着孩子死里逃生，又恢复了生机，好想大哭一场！感谢你啊，可怜的孩子，你太争气了，活过来了，这是对我们医生最大的安慰啊！

"妈妈，快看，爸爸在树丛里呢。"

施诗顺着季萝手指的方向望去，果然是季石，他扶着一棵榄仁树的树干，肩膀不停地颤抖着，似乎在痛哭。她牵着女儿的手急忙跑了过去。

"季石——你怎么了，为什么哭得如此伤心？"

季石看见母女俩，拭去眼角的泪水，微微笑着说："没什么，刚才我在小吃店里救了一个异物卡喉的孩子，已经脱离生命危险了。"

"妈妈，爸爸救了一个孩子，应该感到高兴才对啊，您为什么却伤心难过呢？"

对于女儿的问题，季石一时不知该如何回答，他望着施诗的眼睛。施诗已经明白了，假如这个孩子运气不佳，季石未能挽回他的生命，而是在他的手里丧生了，想想都觉得可怕！多少危重的孩子死在病床上，家属都不能理解，何况这是一个小餐馆啊！自己太了解丈夫了，他永远都是来不及想想自己，永远都是惦记着别人！

"季石，你是如此善良的一个人，苍天有眼的。"

听妻子如此一说，季石严肃又充满希望地说："是啊，苍天有眼……"

他又转向女儿，意味深长地说："萝，冬天到了，春天就在不远的前面，对吗？任何时候，都是如此，不管遇到什么困难，只要想起爸爸说过的这句话，就一定能克服。"

季萝看了看妈妈，然后对着季石认真地说："爸爸，我记住了。"

第四十二章　四字歌

窗外月朗星稀，季石把写好的一封长信，放在客厅的茶几上。他最后看了一眼熟睡中的妻子，又亲了亲心爱的女儿，对着她们深深鞠了一躬，转身离去。抬手开门的瞬间，他发现身上还剩一样值钱的东西——腕上的一块手表，平时诊病时数脉搏用的。他轻轻地打开表链，把它摘下来，放在那封长信上。

大街上已经看不见一个行人，偶尔掠过的一辆车，也像极了惊弓之鸟，呼的一声，又消失了。破晓时分，他已经快走到城郊了，像他年轻时去天涯流浪那样，一步一个脚印，一路向北，然后西去。不知不觉，他放声高唱了起来，歌词和歌名一模一样，只有四个字——十年之后。

他用美声、民族、通俗三种唱法，用豫剧、昆曲、京剧、越剧的腔调，不停地唱着，逐渐杂糅出一支感伤深沉却无限憧憬着未来的曲子。他全然忘我地歌唱着，月亮跟着他走，星星伴着他唱，脑海里掠过日出大海的雄浑。

在歌声里，他感受到了火烧肌肤的疼痛，感受到了浸入骨髓的悲凉，看见了画卷一般的亚马孙河流域，听见了黄河源头珍珠落玉的声音。累了，唱一段；饿了，唱一段；伤心的时候，唱一段；快乐的时候，唱上一段……歌声在空气中传播，传向高山，传到河流，飘上蓝天，在山谷中回荡。

天亮的时候，施诗发现茶几上的信和手表，她的心里忐忑不安，预感到发生了什么，当她弯腰低头看见信封上的文字时，更加坚定了自己的想法。她颤抖着双手拿起信又轻轻放下，没有勇气打开。她的眼里噙满了泪水，急忙去给女儿准备早餐。

季萝去上学后，她关紧门窗，打开台灯，颤抖着双手抽出信笺，一个字一个字仔细地读着，泪水流成河，浸湿了信纸，她双腿发软，站都站不稳了，最后倒在沙发上，失声痛哭："我知道这一天迟早会来……"

五年之后，在去往南方的高铁中，已经是科学家的韦溱，看见窗外成片金灿灿的油菜花，她心潮汹涌，往事如烟，又历历在目，脑海里掠过年轻时写的诗句——

> 在她尸骨埋葬的地方
> 早已是一片金色的海洋

泪珠在她的眼窝里打着转，列车在中原大地上飞驰，油菜花早已从视野里消失，她依然一动不动地望着窗外，泪水不停地滑过她的脸颊。

列车在一处站点停了两分钟，下了一批旅客，又上了一批。忽然，一张熟悉的脸庞映入眼帘，双方相互一瞥，就匆匆离去。季石脑海里闪过当年的韦溙，她一点儿没变，岁月没有在她的脸上留下任何痕迹。他在心里念着"阿弥陀佛"，没有停下脚步，而是继续向车厢另一端走去。

"季石？"

是他，一定是他，可他怎么变成一位僧人了呢？

等她反应过来，他已经不见了。这时列车已开动，正不停地加速着，车站很快被抛在了身后。她站起身沿着过道，一节车厢一节车厢仔细寻找着，没有，没有，到了最后一节，依然没有。

她想可能是自己出现幻觉了吧，突然觉得自己有些可笑——季石怎么可能出家了呢？她打开手机，找出多年未联系的号码，真的好担心施诗已经把它换掉了。她迫不及待地按了一遍。响了三声，她就听见了对方热切渴盼的声音："姐，是你吗？你还好吗？"

施诗的声音像一梭子弹，击中了韦溙的心房，她的泪水像断了线的珍珠，不停地滚落，整个脑海、整个胸腔充满了千言万语，却一个字也说不出来。当她刚想问起季石的时候，电话里传来伤心的哭泣，一瞬间她似乎全明白了。她取消所有的行程，用手机订了当天回故乡的机票，并在中途下了车。

她归心似箭，飞机却在高空缓慢爬行着。她的眼前浮现出在山村菩提树下许愿的情景，还有那位慈眉善目、鹤发童颜的老人。难道季石真的去云游四方，去荡涤灵魂、普度众生了吗？真的再也见不着他了吗？分别后的时光里，究竟发生了什么？韦溱的脑海里充满了困惑，她思绪万千，泪珠在眼眶里打着转。飞机还在蓝天上，她又想起季石和施诗来接自己的情景，还有他俩在家乡举行的传统婚礼，他们的孩子也有十来岁了吧……

下了飞机，韦溱直接打车去施诗家。道路两旁的秋枫，排列整齐，两棵树之间相距十米，十年前刚种下时还只有一人多高，用竹竿固定着，如今都长成了大树，茂盛挺拔，圆形的树冠点缀着天空，成了鸟儿们的乐园。韦溱不禁小声自言自语着——十年之后，这些美丽的秋枫会是什么样子呢？

注释：

部分文字引自屠格涅夫之《乡村》。

部分诗句引自汪国真老师的《热爱生命》。

部分歌词引自易茗老师的《渴望》和向彤、何兆华老师的《小草》。